CORNELIA WENDEL

uma maçã
para *quatro*

© Cornelia Wendel, 2025
Todos os direitos desta edição reservados à Editora Labrador.

Coordenação editorial Pamela J. Oliveira
Assistência editorial Leticia Oliveira, Vanessa Nagayoshi
Projeto gráfico e capa Amanda Chagas
Diagramação Nalu Rosa
Preparação de texto Monique Pedra
Revisão Sérgio Nascimento
Imagens de capa e miolo Acervo da autora

Dados Internacionais de Catalogação na Publicação (CIP)
Jéssica de Oliveira Molinari - CRB-8/9852

Wendel, Cornelia
   Uma maçã para quatro / Cornelia Wendel.
São Paulo : Labrador, 2025.
416 p. : il., color.

ISBN 978-65-5625-863-8

1. Holocausto judeu - Relatos 2. Guerra Mundial, 1939-1945
3. Emigração I. Título

25-1307   CDD 940.53

Índice para catálogo sistemático:
1. Holocausto judeu

Labrador

Diretor-geral Daniel Pinsky
Rua Dr. José Elias, 520, sala 1
Alto da Lapa | 05083-030 | São Paulo | SP
contato@editoralabrador.com.br | (11) 3641-7446
editoralabrador.com.br

A reprodução de qualquer parte desta obra é ilegal e configura uma apropriação indevida dos direitos intelectuais e patrimoniais da autora. A editora não é responsável pelo conteúdo deste livro. A autora conhece os fatos narrados, pelos quais é responsável, assim como se responsabiliza pelos juízos emitidos.

Para toda a minha família, presente ou distante.

Com agradecimentos especiais às minhas filhas, Lorena e Leticia, e ao meu esposo, Mauro, que apoiaram e participaram ativamente de todo o processo; à Ulla Welch, prima querida que colaborou em cada capítulo com dados, datas, fotos e tantas informações preciosas; ao grande amigo Alexandre Carrilho, a quem devo toda a ideia da escrita; e à fiel amiga Claudia Carrilho, que trouxe *Uma maçã para quatro* para a capa deste livro.

PREFÁCIO

Quando Cornelia me convidou para escrever o prefácio de *Uma maçã para quatro*, ela certamente não imaginava os riscos que corria. Afinal, mais do que alguém que dedica a vida profissionalmente às lições e aos legados educativos gerados a partir da tragédia e da memória do Holocausto, minha herança familiar também me coloca, de forma visceral, em meio a esse emaranhado de sentimentos vividos pela protagonista. São trajetórias que a mim não são incógnitas ou desconhecidas em suas essências. E é justamente deste turbilhão de sensações compartilhadas que emergem as advertências de que a minha leitura pode (ou quiçá deve) ser bastante divergente em comparação à do público brasileiro em sua forma genérica, apartado emocionalmente de trajetórias comoventes e dramáticas como a de sua família.

Aqui, não existe nenhum julgamento literário ou esforço de validação de cunho historiográfico — apesar de meus elogios estarem implícitos neste prefácio. Aplaudo o texto livre sem nenhuma objeção. Entretanto, de maneira instintiva e espontânea, meus olhos e minha mente, nesta obra, fixaram-se não na personagem Corina, como deveria ser, teoricamente o centro da narrativa deste livro. Já nas primeiras páginas, não tive como impedir que minha atenção se voltasse rapidamente, nas palavras da autora, à "eterna luta entre a sanidade e a insanidade emocional" de "uma criança ferida — e de tão ferida, feria constantemente a si mesma e a todos ao seu redor". Perdoe-me, Cornelia, por não conseguir evitar que minha atenção e aguda compaixão se dessem por Bertha, filha de Ernest e Annelise, que chegara da Alemanha ao Brasil aos quinze anos e se estabelecera no interior do Paraná. O que a autora descreve como seu "exílio voluntário do mundo" não apenas me tocou profundamente, já que traz semelhança com as agruras dos meus próprios ascendentes, vítimas do terror nazista. A figura conturbada de Bertha, curiosamente o nome da minha própria mãe biológica, que faleceu de modo muito precoce, personifica, para o público, o mito infundado e a fantasia gloriosa do que seria a resiliência. Explico.

Resiliência é um conceito que nasceu no campo da Física. Ele se refere à capacidade de um material de absorver energia (ou resistir à energia absorvida) e readquirir a forma original quando retirada a carga que provocou a deformação. Quanto mais resiliente for o material, menos frágil ele será. Emprestado há décadas para a Psicologia, o conceito passou a significar também a capacidade que temos de encarar e lidar com sérios problemas, pressões externas, estresse, perdas, adversidades e obstáculos — e simplesmente reconstruir. Como a fênix, ave mitológica que se incinerava pelos raios do sol e renascia das próprias cinzas. Nós, seres humanos, temos esta força interna que nos impulsiona a nos recuperar de situações trágicas de crise e aprender com elas.

Durante anos, romantizou-se a resiliência dos sobreviventes do Holocausto, que teriam supostamente reconstruído suas vidas em uma atmosfera imaginária de êxito pleno, amor e prosperidade emocional. Como se existisse uma congruência espontânea e automática entre as experiências terríveis e violentas da Europa em meio ao genocídio e uma suposta consequência límpida como a luz do luar: a de que, se caímos, levantaremos naturalmente e chegaremos ainda mais alto do que quando desabamos. Não, seis milhões de vezes não. Essa é uma possibilidade, uma busca, mas não uma consequência natural. A vida pós-trauma nunca foi um mar de rosas. As reconstruções físicas e emocionais não ocorrem sem dolorosos obstáculos e bloqueios, que são transmitidos às próximas gerações, consciente ou inconscientemente. Que o diga a chamada "segunda geração", os filhos nascidos já no Brasil, herdeiros de tantos impactos psicológicos.

Traumas não se dissipam num passe de mágica e não podem ser menosprezados, seja pelas pequenas vitórias ou pela tão aclamada "vida que segue". Como costumamos destacar no dia a dia das visitas mediadas para estudantes ao Museu do Holocausto de Curitiba, não podemos romantizar o "retorno à vida" e a resiliência. Nem temos esse direito. Eles foram duríssimos, um fardo pesado e repleto de amargura, dor, remorso, pânico e angústia que gerou comportamentos passivos-agressivos, como os citados no livro, com os quais os filhos nascidos no pós-guerra nunca souberam lidar. Mesmo passados tantos anos.

Bertha é a personificação descrita de um sofrimento descomunal, desse calvário interminável de suplício e desgosto que milhares de pessoas carregaram dentro de si pela travessia do oceano e cultivaram nos tempos que se seguiram. Mesmo com filhos e com a paz, não de espírito. Como ocorreu com meus avôs, Michal e Nathan, e minhas avós, Sara e Zosia, judeus poloneses que aqui chegaram como apátridas, todos envoltos em silêncios ensurdecedores que abalaram a infância, a adolescência e a vida adulta de seus filhos. Meus pais.

Neste livro, em meio à linda e admirável história construída por Corina, não pude, como leitor, ficar impassível diante da dor visceral de Bertha. Nas mais de trezentas páginas de uma cuidadosa e instigante narrativa repleta de diálogos, quanto mais a autora me impelia a engolir o amargor da mãe e um certo ressentimento em relação às suas atitudes para com as filhas, em várias fases de sua vida, mais me compadecia dos tormentos de Bertha. Citando-a novamente: "toda a longa raiva encrustada em sua alma faziam-na intercalar momentos de tolerância com momentos de agressões verbais". Todos conhecemos a penosa patologia que se disfarça de culpa agonizante e de tristeza profunda e sem fim. Porém, não cabe a mim diagnosticá-la postumamente. Gostaria apenas de abraçá-la, da forma mais calorosa que eu pudesse.

É evidente que, para o público em geral, são muitas e ricas as temáticas tratadas em *Uma maçã para quatro*. A começar pela relação improvável e curiosa entre uma jovem judia alemã e um soldado nazista, ex-membro da Juventude Hitlerista, que se conheceram em um país ainda mais improvável como o Brasil. Inclui-se a saga cativante e incrível de Ernest, que vivenciou a ascensão do nazismo, atravessou a Noite dos Cristais, experimentou fugas e migrações, perdeu familiares assassinados no complexo de extermínio de Auschwitz-Birkenau e passou anos na longínqua Austrália até conseguir reencontrar a família. A própria mudança geográfica extrema dos personagens de uma Alemanha cosmopolita e erudita para os campos de terra roxa do Paraná, é também demasiado atraente e universal para qualquer leitor. E, é claro, o amadurecimento de Corina como mulher, filha, médica e mãe.

Entretanto, aqui novamente, querida Cornelia, me desculpo pelo meu grave desvio de atenção: do que deveria ser o embarque em uma jornada de empatia e altruísmo quanto a Corina e que se transformou em uma ligação verdadeira e em uma correspondência afetiva sincera com a personagem de sua mãe, Bertha, aquela que "dormia mal por causa dos lutos que se agarravam a seus sonhos insones". O relato intenso e digno de uma "vida repleta de força, dor, raiva e frustração" pode não tocar o leitor dessa história como me tocou, de maneira avassaladora. E isso não quer dizer que suas experiências durante e após a leitura não possam ser tão intensas quanto as minhas.

Não quero transformar este prefácio numa peça melancólica ou numa ode a um saudosismo passivo-agressivo. Quando a autora descreve que, na mente de Bertha, "em seu subconsciente, dançavam todas essas memórias, em parte herdadas e em parte vividas", destaco a dificuldade e a importância de verbalizar o máximo dessas memórias. Não apenas para que Luana, Lilia e as gerações vindouras possam se conectar com suas origens. As histórias narradas neste livro, mesmo biográficas e conectadas a contextos tão árduos quanto o Holocausto cometido pelo regime nazista e seus colaboradores, possuem o poder universal de dialogar com a nossa própria realidade. Esse é o grande trunfo da memória, diferentemente da simples lembrança: ser-nos útil, capaz de criar um caráter coletivo que proporcione a formação genuína de um sentimento de pertencimento que pode alcançar qualquer pessoa, em qualquer parte do mundo, de maneira potente e transformadora.

Não é preciso ser judeu, alemão ou ambos para estabelecer uma conexão consistente com a herança familiar da personagem Corina. O universal tem o poder de influenciar e de tocar a todos nós.

Por isso, com muita satisfação, apresento *Uma maçã para quatro*. Faço o convite para mergulhar em passagens e perspectivas que, por causa do efeito borboleta ou de mero capricho do destino, desaguam e desabrocham aqui no Brasil. Não por acaso, e atentem-se a esse detalhe desapercebido, este livro foi escrito em língua portuguesa. Ele nos mostra que há muito mais a ser dito sobre o Holocausto do que uma cronologia seca e insípida. Cada indivíduo e cada história, principalmente aquelas que se passam tão próximas de nós, nos proporcionam a possibilidade de refletir, discutir e compreender como esse complexo e catastrófico evento histórico alterou não apenas o futuro da humanidade como grupo, mas também tornou visíveis os vestígios e cicatrizes que ainda permanecem em cada ser humano, descendente ou não das vítimas.

Boa leitura e compartilhem suas impressões.

CARLOS REISS[*]

[*] Carlos Reiss é o coordenador-geral do Museu do Holocausto de Curitiba, pioneiro no Brasil. Membro do comitê executivo da Rede Latino-Americana para o Ensino da Shoá (LAES), da delegação brasileira da International Holocaust Remembrance Alliance (IHRA) e da equipe curatorial do Memorial às Vítimas do Holocausto do Rio de Janeiro. Curador-chefe da exposição temporária "Anne Frank: deixem-nos ser", em São Paulo, e autor de livros, artigos e ensaios sobre o genocídio e a memória do Holocausto.

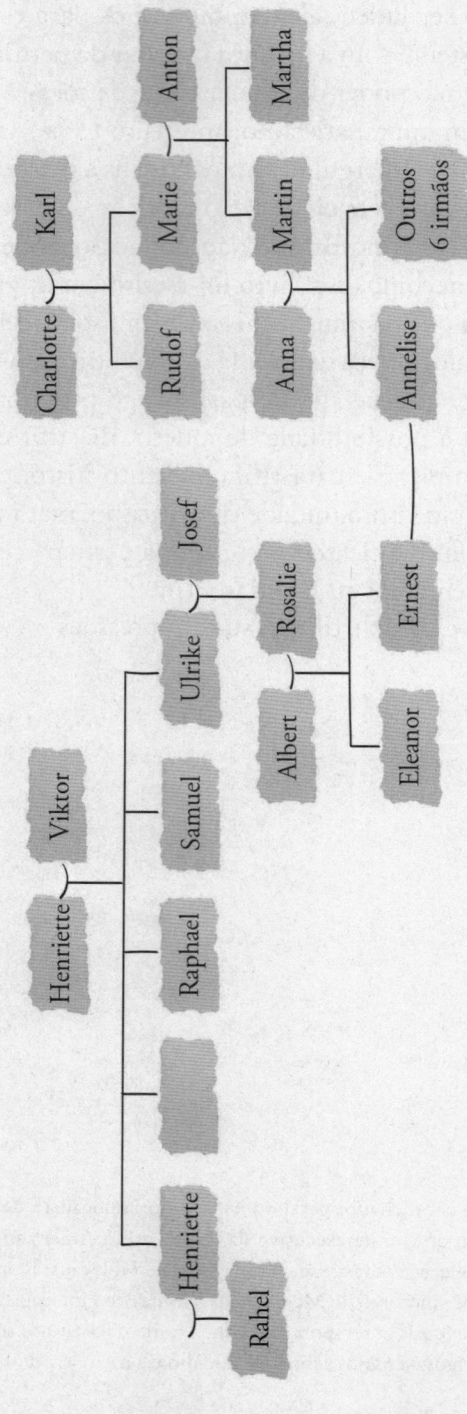

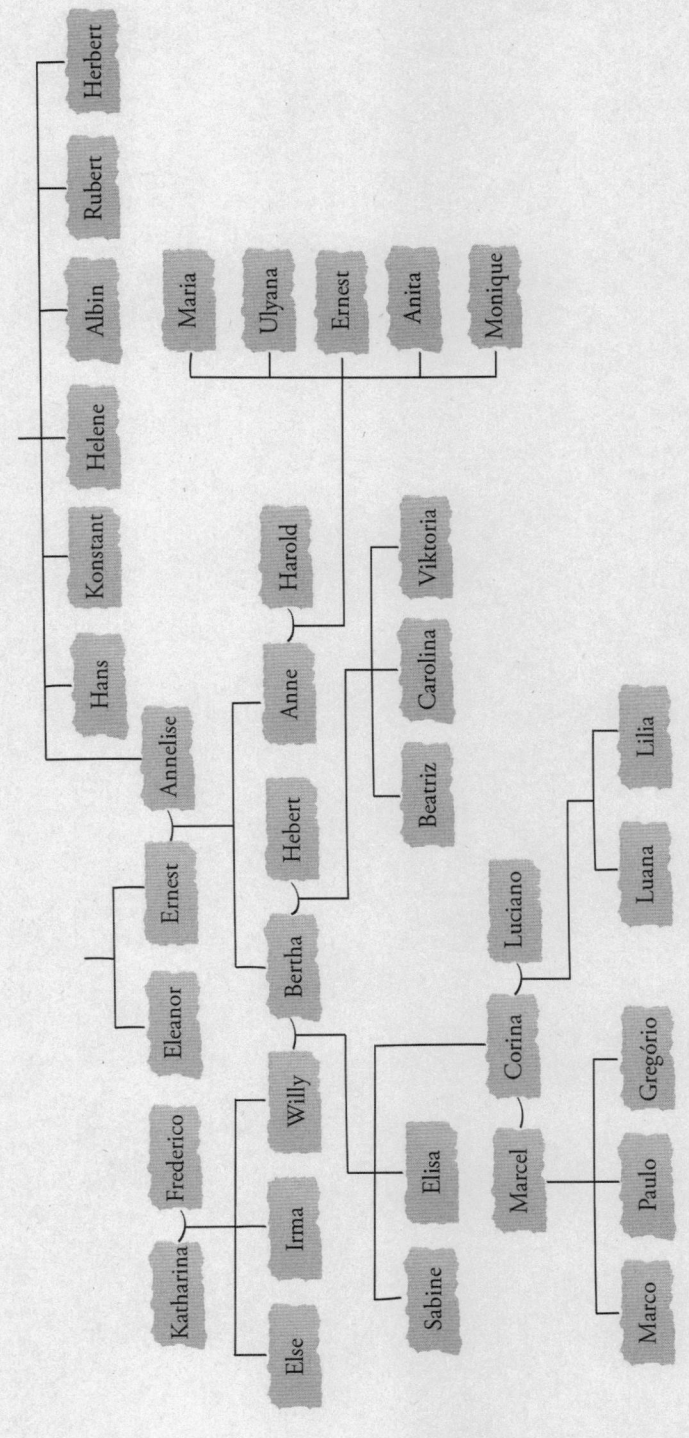

PRÓLOGO

Era fim de março de 1936.
Fazia um frio torturante, incomum para aquele início de primavera. No ano anterior, nessa mesma época, já brotavam as primeiras Prímulas brancas e laranjas da terra semicongelada e o primeiro verde começava a despontar nos carvalhos e castanheiras.

Naquele ano, tudo parecia mais lento na pequena cidade alemã próxima à fronteira com a Polônia. A neve ainda cobria boa parte dos telhados, gotejando pelas calhas sem pressa. O sol ainda se recolhia bem antes do final da tarde, deixando a paisagem monótona, como uma foto em preto e branco.

A vegetação adormecera com a primeira neve que caíra meses atrás, e as ruas pareciam todas iguais, com seus sobrados sóbrios, sólidos e retilíneos e seus telhados íngremes evitando que a neve pesada se acumulasse nos topos.

Bertha, então com doze anos, estava sentada no peitoril da janela do andar de cima. Foi quando viu os quatro homens chegando, com aqueles uniformes marrons que causavam desconforto desde os idos de 1933.

Naquele dia, ela acordara com uma sensação ruim, cada vez mais frequente, que a deixava vagando entre o medo e a raiva.

Anne, sua irmã mais velha, estava absorta em suas lições de piano. Algo na postura ereta e tensa de Bertha chamou sua atenção, fazendo-a se aproximar da janela ao ouvir as batidas na porta principal, no térreo.

Ambas correram para a escada para averiguar o intuito daquela visita inesperada, mas foram barradas por sua mãe, Annelise, que as empurrou até a sala, enquanto seu pai, Ernest, atendia à porta.

O que se seguiu foram cenas rápidas e confusas, já narradas por vizinhos e amigos nos meses anteriores.

Enquanto Ernest tentava convencer os homens da SS, os guardas de Elite do Estado Nazista, de que ali era apenas seu local de trabalho, um consultório pediátrico, a casa era revistada e revirada sob olhares de frustração e revolta de Bertha, Anne e Annelise.

O que todos mais temiam aconteceu: Ernest foi levado para os escritórios da SS, para interrogatório.

A insegurança angustiante que isso causava era justificável, pois a maioria dos que eram levados para esses interrogatórios voltavam exauridos após alguns dias ou meses.

E muitos jamais voltavam.

1965

CAPÍTULO 1

"A vida não
pode ser economizada
para amanhã.
Acontece sempre
no presente."

Rubem Alves

—*Papi,* por que o gato está miando tão alto? A pergunta, feita em um tom um tanto irritado, vinha de Sabine, a filha mais velha de Willy, então com quase quatro anos.

— Acho que você acabou de ganhar um irmãozinho que mia como um gato — respondeu Willy, ainda sem saber que sua esposa acabava de dar à luz mais uma menina, contrariando todas as suas expectativas quanto ao tão sonhado herdeiro homem.

Bertha ficou três dias em trabalho de parto, enquanto a pequena Corina lutava para conseguir passagem para o mundo através de um espaço restrito e comprimido em função do grande mioma que ocupava boa parte do útero de sua mãe.

Quando finalmente nasceu, o choro de Corina foi raivoso, sustentado por mais tempo que o habitual.

Bertha ainda sangrava abundantemente no leito. A parteira usava todas as manobras possíveis para estancar o sangramento, sem tempo nem disposição para acolher a recém-nascida.

E assim Corina chegou ao lar de Bertha e Willy.

Viviam na zona rural de Roland, em um sítio que lhes garantia o sustento e já proporcionava algumas economias com a cultura do café, tão difundida naquele solo fértil ao sul do Brasil.

***

Bertha chegara ao Brasil em 1939, e Willy, em 1950. Ambos emigraram da Alemanha por consequências muito adversas de um mesmo fato: a Segunda Grande Guerra.

Ela, pela cruel perseguição antissemita em sua pátria.

Ele, pela grande frustração de ser um dos poucos soldados nazistas sobreviventes, num país devastado onde as mulheres haviam perdido não só a servilidade, mas também a doçura.

Willy, assim como todos os rapazes da época, participara da Juventude Hitlerista e, com apenas dezoito anos, fora lutar por seu país na Rússia, quando seu problema de saúde — megacólon congênito, uma doença intestinal que o limitava muito desde jovem — o afastou da guerra, trazendo-o de volta para Mörstadt, o vilarejo onde nascera, na região central da Alemanha.

Isso aconteceu em 1943, pouco antes da famosa Batalha de Stalingrado, onde a Alemanha sofreria uma de suas primeiras grandes derrotas, e Willy perderia muitos amigos e conhecidos. O intervalo entre seu retorno e o fim da guerra ainda acrescentaria inúmeros lutos.

O detalhe que ele nunca soubera valorizar era que a doença preservara-lhe a vida, esse bem maior que tantos amigos haviam perdido.

Como se não bastasse, após a capitulação da Alemanha, em maio de 1945, os aliados sobrevoaram e lançaram bombas sobre alguns territórios alemães onde a rendição ainda era incerta. Quando todos começavam a respirar aliviados, comemorando o fim da guerra, uma dessas bombas causou mais uma tragédia inesperada.

— Katharina, peça para Willy recolher o arado, caso chova. Vou até o mercadinho da *Frau* Schulz comprar cigarros — disse o pai de Willy, Frederico, já no portão de casa.

— Peço, sim. E traga meio quilo de batatas para o almoço de amanhã, caso ela tenha recebido algumas — respondeu sua esposa.

E lá se foi Frederico, com seu caminhar firme e a mente transpirando alívio com o fim daqueles quase seis anos de horrores e perdas. Andar por aquelas ruelas de paralelepípedos, sem calçada, despreocupado, retribuindo o bom-dia dos vizinhos por detrás de suas janelas de persianas escancaradas e floreiras recém-adubadas era um gozo, um presente de Deus.

Quando chegou à esquina do mercado, ao longe Frederico ouviu o som dos caças se aproximando. Vira seu vizinho Karl, um senhor mais velho, sair pela manhã para semear o trigo e sabia que um trator vermelho em pleno campo aberto seria um alvo muito fácil para os lança-bombas.

Saiu correndo para convencê-lo a se abrigar. Mas os caças chegaram rápido, sobrevoando os arredores do vilarejo e partindo em seguida.

Como Frederico não retornava para o almoço, e o barulho dos caças já se afastara, Katharina pediu a Willy:

— Filho, vá ver onde seu pai se enfiou e diga que o almoço está esfriando. Deve estar fumando e tagarelando com a *Frau* Schulz até agora.

Willy saiu à procura dele e o encontrou quase irreconhecível entre os destroços deixados por uma das bombas lançadas aleatoriamente.

O trator vermelho não havia sido atingido.

O cigarro não chegou a ser comprado.

A guerra, enfim, acabara, deixando um último rastro de selvageria e mais um luto. E este se cravara mais fundo na alma de Willy.

Katharina, em todo o seu vigor de matriarca autoritária, chorou a morte de seu marido como chora uma criança que fica órfã.

A guerra havia terminado. Como poderia ter acontecido aquela morte estúpida, se tudo caminhava para a paz depois de todos aqueles anos de guerra sem fim?

Assim também choraram Willy e suas duas irmãs, Irma e Else. Assim chorou o vilarejo de setecentos habitantes e o vizinho Karl, que Frederico ainda tentara alertar.

As persianas mais uma vez foram fechadas em sinal de luto. Mas as floreiras recém-adubadas insistiram em florir.

※ ※ ※

Nada mais segurava Willy naquele lugar, que para ele se tornara sombrio e nada acolhedor, onde ser um sobrevivente era tudo, menos motivo de orgulho.

Lentamente, começou a planejar uma vida longe daquele vilarejo, longe de todos que só o enxergavam como o jovem doente que não pudera lutar pelo país. Não, não era essa imagem de perdedor que carregaria pelo resto da vida. Lutaria por algo de que seu pai teria orgulho, se tivesse escapado daquele infortúnio.

Seu relacionamento com o pai fora ambíguo. Na balança entre afeto e cobrança, o peso maior sempre recaía sobre a segunda medida. Ainda assim, guardava um misto de admiração e um carinho contido por esse pai que partira.

※ ※ ※

Willy vinha confidenciando parte de seus planos a Irma. Relutava, no entanto, em oficializar sua partida para a mãe, que, com toda sua severidade inata, dificilmente compreenderia seus anseios ou o apoiaria nessa jornada. Mas, como dizia a irmã, precisava munir-se de coragem e fazê-lo o quanto antes.

— Mãe, já se passaram quatro anos. Você e as meninas já conseguem se manter aqui sem minha ajuda. Estou amadurecendo a ideia de ir para o Brasil. Os dois filhos da *Frau* Schulz e o casal de vizinhos duas casas pra frente foram para lá e estão se dando bem. Penso em seguir o mesmo caminho daqui a algum um tempo.

— Filho, já ouvi alguns boatos dessa sua ideia descabida. Mas por que para tão longe? Entendo que não queira ficar aqui para sempre, porém há tantos lugares mais próximos para recomeçar!

— Não vamos discutir sobre isso, mãe. Imaginei que você soubesse de boa parte da minha ideia descabida. Mas já deixou de ser uma ideia descabida e passou a ser um plano bem real. Agora é só decidir a data. Já é uma decisão tomada.

Willy não era de muitas palavras, fosse por sua personalidade mais retraída ou por tudo o que já presenciara em seus vinte e poucos anos de vida, que lhe ensinaram que o silêncio poupa pequenas e grandes discussões. E ele não queria prolongar discussões com sua mãe, pois sabia que, de modo algum, ela o faria desistir daquele plano tão minuciosamente elaborado durante os tristes anos pós-guerra.

A mãe conhecia o gênio taciturno e turrão do filho. Tinha plena consciência de que nada o faria ficar.

Em 1949, aos vinte e cinco anos, Willy deixou a mãe e as duas irmãs em solo alemão e partiu para refazer a vida no Brasil, onde tantos alemães já haviam se refugiado desde a década de 1920.

Katharina, então, chorou a perda de seu filho homem, que partia sem olhar para trás. As irmãs compreenderam os anseios de Willy, embora Irma sentisse saudades avassaladoras de seu irmão querido. Contudo, a mãe não conseguia aceitar o luto em vida daquele filho adorado.

✳ ✳ ✳

E foi nesse distante Brasil que Bertha e Willy se conheceram.

Bertha chegara ao Brasil aos quinze anos, uma moça quase criança ainda. Era de uma beleza rústica, quase selvagem; seus profundos olhos verdes e sua pele clara contrastavam com o cabelo ondulado, quase negro, que sempre trazia cortado rente ao contorno do rosto. A estatura mediana e uma centelha de vaidade nunca admitida lhe concediam um corpo esguio, que preservou até a velhice. Seu olhar já carregava uma severidade triste, contida. Os raros sorrisos quase nunca desembocavam em largas risadas.

O destino uniu duas almas carregadas de um passado deveras conturbado, colocando sob o mesmo teto duas almas de cultura e crenças totalmente opostas: ela, filha de pai judeu no auge do antissemitismo, e Willy, ex-membro da juventude hitlerista e ex--soldado nazista.

Bertha fora vítima de um regime cruel, liderado por um maníaco sem limites, e trazia as marcas do ódio e da impotência contra esse regime profundamente tatuadas em seu ser.

Já Willy fizera parte desse regime. Na adolescência, chegou a vislumbrar o mundo perfeito a que Hitler aspirava. A suástica era símbolo de pujança e orgulho. E, enquanto adolescente, não fazia ideia do poder de persuasão e da lavagem cerebral que permeavam cada discurso do *Führer*.

Não sabia dos campos de extermínio antes de se tornar soldado. Não conhecia os campos de batalha, onde jovens da mesma idade, com a mesma fé na vida e fotos da namorada no bolso, matavam uns aos outros pelo simples fato de serem de nacionalidades diferentes. Foi nas gélidas planícies nevadas do Leste, na fronteira russa, que Willy começou a se dar conta de que aquela guerra não era dele, e que Hitler jamais seria seu ídolo ou guia. No fundo, ele não era nada mais do que uma vítima do sistema.

Assim como Bertha o era.

Talvez tenha sido essa identificação que os uniu. Ou talvez os belos traços de Bertha e o modo independente e rural de levar a vida tenham convencido Willy de que encontrara sua cara-metade. Ou talvez Bertha tenha vislumbrado em Willy um companheiro tímido, mas forte e brincalhão, em seus meros cento e sessenta e oito centímetros de altura e belos olhos azuis.

Cada um já carregava traumas longos e profundos, acalentara sonhos desvanecidos, cada um já lutara árduas lutas e abandonara lutas inglórias. Willy nunca tivera um relacionamento duradouro antes. Bertha vinha de um casamento frustrado e carregava na bagagem três filhas pequenas.

E a vida seguiu como era de se prever... tensa e pedregosa.

***

— Venham, meninas, vamos conhecer seu irmãozinho e ver como está *Mami*.

Willy pegou suas filhas pela mão e as guiou para o quarto do casal.

Bertha ainda não tinha se recomposto de todo o cansaço, e sua expressão não escondia o abatimento que aqueles três dias, e principalmente as últimas horas, haviam causado sobre seu corpo e espírito. O suor empapava seus cabelos, e em seus olhos não se reconhecia a genuína alegria de quem acabara de trazer mais uma dose do sangue de seu sangue ao mundo.

A hemorragia havia sido estancada, e a parteira trazia Corina para ser amamentada quando os três adentraram o quarto.

Elisa, então com dois anos, rapidamente subiu na cama da mãe e tentou se aconchegar em seu braço direito, enquanto Corina já tentava sugar o seio de Bertha, aninhada em seu braço esquerdo.

— Mamãe, meu irmãozinho parece que vai ser muito chorão. Ele não vai precisar dormir no meu quarto, não é? — perguntou Sabine.

— Sabine, não tire conclusões tão precipitadas. Venha conhecer esse bebê aqui. E não, não é um irmãozinho. Você ganhou mais uma irmãzinha, que estou pensando em chamar de Corina.

Então Sabine também subiu na cama, enquanto Willy recolhia Corina em seus braços e se conformava em ser minoria absoluta entre as quatro mulheres da casa. O sonho do herdeiro homem teria que esperar.

Naquele colo inconformado, Corina recebeu seu primeiro lampejo de carinho e boas-vindas. Quase como se dissesse: "Venha... não vai ser fácil, mas vamos dar conta juntos".

E, apesar do cansaço, a vida tinha que seguir adiante.

A parteira queria receber seus honorários e voltar para a cidade. Sendo assim, Willy deixou as três crianças pequenas com uma Bertha exausta e fragilizada e foi levar a parteira para Roland, a vinte e três quilômetros de estrada de chão da pequena propriedade rural.

Aquele rebuliço já não era novidade para Bertha há muito tempo. Era seu sexto parto, todos haviam sido normais e em casa, a maioria com a mesma parteira. Nenhum havia sido tão longo e sofrido como aquele, o que a convencia de que seria o último, mesmo com todas as artimanhas que Willy pudesse empenhar para removê-la dessa decisão. Estava exaurida e, deitada ali, com duas crianças pequenas nos braços e uma terceira fora do seu alcance visual momentâneo, permitiu-se derramar algumas lágrimas de lástima por sua solidão e desesperança.

Estava feliz por sua pequena Corina enfim adormecida em seu seio esquerdo? Culpou o cansaço por não encontrar a resposta para aquele autoquestionamento naquele instante.

***

No dia seguinte, Bertha levantou-se parcialmente recomposta e começou a encarar um novo dia: tirou leite da vaca, alimentou as galinhas, limpou a casa e preparou as refeições para a família.

Era só mais um ser que havia vindo ao mundo. E o dia a dia exigia continuidade.

Mas, uma semana depois do nascimento de Corina, a rotina teimou em se quebrar no meio da noite.

— Willy, acorda... achei que ia parar, mas já estou sangrando há mais de uma hora...

O mioma de Bertha voltara a se manifestar.

Willy acordou assustado, vendo sua esposa já pálida. Se ela chegara ao ponto de acordá-lo, o problema certamente era grave.

— Fique deitada, vou até a colônia ver se a Maria pode vir até aqui ficar com as crianças e vamos ao hospital.

— Melhor ver com a Dita se ela aceita vir. Quem sabe ela consiga dividir o leite entre o filho dela e a Corina — sugeriu Bertha, adiantando-se.

— Bem pensado. Já volto.

Meia hora depois, estavam a caminho do hospital, onde Bertha foi submetida a uma cirurgia de urgência para a retirada do útero.

Isso causou um pequeno rebuliço na casa, já que as três crianças ainda eram muito pequenas. Por sorte, Dita, a esposa do funcionário de confiança de Willy, tinha um filho de poucos meses e conseguiu fazer as vezes de ama de leite para Corina, que tinha apenas uma semana de vida.

Corina, porém, já registrara a primeira sensação de "abandono" por parte de sua mãe.

***

Bertha não ficou completamente insatisfeita com a retirada de seu útero. Chorou um breve choro solitário, pois não tinha com quem desabafar. Sua mãe, Annelise, e sua irmã Anne, não estavam por perto, e Willy, além de muito ocupado com os afazeres do sítio e as três crianças pequenas, não era muito afeito a sentimentalismos. Além disso, ele precisava lidar com a realidade de abandonar o sonho de ter um filho homem.

Não houve complicações no pós-operatório. Quando as dores amenizaram e a cicatriz secou sem sinais de infecção, Bertha recebeu alta e voltou para casa com uma carga maior de tristeza na bagagem.

Dois dias após o nascimento de Corina, Bertha completou quarenta e um anos. Essa última gravidez já não a agradara nem um pouco. Ela sabia que Willy queria muito um filho homem e, por isso, tentara mais uma vez realizar seu sonho. No entanto, com a chegada de mais uma menina, Bertha sentia que já não tinha mais idade nem energia para trazer outro filho ao mundo. Lá no seu íntimo, sentia-se satisfeita por ter mais uma filha mulher. Anos depois, ela admitiria que nunca conseguira imaginar-se sendo mãe de um menino.

Naqueles dias sombrios, lembrou-se de Udo, seu amigo de infância, com quem, aos dez anos, fizera um pacto de se casar e adotar filhos para fugir de partos dolorosos.

— Ah, Udo, não sabíamos de nada da vida. Mas tínhamos um ao outro — murmurou para si mesma.

Willy teve mais dificuldade de aceitar o fato, mas conformou-se em seu eterno silêncio e não tocou mais no assunto. Nunca fora de queixar-se ou vitimizar-se, e suas dores eram depositadas em alguma gaveta trancada de sua alma, à qual nem ele se permitia acesso.

Bertha, que já passara por tantas perdas, acostumara-se com o desamparo. Sabia que não seria de Willy que esperaria consolo, suporte ou fortalecimento. O cansaço da lida misturava-se ao da vida, e ela, inconscientemente, adotara como meta não criar expectativas de receber ajuda ou amparo. Aos quarenta e um anos, carregava mais dor do que prazer.

Assim, a vida retomou seu rumo. Pesado e cheio de mágoas.

Willy trabalhava de sol a sol e, após alguns anos, conseguiu ampliar a propriedade, que inicialmente tinha cinco alqueires e pertencia a Bertha quando se conheceram.

Quando chegara ao Brasil, tinha algumas noções sobre como arar, plantar e colher em pequenas áreas de terra. Porém, o trabalho rural no país não se assemelhava em nada ao pouco que conhecia. Aportara no Espírito Santo, onde conseguiu um posto como administrador de uma pequena fazenda de café. Lá, conheceu grandes plantações e familiarizou-se com todo o ciclo da cultura do café. Manteve contato com alguns imigrantes alemães na região de Roland, que o convenceram de que, nas terras férteis do norte do Paraná, encontraria melhores oportunidades. E assim foi. Em poucos anos, com muito empenho e determinação, aprendeu praticamente tudo sobre aquele grão tão precioso.

Willy era detalhista, perfeccionista. Para ele, um resultado mediano era coisa de ignorantes ou preguiçosos. Tinha seus preconceitos, e não eram poucos. O maior deles era para com os ignorantes. A essa intolerância agarrou-se por toda a vida, dedicando-se à terra como um ourives se dedica a um diamante, terceirizando somente os serviços estritamente necessários. Foi um dos pioneiros do plantio direto, uma técnica de preservação do solo amplamente difundida dali em diante.

***

As três meninas cresciam saudáveis e quase isoladas do mundo real. Falavam apenas a língua materna, primeiramente porque em casa só se falava alemão; em segundo lugar, porque o contato com brasileiros era raro e se restringia aos poucos funcionários que Willy mantinha na propriedade, os colonos, como eram chamados por ele. Estes viviam em casas próximas ao rio, seiscentos metros distantes da sede.

Sabine, como a irmã mais velha, fora crescendo mais séria, mais contida, embora guiasse as irmãs nas brincadeiras e nas travessuras. Sempre levava a culpa pelos incidentes, assim como era o alvo preferido da mãe nas broncas.

— Se você desobedecer de novo, vou te amarrar no toco lá no meio do Rami e te deixar ali uma noite inteira — ameaçava Bertha.

Era uma ameaça aterradora, e Sabine não ousava correr o risco, pelo menos por um tempo.

Elisa era dócil, mas teimosa, e sempre ocupara um lugar especial no coração de Bertha.

Corina, por sua vez, era miúda, quase frágil, mas já demonstrava uma personalidade forte. Entre as duas irmãs mais velhas, o turbulento relacionamento dos pais e a subsistência sempre limítrofe de afeto, conquistava a duras penas seu espaço ao sol.

As três irmãs, de cabelos louros escorridos e olhos claros, formavam uma escadinha perfeita em altura e encantavam os colonos, com os quais não conseguiam se comunicar, já que a língua portuguesa ainda era um mistério para elas.

Não era um lar onde abundava a alegria. Temas sobre o passado nunca eram abordados. A história, para eles, pertencia ao passado — entremeado de rancor e tristeza, que não merecia espaço na luta por uma vida melhor.

O que acontecia no país também passava quase despercebido. Eram épocas conturbadas, governos instáveis e revoltas incessantes. Reinava uma ditadura cruel, marcada por perseguições a inimigos políticos.

Mas nada disso transpassava o isolamento social e emocional daquela casa. Nem mesmo a ditadura, os porões usados para interrogatórios sob tortura, e os desaparecimentos. A história política de seu país de origem tinha sido traumática o suficiente. Talvez fingir que nada daquilo lhes dizia respeito mantivesse aquela realidade longe de seu exílio voluntário.

Quando ouvia vagas histórias sobre as perseguições políticas, Bertha sentia os pelos de todo o corpo se ouriçarem, pois a memória trazia as imagens de seu pai sendo levado pela Gestapo em sua cidade natal na Alemanha. Então preferia não ouvir as notícias no rádio nem ler os jornais que esporadicamente Willy trazia da cidade — e que ele próprio também não lia.

***

Corina guardara poucas memórias de sua primeira infância. Até os três anos, dormira num grande berço de madeira, no quarto dos fundos, com as duas irmãs.

A casa tinha dois quartos, e a sala fazia as vezes de estar e pequena biblioteca. Uma ampla varanda circundava a lateral direita da casa, abrigando também a sala de jantar e comunicando-se com a cozinha. Da varanda, avistava-se o grande quintal e, além dele, o pasto que descia suavemente até o riozinho lá embaixo, o qual delimitava a fazenda vizinha. A frente da varanda dava vista para o galinheiro, o curral e a estradinha que levava à sede.

A recordação que nunca se desvaneceu da memória de Corina era olhar para fora e ver os dois imponentes pés de Mandacaru, cactos de seis a sete metros de altura que separavam o jardim do pasto. Quando floridos, pareciam desabrochar em chumaços de algodão branco-neve, compondo uma visão marcante.

***

Quando bebê, Corina não chorara tanto quanto previra Sabine. Havia tido dois pesadelos recorrentes que a acompanharam por muito tempo. Em um deles, um ser aterrorizante entrava no quarto e se aproximava dos pés do berço, enquanto ela se levantava e se afastava em direção à cabeceira, tentando desesperadamente gritar pela mãe. No entanto, como em todo pesadelo, não conseguia emitir um único som. Acordava banhada de suor e com o grito engasgado na garganta.

No outro sonho, ela brincava em frente à casa e, de repente, via-se em cima de um arbusto, uma cica grande e velha, tentando se esquivar da aproximação ameaçadora de um touro de chifres imensos e olhos injetados.

Às vezes, a mãe percebia a agitação no quarto ao lado, e nesses dias Corina acordava com a mão tranquilizadora de Bertha em sua testa. Depois disso, conseguia conciliar o sono novamente.

Havia algumas lembranças boas também.

Quando Bertha ouvia o som da caminhonete de Willy chegando para o almoço, dizia para quem estivesse por perto:

— Agora vão lá fora gritar bem alto para chamar o papai. Se vocês gritarem com todas as forças, ele vai ouvir e saber que o almoço está pronto. Acho que todas já estão com fome, não?

E quão grande não era o orgulho quando, poucos minutos depois, a caminhonete do pai realmente apontava lá longe, fazendo a última curva para chegar em casa. Ele então dizia, sempre para uma das filhas:

— Hoje acho que foi o seu grito que ouvi!

Outro motivo de alegria era quando podiam sair com o pai pela lavoura. Isso só acontecia quando ele tinha algo mais breve para resolver nas redondezas. Corina se agarrava à sua mão grande e áspera, esforçando-se para acompanhar seus passos largos e rápidos.

— Papai, por que você sempre corre e nunca anda? — perguntava Corina, todas as vezes.

Willy então percebia que os passinhos da caçula não o acompanhavam e reduzia o ritmo:

— Se comer direito e crescer rápido, logo você vai andar correndo por aí também, *Mein Schatz*.

Ela adorava quando o pai a chamava de "meu tesouro". Adorava quando o pai tinha algo a tratar com o seu braço direito, o colono José, o único no qual Willy depositava leal confiança. Seu Zé, um homem dos seus quarenta anos, afeiçoara-se a Willy, apesar de seu jeito por vezes mal-humorado e reservado. Mas sua maior afeição era dedicada às três crianças, as polaquinhas do patrão. Sempre que avistava uma delas, tirava seu cigarrinho de palha do canto esquerdo da boca e tentava entabular conversa com seu sorriso maroto e carinhoso, mesmo sabendo que nenhuma delas o compreenderia, já que só falavam aquela língua estranha do norte do mundo.

Procurar ovos com a mãe no galinheiro, entre a palha e os sacos de ração, também era motivo de comemoração.

— Vamos lá, meninas, hora de procurar ovos. Quem achar mais ganha um cartão-postal.

Os cartões-postais que chegavam da Alemanha das tias, dos avós e do padrinho eram guardados a sete chaves e serviam de moeda de troca — ou de pequena chantagem — para induzir as filhas à obediência. E funcionava, pois os cartões eram considerados preciosidades pelas quais valia a pena competir.

Mas era Sabine que sempre encontrava a maior quantidade de ovos.

Havia ainda a Frida, uma galinha preta aleijada que Corina carregava para cima e para baixo num carrinho de boneca, em estado precário de conservação, com seu tecido grosseiro esverdeado desbotado, rasgado nas bordas e com rodinhas emperrando e caindo a cada tropeço. Frida fazia as vezes de boneca, um bem precioso, que ainda não havia chegado ao sítio Flamboyant.

— Frida, senta aí quietinha. Se levantar mais uma vez, vai ficar de castigo — dizia Corina à galinha, que parecia entender e apreciar aqueles passeios diários com sua mãe humana.

A inesquecível coruja Nina, que Sabine encontrara, ainda sem penas, caída do ninho no terreiro onde se secava o café colhido, também se tornara companheira das crianças e dos dois cachorros. Nina tomava água no mesmo pote dos cães e, por vezes, podia-se ver as três criaturas bebendo juntas, sem se incomodarem uma com a outra. Ela voava por onde queria durante o dia e voltava à noite para dormir no quartinho de costura da mãe. Até que, um dia, não voltou mais, deixando três crianças inconsoláveis.

— Mamãe, a Nina nunca mais vai voltar? — perguntou Sabine.

— Nada de tristeza. Nina achou um namorado, vai se casar e ter filhinhos. Ela está feliz com a família nova dela — disse a mãe, tentando consolá-las.

Um dia, o pai trouxe um filhote de Pastor Alemão para casa. Era uma fêmea linda e rechonchuda, parecendo um urso de pelúcia. Foi batizada de Ursinha. Dócil e obediente, respeitava principalmente a vira-lata branca e preta, Susi, que já fazia parte da casa há alguns anos. Mamãe não ficou muito feliz com a surpresa que Willy trouxe no meio da noite e sem aviso prévio:

— Quero ver quem vai cuidar desse cão!

— Eu, eu, eu — gritaram as três crianças em uníssono.

Mas Bertha apaixonou-se por Ursinha tão rápido quanto as filhas. Ela tivera um cachorro durante sua infância na Alemanha, pelo qual nutrira um amor incondicional. Ursinha não chegaria a tanto, mas soube conquistar o coração da patroa com muita eficiência.

***

Viviam do que a terra lhes dava, mas existiam duas exceções, sempre muito festejadas. Às quartas-feiras, Papi ia à cidade comprar insumos, enviar cartas aos parentes na Alemanha e resolver pendências bancárias. No final da tarde, voltava com um luxo: pão francês! Trazia também uma sobremesa para o domingo à noite, uma maçã, que era dividida em quatro partes iguais, e mamãe abria mão de seu quinhão.

— Hoje eu não quero maçã, não estou com vontade — dizia ela todos os domingos, num gesto de abnegação materna inconfundível.

E o melhor de tudo: a mãe dizia que maçãs limpam os dentes. Assim, elas eram liberadas da tortura de escovar os dentes nos domingos antes de dormir. Era uma exceção da qual as meninas usufruíam com gosto, já que naquela época, Bertha enfrentava muitos problemas dentários e, em consequência, exigia delas uma higiene bucal impecável após cada refeição.

Nesse período, existiam poucos passeios e poucas visitas. Havia algumas famílias amigas, todas de origem alemã, que viviam nas fazendas vizinhas e esporadicamente visitavam-se umas às outras. Também aconteciam algumas idas à cidade para comprar um novo par de sapatos, ou tomar vacinas, ou ir ao dentista.

E houve uma visita muito especial: o *Opa*!

Opa era o avô Ernest, que vivia na Alemanha. Ele viera visitar sua filha Bertha e suas netas no Brasil. Dessa vez, viera sem a avó Annelise, que ficara na Alemanha. Ela vivera muitos anos no Brasil e havia sido de grande auxílio na criação das três filhas do primeiro casamento de Bertha. Esta rejuvenescia dez anos com a visita do pai. Como era bom tê-lo por perto!

Opa Ernest tinha um jeito todo especial de lidar com crianças. Afinal, ele fora um pediatra muito dedicado por boa parte de sua vida.

As três meninas tinham verdadeira paixão pelo avô materno.

Corina se lembraria para sempre de uma cena da última Páscoa vivida com ele. Ela tinha quatro anos. *Opa* sabia como criar momentos de expectativa e alegria. Foram todos passear no domingo pela manhã e, de repente, *Opa* gritava:

— Olhem, achei umas pegadas de coelho aqui na terra! E parecem pegadas bem recentes!

— Eu não estou vendo nenhuma pegada — reclamava Elisa.

— É claro que não, você acabou de pisar em cima delas! — dizia *Opa*, com cara de preocupado.

— Olhem, de novo o coelhinho branco fugindo por ali!

E, quando as crianças chegavam perto do local indicado por *Opa*, havia sempre um chocolate caído ali por perto. Ele os escondia na manga do casaco e os lançava ao indicar onde avistara o suposto coelho ou o rastro dele. Ou deixava-os cair pela barra da calça, com uma discrição que eliminava qualquer chance de desconfiança das netas.

Opa trazia leveza e sorrisos para aquela casa, normalmente tão sóbria.

Após essa Páscoa, *Opa* voltara para a Alemanha, deixando um vazio nunca mais preenchido no coração de Bertha. Fora sua última visita ao Brasil.

***

Cerca de um ano após a visita do *Opa* Ernest, mais uma visita da longínqua Alemanha chegara à casa do Sítio Flamboyant. Era Carolina, uma das três irmãs de Corina, filha do primeiro casamento de Bertha. Ela já vivia há alguns anos em Berlim e casara-se com um alemão de muito boa índole e muita gentileza no olhar. Era um casal que parecia ter sido feito um para o outro, na delicadeza do trato, no carinho mútuo e na empatia com todos ao seu redor.

Aquele fora o primeiro contato de Corina com sua irmã Carolina, dezessete anos mais velha. Os poucos encontros futuros manteriam em Corina a eterna imagem de uma alma suave e quase quebradiça.

O que também ficaria guardado com eterno carinho era o ursinho de pelúcia marrom que Carolina lhe trouxera de presente da Alemanha.

***

As duas irmãs mais velhas que viviam no Brasil, Beatriz e Viktoria, também já tinham entrado de leve na vida de Corina, mas haviam sido contatos esparsos e passageiros, não permitindo a criação de um vínculo fraternal forte, o que só aconteceria muitos anos depois. Aí então, o papel de irmãs mais velhas geraria uma espécie de adoração genuína por parte da irmã caçula.

***

Quando Corina completou cinco anos, fez-se um arranjo familiar considerado inevitável: mudar-se para a cidade. Essa mudança foi motivada pelo difícil acesso a um ensino de qualidade, já que nas proximidades do Sítio Flamboyant só havia uma sala de aula rudimentar, em que crianças de várias faixas etárias eram colocadas juntas para alfabetização. O sacrifício financeiro que teriam que fazer para arcar com os custos das três crianças na escola da cidade teria que compensar, como pensava Willy.

Sabine e Elisa já iam para essa escola rural há alguns anos, intercalando-se o transporte com as famílias vizinhas. Por praticidade, optaram por colocar ambas ao mesmo tempo, na primeira série escolar, Sabine então com sete anos e Elisa com cinco.

Isso havia sido um modo de conciliar tempo, transporte e reuniões escolares num pacote só, porém significou um duro golpe na individualidade das duas meninas, pois não se respeitaram seus diferentes níveis de maturidade, assimilação e facilidades cognitivas.

Eram bastante unidas, confidentes, brincavam sempre juntas, normalmente excluindo Corina das brincadeiras, por considerarem-na muito pequena para fazer parte das atividades delas. Mas a escola acabou gerando um certo distanciamento entre elas. Sabine era muito inteligente, mas a escola não lhe agradava. Não gostava do ambiente de competitividade e constantes comparações. Em casa, sempre que mostrava um toque de teimosia, ouvia da mãe:

— Você saiu igualzinha à sua avó Katharina. Teimosa igual!

A avó paterna, Katharina, representava um papel distante na vida de Bertha. A nora não conhecia a sogra pessoalmente naquela época. Mas o pouco de informação que Bertha tinha sobre ela fazia-a taxar a sogra como uma pessoa extremamente autoritária que nunca abria mão de sua opinião. Katharina nunca viera ao Brasil e talvez nunca tenha perdoado por completo a partida de seu único filho homem para tão longe.

"Você é igualzinha à sua avó Katharina" era uma frase que Sabine aprendeu a odiar, tornando-se muito sensível a qualquer tipo de comparação. Ela também não conhecia a avó e, com certeza, Willy não tinha a mesma opinião sobre a própria mãe. Mas comparações negativas não faziam bem à sua autoestima, algo que Bertha bem poderia ter compreendido. E a escola era um lugar onde as comparações aconteciam quase diariamente.

Elisa, por sua vez, era curiosa por natureza e sentia-se estimulada e integrada em sala de aula. Isso a fez ser uma aluna aplicada e se sair melhor no quesito notas e avaliações.

No início de 1970, mudaram-se então para Roland, e Corina foi enviada à pré-escola. O período de adaptação foi longo e doloroso. A dificuldade inicial foi a língua, o português não lhe era familiar e a convivência com tantas crianças estranhas, muito menos. Só muito lentamente a escola deixou de ser o ambiente hostil para o qual chegava banhada em lágrimas todas as manhãs.

Willy permanecia a maior parte do tempo no Sítio Flamboyant e só convivia com a família às quartas-feiras e aos domingos.

Tudo parecia ir se encaixando numa rotina benéfica para todos.

Mas Bertha, após mais de vinte anos vivendo entre a natureza, os animais e o canto do Bem-te-vi na varanda, e tão distante da raça humana, em geral, acabou não se adaptando à vida urbana. Sua alma pertencia à natureza.

— Willy, não acho que nossa vinda para cá esteja nos fazendo bem. As meninas se criam melhor no sítio, não ficariam na rua toda hora com vizinhos que nem conheço direito. E eu prefiro minhas plantas e meus bichos, não gosto de ficar entre esses muros todo santo dia.

— E como vamos fazer com a escola?

— Podemos combinar com o vizinho do sítio, você leva e ele busca as crianças. Aí não fica tão difícil. E você pode me deixar dirigir, eu mesma posso levá-las.

— Não sei ainda se seria muito prático voltar para o sítio. Vamos passar horas nessa estradinha. Vamos pensar um pouco mais sobre o assunto.

Assim, Willy tentou ganhar tempo. Embora percebesse o desconforto de Bertha naquela casa da cidade, não concordava que seria viável manter a família vivendo tão longe da escola. Mas ela permaneceu irredutível.

Quando as crianças terminaram o ano letivo, a família retornou ao sítio.

Aos seis anos, Corina iniciou sua primeira série escolar, indo e vindo todos os dias pelos vinte e três quilômetros de estrada de chão do sítio até a cidade, com suas duas irmãs, dormindo no banco traseiro do carro.

Não foi um ano fácil. A língua portuguesa ainda não era de seu total domínio, tirava zero em ditados e chorava copiosamente por dias seguidos.

— Mamãe, não quero ir pra escola nunca mais — dizia Corina com certa frequência.

— Conta o que aconteceu dessa vez — estimulava Bertha.

— A tia Cida mandou eu ler uma página inteira de um livro chato. Toda vez que eu encalhava numa palavra, ela vinha mais perto com aquela régua comprida e dura dela.

— A tia Cida pode até ser chata, mas aposto que ela vai te ensinar a ler rápido e sem encalhar.

— E por que eu preciso ler rápido e sem encalhar?

— Por vários motivos que talvez você ainda não entenda hoje. Mas vou te contar um motivo bem convincente: quando chegarem as cartas do seu padrinho, você vai poder lê-las sem a ajuda de ninguém!

De fato, era um motivo convincente. Seu Padrinho Johann vivia na Alemanha e suas cartas, que chegavam naqueles envelopes azuis de borda listrada, eram recebidas com alegria e afeto incomensuráveis. As cartas eram escritas em alemão e respondidas na mesma língua, já que na Escola Roland que haviam passado a frequentar, lecionava-se o alemão como língua estrangeira. Como em casa continuavam a falar somente a língua materna, além de lerem livros infantis alemães antes de dormir, comunicavam-se melhor no alemão que no português.

Corina sofria bullying por sempre chegar com o cabelo desgrenhado. Embora Bertha penteasse caprichosamente seus lisos cabelos louros pela manhã, estes se emaranhavam enquanto cochilava, encostada com a cabeça no encosto do assento do carro.

Outro motivo de bullying eram as unhas sujas e os congas velhos e rasgados, que faziam as vezes dos tênis daquela época. Eram sapatos de lona com sola e bico de borracha brancos. A borracha branca encardia rápido e a lona desbeiçava mais a cada lavada. O sotaque alemão que não conseguia disfarçar nas poucas vezes em que era convocada a se manifestar durante as aulas também era motivo de risada dos colegas da escola; o "r" arrastado a perseguiu por longos anos.

Não sentia apoio ou acolhimento por parte alguma, seja em casa, na escola ou com outras crianças. Um dia ficara sozinha na sala de aula na hora do intervalo. Uma outra aluna, Simone, entrou. Por algum motivo, que ninguém soube relatar depois, Simone lhe deu um soco no estômago e saiu. Corina se pôs a chorar e, quando a sua professora, a tão odiada tia Cida, perguntou pelo motivo do choro, a resposta tão pedagogicamente perturbadora fora:

— E por que você não devolveu o soco nela?

Essa resposta a marcou por longos e longos anos, pois machucara mais do que o soco.

Foi um marco em sua vida: constatar que não havia ninguém a quem recorrer, independentemente do que acontecesse.

Dentro de casa, não era muito diferente. As duas irmãs mais velhas estudavam e brincavam juntas, não lhe dirigindo muito a atenção. O pai era muito ocupado, quase ausente.

A mãe, nessa época, já demonstrava certo grau de desinteresse por tudo o que a rodeava. Esse desinteresse muitas vezes transformava-se em mágoa e raiva destiladas contra um alvo imprevisível, podendo ser Willy, Sabine ou Corina, raramente Elisa.

Assim, Corina criou uma casca de autoproteção precoce que foi endurecendo ao longo de vários e vários anos. Ganhou uma espessura ainda maior logo aos seis anos, quando as três meninas foram marcadas por um evento que nenhuma delas jamais esqueceria.

Mami e Papi haviam discutido ao anoitecer. Após a discussão, o pai foi refugiar-se em seu escritório, que se situava a uns quinhentos metros da casa.

Sabine acordou com o choro de Elisa, sentada na cama da mãe. Em seguida, Corina também acordou com o tumulto que se fez quando Sabine correu até a porta da cozinha e gritou desesperadamente noite adentro, chamando pelo pai.

— Paaaaaai — gritava ela.

Mas a noite escura devolvia um silêncio sereno.

— Paaaaai, vem pra caaaaasa — tentava ela de novo.

Após o terceiro grito angustiante, Sabine viu um vulto distante se aproximando e logo ouviu a voz assustada do pai.

— Filha, o que aconteceu?

A cena era a seguinte: Bertha, em mais uma tentativa de suicídio, cortara ambos os pulsos e Elisa tentara contê-la sem sucesso.

Os longos momentos de pura angústia, até que Willy ouviu os gritos e veio correndo até a casa, foram vividos de formas diferentes pelas três irmãs.

Sabine havia sido a mais racional, conseguiu agir, chamar por socorro, embora seus dez anos ainda não lhe dessem a calma que tentava transparecer.

Elisa era o sofrimento personificado, seu pranto era de uma dor profunda e desesperada, pois aos oito anos jamais entenderia que aquele ato da mãe não era por desamor a ela. Sua mãe já era um poço de dor, e era essa a única forma que encontrava para pedir ajuda.

Corina, que ninguém notara, recolheu-se em seu canto e em si mesma, sem derramar uma única lágrima, observando o alvoroço, como que se convencendo de que aquela casca a protegeria daquilo tudo e a transportaria para outra dimensão mais leve e mais acolhedora.

1936

CAPÍTULO 2

> É difícil, em tempos como estes,
> ideais, sonhos e esperanças
> permanecerem dentro de nós,
> sendo esmagados
> pela dura realidade.
> No entanto, eu me apego
> a eles,
> porque eu ainda acredito,
> apesar de tudo,
> que as pessoas
> são boas de coração."

ANNE FRANK

Ernest era judeu, assim como todos os seus antepassados dos quais tinha conhecimento. Em sua árvore genealógica, ele contava com várias personalidades que haviam se destacado ao longo da história, todas nascidas na Alemanha.

Seus tios-avôs maternos, Raphael e Samuel Löwenfeld, haviam lutado contra o antissemitismo no século XIX. O primeiro atuara nas artes, fundara o primeiro Teatro Filantrópico de Berlim — o Teatro Schiller — e traduzira várias obras de Tolstói. O segundo fora historiador e professor universitário, escreveu livros sobre o preconceito e a perseguição contra o povo judeu e falecera cedo, aos trinta e sete anos, poucos meses após seu segundo casamento.

A prima de segundo grau de Ernest, Rahel Strauss, uma das primeiras médicas do sexo feminino atuantes na Alemanha, formada em 1905, fora um exemplo de luta pelos direitos das mulheres judias em Munique.

Era uma família tradicional de grandes posses, viveram durante várias gerações em Posen, uma região ao leste da Alemanha, hoje localizada em território polonês. Ernest nasceu em 1893. Era o filho mais novo de Rosalie e Albert. Viviam numa casa imensa, um palacete que, muitos anos depois, se tornaria um hospital para reabilitação de crianças com doenças crônicas graves.

Pouco antes de completar nove anos, mudaram-se para Berlim, que logo se tornaria a cidade que Ernest não trocaria por nenhuma outra no mundo, caso uma guerra vindoura não o obrigasse a viver em outras tão distantes.

Ele tinha uma irmã três anos mais velha, chamada Eleanor. Os dois irmãos davam-se muito bem, embora tivessem gênios bastante distintos. Eleanor era de uma seriedade contida, um olhar bondoso, mas de raros sorrisos. Já Ernest era extrovertido, sempre bem-humorado e de uma alegria contagiante. Sabia encantar adultos e crianças, desde muito pequeno. E, muito cedo, também já sabia que seguiria a profissão de médico, como sua prima de segundo grau Rahel.

Seu pai, no fundo, sonhava que ele seguisse seus passos na advocacia, mas acabou por se contentar com a decisão firme e precoce do filho. O que não o impedia de provocar Ernest esporadicamente, na hora do jantar:

— Filho, hoje atendi um cliente que perdeu o neto numa briga de bar. Esse pobre moço tinha só dezenove anos. Ele causou a briga por flertar com a namorada de outro rapaz. Mas perdeu a briga e a vida, pois o namorado da moça o empurrou, fazendo que o neto do meu cliente morresse quebrando o crânio ao bater com a cabeça no chão de granito. Quem você escolheria para defender, se o caso fosse a júri?

— Eu escolheria abrir a cabeça do neto para tentar salvar ele da pancada e já introduzia um pouco de juízo nela. E depois de salvo, devolvia ele para você para defendê-lo na frente do juiz — respondia Ernest bem-humorado, sabendo que seu pai apenas o testava.

— Ih, pai, se eu fosse você, eu desistia. Esse cabeça dura aí vai ser médico custe o que custar — comentava Eleanor, conhecendo bem o irmão mais novo.

Ernest então piscava carinhosamente para a irmã, sentindo-se compreendido e apoiado. No fundo, tinha total convicção de que o pai também lhe daria suporte irrestrito para qualquer carreira que decidisse seguir, contanto que mostrasse dedicação e aptidão para aquela escolha.

***

Já Annelise era alemã de sangue e berço, como dizia Ernest ao conhecê-la. Ambos disputavam a nobreza de seus antepassados. Ela também tinha um tio-avô materno do qual se orgulhar. Rudolf Clausius era doutor em física e um dos fundadores da ciência da termodinâmica moderna. Seu avô, Anton, era teólogo e doutor em filosofia. Seu pai, Martin, médico cardiologista.

Nascida em berço de ouro e criada para ser uma dama da sociedade alemã aristocrática, com aulas de piano, bordado e etiqueta, Annelise passou por tempos não tão dourados após a morte prematura de seu pai.

Sua mãe, Anna, viúva aos quarenta e cinco anos e com sete filhos para criar, a mais nova com apenas cinco anos, não teve muita alternativa a não ser aceitar a ajuda de sua cunhada, Martha, irmã de seu falecido marido. Isso não agradou aos sete sobrinhos, pois a tia não tinha um gênio muito fácil.

— Mãe, a tia Martha briga por qualquer coisa. Hoje à tarde, a Helene não queria comer todo o pão, aí eu levei o resto do pão pra jogar no lixo e ela me deu a maior bronca. E fez Helene comer tudo enquanto chorava e se engasgava.

— Eu sei, filha. Mas não vamos criar caso com ela por causa de um pão. Precisamos da ajuda dela aqui.

Annelise se retraía para não sobrecarregar ainda mais a mãe com suas queixas, mas logo surgia outra pequena desavença que a incomodava profundamente.

— Mãe, eu já sou grande, não preciso mais da tia Martha cuidando de mim. E posso cuidar dos meus irmãos menores também. Assim ela não precisa mais ficar vindo aqui toda hora.

Mas a mãe a acalmava novamente, convencendo-a de que a tia muito em breve não seria mais presença constante na casa.

Martha Ackermann havia sido uma garota prodígio que, indo muito além dos padrões da época, fora estudar odontologia nos Estados Unidos em 1890, pois em seu país as mulheres ainda não conseguiam vagas para o curso em questão. Ao voltar da América, fez fama e fortuna como a primeira mulher dentista da Alemanha, com seu consultório em Leipzig. Em 1907, uma nova lei proibiria todas as dentistas que não haviam obtido seu diploma na Alemanha de continuar exercendo suas atividades caso não fizessem um curso de revalidação e uma prova de admissão pelo governo local. Sendo assim, ela acabou abdicando da tão amada profissão, casou-se e foi viver com seu esposo em um enorme palacete. Esta propriedade futuramente transformar-se-ia em um orfanato por longos anos, até ser leiloada para uma simpática russa que tinha o sonho de ter seu próprio palácio.

Martha não teve filhos. Ao ver seus sete sobrinhos desamparados com a morte de seu irmão, pôs-se a auxiliar na educação destes. E, mais tarde, também na formação profissional de alguns deles.

***

Dos seis irmãos de Annelise, dois tinham uma ligação mais especial com ela. Um deles era seu irmão Hans, dois anos mais velho que ela e amigo muito próximo de Ernest. E a outra era sua irmã caçula, Helene, quatro anos mais nova que, muito cedo, se empolgou com ideias revolucionárias e aos vinte e poucos anos já se casara com um jovem comunista, fortalecendo suas, até então, frágeis convicções idealistas.

Nunca foi muito próxima do irmão mais velho, Herbert. Tinha um carinho enorme pelo segundo da linhagem, Rupert, que faleceu de pneumonia enquanto ainda era estudante universitário. Portador de esquizofrenia, mas de uma doçura cativante e inteligência genial; no fundo, era o preferido de Anna.

Na sequência, havia ainda Konstant, com quem sempre discutia ou brigava por pequenas e grandes desavenças. Por último, Albin, que se dava bem com todos e fugia de qualquer confronto.

※※※

Annelise e Ernest conheceram-se pouco antes dos anos conturbados da Primeira Guerra Mundial. Ernest cursava medicina e, na mesma universidade, o irmão de Annelise, Hans, estudava odontologia. Os dois tornaram-se amigos durante a faculdade, e foi Hans quem apresentou sua irmã ao amigo. Certo dia, ele levou Annelise para patinar num lago congelado nos arredores da cidade, um lugar que Ernest também frequentava.

— Ernest, pare um pouco de rodar pela pista e venha conhecer minha irmã preferida, Annelise. Lise, este é o amigo do qual te falei outro dia. Ele estuda medicina e fazemos algumas matérias juntos.

— Muito prazer, Annelise. Hans, fico feliz que tenha vindo. E mais feliz por ter trazido esse raio de sol junto para aquecer nossa tarde.

— O prazer é meu, Ernest. Hans realmente fala muito de você. Só não tinha contado que era tão galanteador — disse Annelise, corando levemente.

— Achei que nada ia tirar seu irmão de casa hoje. Temos uma prova amanhã e ele sempre tira a melhor nota da turma. Tinha certeza de que ele ficaria trancado no quarto, estudando.

— Não amola, Ernest. Quem te ouve falar assim pensa que não é você o queridinho dos professores.

— Pelo jeito a competição aí é feroz — riu Annelise. — Ainda bem que são amigos e nunca vão ser concorrentes na profissão.

— E ainda bem que ele tem uma irmã linda e esperta que o tira de casa de vez em quando para patinar — disse Ernest, tentando mergulhar naqueles olhos verdes e profundos que tanto lhe chamaram a atenção.

Houve uma identificação instantânea entre Annelise e Ernest, e Hans rapidamente percebeu que aquele primeiro encontro não se resumiria àquela tarde inocente no lago. Ele conhecia a timidez de sua irmã, mas também era ciente da força propulsora que emanava dela quando queria alguma coisa. E considerava Ernest uma das pessoas mais corretas e confiáveis que já conhecera.

Logo Ernest e Annelise começaram a marcar alguns encontros a dois, iniciando um romance, com amplo apoio de Hans.

— Ainda vou ser o padrinho desse casamento — provocava ele, quando os via juntos.

— Isso me deixa lisonjeado, meu amigo, pois ouvi dizer que você cuida da sua irmã que nem galinha-choca — respondia Ernest, orgulhoso pela confiança que Hans depositava nele.

— Quem sabe um dia eu passe o bastão da galinha-choca para você — ria Hans.

— E quem sabe nesse dia eu também tenha direito de dizer que não quero nenhuma galinha-choca no meu pé, pois já sou bem grandinha para decidir o que é bom para mim — dizia Annelise, rindo de sua própria petulância.

— Oh, Ernest, desculpe nunca ter te avisado de que ela tem garras bem afiadas quando se dá conta de que estão mexendo no seu vespeiro.

Riam-se todos e o assunto mudava de foco.

Mas após esses breves encontros, a primeira grande guerra irrompeu em julho de 1914, intrometendo-se entre vidas e romances, e teve a ousadia de durar longos quatro anos. O relacionamento de Ernest e Annelise tivera que esperar. E esperou, pacientemente.

Outro acontecimento que turvou a alegria de Ernest e acentuou a dor da partida foi a morte de sua mãe no mesmo ano. Uma pneumonia a levou aos quarenta e nove anos.

Ernest e Hans alistaram-se e foram lutar como soldados do exército alemão na França, interrompendo suas vidas de conforto e estabilidade. Nas poucas licenças que Ernest recebia, vinha para casa e reservava o máximo de tempo para Annelise. Nos períodos em que permanecia distante, algumas cartas eram trocadas, outras nunca chegavam.

Foram tempos difíceis, em que ambos se viram diante do medo e da insegurança. E também da indefinição, de um futuro incerto e de um amor que poderia florescer ou ser cortado pela raiz, dependendo do que a guerra decidisse por eles.

Mas esperaram.

Pacientemente.

No segundo semestre de 1918, as coisas pareciam se definir a favor dos países que lutavam contra a Alemanha e Ernest voltou para casa em mais uma folga curta que lhe fora concedida.

— Lise, tudo indica que a guerra vai terminar em poucos meses. Tenho que voltar mais uma vez para o front, mas já estou rezando para que seja a última vez. Está ficando cada vez mais difícil ficar longe daqui, sinto muito a sua falta e meu pai anda cada vez mais abatido.

— Sim, o Hans fez essa mesma previsão lá em casa na última vez que veio. Tudo indica que vamos perder essa guerra. Mas o mais importante é que ela acabe e que vocês voltem logo. Também rezo todos os dias para te ver são e salvo aqui por perto. E prometo visitar seu pai mais vezes enquanto você não volta.

— Isso vai me deixar em desvantagem. Ele já idolatra a futura nora dele e desfia longos elogios toda vez que chego em casa — respondeu Ernest, quase com ciúmes do carinho que o pai tinha por Annelise. Mas, ao mesmo tempo, valorizava muito a atenção que ela dedicava a seu pai.

— Gosto de ir visitá-lo. Não faço isso por educação, não. Também gosto muito de Eleanor, conversamos durante horas sempre que vou lá. Ela cuida muito bem de seu pai.

Nessa época, Eleanor já frequentava o curso de filologia e se dedicava a estudar com afinco a língua alemã, por meio de textos antigos e manuscritos. Mas sua maior dedicação era ao pai, que vinha enfraquecendo visivelmente depois da morte da esposa e o início da guerra.

Após uma de suas visitas a seu provável futuro sogro, Annelise virou-se para Eleanor ao sair:

— Vá tomar um café amanhã lá em casa. Minha mãe fez um bolo hoje, mas não estava pronto quando vim para cá.

— Agradeço o convite, minha querida, mas vamos ver como estará papai amanhã. Hoje ele não está nada bem. Mande lembranças para sua mãe e diga que o próximo bolo eu não perco.

— Sim, hoje ele está muito tristonho mesmo, nem deu seu sorriso cativante que normalmente recebo quando chego. Ele se preocupa muito com Ernest, não?

— Nesse momento creio que todas as famílias estão preocupadas com pelo menos um filho, um pai ou um irmão na guerra. Sua mãe não deve estar menos preocupada que meu pai, já que também reza por Hans todas as noites. Temos que lidar com isso da maneira mais saudável possível. Ernest pareceu muito otimista em relação ao fim dessa guerra. Quanto ao sorriso cativante de papai, fique tranquila, com certeza você já tem um lugar bem reservado no coração dele. Ele sempre fica feliz quando você vem.

***

Em novembro de 1918 a guerra terminava e Hans e Ernest sobreviveram. Ambos voltaram para sua terra natal com vida e sem sequelas físicas, apenas emocionais.

Após o conflito, finalizaram seus cursos de medicina e odontologia em Berlim. Ernest, então, se especializara em pediatria.

Quando voltou da guerra, mais maduro, porém com a mesma energia e alegria de outrora, sentiu-se preparado para dar um passo maior em sua vida pessoal.

Apaixonara-se por Annelise há muito tempo e sentia-se correspondido. Amava seu sorriso meigo, seu olhar decidido, seu cabelo loiro e curto sempre comportadamente ajeitado atrás das orelhas e, acima de tudo, amava as longas conversas sobre todos os possíveis assuntos que mantinha com ela durante horas. Era inteligente, atenta, ponderada, de uma integridade acima de toda prova, e sua companhia o fortalecia. Mesmo depois de tanto tempo, ainda se sentia enfeitiçado por aqueles olhos cor de esmeralda toda vez que a fitava.

Foi aprofundando seu relacionamento com Annelise, vindo a pedi-la em casamento em 1921.

— Lise, não sou o criador da termodinâmica, nem sei interpretar as obras de Tolstói, mas já tenho um diploma de médico e prometo ser fiel e dedicado à minha profissão e a você. Tenho alguma chance de ter uma resposta positiva caso crie coragem de te pedir para ser minha mulher?

— Ernest, você não terá a mínima chance se continuar querendo me conquistar com essa formalidade toda. Será que tenho alguma chance de ser pedida em casamento com um pouco mais de romantismo?

— Lise, minha adorada, mesmo que tenhamos que passar fome juntos, você aceita ser amada por mim para o resto de nossas vidas?

Lise aceitou, emocionada e apaixonada. Ela também se sentia pronta para esse momento. Os anos da guerra tinham sido uma prova difícil, mas, por outro lado, lhe provaram que era com aquele rapaz alto, de nariz aquilino e olhos verdes que queria passar o resto da vida. Queria ouvir aquela risada contagiante todas as manhãs, compartilhar de suas opiniões claras e objetivas sobre o certo e o errado e sentir aquele abraço protetor todas as noites.

Casaram-se, com a bênção de ambas as famílias. O pai de Ernest falecera pouco tempo antes da cerimônia, mas encantara-se por sua futura nora desde que a conhecera, e pressentira que Ernest havia feito uma ótima escolha.

— Filho, não sei se vou chegar a conhecer meus netos. Mas sinto em minha alma que a mãe deles é uma pessoa encantadora, que vai saber educá-los com a mesma sabedoria e amor com o qual sua mãe educou vocês. Então descansarei em paz quando minha hora chegar.

E sua hora chegou poucas semanas depois de proferir essa bênção.

No mesmo ano, 1921, Albert Einstein, o físico judeu alemão, ganhava o Prêmio Nobel de física, o que orgulhava a todos os judeus e alemães.

Após o término da faculdade, Ernest havia permanecido em Berlim. Porém, naquele tempo, os médicos eram encaminhados para as cidades onde eram mais necessitados. Ernest fora então direcionado para Schneidemühl, uma cidade mais a sudeste da Alemanha, próxima à fronteira com a Polônia e à sua cidade natal. Conformaram-se com uma cidade menor e uma casa grande onde pudessem criar mais livremente seus futuros filhos. E assim, aceitaram seu destino de bom grado.

Nessa época, Ernest já havia provado seu dom em cativar seus pacientes, pais e filhos, em seu consultório, localizado numa sala contígua à casa onde moravam. Em pouco tempo tornara-se um pediatra renomado e muito requisitado na cidade de Schneidemühl e redondezas.

Dois anos após o casamento, falecia a mãe de Annelise, Anna. A perda do pai quando era ainda criança havia sido um duro golpe. Conhecer o pai de Ernest fora como encontrar um apoio paterno novamente; a afeição mútua entre eles criara uma conexão especial que a confortava profundamente. Este também já se fora, mas foi com a morte da mãe que veio a real sensação de orfandade. Anna fora sua última referência familiar direta e sua partida trouxe a triste convicção da finitude.

***

Ernest e Annelise tiveram sua primeira filha, Anne, no verão de 1922. Apesar das dificuldades do pós-guerra, do longo período de inflação e de instabilidade econômica, os três viviam uma vida confortável e próspera.

Anne era uma criança muito peculiar; tinha uma alegria genuína, contagiante. Desde muito pequena já demonstrava características incomuns para a tenra idade.

"Que criança prática" e "Pequena, mas muito pé no chão" eram os comentários da família e conhecidos mais próximos.

— Ernest, venha ver sua filha comer o primeiro pêssego da vida dela — chamou Annelise. — Acho que vou deixar você dar o banho nela hoje...

— Depois de ver esse sorrisão gostoso, dou banho nela toda vez que comer pêssego — concordou Ernest.

— Até lambuzada de pêssego dá pra ver que o sorrisão dela é desse pai babão.

Anne ocupou o centro da casa, das atenções, reinando absoluta no coração de seus pais por longos dois anos.

Então, em meio ao rigoroso inverno de 1924, nascia Bertha, a segunda filha do casal. O que Anne tinha em alegria, Bertha tinha em rebeldia. Cresceu sempre fugindo um pouco da formalidade imposta pelos códigos sociais e culturais já herdados de tantas gerações.

Era vivaz, bonita e herdara os cabelos escuros e os olhos verdes do pai, ao contrário da irmã Anne, loira, charmosa e mais roliça.

Muito cedo já dizia com a convicção dos que não permitem ser contrariados:

— Vou ser uma grande pediatra como meu Papi.

E o pai, claro, orgulhava-se muito de sua voluntariosa caçula.

Tia Eleanor deleitava-se com suas sobrinhas quando ia visitá-los. Ainda não havia se casado nem tido seus próprios filhos e não parecia ter pressa para tal, como dizia Annelise para Ernest nessas ocasiões.

— Dedicou a vida inteira aos outros. Primeiro minha mãe, depois meu pai, depois um vizinho, uma amiga, e assim vai... — respondia Ernest.

***

Viria o tempo em que essas convicções seriam quebradas impiedosamente como galhos secos num temporal. Mas aqueles ainda eram tempos suaves em que se confiava no hoje e no amanhã, nos planos e nos sonhos.

As duas irmãs cresceram num lar amoroso e saudável. O círculo de amizades da família era grande e os pais eram social e culturalmente bastante engajados. Relacionavam-se bem em todos os meios.

Bertha cultivava uma amizade franca e profunda com um dos filhos de um casal amigo. Essa amizade iniciara-se aos cinco anos. O menino chamava-se Udo e tinha verdadeira adoração por sua pequena amiga. Brincavam juntos, filosofavam juntos, cometiam pequenas transgressões juntos e até tinham suas crises de asma na mesma época. Essas crises eram tratadas com uma lâmpada de irradiação ultravioleta, chamada de *Höhensonne*, sol das altitudes. Udo e Bertha eram colocados sem roupas, com os olhos vendados por uma capinha de couro opaca, dentro de uma pequena cabine. Lá, permaneciam por um determinado tempo, recebendo os raios ultravioletas. Após as sessões, sempre tinham permissão para brincar por mais um tempo.

Como as capinhas de couro que protegiam os olhos durante o tratamento deixavam a pele ao redor dos olhos mais clara, enquanto o restante do corpo se bronzeava com os raios, as crianças que passavam por esse tratamento eram chamadas de Olhos de Mickey Mouse por um tempo.

— MickeyUdo, trate de ir pra casa, sua mãe já deve estar bem brava! — caçoava Anne.

— Só vou pra casa quando a MickeyBrie mandar — respondia Udo.

Udo, aos oito anos, já sonhava com o dia em que pediria "Brie" em casamento. Esse sonho, no entanto, se desfaria quando ambos completassem catorze anos.

Até 1933, os anos foram se passando languidamente, com intercorrências sutis e insuficientes para causar preocupações.

Mas aí veio a virada.

Hitler ascendeu rápida e impetuosamente ao poder, causando danos, rupturas e perdas em progressão vertiginosa em lares de origem judia. A Alemanha, que havia perdido a Primeira Grande Guerra em 1918, sentia-se humilhada com as condições do Tratado de Paz assinado em Paris, um ano após o fim da guerra. Dentre as imposições estavam a desmilitarização e o pagamento de altas indenizações aos países vencedores. Esse sentimento de humilhação, associado às dificuldades econômicas provindas da derrota, abriram espaço para o surgimento desse líder radical e cheio de ressentimentos chamado Adolf Hitler.

Um acontecimento trágico marcou profundamente a família no ano de 1933. A irmã adorada de Annelise, Helene, tão convictamente comunista, revoltava-se com a teoria nazista que focava na formação de uma raça alemã forte e superior a qualquer outra nação.

A postura de Helene gerava grandes conflitos na casa materna. O irmão Konstant era o que mais se irritava com seus discursos inflamados sobre a defesa da classe operária.

— Helene, você deveria refletir mais sobre o que fala. Fomos humilhados demais depois da maldita guerra. Hoje temos que mostrar ao mundo que somos fortes e independentes. E não é sua adorada classe operária que vai conseguir fazer isso. Quando é que você vai se dar conta disso? — dizia ele.

— Quer dizer que você também se acha superior, igual a esse maldito Bigodinho que está virando a cabeça de todos vocês? Vai virar um burguês arrogante e pisar nos simples trabalhadores que botam comida na sua mesa? — retrucava Helene, impaciente com seu irmão mais velho.

Ela se revoltava com um dos objetivos essenciais do nazismo, que era a destruição de toda a teoria de Marx. Hitler logo iniciou uma doutrinação na sociedade alemã, convencendo-a de que os comunistas e os judeus eram os maiores inimigos da nação.

Annelise compreendia os anseios de sua irmã, embora não concordasse com seus ideais marxistas. Simultaneamente também discordava de todos os meios autoritários dos quais Hitler fazia uso para se apoderar das mentes de toda a população. Temia por sua irmã, comunista. E temia por seu marido, judeu.

Mas Helene não estava aberta a conselhos, por mais que Annelise pedisse ponderação e discrição. Pelo contrário, afastava-se ainda mais. Inclusive participava de manifestações pró-comunismo nas ruas, ciente das perseguições que Hitler já iniciara abertamente.

— Helene, você sabe o risco que vocês estão correndo? Vocês leem as notícias que falam de comunistas sumindo ou sendo presos? Não é melhor fazer reuniões em casa do que se expor assim nas ruas?

— Lise, não podemos fechar os olhos para o que está acontecendo. Se fizermos isso, vamos concordar com os absurdos que esse louco prega por aí — dizia Helene, com irritação crescente.

Annelise sabia que qualquer discurso seria em vão. E sua preocupação aumentava a cada dia, com toda a razão. Até que Helene começou a se retrair dos encontros familiares, passou a se distanciar de tudo e de todos e viver reclusa com seu marido, sem atender mais aos chamados de Annelise para um café da tarde em sua casa.

Eis que a jovem, aos vinte e poucos anos, não suportando a frustração e a agonia que a ascensão de Hitler lhe causava, cometeu suicídio juntamente com seu marido, num dia chuvoso de outono.

O choque paralisou Annelise. Jamais perdoou Hitler por aquele luto. Nem por tantos que ainda viriam. A insensatez prevalecera.

A partir dali a vida seguiu aos solavancos e o amanhã tornou-se inseguro e instável, culminando com a chegada dos guardas de elite do estado nazista na casa de Ernest e Annelise naquela manhã de 1936.

1971-1977

CAPÍTULO 3

> "Eterno é tudo aquilo
> que dura uma fração
> de segundo,
> mas com tamanha
> intensidade
> que se petrifica,
> e nenhuma força
> jamais o resgata."
>
> **Carlos Drummond
> de Andrade**

A imagem que Corina carregava mais viva na memória daquela data trágica em que sua mãe tentara tirar a própria vida fora a de uma noite muito escura e um pai nervoso tentando manter a mãe contra sua vontade dentro do carro, no caminho para o hospital psiquiátrico, com três crianças de seis, oito e dez anos chorando no banco traseiro.

A casa onde Corina e suas irmãs foram deixadas durante a permanência da mãe na clínica psiquiátrica pertencia à prima Maria, que era sobrinha de Bertha, filha de sua irmã Anne. Era uma casa grande no meio de um terreno enorme, na cidade de Roland. Havia porão e havia sótão e três primas para brincar.

Maria casara-se cedo e também tivera três filhas mulheres, Samara, Janeth e Erika, com idades muito próximas de Sabine, Elisa e Corina.

É claro que, para Maria, aquela situação não era muito agradável. De repente, aquelas três crianças a mais dentro de casa, alterando toda a rotina e tranquilidade de sua família. Além da tia internada numa clínica psiquiátrica! Sua mãe Anne sempre fora de uma força e vitalidade surpreendentes, enquanto tia Bertha já manifestara instabilidades emocionais esporádicas, inclusive durante seu primeiro casamento, do qual trazia as três filhas mais velhas.

Mas Maria as recebia com doçura, enquanto discretamente lamentava a ausência de suas primas mais velhas, que poderiam ter sido de grande ajuda.

O contato com as primas, até então, não havia sido muito próximo e Corina não conseguia se sentir à vontade naquela grande casa de sótão sombrio.

— Sabi, não quero mais ficar aqui, quero ir pra casa — dizia Corina para sua irmã mais velha. A cada noite, antes de dormir, tornava-se chorosa e tentava achar abrigo na cama de Sabine.

— Também quero ir pra casa — respondia Sabine. — Mas mamãe ainda está doente no hospital.

— Amanhã não quero brincar no sótão de novo.

— Então fica aqui no quarto fazendo manha enquanto nos divertimos no sótão — disse Elisa da cama ao lado.

E Corina acabava por adormecer irritada e amedrontada.

Quando o pai veio buscá-las, avisando que teriam que cuidar da mãe, pois ela ainda não estava totalmente recuperada da doença que a segurou no hospital por sete dias, a alegria foi maior do que o medo de mamãe ter esgotado seu amor por elas. Mas, afinal, por que ela preferia morrer a viver com elas?

— Papai, se a gente se comportar direitinho, a mamãe não vai mais querer ir embora, né? — perguntou Elisa no caminho de casa.

— Mamãe não quis ir embora, minha querida. Só ficou um pouco doente. Mas logo vai estar boa de novo, você vai ver — respondeu o pai, sabendo que não estava sendo muito convincente. Mas como dar garantia para suas filhas, se nem ele sabia a severidade do quadro de sua esposa?

— Não vou mais chorar para escovar os dentes, papai. Assim, mamãe não fica mais triste comigo — prometeu Corina.

— Combinado, então, nada de choro para escovar os dentes!

De fato, Bertha parecia lentamente se recuperar "da doença" e Willy se mostrou mais presente e mais atencioso com a família por um tempo.

Ele já sabia das tendências depressivas da esposa, mas não imaginava a que ponto poderia chegar sua fragilidade emocional. Não sabia lidar com aquela nova situação, muito menos verbalizar seus temores quanto à insegurança que o acontecimento recente gerava em seu lar. Só podia rezar para que ocorrências como aquela não se repetissem mais.

Bertha sentia-se um pouco mais serena. Conseguia sorrir um sorriso menos duro e dormia um sono mais reparador por algumas noites. Raios de luz permeavam aquela escuridão cheia de fantasmas que a dominavam outrora.

No entanto, tinha medo. Sabia que o manto pesado a encobriria novamente em breve. Já havia passado por momentos como aquele. Os bons e os maus. Nenhum deles durava.

***

Alguns meses depois, Willy comprou um carro de passeio. Era um Fusca de cor bege, que Bertha logo batizou de coruja.

"Papai saiu com a coruja hoje", "Vamos de coruja para a cidade amanhã" e "A coruja já rodou mais que a caminhonete" eram comentários frequentes de Bertha. Willy gostava tanto do Fusca que ela chegava a ficar enciumada.

A coruja também os levava para a praia uma vez ao ano. Era uma festa. Foi o primeiro luxo que a família se permitiu ter quando as economias se tornaram mais promissoras. Todo mês de janeiro carregavam a coruja e lá iam os pais na frente e as crianças no banco traseiro, o porta-malas lotado até não caber mais nenhum chinelo.

— Mamãe, acho que vou vomitar!

Essa frase de Corina já era esperada após umas duas horas de viagem.

— Mamãe, a Corina vomitou no meu pé! — vinha o grito irritado de Elisa, quando a irmã não avisava a tempo.

A viagem era interrompida, limpava-se o carro e as crianças e, então, Corina ia no banco da frente ao lado do pai, com os vidros escancarados, onde aguentava por mais algumas horas de viagem. Chegavam com os cabelos emaranhados pelo vento que entrava generoso pelas janelas.

O destino era Piçarras, onde ficavam na Pensão de Dona Edith, uma senhora de origem alemã, que os recebia quase que fazendo as vezes de avó, cheia de mimos e atenções.

As viagens em si já eram prazerosas, apesar das náuseas, calor e pouco espaço no carro. O pai tornava-se mais leve e bem-humorado durante todo o percurso. Conversava-se, ria-se e comiam-se gostosuras.

No meio da tarde, com a viagem já bem adiantada, havia a parada obrigatória em Joinville, uma cidade de colonização alemã, para o café colonial. Em casa nunca viam tanta comida em cima da mesa!

Depois da parada obrigatória, mais um curto trajeto até o destino final.

— Olhem, ali deve ser um matadouro — comentava Willy, avistando uma cerca cheia de urubus.

— Matadouro de urubus, papai? — perguntava ingenuamente Corina.

— Não, *mein Schatz*, matadouro de bois e vacas. Mas os urubus ficam ali de butuca, doidinhos para roubar alguns miúdos para eles.

Todos riam e se divertiam. Até a mamãe.

— Olhem o que está escrito na traseira daquele caminhão — observou Bertha. — "É ruim o cheiro, mas dá dinheiro".

Era um caminhão que transportava porcos para o abate.

— Para aguentar esse cheiro por horas a fio, tem que dar dinheiro mesmo — emendava o pai.

Mas Bertha viajava um pouco tensa, pois temia as estradas e o jeito distraído de Willy dirigir. Este concentrava-se mais nas redondezas do que no volante do carro, admirando uma paisagem aqui ou um animal no pasto acolá.

Permaneciam por quinze dias em Piçarras, usufruindo da praia no começo da manhã e nos fins de tarde. Depois das dez horas da manhã, o sol inclemente queimaria sem dó aquelas peles brancas reluzentes. Protetor solar ainda não fazia parte da bagagem.

— Vocês viram que hoje papai e mamãe caminharam de mãos dadas? — observou Elisa uma tarde.

— Sim, e mamãe passou creme nas costas dele — comentou Sabine.

As meninas sempre registravam a nítida harmonia que se instalava entre seus pais durante esses curtos períodos de férias.

Após aquelas duas semanas de descanso e diversão, a coruja então os levava de volta para casa e para a rotina.

Os anos se sucediam, com um espinho no pé aqui, uma caxumba ali, um prego furando o chinelo acolá, um sarampo ou uma inflamação no ouvido cá... uns bichos de pé trazendo uma coceirinha danada que a agulha da mãe tirava certeiramente, mas sem dó.

A rotina de casa e a carga opressora dos tempos difíceis fazia Bertha manter costumes de tempos de guerra. Os alimentos que o sítio podia fornecer eram muito bem aproveitados, nada se perdia. O leite próximo de azedar virava coalhada ou ricota. O ovo quebrado virava omelete. A galinha já envelhecida virava assado. Alguns desses hábitos geraram aversões duradouras em Corina. Depois de adulta nunca conseguiu comer queijos pouco curados ou coalhadas, pois lhe remetiam ao leite estragado. Morder uma casca de ovo numa omelete lhe causava ânsia. O frango no prato lhe gerava a sensação frustrante de comer a galinha de estimação do quintal.

Datas comemorativas não ficaram registradas como acontecimentos de grande alegria. Primeiro, porque não havia muita alegria. Segundo, porque eram datas em que os pais sempre resolviam expor suas diferenças.

Nas vésperas de Natal, Bertha mandava as meninas irem brincar no quintal para que pudesse enfeitar a casa e colocar os presentes embaixo da árvore. Willy sempre providenciava um pinheiro grande que Bertha enfeitava com bolas de Natal, *Lametta* (finíssimas tiras de papel metalizado cor prata) e velas de verdade.

Enquanto brincavam lá fora, as crianças ficavam imaginando os presentes daquele ano.

— Queria muito ganhar uma bicicleta como minha amiga Cristina — comentou Elisa.

— Que bicicleta que nada, aposto que vão ser livros — disse Sabine.

— O que eu queria mesmo é que mamãe e papai parassem de brigar. Olha lá, já estão discutindo de novo — entristeceu-se Corina.

Quando tudo estava pronto, as crianças eram chamadas para tomar banho e jantar cedo. Depois, podiam entrar na sala, onde as velas já haviam sido acesas na árvore.

Então se abriam os presentes. Estes normalmente eram utilidades, como uma toalha de banho nova, um conga substituindo o anterior já muito gasto... às vezes, um livro infantil em alemão, para que não se distanciassem muito da língua materna.

Quando se mudaram para a cidade e começaram a frequentar a Igreja Lutherana, nas vésperas de Natal a família ia para o culto natalino e as crianças tocavam flauta numa apresentação arduamente ensaiada durante os meses anteriores a essas datas festivas.

Na véspera de ano-novo, havia os sonhos recheados com geleia caseira de laranja ou amora ansiosamente aguardados para o final da tarde. À noite, preparava-se a brincadeira com o estanho: aquecia-se uma porção de estanho e, quando este derretia, cada um pegava uma pequena parte com uma colher e a derrubava dentro de um prato com água. A pessoa da vez dizia qual forma aquela porção tinha tomado depois de cair na água fria e o que aquilo significava para o ano que adentrava.

— Isso é um gato, significa que a Cinzinha vai ter filhotes — dizia Sabine. Cinzinha era a gata da casa, de cor quase prateada.

— Parece uma roda, significa que vou ganhar uma bicicleta — chantageava Elisa.

— Parece um ovo, significa que a Frida vai se curar e aprender a fazer pintinhos — comemorava Corina, que acreditava que sua galinha paraplégica de estimação um dia pudesse formar uma família feliz.

Antes das vinte e duas horas, todos já se encontravam na cama.

Ainda não havia fogos de artifício. Também não havia ceia da meia-noite. Havia apenas a despedida do ano, que adormecia na memória. Comemorar o ano que adentrava não cabia nas expectativas de Bertha e Willy, pois, no balanço final, o ano poderia trazer mais motivos para lamentação do que para festejos, como dizia Bertha.

***

Então, veio o oitavo aniversário de Corina. Foi num domingo, o verão prometia mais um dia bem quente. Bertha sempre preparava a mesa do café da manhã da aniversariante com alguns mimos. Uma manga recém-colhida do pé, duas fatias de pão branco com manteiga e geleia, e a guloseima tão aguardada por Corina: os dadinhos de creme de amendoim, dos quais havia seis ao redor de seu pratinho. Como não comemorar uma mesa farta assim, se só acontecia uma vez ao ano?

— Que delícia, mamãe! Posso comer todos os dadinhos agora? — perguntou Corina, erguendo os olhos para sua mãe, que terminava de preparar a mesa para o resto da família, ainda em pé do lado oposto.

Bertha, inicialmente, ignorou a pergunta da filha.

E a alegria de Corina durou pouco, pois, ao se dirigir à sua mãe, logo avistou as duas faixas de gaze branca envolvendo seus punhos.

Toda a raiva represada de Bertha novamente a havia guiado ao ponto máximo do desespero, no qual nada mais importava e no qual a alegria alheia tornava-se um ponto nevrálgico.

— Coma quantos dadinhos quiser. E aproveita essa alegria agora, pois na minha idade, você não vai mais ter motivos para comemorar coisa alguma — respondera Bertha, sem se importar com o efeito destrutivo de suas palavras ácidas.

O olhar de felicidade e gratidão transformou-se num brilho marejado de dor, medo e culpa. O nó na garganta fez com que os dadinhos de amendoim perdessem o gosto e a graça para sempre.

Bertha, mais uma vez, tinha cortado os pulsos. E, mais uma vez, as três meninas foram levadas para a casa do sótão assustador, para ficarem com as primas, enquanto sua mãe permanecia alguns dias internada na clínica psiquiátrica.

— Corina, venha comigo para o sítio, precisamos buscar roupas para você e suas irmãs — disse o pai, numa tarde após as aulas.

O trajeto até o Sítio Flamboyant foi triste e silencioso. Corina não conseguiu articular uma única palavra. Ao chegarem em frente à sede, pai e filha desceram do carro e se encaminharam para a porta da cozinha. Antes de destrancar a porta, Willy virou-se para Corina e percebeu em seu rosto o choro engasgado sendo contido a todo custo.

— Não me venha chorar agora — disse Willy, erguendo o queixo de Corina, forçando-a a olhar para ele.

— Está bem, papai — respondeu ela, obedientemente.

Somente vinte anos depois, Corina deu-se conta de que aquela frase, na realidade, significara algo como "não precisa chorar, tudo vai ficar bem". Aquelas palavras não eram uma reprimenda. Eram simplesmente a angústia de um pai que, carregando todo o peso dos eventos dolorosos daquele lar, não tinha a menor ideia de como amenizar ou evitar o sofrimento daquela criança. Mas, naquele momento, ela as interpretou como um abandono, como mais um sinal de que não seria ali que encontraria refúgio e apoio. O lobo solitário recolheria suas mudas de roupa e voltaria sem diálogo e sem choro até a casa das primas.

***

Em 1973, novamente decidiram mudar-se para Roland. Dessa vez, para bem perto da escola. Esta já não era o ambiente hostil de outrora, no qual Corina não se encaixara aos seis anos. Tornou-se uma boa aluna, fez mais amizades e as professoras eram agradáveis.

Na vizinhança, sempre havia companhia para andar de bicicleta, ir até a venda da esquina comprar um sorvete de creme na casquinha com cobertura de calda de chocolate, ou mesmo brincar de amarelinha na calçada até a hora do banho. Isso ocorria sempre antes de escurecer. Não tinham permissão para permanecer na rua após o anoitecer.

No Dia das Crianças não ganhavam presentes. Mas ganhavam alguns cruzeiros para ir ao mercado ou à quitanda a uma quadra e meia de casa e comprar o que quisessem.

— Vou comprar tudo em Leite Moça — dizia Elisa.

— Eu quero um Leite Moça e um iogurte de morango — alegrava-se Corina.

Faziam dois furinhos na lata de Leite Moça e sugavam aquele conteúdo dos deuses, rezando para que durasse para sempre, sem deixar nenhuma gota para trás.

***

Após alguns meses vivendo na cidade novamente, Willy decidiu associar-se ao Clube Concórdia, onde logo matriculou as meninas nas aulas de natação. Corina odiou aquela ideia desde a primeira aula, mas o pai permaneceu irredutível.

— Não quero mais nadar, papai. Não sei, não consigo e não gosto — dizia Corina, na tentativa de convencer seu pai de que aquela atividade não traria resultados.

— Filha, nada de desistir antes de começar. Nadar é saudável e vai te fazer ficar mais forte — retrucava Willy.

— Não quero ficar forte. Odeio nadar — resmungava ela.

— Primeiro aprenda. Se depois continuar não gostando, pode parar.

Até que, na primeira competição, Corina travou a meio caminho na primeira raia e teve que ser retirada da água aos prantos pelo professor.

Depois de adulta, um cardiologista deu-lhe um diagnóstico que justificava seu fôlego curto: asma de esforço. Qualquer atividade aeróbica lhe custava um esforço respiratório desproporcional que sempre a manteve fora de raias e pistas de corrida.

Após a experiência desajustada na água, Corina, juntamente com as irmãs, iniciou aulas de balé. Nessa atividade ela se encaixou apaixonadamente e, desde o início, sonhava com sapatilhas de ponta, palcos e grandes solos.

Mas, quando o professor mestre veio para Roland e tentou convencer os pais de que a pequena bailarina só teria futuro se participasse de aulas diárias na cidade grande, os sonhos ruíram, pois não haveria a mínima condição de bancar esses custos.

Assim como Bertha não pudera realizar seu sonho de ser bailarina nos tempos da ditadura fascista hitleriana, Corina também teria que abortar seus anseios de ser uma Prima Ballerina.

Se havia algo a que Willy dava importância crucial, era a educação de suas três meninas. Ele mesmo não pudera ir além do colegial, pois a guerra havia interrompido seus estudos, que nunca mais retomara. Sua esposa também carregava a imensa frustração de não ter conseguido levar adiante seus sonhos de se tornar médica pediatra. Então se desdobraria, sem medir esforços, para que suas filhas obtivessem todas as condições e acessos ao melhor ensino acadêmico disponível.

***

Passaram-se, então, alguns anos mais calmos. Willy continuava só passando as quartas-feiras e os domingos com a família. Trabalhava a terra de sol a sol, plantando, colhendo e poupando. E, quando chegava cansado e com cara de poucos amigos no final da tarde dos sábados, era recepcionado por suas três filhas carentes de seu afeto. Era essa carência que as fazia ignorar o tamanho de seu esforço e o grau de seu sacrifício, pois nenhuma gota de suor seria poupada para lhes garantir tudo aquilo que a ele fora negado em seu pequeno vilarejo alemão.

Willy dificilmente relaxava a ponto de se tornar uma companhia alegre. Porém, alguns anos mais tarde, nos finais de domingo, chegava o horário em que, na casa, se ouviam suas risadas descontraídas.

— Papai, vai começar *Os Trapalhões* — chamava Sabine, quando ele esquecia a hora de seu esperado programa de televisão.

Ninguém queria perder aquelas risadas de Papi.

Os Trapalhões era um programa televisivo humorístico bastante conhecido na época, e o único que Willy realmente assistia com prazer.

O pai gostava de comédias. Esquecia do mundo real e relaxava.

A primeira vez que Corina foi assistir a um filme no cinema tinha sido levada por seu pai para assistir *Mazaropi*. O filme era uma versão brasileira de Charles Chaplin. Poder ir sozinha com seu pai, assistir ao filme todo de mão dada com ele e ainda usufruir das risadas contagiosas dele, significou muito para a caçula de Willy.

Willy tinha um hábito pouco arraigado e odiado por Bertha: quando queria relaxar um pouco, dava algumas tragadas em um charuto que durava semanas para ser totalmente consumido. Eram sempre só algumas poucas tragadas. Mas, nas poucas vezes que isso ocorria, sua esposa não se continha e lhe desfiava uma torrente de impropérios que acabavam por contaminar as meninas, as quais também faziam cara de desgosto com aquele cheiro forte que se propagava por hálito, pele e roupas. Corina nunca soube quando, mas, em algum momento de sua adolescência, nunca mais sentira aquele cheiro dentro de casa. Seu pai tinha parado de fumar charuto.

***

Aos dez anos, Corina começou a delinear um futuro que mesclava as histórias da vida profissional de seu avô Ernest, que havia sido pediatra, e os sonhos frustrados de sua mãe de também se tornar médica.

Bertha deleitava-se com essas primeiras amostras de interesse de Corina. Via-se aos dez anos com os mesmos anseios e as mesmas certezas de um futuro promissor e exemplar.

A convicção de se tornar pediatra foi se arraigando, apesar de alguns reveses que a vida rural imprimira no dia a dia.

Ainda viviam no sítio quando Corina presenciou um acidente de trabalho com um funcionário de Willy, que por pouco não se tornara fatal.

O milho colhido estava para ser carregado do silo para o caminhão que o transportaria a fim de ser vendido na cidade. O funcionário fazia sinal para o caminhão se aproximar de ré até o silo, porém o motorista perdeu o contato visual com o rapaz e acabou por prensar levemente sua cabeça entre a carroceria do caminhão e a parede do silo.

Willy observava a manobra e gritou ao motorista que parasse, apenas alguns segundos antes que a tragédia se concretizasse. Os ferimentos foram de pouca gravidade, mas geraram um sangramento abundante na lateral do rosto do colono, que fora levado às pressas para a casa-sede, de modo que Bertha pudesse limpar seus ferimentos.

Assim que viu o sangue escorrer pela orelha do rapaz, Corina perdeu os sentidos.

Outro incidente ocorreu com Elisa pouco tempo depois.

— Mãe, mãe, mãe — gritou Sabine, ainda a uns trezentos metros de casa. — A Elisa furou o joelho com um espinho enorme.

E lá correu a mãe para acudir a filha, com Corina em seu encalço. Ao chegar ao local onde Elisa se ferira, Bertha realmente confirmou o tamanho do espinho de cactos que se cravara logo abaixo da patela de seu joelho esquerdo, e, sem pensar duas vezes, o arrancou em meio aos gritos de dor de Elisa.

— Mamãe, acho que a Corina vai vomitar, ela já está branquinha — avisou Sabine.

Enquanto Elisa se recuperava do susto, Corina se virou de costas para a cena e, antes que Sabine terminasse a frase, desmaiou e caiu na grama.

***

No entanto, Corina não desistia de seus planos, que compartilhava com sua melhor amiga, Andrea, também determinada a se tornar médica.

Aliás, com Andrea também partilhava as últimas brincadeiras com bonecas, as mentiras sobre falsos trabalhos de escola e as primeiras paixões de pré-adolescentes. As mentiras sobre os supostos trabalhos de escola tinham por objetivo assistir às *Panteras*, um programa de televisão que na casa de Corina ainda não tinham permissão de ver, pois era exibido num horário em que já deveriam estar na cama.

— O Mauricio me pediu em namoro. Mas não vou namorar com ele, pois você gosta dele também — disse Andrea a Corina aos doze anos. A lealdade de melhores amigas imperava nessa era juvenil.

— Vai namorar ele sim. Nem gosto mais dele... — respondeu Corina com certo pesar, pois tinha adoração pelo rapaz.

Um mês após o início do "namoro", que na época significava poder segurar na mão do menino e ficar conversando a dois nos intervalos da escola, Andrea veio correndo até a casa de Corina e lhe entregou uma boneca de pano.

— Trouxe para você. O Mauricio me deu de presente, mas ela é a sua cara.

— Não quero boneca nenhuma! Nem brinco mais de boneca.

Mas Andrea não lhe deu ouvidos e saiu correndo, deixando a boneca de pano para a amiga. Esta logo ganhou o nome de Andrea e tornou-se companheira de travesseiro inseparável por longos anos, embora a paixão pelo menino acabara rapidamente, tanto por parte de Andrea quanto por parte dela mesma.

***

Aos doze anos, também ocorreu a grande mudança. Willy decidira acomodar a família numa casa maior e melhor. E, após um período de procura intensa, ele levou Bertha para conhecer uma casa boa com um quintal enorme que a conquistou imediatamente.

Ela havia sentido muita falta de espaço para sua horta, suas flores e seu pomar. Na realidade, sempre quis voltar a viver no sítio, porém já se conformara que a vida escolar das três filhas não permitiria esse retorno à vida rural e isolada à qual se acostumara desde a fuga de sua pátria.

— Mãe, olha o tamanho do jardim da frente! — admirava Corina, ao conhecer sua futura casa.

— Se você gostou do tamanho do jardim, dá uma olhada no tamanho do quintal atrás da varanda da sala — disse seu pai, em um misto de orgulho e prazer com a alegria de sua filha.

Bertha analisava o espaço todo, detalhe por detalhe, mas não demonstrava se a escolha a agradava. Até que conheceu a área da lavanderia. Foi quando exclamou com um entusiasmo que não lhe era muito comum:

— Nossa, aqui temos espaço para colocar um fogão a lenha!

Willy surpreendeu-se com o desejo de Bertha e respondeu de bom humor:

— Achei que você ficaria satisfeita com muitas coisas dessa casa. Mas se é um fogão a lenha que vai realizar seus sonhos, vamos mandar fazer um aqui loguinho.

Bertha sentiu-se lisonjeada com a escolha da casa e aquele enorme espaço para suas plantas, cachorros e gatos. E mais lisonjeada ainda por Willy prontamente concordar com o fogão a lenha.

Saberia viver bem ali? Encontraria um pouco de paz ao invés de continuar presa a constantes mágoas? E de novo aquele medo traiçoeiro de um futuro cinzento roubava-lhe a alegria fugaz.

A nova casa trouxe, lentamente, alguns luxos que a maioria dos amigos já possuía há um bom tempo. Primeiro veio a televisão, e colorida! Depois veio o telefone. Ah, como era bom discar aqueles números mágicos e falar com Andrea do outro lado da linha!

Tinha um lado não tão bom também. De tempos em tempos, Willy fazia um telefonema internacional para sua mãe e suas irmãs na Alemanha. A discagem era realizada por uma telefonista, que então transferia a ligação para ser completada pelo telefone de casa. Nessas ocasiões, obrigava as meninas a falarem com a avó Katharina e as tias desconhecidas do outro lado do oceano. Isso fazia Corina se encabular toda e, depois de três ou quatro frases educadas em alemão, devolvia o telefone para seu pai e respirava aliviada.

O jardim que Bertha conseguira compor naquele amplo espaço tornou-se o orgulho de mãe, filha e vizinhos. Corina impressionava-se com a habilidade de sua mãe com as plantas. Qualquer galhinho trazido de amigos, da rua ou de viagens virava um pé de flor, um arbusto ou uma árvore frondosa.

***

Então ocorreu um incidente. Foi na época da grande onda dos patins de quatro rodinhas. Corina adorava patinar com Andrea pelas ruas mais planas da cidade. Houve algumas quedas, alguns joelhos ralados, nada que as fazia permanecer mais que alguns dias longe dos patins. Até que uma pedra no meio do caminho causou uma queda mais severa. Estavam voltando para casa quando Corina caiu sentada sobre seu patim esquerdo e uma dor aguda na base da coluna a impossibilitou de levantar-se.

Quando Andrea percebeu que a amiga tinha ficado para trás, voltou até onde ela estava.

— Anda, levanta, vamos para casa que o almoço já deve estar pronto e minha mãe já deve estar brava pelo atraso — disse Andrea.

— Andrea, chame alguém rápido, não consigo levantar, e não estou sentindo minha perna direita.

— Ai, meu Deus. Por que você não me avisou que a coisa era séria? Vou chamar meu pai, ele sempre sabe o que fazer nessas horas.

Nesse momento, Andrea deu-se conta da seriedade do acidente e saiu em disparada para procurar seu pai, já que a queda ocorrera quando estavam bem próximas de sua casa.

Corina permaneceu ali, sem coragem nem força para se levantar, com uma dor lombar aguda que a fez evitar qualquer movimento. E quão grande não foi o alívio ao ver sua amiga regressando na companhia do pai, uma figura que nunca havia lhe parecido tão forte e protetora como naquele momento.

1933-1938

CAPÍTULO 4

> "Mesmo quando tudo
> parece desabar,
> cabe a mim decidir entre
> rir e chorar,
> ir ou ficar,
> desistir ou lutar;
> porque descobri,
> no caminho incerto da vida,
> que o mais importante
> é o decidir."
>
> **CORA CORALINA**

Os anos após a Primeira Grande Guerra na Alemanha haviam sido difíceis, com inflação alta, escassez alimentar e o antissemitismo se infiltrando perceptivelmente entre a sociedade.

Ernest e Annelise, porém, haviam conseguido conquistar seu espaço. A vida ia relativamente leve. Nada lhes faltava.

Os pais de Ernest haviam sido judeus mais liberais, embora muitos da família próxima fossem ainda bastante ortodoxos. Já trabalhavam aos sábados, ao contrário do que preconizavam os princípios da fé judaica, e não seguiam os rituais do judaísmo tão à risca como o restante dos tios e primos. Mas a circuncisão dos meninos aos oito anos, representando a iniciação na vida adulta, ainda servia de base para a geração de Ernest.

Quando ele anunciou seu casamento com uma alemã em 1921, não tivera resistência por parte de seu núcleo familiar mais chegado. Um judeu casando com uma alemã ainda não surtia espanto nem significava uma contravenção.

Suas filhas, Anne e Bertha, já não haviam sido batizadas na religião de seu pai, ou seja, não haviam participado do ritual judaico de imersão na água. Como nasceram de um ventre não judaico, já que Annelise não se convertera ao judaísmo, os pais optaram por deixar a conversão ser uma escolha delas, quando fossem maduras para essa escolha. Com isso, pareciam estar mais protegidas das perseguições implacáveis aos judeus, que se intensificariam muito em 1933, com a ascensão de Hitler ao poder e o início do Terceiro Reich.

Essa suposta proteção mostrou-se ilusória.

Até o ano da virada, tudo parecia ir muito bem. O lar e a escola eram ambientes seguros e as amizades eram verdadeiras, sem discriminações. A educação era rígida, mas amorosa.

Bertha crescia saudável e questionadora. Preferia o convívio com garotos travessos ao das meninas dóceis com seus assuntos caseiros insossos e cansativos.

Sua amizade com Udo lhe era particularmente cara e inviolável, rica em diálogos deveras precoces.

Aos nove anos, Bertha já tinha em mente a firme decisão de ser médica como seu pai. Então, faltava ainda decidir qual seria a profissão de Udo.

— Quero ser piloto da Lufthansa — dizia Udo.

— Então não podemos nos casar. Imagina você voando por aí e eu todo dia com medo do seu avião cair! — retrucava Bertha.

— Então vou ser piloto de navio — arriscava Udo.

— Aí vou ficar com medo do seu navio afundar! É claro que isso não muda em nada, o medo vai ser o mesmo — respondia ela.

— Então vou ser piloto de ambulância — dizia ele, já quase desistindo de chegar a um acordo com sua futura esposa.

— É... acho que vou gostar de casar com um piloto de ambulância — deduzia Bertha. — E de vez em quando você me leva pra passear no carro fazendo "iooiooioooioooo".

Em outra ocasião, um ou dois anos depois, discutiam sobre a futura vida em comum:

— Como faremos para ter filhos? — perguntara Bertha.

— Eu sei como é isso, dói muito ter filhos. Você não vai querer passar por isso — dizia Udo.

— Quem te contou isso?

— Ninguém precisou me contar. Quando meu irmão nasceu, minha mãe gritou tanto que eu saí de casa e só voltei quando era meu irmão que estava gritando. Aí perguntei pro Papi o que tinha acontecido, e ele disse que isso é normal. Que as mulheres gritam porque dói muito. E porque são gritonas mesmo.

— Não quero ficar gritando pra ter bebê! Vamos ter que adotar nossos filhos! — concluía Bertha.

Quando Bertha e Udo completaram dez anos, nascia o irmão de Udo, Johann. Mas, mesmo depois de alcançar uma idade em que já se tornara independente de colo e fraldas, Johann nunca foi incluído nas brincadeiras dos amigos inseparáveis. Era o irmão pequeno, inútil e chorão.

Bertha ainda não tinha como saber que seria Johann e não Udo a exercer um papel importante e até paternal na sua vida e na de seus descendentes, muito tempo depois e em um cenário muito diferente.

Assim, ambos iam imaginando planos e sonhos futuros, sem imaginar que, muito em breve, os planos e sonhos de Hitler os afastariam inesperadamente.

***

Em 1933, Ernest ainda exercia sua profissão livremente. Era um pediatra realmente muito requisitado.

Sua mãe, Rosalie, falecera cedo, em 1914, no início da Primeira Guerra Mundial. Não vivera o suficiente para ver o filho indo para o campo de batalha. Nem se formar médico e se casar com Annelise.

Seu pai fora juiz e ainda presenciara o início da carreira de Ernest como médico e abençoara a escolha de Annelise como sua futura esposa. Mas falecera em 1920, também antes de ver seu filho casado.

A única irmã de Ernest, Eleanor, levava uma vida discreta, nunca se casara nem tivera filhos. Estudara filologia e trabalhara em um banco até 1935, quando fora demitida por ser judia. Então, passou a trabalhar clandestinamente para o Sindicato Anarquista de Trabalhadores da Alemanha (FAUD), que distribuía propaganda antinazista e auxiliou centenas de judeus a fugirem do país por meio de documentos falsos ou vistos de trânsito para outros países.

***

Após seu nono ano de vida, Bertha passou a viver em um mundo que ela não mais interpretava como totalmente confiável. Ela ainda não saberia dizer o que exatamente havia mudado. Mas, momentos cada vez mais frequentes deixavam claro que o comportamento dos pais não condizia com o ambiente outrora alegre e aberto com o qual ela e Anne estavam habituadas.

Era como se flutuassem numa nuvem embebida de segredos.

— Anne, por que papai desliga o rádio toda vez que entro na sala?

— Porque devia estar ouvindo coisas de adulto que não te dizem respeito — respondia Anne.

No outro dia:

— Anne, por que mamãe, papai e os tios toda vez mudam de assunto quando chegamos perto?

— Porque não querem crianças enxeridas se intrometendo na conversa deles — dizia Anne.

Ia desfiando perguntas na esperança de que Anne desvendasse o mistério que pairava sobre a família e amenizasse suas irritações com as sutis mudanças que a faziam sentir-se excluída.

— Anne, por que mamãe não me deixa mais ir brincar na casa do Udo?

— Preocupe-se com suas coisas e deixe a mãe e o pai em paz — respondeu Anne, já irritada com a quantidade de perguntas.

Mas, no fundo, encontrava-se tão preocupada com a situação toda quanto sua irmã. Seus três anos a mais de idade já lhe proporcionavam um pouco mais de discernimento quanto aos motivos do comportamento dos pais.

Enquanto Bertha ficava brava e interpretava aquela exclusão como uma injustiça dos pais, Anne entendia um pouco do que se passava em sua casa e ao seu redor. Sendo assim, evitava levar mais preocupações aos pais. Ela mantivera seu jeito precocemente maduro e sensato de ver a vida, embora essa maturidade não significasse rigidez de pensamentos. Anne era prática, vivaz e alegre.

Aos dez anos, Bertha sentira a frustração lhe queimar a alma, quando sua mãe não permitiu que entrasse para a Juventude Hitlerista, que era onde todas as suas colegas de escola praticavam esportes.

— Vocês querem que eu fique em casa o dia todo e não tenha amigas? Todos vão aos encontros, fazem esportes e só falam disso na escola! Por que só eu não posso ir? — indignava-se ela.

Essa frustração chegou ao seu ápice quando seus pais lhe negaram a participação no Ballet do Teatro Municipal, para onde tinha acabado de ser convocada.

— Vocês estão acabando com o meu futuro — gritava ela a plenos pulmões, destilando o ódio que sentia por aquela injustiça.

— Dançar balé não é apropriado para uma filha de médico — dizia o pai, na vã tentativa de justificar o injustificável.

Sentia na pele a dor e a frustração que estavam sendo obrigados a infligir às filhas.

— Não podemos, pelo menos, deixá-la participar por um tempo? — perguntara Ernest, conversando com Annelise ao fim da noite, antes de dormir.

— Ernest, sejamos realistas. O Teatro Municipal vai expulsá-la assim que descobrir que ela é de descendência judia. Aí a dor será maior. Por mais que chore agora, um dia vai entender.

— Sei que você tem razão. Mas está insuportável toda essa situação. Até quando vamos conseguir esconder tudo isso delas?

— Com certeza por muito pouco tempo. Pode ter certeza de que elas já sabem muito mais do que deixamos transparecer aqui em casa.

Como Ernest poderia explicar para uma menina de dez anos que o mundo lá fora se tornara hostil e injusto simplesmente porque seu pai era judeu?

Que, nesses anos conturbados, se cuspia em judeus nas ruas? Que, nos metrôs, havia placas dizendo "sem assentos para judeus"? Que, nas grandes avenidas, viam-se outdoors com frases como "os judeus são a nossa perdição"? Que muitas amizades, até então tão próximas, não eram mais inofensivas? Que o mundo estava se estreitando e sufocando anseios que antes pareciam tão garantidos a qualquer ser humano?

Annelise, por sua vez, passava por contradições difíceis de suportar. Como se não bastasse a gama de preocupações que se assomavam a cada dia e a cada ano e abatiam os ânimos de todos, ela ainda não superara a morte precoce de sua irmã mais nova, que se suicidara aos vinte e poucos anos.

E a isso se somava um fato que a perturbava mais a cada encontro familiar.

A família de Annelise era grande. Como sua mãe, viúva aos quarenta e cinco anos, acabou sendo auxiliada pela irmã do falecido marido, a educação fora fortemente influenciada pela tia Martha. Esta não ficara na memória dos sobrinhos como uma tia amorosa e presente. Fora uma dentista realmente bem-sucedida e, valorizando muito o desenvolvimento cultural e profissional, custeou inclusive a faculdade de três dos sobrinhos homens. Um deles, Konstant, tornara-se médico e sobrinho favorito. Quando Martha faleceu sem deixar herdeiros diretos, fora para Konstant que deixara sua vultuosa herança. Até que ele começara a se afastar da família.

— Konstant, você vem para o aniversário de Ernest no domingo, não é? — perguntou-lhe Annelise.

— Não, Lise, trabalho o dia todo de novo — respondeu ele, evasivo.

Após vários convites recusados, Annelise e seu irmão Hans um dia o pressionaram.

— O que está havendo, Konstant? Não somos mais companhias agradáveis? — indagou Hans.

— Ordens do Partido. Não tenho autorização para frequentar certos meios — respondera Konstant.

— Ou eu não entendi direito, ou eu acabo de perder a fé no ser humano — disse Annelise. — Você não está querendo dizer que se aliou a esse maluco no poder e está deixando ele decidir o que você pode e o que não pode fazer, está?

— Estou querendo dizer que sou aliado ao que é bom para o meu país. E vocês deveriam estar fazendo a mesma coisa — resumira Konstant.

— Sinto dizer que eu sou aliado à minha família muito antes de ser aliado a um governante, meu irmão. E acrescento que sinto muito pela sua escolha, pois não creio que alguém mais da sua família a aprovará — dissera Hans.

— O que vocês aprovam ou não deixou de me interessar — respondera Konstant arrogantemente.

— Pelo visto também deixou de ser do seu interesse o fato de Helene ter morrido por causa da intolerância do seu regime — não se contivera em dizer Annelise, ao ver Konstant se afastar.

Ela não teve forças para manifestar o tamanho do seu pesar. Constatar que seu irmão tornara-se nazista não cabia na sua bagagem de vida naquele momento. E, posteriormente, saber que ele se tornara membro ativo da Gestapo fora um duro golpe para toda a família.

Até ali, haviam sido muito frequentes os encontros familiares. Datas comemorativas eram sempre festejadas com grande número de tios, sobrinhos e primos.

Mas quis o destino que essa união fraternal se quebrasse, guiando três dos irmãos por trilhas tão opostas que amor fraternal nenhum conseguiria reconciliar.

Annelise casara-se com um judeu. Helene tornara-se comunista e terminara por se suicidar sob a pressão do regime hitlerista. E Konstant transformara-se em um seguidor deste mesmo regime que tanto mal infligira e ainda viria a infligir à sua família.

***

Eram estas mudanças de rotina gradativas que fizeram Bertha se conscientizar de que algo estava muito errado. Os encontros familiares foram se tornando raros. Tio Konstant não era mais convidado a participar. A tia Eleanor vinha visitá-los com certa frequência e sua presença calma e conciliadora era um bálsamo para todos. Annelise dava-se muito bem com a cunhada e Bertha também se afeiçoara muito à tia Eleanor.

Até seu inseparável amigo Udo já não obtinha mais permissão para frequentar sua casa com a assiduidade de antes. Algumas visitas noturnas com seus pais ainda ocorriam, mas eram como visitas de médico, rápidas e quase sorrateiras.

Na escola, alguns amigos se distanciavam. Alguns professores chegavam a separar crianças arianas de crianças judias nas salas de aula. Atitudes desagradáveis contra colegas de classe foram tornando-se rotineiras.

Às vezes, Bertha chegava em casa relatando algum evento desse tipo.

— Mamãe, hoje o Peter colocou a revista Stürmer na mochila da Christine. Ela saiu chorando da sala e ele ficou rindo pelas suas costas.

— E o professor não disse nada? — perguntou Annelise.

— Disse que era bobagem ela se preocupar com isso.

Der Stürmer era uma revista semanal que circulava por toda a Alemanha desde 1923. Fazia parte da máquina de propaganda nazista, publicando material antissemita e apontando os judeus como causadores da desigualdade social no mundo.

Assim, lentamente, Bertha foi observando as transformações em seu lar, em seu mundo e em todo o país. Aliás, em diversos países, não só o seu. Amigos da família já haviam relatado sobre os Pogroms na Rússia, principalmente entre 1918 e 1922. Os Pogroms eram ondas de ataques antissemitas, organizadas localmente, às vezes com incentivo do governo e da polícia. Nestes ataques, eram perpetrados violência física, assassinatos, estupros e destruição de sinagogas, casas e comércios judeus. Os dados registrados eram de cento e cinquenta mil judeus mortos nesse período na Rússia. Ninguém ainda poderia imaginar que seriam mais de seis milhões durante o Holocausto.

Bertha se impressionara tanto com o que a prima de sua avó paterna, Rahel, havia contado sobre a Casa Marrom que aquelas histórias alimentavam seus sonhos e pesadelos.

Rahel havia sido criada em um lar judeu bastante ortodoxo e, enquanto exerceu a medicina em Munique, fora uma voz ativa no sionismo e na defesa dos direitos das mulheres. Por fim, após ser proibida de exercer sua profissão, acolhera vários judeus em situação de risco em sua casa. Assim, relatava histórias assustadoras.

— Um dia me apareceu uma menina judia de sete anos na porta de casa. Alguém havia lhe dado meu endereço e a aconselhado a procurar abrigo comigo. Nunca soube quem foi.

— Mas ela chegou lá sozinha, tia Rahel? — perguntara Annelise, imaginando a cena.

— Sim, sozinha. E demorou três dias para parar de chorar e contar que o pai fora levado para a Casa Marrom e, após sete dias de interrogatório, fora considerado morto e jogado num beco. Por sorte depois soubemos que alguns vizinhos se apiedaram do moribundo e o levaram para casa.

— E a mãe da menina? — quis saber Annelise.

— A mãe foi aconselhada a enviar os quatro filhos para longe de casa, até terem certeza de que a Gestapo não voltaria para buscar o resto da família.

— Depois ela voltou para casa? — indagou Annelise. — E os outros irmãos?

— Não sei dos irmãos. Mas a mãe apareceu lá em casa após quinze dias, buscando a menina. Eu não quis ficar fazendo perguntas, pois ela ainda estava muito abalada.

— E o pai se recuperou? — perguntou Ernest.

— Parece que fisicamente está bem.

E lá vinham mais histórias…

— Teve também dois rapazinhos que chegaram amedrontados ao extremo em casa, pois a mãe tinha saído para ver se achava algum sinal do pai, que foi preso na Casa Marrom. E, depois de cinco dias, não tinha sinal nem da mãe nem do pai. A mãe não voltou para casa.

— E no que deu essa história? — perguntou Ernest.

— Uma tia dos meninos veio buscá-los. Porém, já tinham se passado doze dias e ninguém tinha notícias dos pais. A família estava tão amedrontada que não tinha coragem de sair de casa para investigar sobre o paradeiro do casal.

Tudo isso ocorreu em 1933. Quando a pressão se tornou muito grande, Rahel, já viúva, emigrou para a Palestina com seus filhos ainda solteiros. Fora a primeira da família a visualizar o horizonte sombrio que a Alemanha reservava para milhares de judeus que consideravam o país como sua única pátria.

Esses fatos, na época em que ocorreram, não haviam sido contados na presença de Anne e Bertha. Mas um primo mais velho delas, que havia presenciado os relatos, contara todos os detalhes para as meninas, quando a situação toda já era escancarada demais para se manter segredos. Assim passaram a povoar as noites insones de Bertha.

Mesmo para aqueles que ainda não queriam enxergar o temporal que se avizinhava, os sinais iam se tornando muito evidentes.

Em sete de abril de 1933 surgia a lei que determinava demitir todos os judeus em empregos públicos. Nos dois anos seguintes, empresas privadas demitiam judeus por todo o país, sem aviso prévio ou seguro-desemprego.

— Ernest, hoje o banco me demitiu. Eu estava começando a contar com isso, pois outras duas amigas perderam o emprego na semana passada. Sei que posso arrumar outro emprego e não vou me preocupar muito com isso. Mas estive conversando com Annelise sobre alguns conhecidos que têm saído daqui para países vizinhos por medo das perseguições. Você alguma vez já pensou nessa possibilidade? — cutucou Eleanor, já imaginando a resistência que seu irmão manifestaria contra essa ideia.

— Eleanor, eu sinto muito pela sua demissão. Tenho um amigo gerente de banco que talvez consiga te empregar de novo em breve. Vou falar com ele hoje mesmo.

— Ernest, nem sei se quero continuar trabalhando em bancos e não estou com cabeça para pensar sobre isso nesse momento. Deixa eu me sentir desempregada por alguns dias para conseguir decidir o que fazer em seguida. Mas você não respondeu à minha pergunta. Alguma vez você já pensou em tentar a vida com sua família na Inglaterra, por exemplo? Talvez por lá vocês se sintam mais seguros, pois aqui as coisas andam meio instáveis.

— Se você não está com cabeça para pensar em um novo emprego nesse momento, acho que também não estou com cabeça para pensar em abandonar tudo o que temos por causa desse Hitler maluco de pedra. Essa situação logo se acalma.

— Deus te ouça, irmão. Mas não estou tão certa disso. E Annelise também parece não estar.

— E você, Eleanor? Me parece que você está mais preocupada comigo e com suas sobrinhas do que com você mesma. Eu acho que você ainda é tão judia quanto eu, não? Ou você anda fazendo planos que desconheço?

— Não, Ernest. Não fiz nenhum plano, mas também não tenho nenhuma família para proteger como você tem. E sim, me preocupo muito com Annelise e as meninas, não só com você.

— Fique tranquila, minha querida irmã, se as coisas ficarem mais preocupantes, voltamos a conversar sobre isso, ok?

— Promete?

— Sim, prometo.

E abraçaram-se, na tentativa de expressar o quanto se queriam bem e o quanto temiam um pelo outro.

***

Entre agressões, provocações, limitações e desaparecimentos, em setembro de 1935 foram lançadas as leis raciais de Nuremberg, codificadas por meio de critérios nazistas.

A partir destas leis, qualquer pessoa que tivesse um avô judeu já era considerada judia. Nenhum judeu poderia se casar com alemães, nem ter qualquer tipo de relacionamento com estes.

Um dia, Udo perguntou a Bertha:

— Brie, ontem tentei passar aqui para brincarmos depois do futebol com o grupo da *juventude hitlerista* e seu pai não me deixou entrar, disse que você estava com febre e tinha ido se deitar um pouco. Mas ele nunca tinha sido tão bravo comigo. Aconteceu alguma coisa?

— Udo, não seja bobo. Não vai me dizer que ainda não sabe que alemães e judeus não podem mais ser amigos? — retrucou Bertha com certa irritabilidade.

— Mas eu quero continuar sendo seu amigo. Você não quer?

— Pergunta para esse tal de Hitler que faz você vestir esse uniforme ridículo, se ele deixa você ser meu amigo ainda.

— Por que você chama meu uniforme de ridículo, se todo mundo lá na Juventude Hitlerista usa igual e gosta? — perguntou Udo, um tanto ofendido.

— Porque o uniforme é ridículo, e quem usa fica mais ridículo ainda — gritou Bertha, virando-se e correndo para dentro de casa, com os olhos marejados, deixando para trás um Udo perplexo e também à beira das lágrimas.

As leis de Nuremberg também significavam a legalização do vandalismo contra sinagogas, casas e estabelecimentos comerciais judeus. Instituiu-se a "arianização", destituindo judeus de seus bens e propriedades e transferindo-os para "mãos arianas", eliminando judeus da economia alemã. E não eram só propriedades judias que iam parar nas mãos de alemães. Se um judeu era demitido, um alemão ocupava seu lugar. Dessa forma, Hitler convencia seu povo de que estava lutando por ele e pela sua economia.

Um ano antes, em 1934, outro fato deixava clara a indiscriminada agressão a obras e cultura não alemãs. Houve a grande queima de livros de estrangeiros e judeus em praça pública de várias cidades. Ernest viu queimarem em vivas chamas várias obras de seu tio-avô historiador, Samuel Löwenfeld.

***

Na vida de Ernest, tudo isso já se refletia em restrições profissionais severas. Após 1935, ele não podia mais atender alemães em seu consultório. Os fundos públicos de seguros de saúde limitaram os pagamentos devidos aos médicos judeus.

Escolas passaram a restringir o número de judeus nas salas de aula. Em escolas e universidades públicas, a cota era de apenas 1,5 por cento para ingresso de estudantes "não arianos".

Annelise foi ficando mais atenta aos sinais de perseguição às suas filhas na escola.

Quando Anne relatara sobre o ocorrido no ônibus de transporte escolar, numa tarde ao retornar para casa, Annelise sentira um sinal de alerta que não poderia ser menosprezado.

— Mamãe, aconteceu uma coisa muito feia agora há pouco no ônibus. Heidy e eu estávamos sentadas quietas num banco, quando dois rapazes começaram a mexer com o cabelo dela. Ela se irritou e xingou os meninos. Foi quando eles a arrastaram para a porta do ônibus e a empurraram para fora chamando-a de judia suja.

— E você desceu do ônibus para ajudá-la? — perguntou Annelise.

— Eu tentei, mamãe — respondeu Anne, já entre lágrimas.

— O que aconteceu, filha?

— Eles me cercaram e ficaram me perguntando se eu também era uma judiazinha suja. E se eu também queria ser jogada do ônibus como minha amiga da raça inferior.

— E aí? — perguntou Annelise, abraçando a filha, que já soluçava descontroladamente.

— Aí eu neguei, mamãe. Eu fiquei com muito medo deles — respondera Anne entre soluços.

— Você fez bem, meu amor. Agora vamos fazer uma visita à casa de Heidy e ver se ela está bem, o que acha?

A partir daquele dia, Annelise se empenhara em convencer Ernest a transferir as meninas para uma escola frequentada apenas por crianças judias. Ernest ainda relutara por alguns meses, sempre acreditando que aquela loucura coletiva não duraria muito tempo. Mas acabara por se convencer de que a segurança de Anne e Bertha era mais importante do que sua falsa crença no bom senso comum.

Este fora mais um duro golpe na já frágil estabilidade emocional de ambas. Afinal, teriam que abrir mão de todas as suas amizades.

Bertha incluía nesse luto a sua amizade com Udo, pois nem na escola poderiam se encontrar mais.

Nessa época, ela já entendera o que significava ser meio judia num país dominado pela ditadura de Hitler. Começara a compreender as atitudes antes tão misteriosas de seus pais dentro e fora de casa. O rompimento com o tio Konstant trouxera discernimento em relação à linha divisória que se traçou entre sua família e seu país: os arianos e os não arianos.

Passara a admirar ainda mais seu pai que, em meio a tantas adversidades, seguia exercendo sua capacidade inata de aliviar o sofrimento de seus agora esparsos pacientezinhos e mantinha um ar de despreocupação e alegria na tentativa de convencer sua família de que a vida seguia seu rumo apropriado.

Sua mãe era uma fortaleza, que carregava seu fardo com galhardia, sempre na tentativa de não tornar o fardo alheio mais pesado.

— Vamos passar o domingo na beira do lago e fazer um piquenique? — propunha Ernest, à mesa do jantar.

— Oba, vamos, vamos — aprovavam Anne e Bertha, na mesma empolgação.

— Vamos, sim, mas ficaremos na margem mais a leste, onde raramente tem muita gente, concordam? — respondia o bom senso de Annelise.

— Combinado. As crianças preparam os sanduíches e os adultos preparam as bebidas — delegava Ernest.

Annelise já não se deixava mais enganar pela aparente despreocupação de seu marido. Ela vinha registrando os fatos, as notícias e os relatos com um terror crescente e já perdera a ilusão de que tudo aquilo seria passageiro.

O número de famílias que decidiam deixar sua pátria agora tão ameaçadora vinha crescendo rapidamente. Um casal muito próximo da família já partira para Londres em 1935. O casal do outro lado da rua emigrara para a Palestina seis meses depois, prometendo mandar notícias de tia Rahel, que partira em 1933.

Assim, Annelise começara a abordar o assunto e as possibilidades com seu esposo.

— Ernest, sei que você não quer deixar tudo para trás e fugir como se fôssemos gente criminosa. Mas temos que ser realistas. Muitos dos nossos amigos já se foram. As meninas estão assustadas. Não está na hora de pensarmos seriamente na hipótese de sairmos daqui?

— Nossa vida está aqui, meus pacientes estão aqui, pertencemos a este lugar. Essa loucura há de passar logo — dizia Ernest, cada vez menos convicto de seu otimismo.

— Hoje conversei com a Ida. Ela, o marido e os filhos estão ajeitando tudo para ir embora para o Brasil.

Ida era uma amiga com a qual Annelise estudara em um curso de técnicas agrícolas durante dois anos.

— Brasil? Aquilo é uma selva cheia de índios e de bichos. Sem condições de levar nossas filhas para um lugar ermo desses. Nem escolas deve ter por lá! — respondia Ernest, indignado.

— A Ida contou que no sul desse país já vivem muitas famílias alemãs. Eles estão indo a convite de uma dessas famílias — dizia Annelise, sempre tentando não demonstrar o quanto aquele cenário agreste também a assustava.

— Não seja tola, Annelise. Pare de se preocupar à toa. Vamos superar essa fase, depois as coisas voltarão ao normal.

Mas não voltariam.

E Annelise pressentia isso.

***

Fora em um desses dias de março de 1936 que Bertha se sentara no peitoril da janela enquanto Anne tocava piano.

E fora nesse dia que Bertha vira os homens da SS aproximando-se de sua casa.

E fora nesse dia que os guardas de elite revistaram a casa, jogaram louças e vasos ao chão, e levaram Ernest para interrogatório.

E o mundo não mais seria o mesmo para nenhum dos quatro.

Os primeiros dias na casa sem Ernest pareciam infindáveis e sem perspectivas.

Eleanor aparecia, preocupava-se, ia-se, e não conseguia trazer alívio, conforto ou esperança.

Tudo era medo e indefinição.
Ninguém limpou os cacos.
Ninguém reorganizou as gavetas.
Ninguém chorou.
O relógio marcava as horas, mas o tempo não passava.
Os dias viraram semanas. E algo precisava ser feito. O acaso não seria gentil com a inércia.

***

Três meses depois, Bertha tentava manter a mente ocupada com outros pensamentos que não a ausência do pai e a insegurança que esta causava. Brincava com seu Setter Irlandês, Edda, no quintal da frente, quando ouviu o grito ansioso de sua mãe da janela da cozinha.

— Brie, olhe... se não estou ficando louca, tem alguém voltando para casa!

Quando Bertha ergueu os olhos para a rua e reconheceu nitidamente a figura paterna com um andar trôpego vindo em direção à casa, pôs-se a correr em sua direção, com o coração aos pulos e Edda em seu encalço.

— Pai? Paaaai! — gritava ela, sem perceber que ria e soluçava ao mesmo tempo.

Quando Ernest fora levado pela Gestapo três meses antes, fez-se um clima de luto naquela casa. Ouviram tantos relatos assustadores e macabros sobre essas prisões que nem ousaram criar expectativas muito otimistas.

De repente, ali estava ele. Alquebrado e com o olhar distante. Mas vivo, e entre os que mais amava.

Annelise nunca conseguiu arrancar dele o que havia acontecido na Casa Marrom. E jamais teria insistido muito, pois conseguia imaginar a dose a mais de decepção e ódio que ele acumulara em seu âmago nesses poucos meses, que ficariam gravados em sua mente para o resto de sua vida.

Ernest voltara para casa e era isso que importava naqueles dias... nada mais.

Ele permanecera detido por três meses e sete dias. A casa marrom fora somente uma "hospedagem" transitória. Em seguida, fora levado para o campo de concentração mais próximo, sob acusação de participar de um grupo que estaria se preparando para perpetrar atos de alta traição à pátria. Como se recusara a confessar o crime do qual era acusado, transferiram-no para o campo de trabalhos forçados para ver se, atrás do arame farpado, se convenceria a confessar a própria culpa.

Durante esse mesmo período, Annelise fora convocada duas vezes para interrogatório e solicitada veementemente a assinar um protocolo forjado que comprometeria seu marido de forma irremediável. Contudo, a teimosia altiva com que se negou a assinar um documento que sabia não ser verdadeiro, somada ao fato de não ser judia, fizeram com que fosse liberada em ambas as ocasiões, não sem antes ouvir toda a gama de ameaças sobre o destino de Ernest. E o dela mesma.

* * *

Ao retornar para casa após aqueles noventa e sete dias de detenção, fome, maus-tratos e ameaças contínuas, Ernest percebera, pelo olhar inseguro e assustado de Annelise, que ela duvidara de que esse dia chegaria. A cabeça raspada e coberta de feridas, a perda de peso acentuada e os olhos encovados fizeram-na chorar e abraçá-lo com cuidado para que aquele frágil corpo humano não se quebrasse de vez.

Não, ele jamais poderia contar para sua esposa, e tão fiel e doce companheira de vida, tudo o que ele vira e passara naqueles meses infernais longe de casa.

Por sorte, ela possuía uma mente lúcida e madura, além de um coração afetuoso que compreendia as dores alheias sem precisar olhar por entre os detalhes.

Estar em casa e ser merecedor desse afeto era o que ele mais necessitava para se recompor e sobreviver a tudo aquilo.

Ele a amava, e muito. O que Ernest não sabia era o inferno pelo qual Annelise tivera que passar para conseguir arrancá-lo daquele submundo do qual tantos não retornavam.

Desde o início da era nazista, ela sempre permanecera mais atenta a todas as ameaças veladas que chegavam aos seus ouvidos, seja em relação ao seu marido, seja em relação às suas filhas.

O fato de ela, Anne e Bertha não serem judias não significava mais que estivessem imunes a todos os horrores da época. Ela percebia a relutância de Ernest em emigrar para longe dali. Mas, lentamente, não perdoava mais sua ingenuidade do "tudo isso logo vai passar".

Independentemente de sua postura negacionista, ela não poderia permitir que apodrecesse naquele antro de nazistas sem nunca ter cometido crime algum. E foi com essa certeza que ela se armara de coragem e fora enfrentar o inimigo. Um inimigo absurdamente alheio a todo o seu sofrimento: seu irmão Konstant.

Havia rompido com ele desde que assumira seu movimento pró-Hitler e se tornara membro do partido nazista.

Após ser submetida a dois interrogatórios repletos de ameaças, já presumia o medo e a dor que lhe custaria percorrer aqueles corredores novamente. Desta vez, à procura de Konstant.

Ao encontrá-lo, logo notara a máscara de frieza e aquele olhar de pura indiferença que ele lhe dirigia.

— Por mais que pensemos diferente e estejamos em campos diferentes dessa batalha, vou apelar para que, em memória à nossa infância feliz, você interceda em favor de Ernest. E vou rezar para que você não tenha uma parcela de responsabilidade por ele se encontrar longe de casa nesse momento — dissera ela.

— Não conte comigo. Não está ao meu alcance tirá-lo de lá — tentara argumentar Konstant.

— De lá onde? — questionara ela.

— Não importa!

— Então você sabe onde ele está?!

— Mesmo que soubesse, não é uma informação que passaria a você. Nem a você e nem a ninguém que defende essa raça.

— E por que, posso saber?

— Porque traidores devem ser afastados de nosso convívio. Ou até mesmo eliminados.

— Konstant, você conhece o Ernest. Você sabe que ele não é traidor. Jamais seria!

— E quem me garante isso?

— Não se esqueça que ele lutou por esse país na Grande Guerra. Por que ele trairia esse mesmo país agora? — perguntou Annelise.

— Sou médico, não sou juiz. Não sou responsável pelo veredito que firmaram.

— Meu Deus, Konstant, será que nada do que nossos pais nos ensinaram entrou nessa cabeça orgulhosa e arrogante? Onde está seu senso de justiça? Onde está o amor que você dizia sentir por nós? E por suas sobrinhas, que choram dia e noite de desespero por não saber o que vai acontecer com o pai delas? O que fez seu coração endurecer tanto?

Enfim, Annelise percebeu uma centelha de sensibilidade transpassar o olhar de seu irmão.

— Ok, vou ver o que posso fazer. Mas não prometo nada.

— Mesmo assim, vou encarar como uma promessa!

— Mas tenho as minhas condições. Não vou correr riscos em minha carreira por causa de um judeu. Você vai prometer que nunca mais vai vir me pedir nada. Nunca mais vai pôr os pés aqui nem em minha casa. Nunca mais vai me dirigir uma única palavra. E, se me vir na rua, atravesse e finja que não me viu, pois eu, com certeza, vou fazer o mesmo.

— Essa parte do acordo vou passar a cumprir a partir desse exato momento — disse Annelise, virando-se e partindo sem se despedir.

Por mais que todas aquelas palavras lhe doessem profundamente na alma, ela viu uma luz no fim do túnel. Saíra de lá humilhada e ciente de que nunca mais o veria. Mas saíra também com esperança no coração machucado. Toda a humilhação haveria de trazer frutos.

Três dias depois, ela viu a sombra do que um dia fora seu marido se aproximando pela rua e soube que todo o sacrifício valera a pena.

Ela o amava, e muito.

***

Ernest, após alguns dias, sentira-se na obrigação de contar para Annelise o que havia se sucedido com o vizinho do final da rua enquanto estava no campo.

— Vocês sentiram falta de Albert de uns tempos para cá? — indagara ele uma noite, enxugando a louça do jantar.

— Sim, ouvimos dizer que ele e o sobrinho também foram levados para um campo de concentração. Isso já tem algumas semanas. A esposa dele não teve mais notícias dele. Por quê?

— Porque eles estavam no mesmo campo que eu. Mas tentaram fugir com mais um conhecido do sobrinho.

— E...?

— E foram pegos. E eu não conseguiria contar o que aconteceu com eles para a esposa dele, depois que foram capturados.

— Meu Deus, Ernest, nem sei se eu estou preparada para ouvir — dissera Annelise com apreensão.

— Não queria te contar, mas desde que soube que a mulher dele continua achando que ele ainda está vivo, e não vai sossegar enquanto não souber que já não existe mais Albert, eu preciso dividir o assunto para me ajudar a decidir a forma mais honesta de levar a notícia para ela.

— Pelo jeito, a notícia é deveras trágica?!

— Assim que retornaram ao campo, foram amarrados a postes no pátio, sem roupas e sem comida nem água. E todos os outros prisioneiros foram obrigados a permanecer em pé nesse mesmo pátio até que o último dos três fugitivos desse o último suspiro. Isso levou mais de cinquenta horas, nem sei se morreram de sede ou de frio — Ernest foi perdendo a voz ao fim do relato.

Annelise empalidecera. Não dissera mais nada.

Apenas se abraçaram... E choraram juntos.

＊＊＊

Em 1938, o círculo de terror começou a se fechar ao redor deles.

Nesse mesmo ano, a casa de Ernest e Annelise foi confiscada. A "arianização" corria solta. Mudaram-se para o porão da casa do antigo caseiro. Para completar, Ernest fora definitivamente proibido de exercer a medicina. Todos os direitos civis dos judeus foram cerceados.

Foi também nesse ano que o governo de Hitler tentou, pela primeira vez, implantar a obrigatoriedade do uso de uma braçadeira com a estrela amarela de Davi por qualquer judeu e seus descendentes.

Então, no dia 9 de novembro de 1938, os Pogroms russos chegavam à Alemanha. O antissemitismo chegava ao seu auge e o terceiro Reich se prevalecia com a propaganda nazista alardeando seus esforços em derrotar o grande inimigo da nação. E assim foi programado um ataque generalizado ao povo judeu.

A pavorosa Noite dos Cristais ocorreu sem aviso prévio, deixando um rastro de destruição e morte sem igual.

1977-1983

CAPÍTULO 5

> "Não há uma fatalidade exterior,
> mas existe uma fatalidade interior:
> há sempre um minuto
> em que nos sentimos
> vulneráveis;
> Então os erros atraem-nos
> como uma vertigem."

Antoine de Saint-Exupéry

Aos doze anos, após a queda de patins, Corina diagnosticou uma malformação congênita em sua coluna lombar, além de uma fratura de uma vértebra, ocasionada pela própria queda.

A partir dali, teve que aprender a conviver com crises de dor. Não constantes, mas suficientemente frequentes para limitar diversas atividades e lhe roubar várias noites de um sono que deixava de ser reparador.

A avó Annelise dormia mal por medo de os nazistas chegarem no meio da noite. Aquele medo avassalador a perseguira por anos a fio, sempre tão elegantemente disfarçado por ela.

A mãe dormia mal devido aos lutos que se agarravam a seus sonhos insones.

Corina dormia mal, não só devido a dores na coluna, que sua avó e sua mãe também tinham, mas porque, em seu subconsciente, dançavam todas essas memórias, em parte herdadas e em parte vividas.

Apesar de algumas restrições impostas pelo problema, Corina não se deixou abater. Caminhava, pedalava, e, mais tarde na faculdade, chegou até a fazer ginástica olímpica para provar a si mesma que não haveria limitações.

O balé já era um sonho que ficara para trás. A vida mostrando seu lado real, planos que se realizam ao lado de ideias que vão ficando pelo caminho. A ginástica olímpica fora só uma ideia orgulhosa, onde não se destacou, não deu a alma e abandonou sem rancor.

Mas haveria limitações, sim. De ordem emocional. Corina não se sentia parte de um todo. Era meio lobo solitário, embora necessitasse demais da opinião alheia, já que, em casa, não havia aprovações…

Nem desaprovações…

Nem risos…

Nem lágrimas…

Apenas uma linha isoelétrica fundamental para manter a ordem das coisas e impedir que o frágil equilíbrio da mãe se rompesse… de novo.

Bertha havia conseguido incorporar-se naquela casa nova e naquele quintal extenso no qual já havia plantado toda a sorte de flores, arbustos e trepadeiras, além de algumas espécies frutíferas.

Sua dedicação a cada planta e seu carinho por cada animal, desde o mais insignificante inseto até o mais desengonçado cachorro abandonado, tornaram-se marca registrada em toda a vizinhança.

Ela com certeza não sabia lidar bem com os seres humanos, que lhe eram de certo modo assustadores, não confiáveis. Mas sentia-se segura e em paz entre suas plantas e animais.

Willy realmente construíra seu tão desejado fogão à lenha, o qual talvez tenha trazido mais irritação do que prazer, pois com certa frequência gerava fumaças desagradáveis que invadiam toda a casa. A mesma fumaça que a cada ano pintava as paredes da despensa e lavanderia com um cinza mais escuro.

Por mais algumas vezes, Corina tentara arrancar alguma alegria de sua mãe, roubando uma flor de algum quintal no caminho da escola para casa a fim de lhe dar de presente.

— Mãe, ganhei essa flor da mulher do padeiro; trouxe para você.

— A mulher do padeiro não tem cara de muitos amigos, tem certeza de que ganhou mesmo? Ou andou arrancando flor do quintal dos outros?

Corina corava e acabava por admitir o delito. Porém, passados alguns meses, arriscava novamente:

— Mãe, olha o que achei duas quadras para cima boiando na água da chuva!

Era um crisântemo que Corina vira no jardim da casa de um colega da escola. Admirara tanto aquela flor de um vermelho carmim intenso e que estava ao alcance da mão que não resistira. E, para disfarçar o pequeno roubo, mergulhara a flor em uma poça de água suja e a levara toda orgulhosa para Bertha.

— Filha, esse cabinho de flor está com cara de que acabou de ser arrancado da planta. Você não andou afanando flor alheia de novo, né?

Não tinha jeito mesmo. A mãe sempre descobriria a mentira. Mal sabia ela que a mãe ficava deveras emocionada com aquelas expressões de afeto genuíno da filha caçula, embora não conseguisse admiti-lo, nem estimulá-lo. Muito menos demonstrá-lo, já que o embotamento de seus afetos não lhe permitia deixar tais sentimentos à mostra.

Corina lentamente conformou-se. Sua mãe nunca gostaria de presentes. Sua mãe sempre se esquivaria de expor-se em qualquer ambiente público. Sua mãe sempre amaria os bichos e as flores e seria o único amor que conseguiria expressar. Sua mãe andaria sempre com as unhas encardidas da terra do quintal e do carvão do fogão a lenha. Então, Corina permitiu-se uma heresia: continuaria admirando, sem culpa e em segredo, uma mãe alheia — morena, jovem, linda, de impecáveis unhas compridas, sempre esmaltadas de branco — que chegava à escola de Opala branco de vidro fumê para buscar sua filha também linda e impecável.

***

Talvez para fugir um pouco desse ambiente quase sombrio ao qual se sentia presa em casa, Corina resolveu apoiar os planos de sua amiga Andrea.

— Corina, achei uma coisa bem legal para fazermos. Tem um estágio para estudantes de treze a dezesseis anos, num hospital em Pirabeiraba.

— Onde é isso? — indagou Corina.

— Fica longe. Em Santa Catarina. E o estágio todo dura seis meses.

— E o que vamos fazer lá?

— De manhã, ajudamos os médicos e as enfermeiras no hospital. E, à tarde, vamos para a escola na cidade maior ali perto.

— E você já conversou sobre isso com seus pais?

— Já. E disseram que iam pensar. Mas, se você quiser ir também, já podia ir falando com os seus pais logo.

— Posso tentar. Mas lá em casa vou falar que o seu pai já deixou. Se não, o meu vai dizer "não" rapidinho.

As conversas com Willy e Bertha transcorreram tranquilas, com alguns questionamentos que foram sendo esclarecidos pelos pais de Andrea. Estes conheciam o vilarejo de Pirabeiraba e conheciam até o pastor da Igreja Lutherana local. Além disso, já estavam decididos a abençoar a empreitada de sua filha mais velha naquele estado mais ao sul. E então começaram os planejamentos.

A ideia foi ganhando forma na cabeça das duas amigas e, lentamente, na dos pais de Corina também.

Houve discussões, planejamentos, pesagem dos prós e contras, até que os pais de ambos os lados chegaram à conclusão de que seria uma experiência bastante válida para as duas adolescentes que tanto sonhavam em ser médicas.

Então, com treze anos recém-completados, Corina acompanhou Andrea nessa aventura já quase profissional.

Ansiosas e animadas, iniciariam o estágio de seis meses próximo a Joinville, seiscentos quilômetros ao sul de Roland. Trabalhariam das seis às doze horas num pequeno hospital local. Durante as tardes, frequentariam as aulas curriculares numa escola em Joinville, que se situava a dezesseis quilômetros de Pirabeiraba.

O pai de Andrea, juntamente com a mãe de Corina, as levou para Pirabeiraba, onde foram recebidas pela enfermeira chefe do hospital e encaminhadas para o alojamento contíguo.

Nos primeiros dias, Corina recebeu algumas tarefas no berçário e encantou-se com as atividades, com os bebês, com a rotina hospitalar organizada e adorou sentir-se útil.

— Andrea, você viu aqueles dois bebês iguaizinhos lá na maternidade? São gêmeos idênticos. Muito fofinhos. Mas disseram que a mãe não quer ficar com eles e que vai dar para adoção. Que dozinha!

— A enfermeira disse que a mãe tem só dezoito anos e que veio até aqui ter os bebês para que, na cidade dela, ninguém fique sabendo que engravidou. Tomara que arrumem uma família bem legal, pois essa mãe nunca vai cuidar direito dos filhos.

— E aquele bebê que não para de chorar? A enfermeira mais velha, que esqueci o nome, não tem muita paciência, disse para eu deixar chorando mesmo.

— Essa enfermeira é muito séria. Tenho até medo dela. A outra mais baixinha é mais boazinha.

E assim ficavam confabulando a noite, no quarto, antes de dormir.

No entanto, à medida que os dias iam se passando, o lobo solitário se manifestava mais e mais. Compartilhar o quarto, o banho, as refeições e o recolhimento na hora de dormir, sem ter um momento a sós para introverter-se em seus próprios pensamentos, incomodava Corina mais do que o pouco tempo de lazer que tinha disponível.

Talvez também tivesse que admitir que sentia falta das risadas do pai nos domingos à tarde, assistindo aos Trapalhões. Ou da mãe ralhando com o gato que arranhava o sofá quando não tinha ninguém por perto. Aquilo lhe transmitia segurança.

Desistiu após três semanas de estágio, deixando sua amiga com uma boa dose de mágoa para trás. A amizade nunca mais voltou a ser a mesma. Andrea completou os seis meses de estágio, voltando para Roland, onde terminou o primeiro ano do ginásio. Mas, logo em seguida, seu pai foi transferido para outra paróquia, levando toda a sua família para Minas Gerais. Corina e Andrea distanciaram-se ainda mais. Anos mais tarde, os pais de Andrea voltaram para a Alemanha enquanto ela permaneceu no Brasil. Aos dezessete anos, Andrea sofreu um sério acidente automobilístico que a fez repensar planos e propósitos. Acabou por abandonar seus sonhos de medicina, vindo a estudar teologia. Depois disso, Corina nunca mais teve notícias de seu paradeiro.

***

Willy insistira para que suas três meninas frequentassem a igreja Lutherana, pois haviam sido batizadas nela. Além disso, fariam o catecismo e a confirmação (primeira comunhão) e manteriam um bom contato social, principalmente com as famílias alemãs, que eram as que mais frequentavam a igreja.

Bertha não fazia muita força para acompanhar essas idas aos cultos de domingo. Considerava-se praticamente antirreligiosa. A religião de seu pai havia sido alvo de perseguições e exterminações, e todas as outras igrejas nunca haviam demonstrado determinação para combater todo esse mal. Mas não se opunha ao desejo de Willy. Quando suas filhas aprenderam a tocar flauta doce e apresentavam-se em alguns eventos da igreja, ela até as acompanhava.

Foi então que Corina desenvolveu uma amizade próxima com Veruska, que também era filha de alemães e frequentava a mesma igreja e escola.

Veruska era de uma alegria contagiante. Suas gargalhadas faziam Corina rir até nos lugares mais inapropriados, como durante a celebração de um casamento, que as fazia merecedoras de olhares fulminantes por parte do pastor. Ou mesmo nos fundos da sala de aula, o que lhes rendia a expulsão da classe em direção à diretoria pelo professor de literatura. Corina ficava muito envergonhada nesses momentos, mas aqueles instantes de descontração faziam a vergonha valer a pena.

Foi na casa de Veruska que Corina conheceu as primeiras baladinhas noturnas, onde se dançava música lenta com os rapazes mais corajosos. Mas eram raras as vezes em que obtinha permissão da mãe para ir a essas festas.

Através dessa amizade, a vida tornou-se mais leve por um tempo.

Por esses tempos, pela primeira vez, sentiu-se preparada para confidenciar a alguém o histórico da doença de sua mãe.

As tentativas de suicídio eram, até então, um assunto tabu para Corina. Nunca contara nada a ninguém, não sabia ao certo se por vergonha, por raiva ou por puro instinto de preservação de si mesma e da mãe. Contudo, sentia vontade de compartilhar tudo aquilo com Veruska.

— Vou te contar um segredo, Veruska. Mas antes, você tem que jurar que nunca vai contar pra mais ninguém — disse à amiga.

— É claro que juro. Mas conta logo, vai.

— Minha mãe é diferente da sua…

— Como assim? Claro que é. Todas as mães são diferentes.

— A minha é mais diferente. A sua vai na igreja. A sua conversa com todo mundo. A sua dá risadas igual a você… a minha nem sai de casa.

— A minha mãe é professora, ela tem que sair de casa todo dia!

— A minha já cortou os pulsos e já tomou um monte de remédios porque não quer mais viver com a gente — desabafou enfim Corina, quase aos sussurros, quase como se confessasse um crime. Um crime cometido por ela mesma.

— Mas qual é o segredo, afinal? — perguntou Veruska, como se estivesse ouvindo de Corina que a mãe preferia comer biscoito a pão.

— O segredo é esse. A minha mãe quer morrer enquanto todas as outras mães se divertem por aí — respondeu Corina, um pouco exasperada.

— Isso não é segredo nenhum. Todo mundo sabe que sua mãe já ficou internada várias vezes no hospital de loucos aqui perto, levando choque elétrico para ver se sara.

Talvez, se naquele dia, tivesse conseguido não levar aquela resposta de Veruska para o lado pessoal...

Talvez, se soubesse interpretar aquela resposta com o mesmo desprendimento com o qual Veruska interpretava os fatos...

Talvez tivesse entendido que nunca cometera crime nenhum...

Mas, naquele dia, odiou Veruska. E odiou a si mesma por ter falado, se exposto...

Aquela resposta de Veruska a fez calar-se por anos a fio. Aprendeu, desde cedo, que o silêncio é a melhor resposta a tantas e tantas situações.

Achava que "seu" segredo estava bem guardado, quando, na realidade, era um extenso e frequente boato público e notório. Sentiu-se exposta, quase invadida. E muito contrariada.

O tratamento em voga para suicidas nas clínicas psiquiátricas à época eram choques elétricos. Estes haviam traumatizado Bertha ao extremo. E, inconscientemente, ela culpava Willy por isso. Quando o relacionamento do casal azedava um pouco além do rotineiro, esse assunto vinha à tona com um rancor sem limites.

Ainda aos treze anos, Corina foi com toda a família para as Sete Quedas e Foz do Iguaçu. As Sete Quedas eram sete cataratas fantásticas, localizadas na cidade de Guaíra e, no ano seguinte, seriam inundadas definitivamente para dar origem a uma hidrelétrica. Como sempre, as viagens criavam um clima de harmonia raro e muito apreciado. Mas, naquela noite, no hotel, quando Corina levou um choque no chuveiro, caiu e ficou trêmula por alguns minutos, a harmonia quebrou-se rapidamente, com Bertha acusando Willy em tom colérico:

— Quem sabe, vendo a sua filha nesse estado, você entenda o que me faz passar toda vez que me coloca naquela clínica desgraçada...

Não havia culpados ali. A culpa era do inconsciente coletivo que pairava como uma sombra sobre as incapacidades afetivas de Willy e Bertha. A culpa era de todo o passado nunca verbalizado, mas carregado em cada célula do corpo, em cada recôndito da alma de ambos.

**

Corina, então, mergulhou numa fase de autodepreciação. Na ânsia de obter atenção e afeto, iniciou seu périplo de autodestruição.

Quando ficava resfriada, prolongava o período acamada, aquecendo o termômetro na lâmpada do abajur, para fingir-se febril.

Uma vez, durante uma festa junina da escola, passou por entre uma guerra de pedras de gelo e um desses "projéteis" atingiu seu lábio inferior, causando-lhe um corte suficientemente profundo para necessitar ser suturado. Ao perceber o início da cicatrização, mordeu o próprio lábio para reativar o ferimento.

Quando se passava um período mais longo sem que ocorresse um evento através do qual lhe dirigissem olhares de preocupação e cuidados, ela, furtivamente, ia até a gaveta do armário onde ficava a farmacinha da família. Dali, subtraía algumas cartelas de um remédio qualquer e ingeria uma quantidade que a fazia passar mal ou até desmaiar um tempo depois. Quis o destino que essas doses aleatórias, de efeitos igualmente aleatórios, nunca lhe causassem danos maiores e irreversíveis. Deus protege as crianças e os loucos, e ela simplesmente se encaixava no intervalo entre essas duas categorias.

**

O estado depressivo da mãe perturbava a paz de espírito de toda a família. Mas havia aqueles momentos em que ela emergia da escuridão. Nessas horas, era capaz de manifestar atitudes carinhosas que deixavam Corina em êxtase.

Um exemplo eram as vezes em que Bertha ia até o portão e acompanhava com o olhar a partida de Corina para a escola até que esta sumisse com um aceno por trás da primeira esquina.

— Hoje seu cabelo brilhou como nunca com o sol batendo nele — dizia a mãe, quando ela voltava para casa no fim da tarde.

Ou uma tarefa de escola feita com todo esmero, mas que, ao final, ficou manchada com gordura da mesa da cozinha e levou Corina aos prantos.

— Vem aqui, me dá essa tarefa caprichada que vamos dar um jeito nela — dizia Bertha.

A mãe passou farinha na folha de papel para, em seguida, aquecê-la com o ferro de passar roupa, fazendo a mancha sumir como num passe de mágica.

Num outro dia, Corina ficou com muita raiva de Sabine. Tentava cortar as unhas de sua mão direita, sem sucesso, quando Sabine passou por perto:

— Com treze anos e ainda não sabe cortar as próprias unhas! Que vergonha — disse sua irmã mais velha.

— Mãe, cortei as unhas da minha mão esquerda, mas não consigo cortar as da mão direita. E Sabi me chamou de burra por isso.

— Filha, nessa vida cada um tem suas habilidades. Uns cortam bem as unhas. Outros plantam flores, outros tocam piano… Sabine tem as habilidades dela e você tem as suas. Agora me dá a tesoura que eu corto suas unhas. E nada de ficar envergonhada com isso, vai.

Ah, como era bom ouvir isso. Passara por esses primeiros anos da adolescência sem se relacionar mais intimamente com suas irmãs, pois estas pareciam viver num mundo próprio, quase a ignorando por completo.

Tinha mais um fato que a aproximava da mãe. Sua paixão secreta por Roberto Carlos. Mamãe era "velha" e, por isso, podia assumir seu amor pelas músicas bregas de seu cantor predileto. Já Corina, com seus catorze anos, jamais poderia declarar esse amor pelas mesmas músicas. Ambas sabiam dessa paixão compartilhada e, entre quatro paredes, ela era permitida, embora Sabine e Elisa a abominassem. Uma vez, Corina juntou os poucos cruzeiros que ganhava no Dia das Crianças com algumas economias anteriores e comprou um disco de vinil do Roberto Carlos. Nunca guardou nada com tanto cuidado e só colocava o disco no velho toca-discos quando estava sozinha em casa com a mãe.

Infelizmente, esses eram momentos raros. E faziam muita falta aos movimentos de conexão afetiva de Corina.

E de Sabine.

E de Elisa.

E de tantas vidas mais...

***

Mais um acidente veio trazer sustos e alívios em 1980.

Willy, voltando do sítio já tarde da noite, colidiu com um caminhão de faróis apagados, parado no meio da estrada rural escura. Sofreu ferimentos pelo corpo e um traumatismo craniano. Fora levado de ambulância, desacordado, para o hospital mais próximo.

Assim que foi identificado através dos seus documentos — que sempre carregava em sua velha pasta preta gasta e já rasgada nas bordas —, a polícia dirigiu-se até o endereço que constava em uma conta de água.

— Aqui é a residência do senhor Willy Wendrad? — disse o homem fardado que Elisa fora atender no portão.

Elisa só balançara afirmativamente a cabeça, pois aquela figura estranha lhe causava um receio de algo ruim.

— E quem é o adulto da casa?

— Mããããeeee — gritou ela.

O policial relatou o ocorrido a Bertha que, recuperando-se um pouco do susto que a visita inesperada causou, e que a remeteu aos medos vividos quando os guardas da SS batiam à sua porta na Alemanha naqueles tempos antes da guerra, dirigiu-se ao hospital com a viatura, sem muita informação sobre o real estado de saúde de Willy.

Corina entrou em parafuso. Os dados sobre a gravidade do acidente eram vagos e não havia meios de saber quando obteriam notícias mais precisas. O fato de a mãe atentar contra a própria vida de tempos em tempos já causava instabilidade suficiente. Se o pai se fosse, perderia o único porto seguro que restava.

Então ela trancou-se no quarto e chorou um choro amedrontado e solitário.

— Corina, sou eu. Abre essa porta, deixa eu entrar — era a voz de Sabine.

Uma voz reconfortante, consoladora.

Ela abriu a porta e aceitou o abraço protetor de sua irmã.

— Vem, vou pegar seu colchão e você dorme do meu lado no nosso quarto. A mãe deve telefonar logo, não deve ser nada grave.

Assim fizeram.

A mãe ligou em seguida, dizendo que o pai estava fora de perigo e já havia recobrado a consciência. Mas Corina permaneceu ali, no colchão ao lado da cama de Sabine, sentindo-se acolhida e com a certeza de que agora havia mais um porto seguro em sua vida.

Aquela atitude de proteção num momento de insegurança criou um laço forte e duradouro entre as duas irmãs.

***

Aos dezesseis anos, Corina lentamente desviou sua mendicância por amor para outros horizontes.

Foram surgindo outros desejos. Devorava todos os romances aos quais tinha acesso. Escrevia poesias que escondia sem nunca mostrar a ninguém. Começou a frequentar as discotecas do clube da cidade onde começaram as primeiras paqueras e sonhava com o primeiro beijo que demorava a acontecer.

Começou a estudar com mais afinco, pois os sonhos de seguir os passos do avô Ernest como pediatra seguiam firmes e certos.

Fez amizade com Andressa, que queria fazer fisioterapia, mas carecia de concentração para os estudos. Assim, formaram uma dupla bastante eficiente em tardes e mais tardes nas quais Corina, na tentativa de manter a atenção de Andressa nas apostilas, "ensinava" a ela tudo o que ela mesma precisava aprender.

Esse aprendizado mútuo, entremeado por tantas risadas, alguns goles de vinho branco terrivelmente doce (roubado da geladeira da mãe de Andressa) no final do expediente... e o carinho que os pais de Andressa dedicavam à Corina... tudo isso trouxe resultados promissores para as duas amigas.

Havia uma área dos estudos que despertava em Corina o mais genuíno interesse, em que as páginas não precisavam ser decoradas ou penosamente repetidas inúmeras vezes para que se gravassem na memória. Era a história da ascensão de Hitler, da perseguição aos judeus e de toda a Segunda Guerra Mundial. Para a maioria dos companheiros de colegial, era apenas história. Para Corina, era voltar a um passado que de certa forma lhe pertencia, lhe impregnava a mente.

— Andressa, lembra que estudamos a invasão da Polônia pela Alemanha semana passada? — perguntou Corina uma tarde.

— Lembro sim. Foi na Primeira Guerra Mundial, né?

— Não, essa foi na Segunda Guerra. Lembra que estudamos sobre o Holocausto?

— Sim, coisa horrorosa, onde morreu aquele monte de judeu, né?

— Pois é, eu fiquei sabendo que entre aquele monte de judeu tinha uma tia-avó minha. Meus pais não gostam de ficar falando sobre essas coisas. Foi minha irmã mais velha que me contou.

— Caramba! Sua mãe é judia também, não era isso?

— Minha mãe e minha tia não eram. Nem minha vó. Só meu vô. E por isso tiveram que fugir da Alemanha. Acho que foi um pouco antes da guerra começar.

E assim o assunto rendia e fixava-se sem esforço.

***

Mesmo com essa adolescência aparentemente tão próxima da normalidade, Corina nunca se sentia realmente integrada aos ambientes e às amizades. A menina arredia que viera de marte (ou do sítio) trazia uma história que ainda assombrava suas conquistas, sua autoconfiança e suas escolhas. Como se autovalidar nesse mundo onde todos se encaixavam num quebra-cabeça perfeito, em que só a peça dela ficava de fora?

***

Suas irmãs haviam tomado seu rumo.

Elisa entrou para a faculdade de farmácia e bioquímica aos dezesseis anos e Sabine em agronomia. Elisa seguira adiante, formara-se aos vinte e poucos anos e já se encontrava num relacionamento sério com seu futuro marido agrônomo, Leon.

Elisa sempre fora muito estudiosa, destacando-se em qualquer ambiente estudantil, e levava a vida muito a sério, em preto e branco, com suas verdades absolutas norteando planos e rotinas. Casou-se cedo, poucos anos após concluir o curso superior. Seu coração batia mais pela mãe, e seu contato com Sabine tornara-se mais raro, um distanciamento natural começou a se interpor nessa amizade fraternal antes tão estável.

Sabine, que tentara o curso de agronomia somente para agradar ao pai, logo percebera sua falta de paixão pelas matérias afins, abandonou o curso e se debandou para uma cidade a cento e vinte quilômetros de Roland para cursar letras. Foi lá também que conheceu seu futuro marido, Fernando. Sabine já era de uma compleição mais sensível, o mundo espiritual a atraiu cedo e logo ocupou mais espaço que a vida profissional. E seu coração pertencia mais ao pai.

Então chegou a vez de Corina tentar a sorte nos vestibulares. Inscreveu-se nas provas da Universidade Estadual de Londrina (UEL) como única opção, pois seus pais ainda não conseguiam apoiar a ideia de ver a caçula de dezessete anos indo estudar e viver longe de casa.

Tudo ia bem nos preparativos. Até que seu pai resolveu viajar para a Alemanha poucos dias antes das provas de Corina, pois sua mãe Katharina não estava bem de saúde.

— Bertha, minha mãe não está nada bem. Preciso ir para lá antes que seja tarde. Imagino que você queira ir junto. Por isso já comprei duas passagens — comunicou Willy em novembro.

— E quando seria isso? — questionou Bertha, pega de surpresa.

— Saímos daqui dia 8 de janeiro.

— Você deve ter enlouquecido de vez, né? O vestibular da sua filha começa no dia 10! Não vou deixar ela aqui sozinha para ir passear no belo inverno alemão!

— Ela já está bem crescidinha. Além do que, Bine e Elisa estarão por aqui para ajudá-la no que for preciso. E, caso não tenha sido bem claro, não estou indo passear. Estou indo ver minha mãe, que não vejo há muitos anos, e que talvez não resista à doença que a está enfraquecendo.

— Então vá sozinho. Se sua mãe é mais importante para você que sua filha, pode ir que fico aqui com ela.

Willy irritou-se muito com a reação de Bertha, e saiu de perto para esfriar a cabeça. Tinha esperança de que, se deixasse a poeira abaixar, ela mudaria de ideia e acabaria por acompanhá-lo.

Mas, como isso não aconteceu até final de dezembro, Willy devolveu a passagem de Bertha e começou os preparativos para sua viagem. Como pudera não prever essa reação de sua esposa?

No dia do embarque, despediu-se de suas filhas, que não lhe guardavam nenhum rancor, pois haviam compreendido perfeitamente que estava indo para sua terra natal por motivos de força maior.

Bertha, porém, não o perdoou pelo equívoco da data, e lhe deixou um recado sombrio em seu caminho até o portão, onde o táxi o aguardava.

— Vá com Deus. E pode ter certeza de que não vai me encontrar aqui quando voltar.

Ele balançou tristemente a cabeça e dirigiu-se até o carro, deixando para trás três meninas desconcertadas com aquela cena de sabor tão amargo.

A mãe voltara a ser um poço de mágoa.

Era uma mágoa antiga, nunca desabafada, nunca repartida, provinda de tantas incompreensões... E novamente a terra tornou-se plana e o mundo acabaria num precipício logo ali à frente.

Praticava a amargura, a infelicidade e o tédio com uma eficiência sem igual.

— É, Udo, não sei por onde você anda e o que você fez da sua vida. Mesmo assim, acho que você seria a única pessoa que talvez me entendesse agora. E me perdoaria se eu desistisse mais uma vez...

Falar mentalmente com seu amigo de infância, do qual nunca mais tivera notícias, às vezes trazia um certo conforto.

Naquela mesma noite, depois que as filhas tinham se recolhido para dormir, tomou três cartelas de um sonífero e deitou-se no sofá da sala, na esperança de cair suavemente por aquele precipício.

Elisa a encontrou num sono profundo na manhã seguinte, porém com todos os sinais vitais preservados. Sendo assim, Sabine e Elisa decidiram aguardar alguma reação e, caso isso não ocorresse até o dia seguinte, chamariam uma ambulância. E, nesse próximo dia, com a mãe ainda em estado de torpor semiconsciente, Corina partiu cedo para o seu primeiro dia de provas, sem ter conseguido pregar os olhos durante a noite, por pura preocupação com toda aquela situação.

O calor das primeiras horas do dia, a mãe deitada no sofá da sala, o quadro pendurado na parede acima dela, o cachorro dormindo a seus pés, a porta para a varanda aberta com a cortina bege e quase transparente balançando com a brisa morna... eram as imagens que Corina levava consigo no trajeto até o local das provas.

Nesse dia, não houve o café da manhã preparado por Bertha, seus passos leves no corredor para chamá-la, nem a fumaça do fogão a lenha a invadir a casa. Nem ao menos um desejo de boa sorte sussurrado por ela, que tanto fizera questão de estar presente nessa data.

Naquele tempo, o vestibular baseava-se em quatro dias seguidos de provas, o primeiro dos quais continha a redação, e ela não conseguira se concentrar em uma única frase sequer do que escrevera. Soube na hora que aquele não seria seu primeiro ano de faculdade.

Terminou os outros três dias de provas, enquanto sua mãe lentamente voltava à vida.

Sabia que teria que começar tudo de novo por mais um ano e que não iria desistir.

Quem sabe, afinal, sua mãe ainda conseguiria comemorar com ela o dia em que se tornasse médica. Quem sabe...

Quem sabe sua alma estilhaçada se curasse um pouco com seu sonho realizado no sonho da filha.

***

Willy retornou vinte dias depois, já ciente dos fatos ocorridos. Voltava entristecido pela constatação de que vira sua mãe pela última vez, já que esta encontrava-se na fase terminal de uma doença cardíaca já avançada. O relacionamento com a mãe era mais cordial que afetuoso, porém Katharina havia expressado alegria e alívio por tê-lo consigo naquele frio inverno de 1982. Willy admitiu para si mesmo que a recepção materna fizera a viagem e as brigas com Bertha valerem a pena.

— Willy, dói ver você indo embora de novo. Mas acho que você nem consegue imaginar o quanto nos fez bem a sua vinda. E nem sei se você percebeu, mas a mãe está mais calma e relaxada desde que você chegou. — Foram as palavras de sua irmã, na noite antes da partida.

— Sim, Irma, fiquei muito aliviado de ter vindo. Também fico triste de ter que ir embora sem nem saber quando consigo voltar. Não deixa de me escrever sempre que puder e prometo responder rápido, ok?

Despediu-se de sua mãe na manhã seguinte, sem culpas nem cobranças, tão presentes trinta e dois anos antes, quando decidira ir tentar a vida no Brasil aos vinte e cinco anos.

Bertha o recebeu friamente.

Alguns dias depois, Corina mais uma vez ouviu a pergunta tão odiada:

— Vou me separar do seu pai. Com quem você vai querer ficar? Comigo ou com ele?

Palavras empoeiradas, grudentas, envelhecidas.

E, pela primeira vez, Corina não chorou ao responder com muita clareza:

— Não sei, mãe. Vamos deixar as coisas acontecerem. Aí eu decido.

Aborrecida, Bertha não retomou a conversa.

"As coisas" mais uma vez não aconteceram. E o relacionamento de amor e ódio se preservava mornamente.

***

Quando confirmou o resultado negativo das provas da faculdade, seu pai veio lhe dizer:

— Sua mãe tem uma doença que se chama tristeza, mágoa. Quando ela adoece, o sintoma mais forte que se manifesta é a raiva sem medida. Precisamos tentar não nos contaminar com esse sintoma; caso contrário, ele nos trava até os ossos. Dê tudo de si mais uma vez. Você vai conseguir.

E assim fez.

Estudou com mais afinco, dessa vez sem Andressa e sem vinhos brancos terrivelmente doces em alguns fins de tarde. Mas ainda com a mesma certeza de que seu avô Ernest a guiaria até o resultado tão desejado.

Fez um ano de cursinho em Londrina, despertando às cinco e meia da manhã, antes mesmo dos passos silenciosos de Bertha a chamarem para o café da manhã.

Aos dezoito anos, passou nos vestibulares de Londrina e Curitiba, optando por cursar medicina na cidade mais próxima de casa.

Quando ouviu seu nome na lista dos aprovados que o rádio transmitia, sentiu pela primeira vez na vida que a mente pode conquistar tudo aquilo que concebe.

A sensação foi de uma alegria inebriante, exacerbada pelo orgulho genuíno de seu pai e pelo sorriso honestamente feliz de sua mãe.

Era quase melhor que a primeira lata de Leite Moça com dois furinhos na tampa e que não precisava dividir com ninguém.

1938-1939

CAPÍTULO 6

> "Mesmo nos tempos mais bárbaros,
> uma chama de humanidade
> brilhava no coração dos mais brutos
> e as crianças eram poupadas.
> Mas o monstro hitlerista
> é bem diferente.
> Ele devora o melhor dentre nós,
> aquelas que normalmente despertam grande compaixão:
> nossas crianças inocentes."
>
> **EMANUEL RINGELBLUM, HISTORIADOR DO GUETO DE VARSÓVIA, PRESO E POSTERIORMENTE CHACINADO A TIROS EM 1942.**

— Pai, Mãe, o senhor Hoppe, meu professor de geografia, acabou de ligar. — Anne veio correndo até a sala, com a voz e a respiração entrecortadas pelo próprio pânico que aquele telefonema causara.

— Anne, primeiro acalme-se para depois contar o que seu professor tinha a dizer — tentou apaziguar Ernest.

— Papai, você não está entendendo. Não temos tempo para calma. Os nazistas estão entrando em todas as casas de judeus, quebrando tudo e levando muita gente embora.

— E o que ele sugere que façamos? — perguntou Annelise.

— Ele disse que temos que sair daqui agora e nos esconder na casa de alemães urgentemente.

O telefone tocara pouco após às nove horas da noite do dia 9 de novembro de 1938.

A Noite dos Cristais.

Alguns amigos alemães vinham enviando discretos recados e mensagens contendo conselhos para que Ernest e Annelise deixassem o país, pois a situação estava tornando-se mais crítica a cada dia.

Alguns amigos haviam oferecido abrigo para a família, mas Ernest sempre recusara essas ofertas, pois sabia que o castigo para alemães que albergassem judeus naquela época era a pena de morte.

O gentil e arriscado aviso de Peter Hoppe, o professor de Anne, chegou com pequeno atraso.

Alguns instantes depois, a Gestapo batia à porta. Antes que Annelise pudesse atender, a porta já havia sido arrombada e os soldados da SS invadiam os ambientes da casa, destruíam tudo que viam pela frente e procuravam por Ernest em todos os cantos.

Bertha e Anne permaneceram caladas e aterrorizadas a um canto da sala.

— Onde ele está? — gritava um deles, impaciente.

Seu rosto marmorizado, seus frios olhos azuis, seu cabelo ruivo engomado repartido com perfeição para o lado esquerdo e a arrogância cristalizada no tom de sua voz fizeram Annelise acreditar que aquele era o chefe do grupo de seis soldados.

— Se é meu marido que estão procurando, eu também gostaria de saber onde ele está — respondeu Annelise, tentando aparentar calma.

— Não banque a engraçadinha, se não levamos você no lugar dele — disse o que parecia ser o comandante do grupo.

— Ernest nos deixou há uma semana. Abandonou-nos à própria sorte, sem comida e com muitas contas a pagar.

— E por que acreditaríamos nisso?

— Não tenho provas do sumiço dele, a não ser a ausência dele. E a despensa vazia. E nossos estômagos vazios.

— Isso que dá casar-se com essa raça. Vamos embora, pessoal. Essa aqui já percebeu com que espécie de gente convivia.

Anne e Bertha entreolharam-se aliviadas, mas a expressão de alívio foi percebida por outro soldado.

— Werner, temos informação de que esse judeu estava aqui nos últimos dias. Tem certeza de que os rapazes procuraram por tudo mesmo?

— A casa não é tão grande assim. Mas fiquem à vontade em repetir as buscas — disse Annelise.

E foi o que fizeram. Mas não havia sinal de Ernest naquele apartamento escuro e pequeno. Os homens abandonaram o local, deixando-as para trás, aterrorizadas. Bertha não se movia, estatizada numa poça de urina que ainda escorria por sua perna.

Tudo cheirava a medo. Só o relógio cuco na parede a oeste da cozinha não se intimidou e cantou dez vezes sem pausa. Às 10h03, mãe e filhas, mais que aliviadas, abraçavam-se em um torpor apavorado.

***

Naqueles instantes, entre o telefonema do Sr. Hoppe e a chegada da Gestapo, Ernest conseguiu sair pela porta dos fundos e esconder-se numa estação de trem abandonada, a cinco quadras de casa.

Ali, porém, foi encontrado pelos soldados de Hitler e novamente levado para um campo de concentração, desta vez em Sachsenhausen. Pela segunda vez na vida, seu otimismo foi oprimido por uma realidade cruel demais para o espírito já tão maltratado anteriormente.

Suas esperanças de sair mais uma vez com vida de um lugar assim esvaíram-se rapidamente.

Quatro dias após a Noite Dos Cristais, Annelise conseguiu descobrir o paradeiro de Ernest.

A informação privilegiada viera de um amigo dele.

— Não sou nazista e odeio tudo o que está acontecendo por causa dos nazistas. Mas resolvi entrar no partido, pois assim eu vou poder conseguir dados e datas antes da população em geral. E, desse modo, eu vou poder ajudar e ser mais útil a vocês em alguns momentos.

Isso foi o que Hermann havia dito a Ernest um ano antes.

Fora uma atitude parecida com a do professor de Anne que, naquela noite, conseguiu avisar várias famílias do perigo iminente que corriam.

Hermann marcou um discreto encontro com Annelise num mercado longe de sua casa.

— Sei onde ele está, Lise. Mas ainda não sei como ajudar a tirá-lo de lá — disse ele, assim que a viu.

— Diga primeiro para onde foi levado.

— Para Sachsenhausen.

— Ah, meu Deus. Ok, pelo menos está vivo. Mas o que posso fazer? Konstant com certeza não vai ajudar. A quem posso pedir ajuda?

— Meu conselho seria arrumar documentos e passagens para vocês saírem do país. Os campos de concentração estão cheios. E cada um que sai de lá para emigrar para outro país gera lucro para o partido.

— Já é uma luz no fim do túnel. Já andei adiantando alguns planos nesse sentido, mesmo contra a vontade de Ernest. E minha cunhada está me ajudando muito.

— Sim, conheço o otimismo teimoso dele. Mas, nesse momento, é a única coisa que pode salvá-lo. E conheço bem Eleanor também. Acho que é a melhor pessoa para te ajudar. Embora ela devesse sair daqui junto com vocês, nem para ela é seguro aqui mais.

— Não sei como agradecer, Hermann. E espero que não tenha se colocado em risco vindo até aqui. Vou voltar a conversar com Eleanor hoje mesmo.

— No que eu puder ajudar, pode contar comigo. Agora vá. Não vamos perder tempo com agradecimentos, só me prometa que vai levar seu marido embora desse país o quanto antes. Mande lembranças a Eleanor, e convença-a a fazer as malas também.

Annelise já pressentira a chegada desses dias difíceis. E, mesmo sem o aval de Ernest, começara a se informar seriamente sobre todas as possibilidades de emigração da família para algum destino que lhes pudesse dar um futuro de segurança, longe desses horrores que se espalhavam como fumaça.

Tinham amigos na Suíça. Mas Hitler já havia esticado suas garras até lá, obrigando o país a fechar suas fronteiras. A Inglaterra seria outro possível destino, porém o país já havia recebido milhares de judeus de toda a Europa e proibira a entrada destes desde julho de 1938.

Para entrar nos Estados Unidos, outra opção cogitada por Annelise, precisariam do visto de entrada — nada fácil de se obter — e de duas "cartas de responsabilidade" emitidas por duas famílias residentes no país, garantindo o sustento de qualquer refugiado que pisasse em solo norte-americano, pois os custos de vida desses refugiados não poderiam recair sobre o Estado, que já restringia severamente a entrada de imigrantes.

Então, com o círculo se fechando cada vez mais, ouviu sua amiga Ida relatar sobre todos os trâmites de sua emigração para o Brasil. Lentamente, iniciou seu próprio périplo para garantir ao menos uma rota de fuga para sua família. Isso ocorreu mais de um ano antes da Noite dos Cristais.

E para isso, pôde contar com a ajuda de sua cunhada Eleanor, que já havia auxiliado centenas de judeus a fugirem do país.

Nos últimos meses, havia feito progressos consideráveis nos planos de emigração. Antes mesmo da Noite dos Cristais, Eleanor já vinha confabulando com Annelise sobre algumas possibilidades.

— Lise, tenho boas notícias. Enfim, consegui os quatro vistos para o Brasil — disse Eleanor certo dia ao telefone. — Pode vir buscá-los.

— Agradeço demais, Eleanor. É uma notícia maravilhosa. Só vou te pedir para não contar nada a seu irmão ainda. Ele continua muito relutante. Você sabe, não?

— Ok, continuo de bico calado. Mas não tem mais como esconder dele por muito tempo.

— Você o conhece — disse Annelise.

— Sim. Bem, você tem mais alguns dias. Mesmo porque ainda faltam as licenças para deixar o país. Mas espero consegui-las em breve. E aí vocês terão que sair sem demora. Você sabe disso, não é?

— E você, Eleanor? Por que não vem conosco?

— Vou ficar mais um tempo. Quem sabe, mais tarde, encontro com vocês por lá — foi a resposta evasiva de sua cunhada.

— Eleanor, sabe o que acho? Se você decidisse vir com a gente, eu conseguiria convencer seu irmão com muito mais facilidade. Também me ajudaria a contar toda essa novidade para as meninas, que já estão desconfiando de grandes mudanças.

— Ernest me prometeu que pensaria mais a fundo na emigração caso as coisas se complicassem. E, pelo jeito, estão se complicando. Ele é uma pessoa mais visada, já foi detido uma vez, está mais na mira deles. Eu fico quieta no meu canto, ninguém me nota, ninguém está à minha procura. Assim, consigo ficar mais um tempo, ajudar mais pessoas com mais alguns vistos. Se a situação não se acalmar, fujo também, fique tranquila.

***

Após a Noite dos Cristais e a conversa com Hermann, Annelise voltou a falar com Eleanor. Esta deu a feliz notícia de que as licenças de emigração estavam prontas. E o destino conspirava a favor do Brasil, pois dois dias depois chegou a carta de sua amiga Ida, que já residia no país nessa época. A carta continha o "Affidavit", uma carta convite para viverem lá sob sua tutela até que possuíssem seus próprios meios de subsistência.

Annelise sabia muito bem que não poderia contar com nenhuma forma de auxílio de seu irmão Konstant, e já tinha jurado nunca mais lhe dirigir a palavra. Para sair de Sachsenhausen, Ernest só poderia contar com ela.

Por sorte, desta vez tinha um trunfo nas mãos.

Armada com todos os documentos de emigração, ela novamente dirigiu-se aos tão temidos corredores do quartel-general da Gestapo.

As emigrações eram um negócio muito lucrativo para o partido. Cada família que deixava o país pagava o valor de oito mil marcos alemães ao estado, como imposto sobre fuga, além de "doar" todos os seus bens de valor e imóveis para o Terceiro Reich.

Assim, Ernest foi liberado, ainda sem saber que a moeda de troca para a sua liberdade era a exigência de abandonar o país até o dia 1º de abril de 1939, data na qual venceria a licença de emigração que Eleanor havia conseguido emitir para eles.

***

— Minha querida e sempre atenta Lise — disse Ernest, recém-retornado do campo de concentração, e ainda sem forças nem para contra-argumentar. — Você tinha razão desde o início. Não posso mais garantir a segurança de vocês aqui. Temos que ir. Vamos para algum lugar seguro e voltamos quando essa loucura acabar.

— Sim, concordo. E nossa opção mais concreta continua sendo o Brasil.

Annelise ainda não expusera todos os avanços lentamente conquistados até ali. Quis esperar alguns dias até que Ernest recuperasse uma parcela de suas forças físicas e emocionais antes de abrir o jogo e lhe deixar claro que não havia absolutamente nenhuma alternativa naquele momento crítico.

Mas Eleanor tinha razão. Não podiam se dar ao luxo de esperar muito. Se desperdiçassem essa chance, o momento crítico facilmente poderia se transformar numa tragédia.

— Vamos amadurecer essa ideia. Ainda sou da opinião de que não precisamos ir para tão longe. Podemos ir para a Áustria. Ou para a Inglaterra — relutava Ernest, na vã esperança de logo poder retornar para sua pátria e seu trabalho.

— Ernest, nunca vou saber em minúcias tudo o que você passou enquanto esteve preso lá atrás em 1936 e agora. Mas sei bem o que as meninas passaram durante a sua ausência. E sei também o que eu passei para te tirar de lá nessas duas vezes. Só posso te garantir uma coisa: mais uma vez eu não aguento. É hora de acordar e tomar uma atitude antes que seja tarde demais.

Ernest sabia que sua esposa estava certa. Não possuía mais nenhum argumento plausível para retardar a partida.

***

As notícias sobre a fatídica Noite dos Cristais ainda assombravam a mente de todos. Oficialmente, cento e noventa e um judeus haviam sido mortos dentro de suas casas. Porém, o número real era supostamente acima de mil. Mais de trinta mil haviam sido levados para os campos de concentração. A Gestapo destruíra vidraças de casas e comércios, deixando milhares de ruas em centenas de cidades por todo o país cobertas de cacos de vidro (por isso o nome Noite dos Cristais). Quinhentas e vinte sinagogas e mais de sete mil lojas de propriedade de judeus foram destruídas.

Era ingenuidade achar que aquele horror seria passageiro.

***

Bertha permaneceu cabisbaixa e silenciosa nos dias que se seguiram àquela noite traumática. Foi tornando-se apática, presa em sua própria angústia.

Com o retorno do pai para casa, Anne imaginou que sua irmã também retomaria seus modos, às vezes rebeldes e outras até ranzinzas. Mas essa mudança não ocorreu.

Então, ela resolveu tentar quebrar aquele silêncio, mas com muita cautela, pois já presenciara vários rompantes raivosos de sua irmã nos meses anteriores.

— Brie, não quer contar o que está acontecendo? Ficar quieta no seu canto não vai resolver nada. Já não basta tudo o que mamãe e papai estão tendo que decidir e resolver?

— Não quero ir embora, não quero ir pro Canadá, nem para o Brasil, não quero que levem papai, não quero ir pro campo de concentração!

— Ninguém aqui vai pro campo de concentração. Papai já está resolvendo isso.

— Se não formos embora, vão nos levar sim. Os pais da Lisa foram levados naquela noite para Dachau. E ontem levaram ela e a irmã mais nova de trem para um orfanato na Inglaterra. Nem pude me despedir dela.

— Quem te contou isso?

— A Ruth, prima dela.

— Venha contar isso para o papai. Vamos ver se ele já sabe de tudo isso. Pode ser tudo fofoca.

Então, Bertha relatou tudo o que ouvira de Ruth para Ernest e Annelise.

— Sim, já ficamos sabendo desses trens partindo para a Inglaterra — respondeu Ernest. — Mas podem ir se acalmando. Se tivermos que ir para a Inglaterra, vamos todos juntos.

Ernest, em alguns momentos de fuga emocional, ainda tentava enganar-se com a postura do "não creio que isso dure". Mas o *Kindertransport* deixara-o de cabelos em pé. Sua mente, até então sempre perseverante, nesse momento o aproximou daquela realidade cruel e insana que ia estrangulando mais e mais a rotina.

Na realidade, apoiava a iniciativa inglesa de albergar essas crianças que, por este meio, eram colocadas a salvo das políticas antijudaicas dos nazistas. Mas não conseguia aceitar que não pudesse haver uma maneira de evitar a orfandade desses seres inocentes.

O *Kindertransport* eram trens levando crianças judias para fora do país. Eles vinham ocorrendo há algumas semanas (o primeiro, partindo de Berlim, saíra em 30 de novembro de 1938), sob organização da Inglaterra com acordos de colaboração de Áustria, Holanda e Estados Unidos, e ocorreram até setembro de 1939. Ao longo desse ano, foram transportadas em torno de dez mil crianças entre cinco e dezesseis anos, cujos pais não mais conseguiram deixar o país, seja por falta de vistos ou por limitações financeiras. A intenção era salvar pelo menos as crianças das garras do nazismo, já que, para judeus adultos, a Inglaterra já havia fechado suas fronteiras.

A partida desses trens gerava cenas de dor, lágrimas e gritos desesperados de pais, que burlavam a segurança para ainda lançar um último olhar sobre seus filhos que eles, nessa atitude desesperada, tentavam salvar. Pais de muita coragem, pois sabiam que, salvando-os para um futuro incerto, nunca mais os veriam.

Muitas das crianças que partiam não sabiam seu destino. Ou partiam com a promessa dos pais de que a despedida seria breve, e que logo iriam ao seu encontro.

A maioria delas ia para lares amorosos. Outras iam parar em casas de famílias que as exploravam no trabalho doméstico ou até sexualmente. Muitas delas acabavam em orfanatos ou em escolas técnicas agrícolas. A imensa maioria nunca mais veria seus pais, pois o Holocausto os aguardava. E tantas que só saberiam muito mais tarde do enorme sacrifício de seus pais para que suas vidas fossem poupadas.

***

Dois dias depois de contar ao pai sobre sua amiga Lisa, Bertha recebeu um consternado Udo em sua casa, relatando sobre a partida de seu amigo de escola.

— Brie, vocês vão ter que ir embora também?

— Do que você está falando?

— Anteontem meu amigo Edwin veio se despedir dizendo que ia para a Inglaterra com a família, pois não era mais seguro ficar por aqui sendo judeu. Mas aí ontem fui à estação de trem acenar para ele, e nem consegui chegar perto, pois estava uma confusão. Os pais levaram ele e a irmã para o trem e só lá na plataforma falaram que eles iam sozinhos, pois não tinha mais passagens para todos. Nunca tinha visto o Edwin chorar. Mas a irmã dele e os pais choravam mais ainda.

— Minha amiga Lisa foi sozinha com a irmã em um desses trens também. Minha tia contou que já foram muitos trens cheios de crianças para lá. Mas meu pai falou que nós não vamos, não — disse Bertha, tentando não demonstrar o quanto aquelas histórias a deixavam atônita, apavorada.

Udo percebeu que sua adorada amiga exalava tristeza e se arrependeu de lhe trazer mais um motivo de pesar. Mas não encontrou palavras para aliviar o coração de Bertha. Será que um dia ela voltaria a ser alegre e perspicaz como ele a conhecera?

— Por que você está sem o uniforme hoje? — perguntou Bertha, subitamente curiosa.

— Não uso mais aquele uniforme, é muito ridículo — respondeu Udo. Sorriu de modo travesso e despediu-se.

Ela não sabia se era verdade ou se ele só queria provocá-la. Mas Udo havia alcançado seu objetivo, vendo-a um pouco mais relaxada. Ela lhe acenou carinhosamente e até esboçou um leve sorriso em seu rosto entristecido.

***

Quando Ernest imaginava as cenas do *Kindertransport*, seu pavor o entorpecia. Não poderia permitir que sua família se desmembrasse inteira caso ele não conseguisse mais sair daquele inferno. Não se permitia imaginar tendo que levar Anne e Bertha para os trens do nunca mais.

Era hora de partir.

Annelise soube aguardar o momento mais oportuno de colocar Ernest e suas filhas a par de todo o processo de emigração que ela, silenciosamente e à revelia de seu marido, colocara em andamento.

— Ernest, querido, sente-se aqui e deixe-me lhe mostrar a grande oportunidade que se abriu para nós. Veja primeiro todos os papéis que tenho comigo e pare de ver o Brasil como um país tão pouco receptivo. Você sabe que alguns conhecidos e amigos já estão lá há alguns anos e algumas cidades no sul do país já estão abarrotadas de alemães. E Ida, que foi há pouco menos de dois anos, está se dando muito bem por lá.

— Você está certa, sei que temos que sair daqui. Sei que o perigo é cada vez maior — resignou-se Ernest.

— Não é mais uma questão de escolha e você sabe disso. Todos os países ao nosso redor já fecharam as fronteiras. Até os Estados Unidos já não emitem mais um único visto há meses. Na América do Sul temos boas chances. Sua irmã já conseguiu os vistos e as licenças de emigração.

— E Eleanor viria conosco?

— Não. Infelizmente não. Insisti muito para que providenciasse o visto dela também. Mas ela insiste em ficar enquanto tiver condições de tirar mais pessoas daqui.

— Ela está se arriscando muito!

— Sim, concordo. E ainda vamos tentar persuadi-la. Mas não mude de assunto. Veja a excelente oportunidade da qual muitos já se beneficiaram. Já ouviu falar da Paraná Plantations?

— Tenho ouvido falar bastante. É a tal empresa inglesa com uma filial grande aqui, que vende trilhos e locomotivas para o Brasil, é isso?

— Sim. Mas para que o Brasil compre mais trilhos, vagões e locomotivas, é preciso povoar mais áreas por lá para que precisem abrir mais estradas de ferro. E aí é que entramos nós. Pagamos uma determinada quantia para a Paraná Plantations. Com esse valor eles enviam os trilhos para lá e em troca ganhamos um pedaço de terra no sul, onde o clima é mais ameno. E ainda conseguimos passagens nos próprios navios exportadores. Podemos ir para a mesma cidade para a qual Ida foi com a família. Parece que se chama Roland.

— Meu Deus, isso tudo ainda é muito assustador. Você já falou sobre isso com as meninas?

— Não. Preciso primeiro do seu apoio, para então fazermos isso juntos. Anne aceitará melhor, está assustada, mas conformada com o fato de termos que abandonar tudo por aqui. Bertha, porém, está se retraindo cada dia mais, briga com Anne o tempo todo sem motivo aparente e não se abre com ninguém. No fundo, acho que elas sabem mais do que imaginamos, pois a palavra Brasil já circula por aqui há algum tempo.

— Não está sendo nada fácil para elas. Nem para você, que além de todos os problemas, ainda correu atrás de tudo isso. Mais uma vez, te tiro o chapéu, *mein Schatz*. Só me dê um tempo para pensar sobre tudo isso. O importante é que vamos todos juntos. Se tiver que ser para o Brasil, que seja!

Nesse momento, os ombros de Annelise ficaram mais leves e ela não pôde evitar um leve suspiro de alívio, pois sentiu que essa primeira batalha estava parcialmente vencida. A próxima seria mais dolorosa: expor os planos para suas filhas, cuja adolescência seria drasticamente afetada por um futuro tão incerto e carregado de traumas.

Mas não havia uma segunda alternativa. Ela empenharia cada centavo do que ainda não havia sido confiscado e toda réstia de sua energia para encurtar a rotina ameaçadora que os cercava. Até comer e dormir já lhe custavam muito esforço. Ver a angústia de Bertha e a resignação de Anne lhe torturava o coração. Cada passo apressado na calçada da frente lhe tirava o sono por horas. Uma batida na porta lhe causava calafrios. Muitos e muitos anos mais tarde ainda sofreria de insônia e terror noturno por aqueles anos de medo e perseguições.

Também lhe doía muito ver o sofrimento de Ernest, seu desespero por ter que abandonar sua tão amada profissão, sua decepção com o país que ele tanto idolatrava, sua luta contra as memórias do campo de concentração e sua dor em constatar que seu imenso afeto por suas filhas não as protegeria de todo o mal que espreitava em cada esquina.

Mas não mais permitiria que a relutância dele os guiasse para o inferno.

Vigiar o mundo às escondidas com a ilusão de não ser visto não era mais uma opção. Eles não estavam misturados à plateia, estavam expostos no palco de Hitler.

E então, enfim, ele realmente se resignou.

— Vamos comprar as terras da Paraná Plantations. Chega de relutar. O Brasil nos aguarda. Assim que voltarmos das negociações, vamos conversar com Anne e Bertha.

As negociações ocorreram de forma rápida e eficiente para todas as partes. Ernest e Annelise conseguiram comprar sessenta alqueires de terra ao norte do estado do Paraná. O valor pago por eles foi convertido em trilhos de trem e vendido para a Companhia de Terras Norte do Paraná, a empresa local que cedia os lotes de terra no Brasil. Todas as dezoito negociações de troca ocorridas até então haviam sido cumpridas a rigor. Essa era a décima nona comercialização de terra e Ernest saíra confiante de que agora tudo caminharia para um destino mais promissor e seguro.

A missão de transmitir essa segurança para suas filhas é que ainda perturbava a frágil paz de espírito de ambos. E, como era de se esperar, a reunião familiar gerou muita revolta, principalmente por parte de Bertha. Ela ainda não se conformava com tantos sonhos desfeitos, tantas despedidas e tanto receio desse futuro sombrio ao qual teriam que ir ao encontro.

Dois dias depois, quando Bertha ainda se mantinha trancada no quarto, Ernest a arrancara de lá contra sua vontade para um passeio num gélido dia:

— Minha filha — começou ele — quando temos um *porquê*, enfrentamos qualquer *como*. O nosso *porquê* é permanecermos juntos, custe o que custar. O *como* vai exigir sacrifícios e adaptações de todos nós. Mas estaremos juntos, começando uma vida nova onde teremos paz, liberdade e segurança. E prometo que voltaremos...

— Assim que toda essa loucura acabar — interrompeu-o Bertha, com certo rancor, imitando sua frase tantas vezes já repetida.

— Sim, assim que tudo isso acabar.

— Aposto que nunca mais vamos voltar. A maioria das minhas amigas já foi embora. E as que ficaram não falam mais comigo. Nem o Udo pode mais me encontrar. Não vou querer voltar pra cá nunca mais.

— Ok, então combinamos assim: voltamos se quisermos ou ficamos por lá, se formos mais felizes. Mas uma coisa tem que ficar clara: não julgue um povo pelo seu comandante. Ou seja, não julgue seus amigos pelo louco que está lá no topo. Todos os seus amigos vão continuar te querendo bem como antes. E, no Brasil, você fará ainda mais amigos que aqui, tenho certeza.

— Não sei se vou querer fazer novos amigos lá, para perder todos eles de novo quando voltar para cá. Mas sei que quero ir embora daqui. E quero que a tia Eleanor venha com a gente.

— Certo. Vamos tentar convencê-la juntos, então.

Mas tia Eleanor não se deixou convencer e continuou providenciando milagres para tirar mais e mais judeus, por onde quer que ainda houvesse uma saída.

***

Como a licença para deixar o país vencia no dia 1º de abril de 1939, iniciou-se uma corrida contra o tempo para comprar as passagens e organizar a mudança.

Conseguiram quatro passagens num navio chamado *Kap Nord*, que partiria de Hamburgo em 29 de março.

Os bens de maior valor e os imóveis já haviam sido confiscados, e o valor em dinheiro que cada refugiado podia levar consigo estava restrito a meros dez marcos alemães.

No dia 28 de março, partiram de casa com seus parcos pertences rumo ao porto de Hamburgo, tentando vencer o cansaço e as desilusões com certa dose de esperança por um mundo mais justo a dez mil quilômetros a sudoeste de sua pátria, que os cuspia para fora como párias.

Cada um carregava sua mala, caprichosamente arrumada com o que tinham de mais precioso. Alguns móveis e quadros haviam sido despachados ao porto uma semana antes. Embora esses bens não os acompanhariam na viagem, tinham a promessa de um dia recebê-los no Brasil, caso pagassem pelos custos alfandegários.

A casa vazia com a rara luz entrando pelas frestas das janelas foi silenciosamente observada por oito olhos tristes e ansiosos. A porta de entrada que rangera desde o primeiro dia fez seu ruído habitual ao ser trancada pela mão trêmula de Ernest. E Edda, o Setter irlandês de Bertha, não latiu solicitando seu retorno breve, como fazia todas as vezes em que ela o acariciava antes de sair. Já havia sido deixado em seu novo lar, no vizinho, três casas a leste na mesma rua.

A viagem de trem não ficou marcada na memória de nenhum deles, embora ela parecesse não ter fim, com seu ranger monótono sobre os trilhos. Os pensamentos vagavam por outras paisagens. Aquela primavera alemã logo se transformaria no outono brasileiro.

Ao chegarem ao embarcadouro, Ernest disse:

— Acabei de ver um Chapim Azul sobrevoando o navio ali. Isso é um sinal de sorte. Vamos ter uma boa viagem e começaremos uma vida muito boa no Brasil.

Mas não era um Chapim Azul. E não trouxera sorte.

A família, de mãos dadas e apreensiva, já via a longa fila de passageiros na rampa de acesso ao *Kap Nord*. Porém, ao passarem pela alfândega, Ernest foi barrado em função do fatídico "J" de judeu carimbado em seu passaporte. O presidente do país sul-americano, Getulio Vargas, acabara de bloquear a entrada de judeus em solo brasileiro.

1983

CAPÍTULO 7

> "É melhor, muito melhor, contentar-nos com a realidade; se ela não é tão brilhante como os sonhos, pelo menos tem a vantagem de existir."

MACHADO DE ASSIS

Os primeiros meses de faculdade foram um pouco assustadores para Corina. Sentia-se mais ou menos como sua mãe devia ter se sentido durante sua fuga para o Brasil. Bertha nunca descrevera, nem ao menos mencionara nada sobre aquela viagem. Mas Corina, naqueles dias, sentia-se como num grande navio, repleto de passageiros desconhecidos, rumo a um destino incerto e exposto a todo tipo de intempéries ao longo de um percurso cujo final ainda era indefinido.

Durante o primeiro ano do curso, permaneceu morando em Roland e fazendo o trajeto até a universidade de carro com mais três estudantes de outros cursos.

As aulas iam de manhã cedo até o final da tarde.

Na hora do almoço, Corina ia com o mesmo grupo de estudantes de Roland até o RU (restaurante universitário) que ficava a cerca de seis quilômetros do campus. Corina odiava a comida servida lá todos os dias, com algumas exceções em que o cardápio agradava mais ao seu paladar. Mas a profecia feita à avó, à mãe e à tia antes de chegarem ao Brasil — de que passariam a comer arroz e feijão no lugar de batatas — nunca se cumprira por completo em seu lar até então. Bertha mantivera a tradição das batatas, embora estas, com certa frequência, fossem substituídas por mandioca. O tradicional arroz e feijão nunca se tornara o forte culinário de Bertha.

— Que saco, arroz e feijão todos os dias! — reclamava Corina, quando chegava ao RU.

As companheiras a olhavam com cara de espanto, não compreendendo a queixa de Corina.

— Mas hoje, pelo menos, tem carne. De sexta-feira sempre tem peixe. Aí sim, a coisa fica complicada... — disse Deborah, com cara de nojo.

Na terceira sexta-feira em que entrou no refeitório e sentiu de novo o forte cheiro de peixe, Corina jurou nunca mais ir ao RU no último dia da semana.

Como a amiga Deborah, de Roland, também não suportava comer peixe, combinaram que, todas as sextas-feiras, permaneceriam no campus para almoçar na lanchonete local. Lá, Corina sempre comia uma coxinha e tomava uma vitamina de abacate. Era um verdadeiro manjar aquela refeição.

Ao final da tarde, voltava para casa cansada, duvidando de sua capacidade de acompanhar aquela mudança drástica de hábitos e ritmo.

O fato de voltar todo final do dia para Roland acabou dificultando um pouco a socialização com os demais estudantes, já que sair com eles além do horário diurno das aulas exigia uma logística, às vezes, bem complicada. Afinal, só conseguia voltar de carro para casa se, no horário determinado, estivesse no ponto de encontro com os demais estudantes do rodízio do carro.

Assim, para sair à noite com os novos amigos, tinha que pedir pouso na casa de uma das amigas da turma e justificar sua permanência em Londrina para a mãe.

Ela ainda era diferente dos demais, por morar longe e não conseguir participar de todos os encontros extracurriculares. Mas já era um diferente menos marcante do que chegar do sítio com o cabelo emaranhado, as unhas sujas e o conga rasgado, como nos tempos do ensino fundamental.

Aos poucos, foi se adaptando ao ritmo, às aulas, aos professores e aos colegas de turma. Às vezes tinha recaídas, nas quais voltava a se sentir deslocada, achando que jamais daria conta de tudo o que o curso exigia dela. Um desses momentos aconteceu quando viu um colega sair da biblioteca carregando uns cinco livros para estudar o conteúdo das aulas daquela manhã. Questionou-se se também teria que estudar um só conteúdo em cinco volumosos livros. E, principalmente, em qual horário da madrugada faria isso.

No final daquele dia, chegou chorando na casa de uma amiga dos tempos de colégio.

— Simone, não sei como vou falar para os meus pais, mas não vou mais fazer medicina.

— Como assim? — exclamou Simone, já antevendo um certo drama naquele discurso de Corina.

— Não é pra mim. Não vou dar conta. Não vou conseguir acompanhar tudo o que nos pedem todo dia.

Então relatou o ocorrido na biblioteca naquela manhã, com todos os pormenores, só faltando dizer quanto pesava cada um dos cinco livros emprestados pelo colega.

E Simone pôs-se a rir.

— Só porque um tonto quer ser o rei dos CDFs, você vai querer voltar para casa todo dia decorando cinco livros inteiros? Ou vai me dizer que os outros trinta e oito colegas também pegaram cinco livros cada um na biblioteca hoje?

Aquilo lhe trouxe um pouco mais de segurança. Uma conclusão simples que fazia sentido. E o medo, lentamente, foi passando.

Então, vieram as amizades.

O lobo solitário dentro dela foi sendo domesticado pacientemente.

Ninguém sabia de seu passado de bullying: do conga velho e rasgado, do cabelo emaranhado, das unhas sempre sujas ou mal cortadas. Nem de uma mãe que passara alguns períodos em clínicas psiquiátricas.

Ali, ela era apenas Corina, a polaca de Roland, com ascendência alemã, o que a fizera passar as primeiras férias da faculdade na Alemanha.

Havia também os momentos de artes e gargalhadas. Como nas aulas de anatomia, nas quais dissecavam cadáveres preservados em formol, e um colega conseguira entrar na sala antes do início da aula e amarrar, discretamente, um barbante no pênis do cadáver. Assim que os grupos se formaram ao redor dos corpos a serem dissecados, ouviu-se um grito agudo de uma das alunas, ao ver que o órgão genital, absolutamente sem vida, movimentou-se atrevidamente em posição de ereção. Ou no laboratório de bioquímica, em que uma aluna encontrou um rato em sua bolsa ao final da aula. O rato escapou do experimento in vivo, mas a moça não escapou de um surto de pânico ao ver o animal saltando da bolsa para o seu braço.

E assim, rapidamente, passou o primeiro ano de faculdade. O medo foi se acalmando, as dificuldades sendo superadas, e as notas das provas trazendo tranquilidade. Corina foi se sentindo inserida no fio da meada: era parte de um todo e, enfim, sentia-se acolhida. Isso gerou uma gratidão eterna por aquela turma tão heterogênea, tão eclética, mas tão cheia de coração e alma.

***

Nesse meio-tempo, Sabine já morava em Assis, cursava letras e namorava Fernando. Elisa terminara o curso de farmácia e bioquímica e começara a trabalhar numa cidade a duzentos e cinquenta quilômetros de Roland. Corina era a única a ainda morar em casa com os pais.

Antes de iniciar o segundo ano de faculdade, ensaiara um discurso cheio de argumentos para convencer seus pais a deixarem morar em Londrina. É claro que o argumento principal era os estudos com os colegas, o acesso à biblioteca a qualquer hora e a economia de tempo e dinheiro na estrada. Mas passara noites insones pensando em motivos mais concretos, pois achava que aquela conversa não seria nada fácil.

Acabou por não encontrar tanta resistência quanto havia imaginado e a alegria foi grande.

Ansiava por aquela liberdade de ir e vir quando bem quisesse, de fazer parte de todas as programações noturnas que aparecessem, sem precisar pedir autorização prévia em casa.

Após a mudança, não demorou muito tempo e já se via arrumando desculpas que a desobrigavam de ir para casa todos os finais de semana. Sabia que isso era uma espécie de fuga. Fugia do clima quase sombrio que encontrava na casa dos pais.

Porém, a fuga vinha acompanhada por um sentimento de culpa que a maltratava. Por que era tão incapaz de levar um pouco de alegria para seus pais todo domingo? Por que não queria mais comer a comida da mãe e sentir-se grata por isso?

O frágil vínculo afetivo quebrou-se rapidamente. E essa culpa a torturou por muitos anos. Precisou de muito tempo para aprender que seria muito difícil dar sem nunca ter recebido. Como tentar salvar seus pais num tempo em que já era tão difícil salvar a si mesma?

Enquanto estava fora, não sentia saudade de casa. Nem mais das gargalhadas do pai assistindo *Os Trapalhões*.

Anos depois, o que lhe vinha à mente, quando pensava na casa de seus pais, era um quadro pendurado na parede da sala. Representava um cavalo num ambiente escuro, noturno, e um velho segurando-o pelo cabresto com uma das mãos. Na outra mão, ele segurava um lampião aceso. Quantas vezes Corina se pegara olhando para aquele velho e imaginando aquele braço cansado de segurar aquele lampião por toda a eternidade, preso dentro daquele quadro.

Então imaginava sua mãe, presa na moldura daquele quadro de infelicidade que criara e do qual jamais conseguiria escapar. E não segurava pelo cabresto um cavalo cansado e dócil, mas uma gama de sentimentos que a aprisionavam irreversivelmente.

✳ ✳ ✳

No início do segundo ano, Corina fora morar em Londrina.

As amizades foram se solidificando durante o ano anterior e, entre elas, estava Clarice.

Clarice a convidou para morar em sua república, já formada com mais duas estudantes de odontologia. A mudança e os primeiros meses não foram desprovidos de certa ansiedade. Essas amigas já moravam fora de casa há mais tempo e já tinham um certo *know--how* de convivência. O lobo solitário a assediava novamente, e Corina precisava mantê-lo domesticado a todo custo. Lentamente, foi se adaptando, sempre guardando doses de gratidão por Clarice introduzi-la ao meio. Esse meio era composto por estudo, bares, festas, namoros e pequenas transgressões, mas sempre entremeado por amigos — alguns mais próximos, outros nem tanto. Todos ocupavam espaços próprios nessa alma que descobria um mundo bem mais amplo do que o vivido até então.

Outra amiga que se tornou muito próxima desde o início era Marta. Às vezes, estudavam juntas. Mas essa não era a ocupação predileta de Marta.

Quando a missão estudo estava suficientemente cumprida, Clarice, Marta e Corina aventuravam-se por bares, república de amigos ou festas.

As primeiras bebedeiras, Marta ensinando-a a fumar o primeiro cigarro... era tudo vivido com intensidade.

Apesar de todas essas experiências, havia um fator que incomodava muito Corina: a questão financeira.

Quando convenceu seu pai a permitir que morasse fora de casa, apresentara todas as contas do que precisaria para se manter em Londrina durante cada mês.

— Pai, vou gastar X com aluguel, Y com compra do mês, Z com ônibus e W com faxineira. Mas, em compensação, não vou mais gastar com gasolina de Roland para Londrina, nem comendo no RU.

Precisava mostrar que era vantajoso para ele também. Só se esquecera de que a vida em Londrina seguiria um pouco mais agitada do que a pacata rotina em Roland até então. E que isso significaria um custo que ela preferiu não mencionar, já que não serviria como argumento para sair de casa.

— Então some tudo isso e eu te dou o dinheiro no início de cada mês — respondera Willy, com a praticidade do alemão que não perde tempo nem energia com detalhes.

A conta estava feita e todo dia 1º do mês ele lhe entregava o dinheiro contadinho.

Nada de uma conta bancária. Nada de uma sobra ou de um extra.

E ela tinha vergonha de pedir mais.

— Pai, precisava comprar pelo menos uma calça e uma blusa novas — pedia Corina a cada ano.

— Quanto custa uma calça e uma blusa?

— Acho que uns setenta e uns cinquenta...

E ele lhe entregava cento e vinte reais ao pé da letra.

Ela sabia que não era porque uma soma maior lhe faria falta. A época das vacas magras havia passado. Nem era por mesquinharia. Simplesmente entendia o que ele e sua mãe haviam passado no pós-guerra, os longos anos de restrições e dificuldades. Entendia que aquilo estava impregnado na personalidade deles e jamais aprenderiam a se dar alguns luxos, a esbanjar depois de tanto faltar.

Então, às vezes, lhe faltava uma roupa adequada para um evento. Ou dinheiro para acompanhar as amigas para um lanche fora de casa no final da tarde.

— Vamos jantar no Pastel Mel hoje à noite? — Marta era sempre a primeira a propor.

— Sim, vamos, vamos — todas concordavam rapidamente, já indo se arrumar com empolgação.

— Eu não vou, não. Ainda tenho que estudar um pouco para a próxima prova — retraía-se Corina.

— Para de ser estraga-prazer, sua CDF — retrucava Marta, já a caminho da porta.

As desculpas podiam ser uma prova, uma dor de cabeça ou um motivo qualquer. E teria sido muito mais fácil assumir as parcas condições financeiras que impossibilitavam acompanhá-las. Mas não queria um motivo a mais que a tornasse diferente das amigas.

Então, Corina ficava. Chorava um pouco e se recompunha antes de as amigas voltarem para casa.

***

Em janeiro de 1985, surgiu uma oportunidade única de um tipo de diversão extravagante à qual Corina nunca sonhara em ter acesso. Isso aconteceu por meio de um convite feito por sua amiga de colégio, a Veruska.

— Corina, tive uma ideia. O noivo da minha irmã mora no Rio de Janeiro. E, logo, logo, vai ter o Rock in Rio. O que você acha de tentarmos convencer nossos pais a nos deixar ir passar uns dias na casa dele?

— Você está maluca! Meu pai nunca vai deixar, não adianta nem pedir — respondeu Corina de prontidão.

— É só você dizer que vai comigo. E que vamos ficar na casa da minha irmã e do meu cunhado lá. E não fale nada sobre o Rock in Rio. Eles nem sabem o que é!

— Eu acho que você está sonhando alto. Mas prometo tentar.

Apesar do pessimismo sobre as perspectivas de obter a permissão do pai, Corina se animou toda. Viajar sem pai nem mãe para o Rio de Janeiro, e ainda poder assistir aos shows do Rock in Rio, era mais do que ousava sonhar.

Quando comentou sobre o assunto com sua irmã, Elisa soltou sua resposta imediata:

— Ele nunca vai deixar!

Mas Corina se armou de coragem, aguardou um domingo de bom humor do pai, e tentou.

— Pai, a irmã da Veruska está convidando nós duas para irmos passar uns dias com ela e o noivo no Rio de Janeiro. Eles vão passear conosco e mostrar a cidade para a gente. Vamos dormir na casa do noivo dela. E os pais dela já deixaram.

Era uma dupla mentira, pois a irmã de Veruska nem estaria no Rio. E seu noivo estaria no trabalho, sem tempo nenhum para ciceronear a cunhada e a amiga. A casa dele serviria apenas para pouso. E, claro, ainda nem sabia do estágio de negociação de Veruska com seus próprios pais.

Mas era domingo, a colheita foi boa, os pais de Veruska eram "alemães confiáveis... e Corina obteve a permissão tão desejada. Falaram-se ao telefone na mesma noite, comemorando o primeiro passo bem-sucedido da viagem.

O comentário de sua irmã Sabine foi mais picante:

— Se uma de nós duas tivesse pedido, ele não teria deixado. Mas quando você pede, ele sempre deixa!

— Talvez porque vocês nunca tinham coragem de perguntar. E eu tenho — respondeu Corina.

E lá se foram as duas amigas em direção à cidade maravilhosa. E ao Rock in Rio.

O Rock in Rio era um evento inédito. A programação seguia por dez dias consecutivos, com vários shows de rock com cantores e bandas do mundo inteiro. Há meses não se falava em outra coisa a não ser nesse conjunto de shows que o Rio de Janeiro sediaria pela primeira vez.

Chegando lá, economizavam onde dava. O café da manhã servido pelo cunhado virava sanduíche de almoço. E assim conseguiram comprar seis ingressos para os shows, perdendo somente quatro noites.

Iam no início da tarde para o ponto de ônibus, com um sanduíche e uns trocados na bolsa. Chegavam cedo na tentativa de pegar bons lugares mais próximos ao palco e saíam de lá com a noite findando.

Era uma multidão que se aglomerava em frente aos palcos e nos gramados, ou circulava entre os quiosques de comida e bebidas. Às vezes, as duas loiras de olhos verdes eram abordadas por rapazes desconhecidos e, se estes se aproximavam de modo inconveniente ou desagradável, Corina e Veruska falavam em alemão entre si e fingiam não entender o que a pessoa queria. Isso afastava o intromissor rapidamente.

Em uma das noites, choveu durante horas seguidas, mas ninguém pareceu se incomodar. O show continuou sem interrupção, assim como o ânimo da plateia.

Por duas madrugadas, dormiram na praia mais próxima até o dia raiar e, só então, pegaram o primeiro ônibus de volta para casa. O cunhado de Veruska fingia não perceber que não haviam dormido em casa, para não precisar fazer o relatório completo para sua noiva.

Se a irmã de Veruska estivesse por perto, talvez podasse a displicência com que ambas lidavam com os perigos daquela cidade já nesses tempos. Mas o cunhado fechava um olho e dizia que, se fosse mais jovem, faria igual.

Na segunda noite de shows, Corina encontrou seu ex-namorado de Roland, o Eder. Passado o susto de se encontrarem num lugar tão inusitado e tão por acaso, Eder a convidou para fumar um baseado num local um pouco mais afastado da multidão. Sentaram-se no gramado, conversando, ouvindo a música mais distante, relembrando com risadas os tempos de namoro e curtindo um pouco da tranquilidade que era estar fora do amontoado de gente em frente às bandas que não paravam de tocar.

Mas a tranquilidade durou pouco. Estavam sentados de cabeça baixa, fumando e rindo, quando subitamente Corina viu quatro coturnos pararem na grama à sua frente. Empalideceu!

Eram dois policiais que os abordavam, cansados de tentar impor respeito em meio à aglomeração mais próxima ao palco.

Como puderam ser tão descuidados? Àquela altura, já corriam os boatos de que as drogas estavam liberadas na área dos shows, pois não havia controle de parte alguma. Infelizmente, aqueles dois policiais não pensavam assim.

— Então o casalzinho aqui estava entediado ali no show? — perguntou um deles.

— Seu guarda, eu ganhei esse baseado aqui e estava guardando para entregar para um amigo. Aí encontrei minha prima aqui e ela nunca fumou na vida. Então resolvi dar para ela experimentar. Foi culpa minha, seu guarda, eu não devia ter oferecido a ela — Eder tentava ganhar tempo.

Os dois policiais olharam para Corina, que fez cara de Madre Tereza de Calcutá, derretendo o coração de um deles. Ele arrancou o baseado da mão de Eder, atirou-o no chão pisoteando-o na grama e dirigiu-se a Corina:

— Só vou fingir que não vi nada porque tenho uma filha da sua idade. E com esses mesmos olhos verdes que convencem até o Papa da sua inocência. Então tomem juízo e sumam daqui. Mas, se forem pegos novamente, não pensem que vão escapar de dormir algumas noites atrás das grades.

Levantaram-se apressados e agradecidos pela benevolência dos guardas e misturaram-se à multidão novamente. Quando o susto passou, desataram a rir, só parando ao verem Fred Mercury aparecendo no palco em sua calça branca justa, a faixa vermelha amarrada na cintura e o peito nu, esbanjando uma saúde que talvez já nem tivesse mais. Era hora de se concentrar no show mais esperado da noite e de todo o evento. Então, Corina despediu-se de Eder e foi ao encontro de Veruska no quiosque que combinaram. Não ousou contar nada sobre o ocorrido a ela.

Na noite seguinte, Corina teve outro encontro inesperado: entre um show e outro, deparou-se com Murilo passeando pelas barracas de chopp. Murilo era colega de turma da faculdade. Era o caçula do grupo todo, ingênuo e esperto na mesma medida. Sempre procurando a bagunça mais próxima ou mais fácil. Corina não sabia que o encontraria no Rock in Rio e vice-versa. Por outro lado, era totalmente óbvio que ele estivesse lá!

Murilo era quem supria os encontros clandestinos nas repúblicas com lança perfume. Tinha acesso fácil aos ingredientes, já que seus pais tinham uma farmácia em sua cidade natal. Encontros clandestinos que ficaram na história.

Muitas risadas. Muitos descompromissos. A vida ficava tão mais leve, a rigidez de casa se dissipava com facilidade.

Murilo e Corina trocaram algumas frases, tomaram uma cerveja juntos, assistiram a algumas bandas daquela noite deleitando-se com a qualidade única daqueles músicos, e dispersaram-se. Só se encontrariam de novo no início do próximo semestre da faculdade em Londrina.

Antes de Veruska e Corina saírem para o último dia de shows, já em clima de fim de viagem, foram interceptadas pelo cunhado, que mostrou certa preocupação:

— Essa dupla do barulho está se divertindo à beça pelo jeito, hein?! Vão ter que prometer contar para minha noiva que acompanhei vocês todos os dias e não permiti que chegassem depois das dez da noite em casa! Mas agora vamos ao teste básico: levantem os braços!

Ambas obedeceram.

— Eu sabia — disse ele, na mesma hora. — Garotas que vêm do interior para o Rio de Janeiro não sabem nem tomar sol. Ficam parecendo passarinhos.

A princípio não entenderam o que ele estava tentando deixar claro.

Aí olharam para a parte interna de seus braços e compreenderam a comparação. Estavam bastante bronzeadas, mas a área interna de suas "asas" estava branca como a neve. Mas, afinal, não foram tomar sol. Entreolharam-se e caíram na gargalhada de novo.

Souberam tirar o máximo proveito daquela aventura e guardariam memórias incontáveis do primeiro ao último dia.

Naquela época ainda não sabiam. Mas aquele seria o primeiro Rock in Rio de uma série que foi se repetindo ano após ano. E Corina e Veruska nunca mais participaram de nenhum deles.

A irmã de Veruska nunca soube o quanto elas aproveitaram a cidade maravilhosa e quão pouco viram seu noivo, que lhe contara o quanto elas eram simpáticas e educadas. Afinal, não deram trabalho nenhum!

Os passarinhos voltaram para Roland, felizes e realizados. Como não ser grata a um cunhado tão generoso?! Foi somente essa generosidade que Corina relatou a seus pais. Como não perguntaram por detalhes, ela preferiu omiti-los.

***

Alguns dias após o retorno, iniciava-se o terceiro ano de faculdade, que agora se tornara uma nau navegando em águas mais tranquilas. Sim, ainda haveria intempéries, mas a bússola que a guiava já apontava para uma direção mais segura.

1939

CAPÍTULO 8

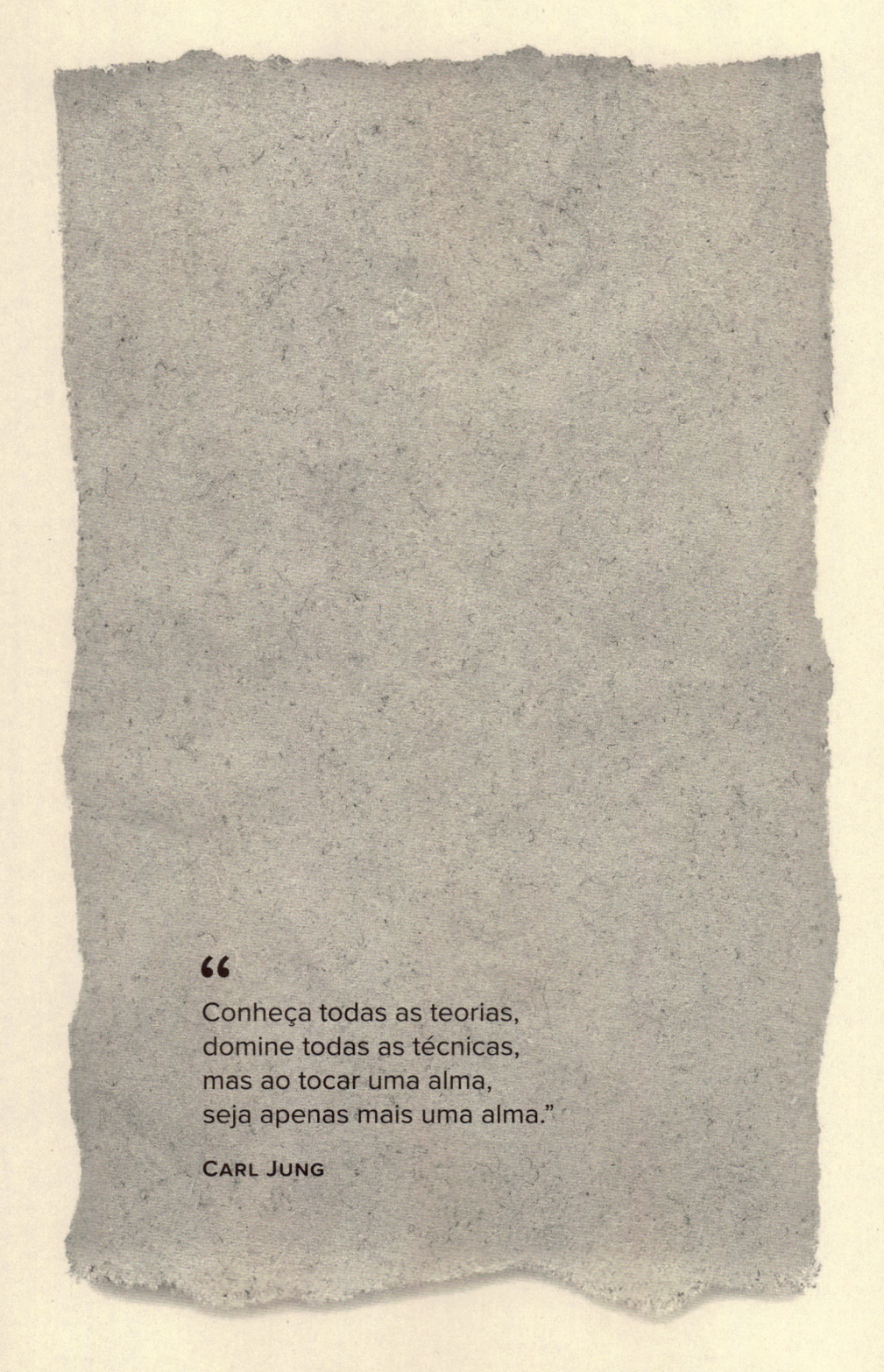

> Conheça todas as teorias,
> domine todas as técnicas,
> mas ao tocar uma alma,
> seja apenas mais uma alma."

Carl Jung

— **Não** vamos embarcar. Ou vamos todos juntos, ou ficamos todos!

Foram essas as palavras com as quais Annelise tentara convencer a si mesma de que todo o seu mundo não estava ruindo assim, sem dó nem piedade. Foram essas as palavras que Ernest guardaria na memória por longos e árduos anos.

Durante toda a longa fase de construção dessa viagem — desde o medo contínuo de que não desse tempo, de que não conseguisse convencer Ernest a ir, da dificuldade de obter os vistos e as licenças, do pagamento de todas as taxas e da abdicação de todo o seu patrimônio e de suas memórias afetivas — Annelise carregou o mundo nos ombros sem jamais perder a força e a ternura. Fora o porto seguro de suas filhas e todo o suporte para seu marido. Mesmo assim, achava-se incapaz de embarcar naquele navio sem Ernest. E este pressentiu tudo isso naqueles instantes após a negativa de seu embarque.

Desde 1938, já circulavam boatos de que o Brasil, como tantos outros países, limitava a entrada de judeus, enquanto estimulava a vinda de europeus cristãos. Porém, depois da compra das terras no Brasil, da emissão dos vistos e da compra das passagens, nem Ernest nem Annelise cogitaram a possibilidade de não conseguirem fazer parte daquela longa travessia.

E assim, o controle portuário em Hamburgo impediu o embarque de Ernest no último minuto do segundo tempo.

Desde que concordara com aquela viagem, Ernest havia repassado em seu cérebro por milhares de vezes cada detalhe daquele trajeto, cada imprevisto que poderia lhes cruzar o caminho desde sua saída de Schneidemühl até a chegada no Brasil. Mas aquela possibilidade não lhe ocorrera nem por um segundo.

Demorou longos minutos até que ele permitisse que aquela informação chegasse aos recônditos de seu cérebro já tão traumatizado. Quando se conscientizou da gravidade daquele impedimento, percebeu, no mesmo instante, que as decisões que tomaria naqueles próximos minutos seriam cruciais para a sobrevivência de suas três joias mais preciosas. E sabia, também, que estas três joias não embarcariam caso ele não agisse de modo rápido e até severo.

— Ok, o destino nos serviu com mais um imprevisto. Mas só vão conseguir adiar a minha ida. Vocês têm que embarcar e eu encontro vocês na primeira oportunidade que aparecer.

— Não, Ernest. Não vamos sem você. Isso não faz sentido. Você corre mais perigo que nós três nesse país. Vamos voltar e conseguir outro visto para você.

— Voltar para onde, minha querida? Não temos mais nada aqui, nem dinheiro, nem teto, nem profissão. E nossa licença para deixar o país encerra-se amanhã. Não podemos colocar tudo a perder. Vocês vão abrindo caminho até o Brasil, e eu chego logo em seguida.

— Papai, você prometeu que só iríamos para longe se fôssemos todos juntos. Não pode nos deixar ir sozinhas agora. — Bertha não conseguia disfarçar a sensação de pânico que estava tomando conta dela. — Vou ficar aqui com você — terminou, já soluçando.

— Brie, precisa ser forte e madura agora. Você e Anne precisam ajudar a sua mãe a ser forte também. Não estou quebrando minha promessa, só vou chegar um pouco depois de vocês. E aí vamos botar pra quebrar naquele país ensolarado e cheio de mosquitos, combinado?

— Ernest, não...

Uma sirene tocou pela terceira vez, interrompendo as palavras de Annelise e chamando os últimos passageiros a subirem a bordo.

Nessa época, o porto de Hamburgo já era uma profusão de comércio, negócios, centenas de pessoas apressadas e imensos navios ancorados, aguardando sua missão. Era um formigueiro em plena atividade. E uma formiga operária chamada *Kap Nord* estava pronta para levar Annelise, Anne e Bertha para o outro lado do oceano Atlântico... sem Ernest.

Ernest foi praticamente empurrado rampa abaixo, enquanto ouvia os gritos simultâneos de "Papi" nas vozes de Anne e Bertha.

Quando se virou pela última vez, esperava encontrar um sinal de resignação no olhar de Annelise, mas o que conseguiu vislumbrar foi uma postura de total desolação, coisa que nunca vira em sua esposa.

Seu coração estrangulou-se em seu peito a ponto de fazê-lo curvar-se sobre a amurada daquele cais barulhento e quase perder o equilíbrio. Não conseguia raciocinar, não encontrava clareza para decidir os próximos passos. Não conseguia entender como tudo pôde dar tão errado a ponto de aquele navio lhe arrancar sua família e deixá-lo à mercê de um regime cujo objetivo era eliminá-lo.

Mas precisava se recompor. Precisava encontrar ajuda. Precisava providenciar um novo visto. Precisava cumprir sua promessa. Iria ao encontro de suas três joias, custasse o que custasse.

***

O mundo de Annelise desabara por completo. Nada do que passou por sua cabeça naqueles momentos poderia ser traduzido em um sentimento além do vazio absoluto.

A fortaleza ruíra. E o vazio absoluto transpareceu no último olhar que cruzou com Ernest. Não tinha mais nada para doar: nem para ele, nem para as meninas, que ainda soluçavam ao seu lado. Nem para si mesma.

A carga que carregara fora pesada demais, alquebrando seu eixo.

A primeira a se recompor parcialmente foi Anne, que, ao perceber o estado desolador de sua mãe, entendeu que seu pai tinha razão em sua última frase na rampa. Dali para a frente, elas precisariam ser suporte para a mãe, e não mais o inverso.

— Brie, pegue as passagens na bolsa de mamãe e veja o número de nossa cabine.

— Não quero ir pra cabine, quero ir embora com o papai.

Anne dirigiu um olhar duro para Bertha e a repreendeu em tom rude, pois ali não caberia choro nem manha.

— Papai não precisa de uma menina mimada e chorona ao lado dele numa hora como essa. E se quiser ir com o "Transporte de Crianças" para a Inglaterra, ok, desça rápido enquanto é tempo, pois seria a única opção que nos resta. Mas, se quiser parar de chorar e lembrar o que papai disse agora há pouco, amadureça e ajude a levar a mamãe para a nossa cabine.

Bertha sabia que sua irmã tinha toda a razão. Odiava seu tom de sabedoria com o qual a fez enxergar que ali não havia mais espaço para lamentações. Mas também sabia que ela mesma, Anne e a mãe estavam sofrendo na mesma intensidade. Só lhe restava obedecer à Anne.

Então engoliu o choro e tomou a bolsa da mãe.

Encontrou os vouchers e dirigiu-se a um membro da tripulação. Este as conduziu até o número que constava nos bilhetes.

O *Kap Nord* era um navio alemão. As últimas passagens que haviam conseguido comprar eram de primeira classe, por um preço exorbitante. Mas não havia um recibo de compra e a cabine não era de primeira classe.

Todos os judeus e seus dependentes haviam sido confinados às acomodações inferiores próximas à casa de máquinas.

Porém, Annelise permanecia alheia ao mundo ao seu redor. Se a colocassem na própria casa de máquinas, não se daria conta.

Além disso, não havia para quem reclamar.

***

Quando o *Kap Nord* zarpou do Porto de Hamburgo, Anne e Bertha deixaram a mãe em seu silêncio taciturno, deitada em uma das pequenas camas, e tentaram descobrir onde conseguir água e um pouco de comida.

Ao subirem as escadas e passarem pelo convés, viram, de fato, um Chapim Azul sobrevoando os mastros. Dessa vez, era mesmo o pássaro do qual o pai tanto gostava. E era de verdade. Ambas se entreolharam e não precisaram verbalizar os pensamentos: "Sim, haveria um bom futuro no Brasil; papai fez sua profecia!"

A viagem foi árdua para todos no grande navio.

Poucos estavam ali a passeio, e as histórias eram muitas. E eram tristes, sem suavidade em nenhuma delas.

Uns relatavam suas histórias em detalhes. Outros se retraíam e silenciavam. Outros caçavam histórias alheias.

O navio e a tripulação eram alemães. Constantemente, os judeus eram lembrados de que, até desembarcarem, estariam em solo alemão, não podendo circular em áreas restritas aos passageiros alemães. A Gestapo ainda estava no comando.

Havia, também, alguns brasileiros a bordo. Em sua maioria, eram mais comunicativos e também bons ouvintes. Eram turistas desavisados, pouco cientes do momento histórico que ameaçava mudar o rumo da história muito em breve. Por outro lado, havia também aqueles que viviam há alguns anos na Alemanha, mas que se davam conta das mudanças políticas e sociais que vinham ocorrendo naquele país e temiam por sua segurança, preferindo retornar ao Brasil.

***

Mesmo após uma semana da partida, com o navio já em alto-mar, Annelise ainda não mostrava sinais de se recuperar do trauma. Mergulhara em um silêncio profundo e não se alimentava.

Anne e Bertha faziam as refeições no refeitório e sempre achavam uma maneira de levar algum alimento subtraído de seus pratos para a mãe, o que, a princípio, era proibido.

— Mamãe, hoje trouxemos um pouco de sopa de cebola para você. Você adora! — tentavam estimulá-la.

Mas ela se recusava com um sinal negativo da cabeça ou com um débil sorriso de gratidão.

— Mamãe, tome pelo menos um pouco de chá que o guarda da tarde nos deixou trazer.

Um dos tripulantes era o guarda Max, que, desde o início, apiedara-se das duas meninas que, todos os dias, se dirigiam ao refeitório com os olhares baixos e tentavam "roubar" alguma comida que escondiam em seus aventais.

— Meninas, o que estão levando aí? Vocês sabem que a comida não pode sair daqui, não é?

— Nossa mãe está muito doente no quarto. Se não levarmos comida para ela, ela não vai se levantar mais — disse Anne.

— Então vocês deveriam chamar o médico a bordo. Ele vai tratar da sua mãe — respondeu Max.

— Minha mãe só quer o médico particular dela, que é nosso pai — respondeu Bertha, com altivez.

— E onde está seu pai? — perguntou ele, já sabendo que a resposta não seria nada animadora.

— Vocês não deixaram que ele embarcasse — respondeu Bertha, já com a voz embargada, mas em tom acusador.

— Mocinha, se eu tivesse algum poder nesse navio, pode apostar que eu teria trazido seu pai para junto de você. Mas aqui eu só cumpro ordens. Além disso, ouvi dizer que quem impediu seu pai de embarcar foi um fulano que dá as ordens lá no Brasil, e não aqui no navio — disse-lhe Max.

O guarda Max conhecia muitos relatos parecidos com aquele e tornou-se um aliado secreto das duas irmãs.

Quando percebia que elas não conseguiram esconder nada, corria atrás delas e lhes entregava um pacote de bolachas, uma caneca de café ou uma fruta surrupiada da fruteira da cozinha.

Assim contrabandeavam diversos alimentos para a cabine, na vã esperança de serem aceitos pela mãe.

***

Havia um casal de gêmeos alemães a bordo. Tinham em torno de treze anos e passeavam por todos os recônditos do navio sempre que a "ala ariana" os entediava muito. Eram Katrin e Emil. Puxavam conversa com todos, desde os mais velhos até os mais jovens. Logo fizeram amizade com Anne e Bertha. Bertha permaneceu reticente por mais tempo. Afinal, por culpa dos alemães, seu pai não embarcara com elas. Porém, a leveza e a naturalidade com que conduziam conversas, brincadeiras e passatempos acabaram por conquistar sua confiança.

— Sua mãe continua doente? — perguntava Katrin todos os dias.

— Sim, doente de tristeza — respondia Bertha.

— Já falei com meu pai. Ele é médico e disse que vai curar sua mãe assim que ela aceitar a visita dele — disse Emil.

— O problema é que ela não quer ver ninguém. Quando tocamos no assunto, ela diz que não está doente, que tristeza não tem tratamento e que só vai melhorar quando meu pai chegar ao Brasil.

Uma hora, os gêmeos traziam um sabonete de presente para Annelise. Noutro dia, um pedaço de bolo. Mais adiante, um lenço de bordas rendadas.

Até que, um dia, as duas irmãs se convenceram de que a visita do pai dos gêmeos era imprescindível; caso contrário, sua mãe não sobreviveria àquela travessia do oceano.

Decidiram que não pediriam mais por sua autorização para uma visita médica, já que, com certeza, ela a recusaria novamente.

Assim, acordaram entre si que, naquele dia, após o café da tarde, o Dr. Justin faria uma visita a ela.

Quando ele bateu à porta, Bertha e Anne entreolharam-se, fingindo surpresa. Anne, então, atendeu às batidas na porta, torcendo para que Katrin e Emil tivessem realmente convencido seu pai a dizer que viera a mando da tripulação, e não a pedido delas.

— Boa tarde, meninas. Boa tarde, Dona Annelise. Ouvi dizer que, aqui nesse quartinho escuro, havia uma formosa senhora que não tomou um único banho de sol desde que botou os pés nesse navio. E vejam só! Pela palidez desse rosto, creio que a informação recebida está mais do que correta. Vou pedir para essas duas mocinhas darem uma voltinha, e a senhora vai me contar como posso ajudá-la, ok?

Deu-lhes uma piscadela e as empurrou gentilmente porta afora, onde os gêmeos as aguardavam ansiosamente.

Então, o Dr. Justin sentou-se ao pé da cama de Annelise e observou-a por alguns instantes. Receava não conseguir quebrar a barreira silenciosa que ela se autoimpusera.

— Tenho que confessar que tenho dois filhos muito curiosos. E eles vêm, há alguns dias, nos contando um pouco de sua trajetória até aqui. Posso dizer que compreendo razoavelmente o que a senhora está sentindo.

— Receio que não compreenda de modo algum. O povo alemão deixou de compreender e de sentir já há alguns anos.

— Pelo que eu tenha ouvido, a senhora é alemã. Também deixou de compreender e de sentir?

Aquelas palavras a tiraram da inércia que a dominava nos últimos doze dias. Mas permaneceu em silêncio, como que aguardando o próximo ataque do médico ali presente.

Mas Justin não tinha pressa. Precisou de muita resiliência para chegar até aquela embarcação que levaria sua família a um destino obscuro num país tropical desconhecido. Estava cansado de atacar e ser atacado. Pretendia dar ouvidos e oferecer seu ombro, nada mais.

Então, lentamente, começou a contar a sua própria história.

— Um dia, há vários anos, me formei médico. Isso foi bem antes de Hitler, bem antes de eu entender o que eram judeus, o que eram comunistas, o que eram arianos e o que era o ódio entre um povo vivendo sobre o mesmo solo. Me formei com mérito, com orgulho e com muitos sonhos de poder exercer minha profissão onde quer que precisassem de mim, pois essa foi a trajetória de meu pai, a qual eu admirava muito. E assim foi durante alguns anos.

Justin fez uma pausa, observando o olhar distante de Annelise. Mas sabia que sua mente estava presente.

— Já exercendo minha profissão, casei-me com Sissi, tivemos dois filhos maravilhosos e vivíamos uma vida digna e harmoniosa. Até que o regime nazista nos roubou toda a liberdade de escolha.

Annelise o olhou nos olhos pela primeira vez.

— A Gestapo me escolheu, entre vários outros colegas, a trabalhar num campo de concentração. Eu nem sabia da existência desse tipo de prisão naquela época. Até aí, fui tolerando as imposições, pois, apesar de todas as atrocidades que presenciávamos lá dentro, conseguíamos ajudar vários casos de ferimentos, tifo, desnutrição etc. Porém, esse não era o objetivo de nossa contratação nos campos de extermínio. Fomos convocados para iniciar experimentos em seres humanos. Cortar pele e ossos com uma motosserra e, em seguida, engessar aquela perna para verificar em quanto tempo apodrecia aquele membro. Arrancar os dois rins de alguns prisioneiros e anotar em quantos dias eles iniciavam seu processo de autointoxicação. Inseminar adolescentes com sêmen de deficientes mentais para comprovar que a raça judia infestava o mundo com seres inferiores. Confesso que não cheguei a presenciar estes experimentos, pois ainda estavam na fase de planejamento, porém esperavam que nós os ajudássemos a concretizar aquele horror num futuro próximo. Não aguentei mais do que sessenta dias, recusei-me a participar daquele processo macabro, e voltei para a minha cidade.

Nesse ponto de seu relato, ele não prestava mais atenção na reação de Annelise. Estava tão absorto, revivendo todos aqueles horrores, que era Annelise que passara a se preocupar com ele.

Mas Justin estava determinado a chegar até o fim.

— Para o regime, recusar-me a seguir em frente era considerado a mais alta traição. Cancelaram meu registro no conselho de medicina e lacraram minha clínica. Como, mesmo assim, não retornei às atividades que me foram impostas, confiscaram todos os nossos bens. Sissi, então, tomou as rédeas de nossas vidas e nos guiou até aqui. E só posso ter orgulho dela, pois nos guiou sem perder a fé no ser humano. Sempre repetindo: "Não julgue seu país por um líder louco, voltaremos quando tudo isso acabar." E aqui estamos!

— Essa frase ela roubou do meu marido. Ele sempre dizia isso, não acreditando no horror que esse louco nos causaria.

— Não coloque essa frase no passado. Ele vai continuar dizendo isso, simplesmente porque tem razão. E ele espera que você acredite nisso também. Espera que você sobreviva a tudo isso para poder provar para suas filhas que o seu país será uma pátria justa e livre novamente!

— Sim, ele não vai perder essa esperança nunca.

— Assim espero!

— Agradeço-lhe por me contar a sua história. Desculpe-me pela grosseria no início de nossa conversa.

— Claro que desculpo. Mas com uma condição: que você venha comigo agora. Vamos dar uma pequena volta no convés. Deixar essa pele sentir alguns raios de sol a aquecendo. E sentir que a terra continua rodando lá fora, por mais que, às vezes, a gente queira fingir que, para nós, ela parou de rodar.

E, assim, Annelise lentamente voltou à vida.

A alegria dos quatro adolescentes ao verem a mãe apoiada no braço do Dr. Justin, dando alguns passinhos próximo à amurada, gerou lágrimas de emoção em qualquer passageiro que passava por ali.

A gratidão de Anne e Bertha não se traduzia em palavras.

Até o guarda Max ficou feliz ao ver a mãe dirigindo-se ao refeitório entre as duas meninas, que não tinham mais nada de cabisbaixas.

Justin e Sissi, às vezes, conseguiam angariar alguns ingredientes para fazer um jantar mais aconchegante na cabine de Annelise. A reunião desses sete sobreviventes conseguia até arrancar algumas risadas de esperança em todos ali presentes.

***

A terceira cabine à direita da de Annelise era ocupada por três jovens que demoraram mais para socializar com os vizinhos.

Eram sempre os primeiros a chegar ao refeitório, sentavam-se à parte nas mesas mais distantes, e retiravam-se antes da maioria. Também não cumprimentavam os demais e evitavam ao máximo qualquer contato com a tripulação.

A mais velha dos três era uma moça bonita, de seus dezoito ou dezenove anos, que atendia pelo nome de Rebeca. Sempre séria e contida, porém com gestos bastante carinhosos e protetores em relação à sua irmã de onze anos e ao caçula de oito.

A do meio chamava-se Isis, era de uma beleza extraordinária, morena, de olhos verdes profundos e um sorriso meigo.

O mais novo era Markus, que não fugia à genética familiar de beleza marcante, porém suas feições transmitiam uma tristeza contínua, além de um olhar amedrontado, por vezes distante.

Os gêmeos Katrin e Emil já tinham tentado algumas aproximações sem sucesso. Eram sempre rechaçados com algumas palavras educadas que rapidamente os desestimulava a insistir em alguma conversa mais prolongada.

Um dia, Anne atrasou-se no refeitório e voltava sozinha para o quarto, quando viu Markus sozinho escondido num canto do convés. Ao se aproximar, percebeu que o menino chorava copiosamente.

Ela se aproximou um pouco mais, pensando em como abordá-lo sem que o pobrezinho se assustasse.

— Sei que você não quer ninguém por perto, senão não estaria aqui escondido e sozinho. Já chorei muito sozinha também. Mas, quando estou chorando e ganho um abraço, o choro não dói tanto. Será que você não quer experimentar um abraço?

Markus a olhou meio confuso, com as lágrimas a lhe escorrerem pelas bochechas. E, como não se retraiu à sua abordagem, Anne sentou-se ao seu lado. Permaneceu calada por alguns instantes, até perceber que os soluços de Markus se tornavam mais espaçados. Então, lentamente, passou seu braço ao redor do ombro dele. Quando sentiu que o rapazinho relaxava a postura e se debruçava sobre seu colo, foi a vez de Anne quase cair no choro, de pura emoção.

— Não quero ir para o Brasil — foi dizendo Markus, em sua voz ainda entrecortada pelo choro.

— E onde você gostaria de ir, se pudesse?

— Para Dachau.

— Dachau não é um lugar muito bom para se ir — disse Anne, com um calafrio a lhe percorrer a espinha.

— Eu sei. Mas é onde estão meu Papi e minha Mami.

— E por que eles estão lá?

— Não sei bem. Um dia, uns homens chegaram na loja do Papi e quebraram tudo. Depois, subiram para a nossa casa, abriram tudo, jogaram tudo no chão e depois levaram os dois embora.

Anne suspirou, relembrando as invasões dos homens da SS em sua casa e não soube como confortar aquele coraçãozinho sofrido ali em seu colo.

— Coisas desse tipo aconteceram com todos nós que estamos aqui. E são coisas muito ruins mesmo. Mas agora temos que ir para o Brasil, onde vamos conversar com gente importante que vai conseguir trazer os seus pais e o meu pai de volta pra gente.

Aquela praticidade tão típica de Anne surtiu uma certa sensação de esperança de futuro em Markus.

— Seu pai também está em Dachau?

— Não. Mas não sabemos onde ele está. Era para estar aqui conosco, mas não deixaram que ele subisse no navio. Tudo porque já tinha o "J" carimbado em seu passaporte. Vocês têm sorte, ainda não tinham o maldito "J"!

— Sim, uma tia alemã nos escondeu, por isso ainda não tivemos o carimbo em nosso passaporte.

— Venha, eu te levo até sua cabine. Suas irmãs já devem estar preocupadas. E a minha também.

Quando chegaram, o alívio de Rebeca ao ver seu irmão de mãos dadas com Anne e dando seu primeiro esboço de sorriso há vários meses fez com que ela convidasse Anne para entrar.

Ali, então, Anne ficou sabendo de mais detalhes da história dos três irmãos.

Após a Noite dos Cristais, em que seus pais foram levados para o campo de concentração, a tia, irmã do pai, sugeriu que fossem para a Inglaterra com os trens do *Transporte de Crianças*. Como Rebeca não seria mais aceita, pois já tinha mais de dezesseis anos, Isis e Markus se recusaram a embarcar. Dois tios maternos já haviam emigrado para o Brasil dois anos antes e, assim, providenciaram todos os documentos e passagens para recebê-los além-mar.

Era apenas mais uma trágica história relatada ali, mas, a partir daquele dia, sentindo-se mais iguais a seus iguais, os seis passaram a frequentar o refeitório sempre juntos, e Markus sempre dava um jeito de se sentar ao lado de Anne à mesa.

Annelise era a primeira a se preocupar quando os três não apareciam na hora do almoço. Também era a primeira a perguntar ao guarda Max se os havia visto mais cedo naquele dia. E a primeira a se levantar, engolindo a última garfada e correr corredor afora, batendo na porta da cabine 23 para saber o que os tinha retido lá. Às vezes era uma febre de Isis, às vezes uma crise de choro de Markus, ou uma cólica menstrual de Rebeca. Então, Annelise fazia as vezes de enfermeira e cuidava de cada intercorrência, aliviada por se sentir útil e maternal. E Rebeca sentia o peso da responsabilidade por seus irmãos amenizado por tantas atenções e preocupações de Annelise.

***

Na cabine 15 viajava um casal de cerca de sessenta anos, que era alvo de frequente admiração de toda a ala. Konrad e Sarah exalavam uma tristeza inerente aos que não podem mais olhar para trás, pois o passado os arrastaria para o conformismo e para a abdicação de si mesmos.

Era, porém, uma tristeza entremeada de luz, resiliência e gentileza com o que a vida ainda era capaz de lhes oferecer.

Tinham dois filhos, uma filha e sete netos. Seu filho, Bernhard, fora assassinado na Noite dos Cristais enquanto tentava, em vão, evitar que sua esposa e seus três filhos fossem arrastados para os caminhões da Gestapo, que levaram tantos para os campos de concentração. Nunca mais tiveram notícias de sua nora e de seus três netos, de quatro, cinco e sete anos.

O filho Samuel, com sua esposa e quatro filhos, tivera o mesmo destino e já haviam recebido a informação de que ele e dois de seus filhos haviam falecido de tifo dentro do campo.

A filha Esther, ainda solteira, tentara fugir para a Áustria, mas desde que partira não obtiveram mais notícias de seu paradeiro. Sabiam que não tinha conseguido alcançar seu destino, pois uma tia que a aguardava do outro lado da fronteira comunicara-lhes que, após cinco dias de espera, tivera de voltar para casa sem a sobrinha, que nunca aparecera.

Iam ao refeitório para todas as refeições. Tinham sempre um sorriso bondoso para quem quer que passasse, sempre uma palavra carinhosa em resposta a alguma grosseria, sempre um ouvido paciente para um desabafo cheio de angústia.

— De onde vocês tiram essa resistência a tanta coisa ruim que vem acontecendo? — perguntou Annelise um certo dia.

— Uma vez li num livro a frase: "Somos o intervalo entre o nosso desejo, e o que o desejo dos outros fez conosco". Nesse momento, a balança pende para o desejo dos outros. Mas, com certeza, virá o dia em que o nosso desejo prevalecerá — respondeu Sarah.

Konrad ainda acrescentou:

— O que nos move é a esperança de revermos os que nos restam. Para isso, empenhamos todas as nossas energias.

— Não consigo encontrar essa energia desde que subi nesse navio. Não consigo me livrar dessa raiva que tomou conta de mim contra todos os responsáveis por meu marido ter sido impedido de embarcar — desabafou Annelise.

— Pense de novo numa balança. As pessoas das quais você tem raiva são minoria. Estão no poder hoje, mas não estarão sempre. E a balança pende para o lado das pessoas das quais você não tem raiva. Elas são a maioria — argumentou Konrad mais uma vez.

Annelise refletiu muito sobre essa balança nos dias seguintes. A sabedoria daquelas colocações de Konrad trouxe certo alívio para as longas noites insones que a vinham atormentando.

***

Havia dois irmãos dinamarqueses no transatlântico. Não eram judeus. Eram aventureiros em busca de fortuna além-mar. Sabiam das terras vendidas a preço baixo, com solo muito fértil, e do interesse de expansão das companhias ferroviárias naquele país tropical. Então, arriscaram suas economias com a esperança de unirem esses dois polos econômicos numa empreitada de sucesso. Seriam desbravadores e grandes latifundiários, conforme alardeavam a quem quer que lhes desse ouvidos.

Eram Sven e Sorens, ambos entre os vinte e cinco e trinta anos. Sven, mais comunicativo, passeava por todos os recônditos do *Kap Nord* e puxava conversa com qualquer um que cruzasse seu caminho. Foi durante um desses passeios que Anne cruzou seus olhos azuis com os, ainda mais profundos, olhos azuis de Sven. Estavam no quadragésimo dia da viagem e nos dezessete restantes, houve grande empenho do dinamarquês em se aproximar daquela garota bonita e confiante. Mas foi só no último dia, pouco antes da chegada, que Anne e Sven conseguiram trocar algumas palavras tímidas. Sven lhe disse que iria para a região de Roland também e que a procuraria por lá assim que chegasse. Aquilo contentou ambos os corações, embora soubessem que as chances de um reencontro eram bastante precárias.

***

Os brasileiros a bordo eram mais alegres e mais falantes.

Alguns tinham ascendência alemã, e alguns até falavam um pouco de alemão.

Interessavam-se por todas as histórias que circulavam nos corredores e refeitórios.

Muitos tinham franca noção do que se passava no país europeu nos últimos meses e anos. Compadeciam-se da falta de perspectiva que viam na postura e nos discursos de muitas famílias ali presentes. Os comentários eram diversos.

— Nossa, como vão trabalhar na roça com essas mãozinhas de fada? — perguntavam-se estarrecidos.

— Puxa, o sol de lá vai queimar essas peles tão branquinhas — observavam outros.

Alguns vinham tentando ensinar palavras em português, ou explicavam que, no Brasil, não comeriam batatas, e sim arroz e feijão. Essas informações geravam espanto. A maioria dos alemães, nessa época, nem conhecia arroz, muito menos feijão.

Alguns, porém, mostravam-se totalmente alheios aos motivos que levavam aquelas hordas de europeus a atravessar o oceano Atlântico para atracar num país distante, de cultura e hábitos tão distintos.

Uma senhora de cerca de cinquenta anos dizia que não via a hora de voltar para a Alemanha com suas duas filhas em idade de se casar, para que pudessem encontrar seus futuros esposos na figura daqueles homens distintos e uniformizados que "estavam endireitando aquele país".

Sarah e Konrad entreolhavam-se, imaginando como aqueles "homens distintos" arrastaram seus dois filhos para o inferno.

Annelise não suportava tanta ignorância e afastava-se rapidamente.

***

Assim, a viagem de cinquenta e sete dias transcorreu cheia de situações inesperadas, incidentes e emoções das mais variadas.

As pessoas ali compunham um mosaico bastante heterogêneo, e a grande maioria não sabia exatamente o que lhes aguardava do outro lado do oceano. Isso, por si só, já era muito assustador.

A maioria também havia sido privada de todos os seus bens e posses. Os passageiros judeus dos navios entre 1938 e 1939 só podiam carregar consigo uma mala e dez marcos alemães no bolso. Além disso, a maioria viajava de luto, por deixar um ou mais parentes para trás, falecidos, presos em campos de concentração ou desaparecidos.

Havia ainda uma notícia que Annelise guardara para si: escondera uma informação importante de suas filhas.

As terras que adquiriram da Empresa Paraná Plantations (cujo braço no sul do Brasil chamava-se Cia de Terras Norte do Paraná) havia negociado ao todo dezoito embarcações. A empresa vendia terras, transformava-as em trilhos e vagões e os embarcava para o Brasil. Porém, o décimo nono negócio não chegou a se concretizar por completo. Uma semana antes de embarcarem, receberam uma carta da companhia alegando que não poderiam mais cumprir o acordo da décima nona rodada, justamente a que beneficiaria Ernest e Annelise com as terras compradas a duras penas. Sem justificativas e sem explicações. Dos sessenta alqueires comprados, somente cinco seriam entregues.

Imediatamente, Annelise escrevera uma carta a Ida, sua amiga que tanto a ajudara nos trâmites burocráticos de emigração. Tinha esperança de que a carta chegasse ao seu destino antes delas e que, assim, Ida conseguisse socorrê-las de alguma maneira, conseguindo algum tipo de trabalho para ela. Sabia que de cinco alqueires de mato não conseguiriam arrancar o sustento da família.

A última semana antes da viagem foi tumultuada, de modo que Ernest e Annelise decidiram contar o fato novo às meninas somente quando já estivessem mais próximos da costa brasileira.

Annelise não sabia ao certo o que a atormentava à medida que avançavam rumo ao seu destino: se era o fato de ainda não ter revelado o imprevisto ou se eram todas as incertezas que as aguardavam após a chegada. A isso tudo somava-se a angústia excruciante e contínua de não saber o que ocorrera com Ernest após o último olhar que trocaram no porto. Ela sabia que aquilo o alquebrara tanto quanto a ela. E sabia que a força que ele demonstrara naqueles momentos finais fora apenas uma encenação malsucedida na desesperada necessidade de salvar pelo menos sua esposa e suas filhas.

Deitava-se todas as noites, sabendo que levaria horas até que o sono viesse como uma redenção. E seria um sono curto e agitado, sem sonhos e sem descanso. O peso em seus ombros fora longo e pesado demais. Passara a ter dores nas costas à noite e, mais tarde, também durante o dia.

Na maioria dessas noites, quando Bertha achava que todas já estavam dormindo, Annelise a ouvia chorar em seu travesseiro e sentia-se impotente em consolá-la, pois qualquer promessa de futuro seria ilusória.

Às vezes, durante o sono, Bertha balbuciava palavras raivosas e desconexas que Annelise nunca compreendia totalmente.

Tantos sonhos desfeitos, tantas ambições naufragadas, tantas perdas... e um futuro tão vago pela frente. Como transmitir segurança e otimismo para suas filhas, se ela mesma os havia perdido?

Não houve tempo para Annelise ensaiar a forma mais tranquila de transmitir a Anne e Bertha que, ao chegarem ao Brasil, não haveria nenhum pedaço de terra para chamarem de seu. Já estavam por volta do quadragésimo dia de viagem quando o assunto precipitou-se cabine adentro.

— Mamãe, como se chama mesmo o lugar para onde vamos? — perguntou Anne, entrando afobada.

— Paraná, filha.

— E como se chama a companhia que nos vendeu as terras? — insistiu Anne, sem permitir meias respostas.

— Paraná Plantations — respondeu Annelise, atônita, percebendo que sua filha já sabia de boa parte do que tentara esconder por tanto tempo.

— E você tem certeza de que vamos mesmo receber essas terras quando chegarmos?

— Por que a pergunta, filha?

A resposta lenta e evasiva da mãe já parecia confirmar os temores de Anne.

— Mamãe, a Christine da cabine 9 disse que os pais dela também compraram essas terras, mas que, em cima da hora, cancelaram tudo. Não vão receber nadinha. E se acontecer a mesma coisa com a terra que você e o papai compraram?

— Ok, sentem-se aqui. Vamos conversar sobre isso. As notícias realmente não são boas. E, com tudo o que aconteceu desde os últimos dias em casa até aqui, eu não tive coragem de contar mais essa novidade ruim para vocês. Estava esperando uma hora mais tranquila. E peço desculpas por ter escondido isso de vocês até agora.

— Mamãe, conta logo, o que aconteceu com nossas terras?

— Papai e eu recebemos uma carta comunicando que haviam desfeito boa parte das negociações. Isso foi uma semana antes de irmos para Hamburgo. Escrevi para minha amiga Ida e ela, com certeza, vai dar um jeito em tudo. Talvez tenhamos que trabalhar por um tempo, até que seu pai chegue e consigamos comprar um pedaço maior de terra para nos sustentar.

— Como vamos trabalhar se nem falamos português, mamãe? — perguntou Bertha.

— Há muitos alemães por lá já. E Ida vai nos ajudar. Estaremos juntas e daremos um jeito — Annelise falou, tentando demonstrar mais convicção do que realmente possuía.

— Mas por que não nos contou tudo isso antes? — perguntou Anne, um pouco magoada por ter sido tratada como criança.

— Porque foi uma decisão minha e de seu pai, quando ainda achávamos que chegaríamos juntos no Brasil e conseguiríamos resolver juntos essa situação.

Naquela noite, Anne demorou mais do que de costume para conciliar o sono. E Bertha chorou por mais tempo antes de cair num sono agitado e cheio de pesadelos.

Annelise sabia que os últimos dias de viagem seriam ainda mais difíceis para todas. Ao mesmo tempo, sentia quase que um alívio por ser obrigada a compartilhar aquela informação que guardara para si, aguardando o momento oportuno para lhes contar. Porém, o receio do seu destino e de suas filhas naquele país estranho ia crescendo a cada dia.

Ouviu, por meio de Ida, que o trabalho disponível para as mulheres que chegavam geralmente era de empregada doméstica ou babá nas casas das famílias alemãs que haviam emigrado anos antes. E teria energia para trabalhar no que fosse aguardando a chegada de Ernest para então voltarem a formar um núcleo familiar e exercer uma profissão que lhe fosse mais familiar (havia sido assistente de seu marido no consultório por longos anos). Mas seria um mundo totalmente desconhecido para suas meninas. Só conseguia rezar para que fosse uma situação temporária. Mas nem isso sabia.

***

Nesses últimos dias, o clima no navio tornou-se mais pesado. Era um conjunto de almas atormentadas, esperançosas, angustiadas, confiantes, desesperadas ou resignadas, umas com mais e outras com menos otimismo em olhar para o horizonte que se aproximava. O sentimento era mais de despedida do que de chegada. Haviam feito amizades, compartilhado emoções, se compadecido, ajudado e sido ajudados. Todos com histórias tão semelhantes e, ao mesmo tempo, tão únicas. O que deixavam para trás eram retalhos de vidas parecidos. O que encontrariam pela frente seriam experiências diversas, em que não cabiam conselhos. Só cabiam expectativas.

— Mãe, mãe, venha, vamos até o convés. Katrin e Emil nos chamaram. Viram os primeiros pássaros voando ao nosso redor. Isso significa que logo veremos terra! — veio Bertha, eufórica, no quinquagésimo sexto dia de viagem.

Annelise e Anne encontravam-se entretidas na leitura de seus respectivos livros, que Dr. Justin havia lhes emprestado.

— Brie, sossega! Quando virem terra de verdade, avisem — disse Anne, com certo tom de reprovação.

Mas acabaram por se contagiar com a euforia de Bertha e dirigiram-se ao convés, onde já se encontravam diversos passageiros ansiosos.

— Veja, ali — gritava Markus, ao avistar uma gaivota.

A alegria tomou conta de todos. Havia um destino. E, enfim, ele estava próximo.

Passaram-se, porém, mais vinte e quatro horas até que realmente avistaram a costa brasileira. Era dia 26 de maio de 1939. Novamente haviam sido Katrin e Emil a dar o alarde. Justin e Sissi já as aguardavam com uma garrafa de champanhe para o brinde ao desconhecido.

Lá no horizonte, avistava-se um contorno escuro que não era o infinito oceano.

— A tudo que nos espera — brindou Justin.

— E à vinda de meu pai — brindou Bertha.

— E à viagem de todos que ainda não conseguiram embarcar — disse Annelise.

— E a todos os brasileiros que vão nos receber aqui — emendou Anne.

Após alguns momentos cheios de expectativa, começaram a vislumbrar alguns detalhes da costa brasileira.

O céu estava claro e ensolarado, como todas as previsões as fizeram crer que estaria. O calor era sentido na pele sob as mangas dos vestidos, e logo perceberam que as roupas que traziam no corpo naquele momento não eram nem um pouco adequadas.

Em terra firme, havia muito verde. Já se distinguiam algumas árvores e as grandes palmeiras das quais Ida comentara com tanto fascínio.

Havia uma faixa arborizada na orla por onde passava uma avenida, e já conseguiam discernir alguns carros, na época conhecidos como "Baratinhas". Eram automóveis da Ford, de 1929, cujo apelido remetia ao inseto tão abundante e malvisto no Brasil.

Havia muita cor, muito contraste. Um mundo novo as aguardava para uma vida nova. E Annelise só tinha um pensamento: qual seria a reação de Ernest ao avistar tudo isso? Onde ele estaria nesse instante?

Bertha assombrava-se com tudo o que ia conseguindo distinguir. Não colheram muitas informações sobre a cidade portuária pela qual chegariam ao Brasil. A imagem que criara em sua mente era de uma selva densa, alguns vilarejos e muitos indígenas e animais andando pelas ruas. Mas não era isso que avistava à medida que se aproximavam da terra firme.

O porto parecia imenso, com uma infinidade de navios atracados e um movimento frenético. Mal sabia ela que por ali ocorria toda a exportação de café daquele país. Aliás, nunca vira um pé ou um grão de café até aquele momento, embora tivesse aprendido na escola que a maior parte do café que tomavam em casa era importada daquela parte do mundo.

Um pouco além do porto, já se avistava uma rua com várias construções mais próximas umas das outras. E como os prédios e casas dali eram diferentes dos de sua terra. A maioria parecia ter sido feita às pressas e sem muito cimento, embora a cidade já tivesse quase quatrocentos anos. Tudo parecia um pouco frágil. Eram as casas dos pescadores. Só mais tarde perceberiam que grande parte das casas no Brasil eram feitas inteiramente de madeira.

Mas a cidade que surgiria além da orla e do porto reservaria ainda muitas surpresas.

Lentamente, atracaram no Porto de Santos.

1985

CAPÍTULO 9

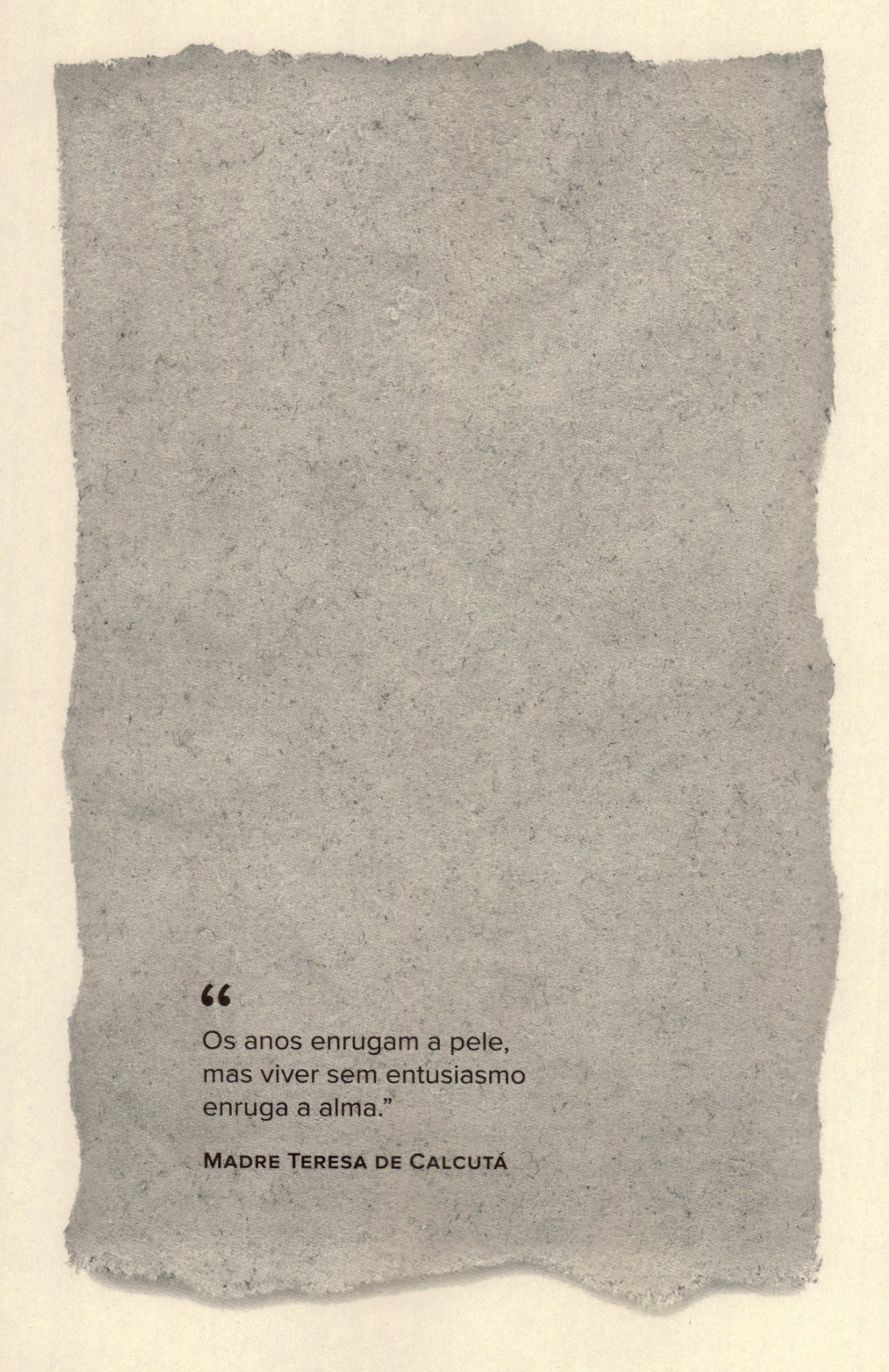

" Os anos enrugam a pele, mas viver sem entusiasmo enruga a alma."

MADRE TERESA DE CALCUTÁ

Corina,

já no seu terceiro ano de faculdade, mantinha contato com Andressa, sua companheira de estudos para as provas de vestibular. Andressa cursava fisioterapia na mesma faculdade, em Londrina.

Foi por meio de Andressa que conheceu Sandro, que exerceria diversos papéis em sua vida.

— Amiga, tem um hóspede lá no hotel dos meus pais que você precisa conhecer. Lembrei de você na hora. É um gato. Já é a terceira vez que se hospeda lá.

— Vida bandida, ele deve ser meio nômade, com uma namorada em cada hotel em que se hospeda. Acho que não quero conhecer não!

— Que nada, ele parece ser muito certinho. Vamos lá, não custa conhecer. Aposto que vai gostar dele.

Corina não mostrou muito interesse, pois sua vida estudantil e social estava a contento. E um hóspede de hotel não era exatamente sua aspiração do momento.

Mas, por insistência de Andressa, acabou concordando em ir tomar um café da tarde no hotel dos pais da amiga, o que, por si só, já era agradável, pois eles sempre a recebiam com muito carinho.

Sandro era um rapaz de vinte e oito anos, natural do Rio Grande do Sul. Vivia em São Paulo e representava o fabricante das calças Jeans Fiorucci, revendendo-as na região sul do país. Para isso, viajava constantemente e não permanecia muito tempo numa mesma cidade.

Sandro era bonito, comunicativo, cheio de lábia.

Rapidamente conquistou Corina.

E se instalou como um posseiro...

O namoro foi tomando forma. Em pouco tempo, já o apresentou para seus pais em casa e para suas amigas na república.

Sandro passou a viajar cada vez menos, permanecendo mais tempo no hotel em Roland.

Foram se envolvendo mais e mais. Após oito meses de namoro, Sandro passou a dar alguns sinais de que já fazia planos a longo prazo, o que assustou um pouco Corina, que ainda tinha seu curso de medicina como foco principal. Ele fazia questionamentos ambiciosos que não condiziam com o que Corina tinha em mente para sua vida naquele momento.

— O que acha de vivermos na França depois de nos casarmos? — perguntava ele, como quem questiona se vai ser carne ou macarrão para a janta.

— Acho que está um pouco cedo para a gente pensar nesses assuntos — dizia ela, com um toque de contrariedade no tom de voz.

Era quase palpável o desagrado que Sandro mostrava com as respostas evasivas de Corina. Mas deixava o assunto morrer em seguida, sem grandes insistências. Assim, os sinais ainda não acenderam a luz amarela na mente de Corina.

Próximo ao Natal, tiveram sua primeira discussão mais séria. A reação de Sandro foi absurdamente desproporcional ao motivo que gerou aquela desavença.

Corina havia pedido um relógio de presente de Natal para seus pais. Estes, na típica praticidade alemã, lhe deram dinheiro para escolher, ela mesma, o modelo que mais lhe agradasse.

Assim, dois dias antes do Natal, chamou Sandro para ir com ela nas relojoarias e ajudá-la na decisão do modelo. Voltando para casa, satisfeita com a escolha, ele a surpreendeu com uma cobrança que à Corina pareceu totalmente fora de contexto.

— Você poderia ter guardado esse dinheiro para quando nos casarmos. Já poderíamos comprar a geladeira, por exemplo.

— Acho que você ficou maluco. Tenho mais três anos de faculdade e você sabe muito bem que não faria sentido nenhum nos casarmos antes desse período.

Assim que terminou a frase, Sandro a agarrou pelo braço e a sacudiu agressivamente, gritando com ela no meio da rua.

— Se você não quer se comprometer, não deveria levar isso adiante. Se não tem maturidade para pensar em casamento e prefere ficar paquerando os menininhos da sua idade, é melhor que terminemos por aqui.

— Sandro, que saco, vai se acalmando aí. Não precisamos brigar só porque não quero me casar nesse momento. E solta meu braço, você está me machucando.

Essa resposta somente fez com que Sandro se irritasse mais e segurasse seu braço com mais força, a ponto de deixar Corina cada vez mais assustada com sua reação.

— Você não vale todo o esforço que faço para ficar por perto. É uma criança mimada e egoísta. — E saiu andando pela rua, deixando para trás uma Corina tão perplexa quanto amedrontada.

Demorou alguns minutos para se recompor. O que teria gerado aquela resposta tão desproporcional? Gritara com ela, ferira seu braço, sacudira-a com violência... ele nunca a havia tratado mal antes.

Caminhou lentamente para a casa dos pais, ainda atordoada com todo o acontecido. Não contou nada para ninguém, como era seu costume desde a adolescência.

No dia seguinte, véspera de Natal, Sandro apareceu logo cedo, cheio de justificativas e boas intenções.

— Desculpa, agi sem pensar. Não estava preparado para o seu pouco caso com o nosso relacionamento.

— Não agiu sem pensar. Agiu grosseiramente, me machucou, me maltratou. E não te tratei com descaso. Só fui realista em dizer que não é hora de nos casarmos.

— Sim, você tem razão. Prometo não tocar nesse assunto de novo. Peço desculpas, não vai acontecer mais. Não quis te machucar, você sabe que não sou assim.

Depois de se cansarem, vagando entre acusações e perdões, entre desconfianças e promessas, fizeram as pazes e seguiram para a próxima etapa do relacionamento.

Corina trazia na bagagem muitas histórias de rejeição. Realmente não tinha certa maturidade, mas não era a maturidade para se casar que lhe faltava. Era a maturidade para perceber que estava envolvida de cabeça num relacionamento abusivo que ainda lhe traria muitos danos.

Guardava as desavenças só para si, o que as fazia parecer menos graves, mais perdoáveis.

Sandro estava ali, jurando amor eterno e isso lhe trazia a falsa sensação de validação.

Enclausurava-se cada vez mais nesse seu mundo emoldurado por Sandro e suas promessas. Demorou muito a perceber que se afastava das amizades e do convívio saudável de todos que lhe queriam bem.

Era tão mais cômodo fingir que estava tudo bem, que Sandro não era violento, perdera a paciência por uma coisa à toa, mas assumira seu erro e nada daquilo se repetiria.

Então veio uma próxima briga, seguida de agressão verbal e física. Tinham ido jantar em um restaurante que Sandro gostava bastante, mas que raramente podiam se dar ao luxo de frequentar.

Caminhando de volta à república, Corina olhou distraidamente para as janelas de um prédio que a agradava.

— Por que você não me diz logo quem mora aí? Toda vez que passamos por aqui, você olha disfarçadamente para esse apartamento. Pensa que não enxergo?

— Sandro, para de falar besteira. Não posso mais olhar para os lados, que já estou paquerando alguém?

No instante seguinte, já tinha se arrependido do que dissera. E uma cena ainda não esquecida repetiu-se naquela noite.

Novamente, a mão pesada dele estrangulou seu braço com força animal, novamente gritos selvagens no meio da rua, novamente medo e insegurança roubando seu equilíbrio.

— Você realmente deve pensar que sou um trouxa, não é? Vive jogando charme, até para o garçom do restaurante. Como é que fui namorar uma vagabunda como você?

Corina mal conseguia acreditar no que ouvia. Mas a raiva era tamanha, que, com um movimento brusco, conseguiu desvencilhar-se das garras de Sandro e saiu correndo enquanto ele dizia impropérios e corria em seu encalço.

Ela conseguiu chegar ao apartamento e subiu antes que ele a alcançasse.

Mas, novamente, fingiu estar sem fôlego por subir as escadas correndo e não contou nada a ninguém. Omitir os problemas estava se tornando algo corriqueiro. As verdades daquela época a castigariam mais.

E, mais uma vez, o choro arrependido dele e a baixa autonomia emocional dela acabaram por gerar mais um capítulo naquele relacionamento cada vez mais destrutivo.

Então veio a terceira briga — dessa vez, grave. Imperdoável. Estavam na república de Corina. Sozinhos.

Ela estava um pouco receosa de contar a Sandro seus planos já traçados para o final de semana seguinte. Mas teria que contar-lhe e o quanto antes melhor.

— Sandro, as meninas aqui da república estão combinando de fazer uma viagem juntas. Os pais da Deborah têm uma casa numa represa que fica a umas duas horas daqui. E me chamaram para ir junto. Vai ser no final de semana que vem. Saímos na sexta a tarde e voltamos no domingo à noite. Vamos no carro da Marta.

— Ah, é? Simples assim? Está achando que vai largar o palhaço aqui e se divertir com as amigas tão vagabundas quanto você à beira de uma represa qualquer?

— Sandro, de novo não, né? Não seja ridículo...

Sandro não permitiu que ela terminasse a frase. Sua reação veio como um raio. Ele a esbofeteou no lado esquerdo do rosto com uma força descomunal e a pegou totalmente de surpresa.

O atordoamento durou somente alguns segundos. Segundos suficientes para se lembrar que, aos seis anos, apanhara injustificadamente na escola e a professora não a protegera. Apenas perguntara por que não revidara.

A adrenalina lhe inundou as emoções. E, dessa vez, revidou.

Com toda a raiva represada, estralou sua mão espalmada em seu rosto estarrecido.

Era tudo o que não deveria ter feito, e sabia disso. Mas, enquanto o estarrecimento de Sandro se transformava em fúria, passando a agredi-la violentamente na cabeça, no rosto e no corpo, ela não conseguia deixar de sentir um leve sabor de resistência, maior do que o medo e a dor dos golpes.

Quando Sandro esgotou sua violência desenfreada, deixou-a sem dizer uma palavra e desapareceu.

À toda a vergonha, raiva e frustração das horas e dias seguintes, somaram-se as mentiras. Para cada círculo de amigos ou familiares, inventava uma história diferente para justificar os hematomas, os inchaços e as escoriações.

Não precisava justificar a dor da alma, pois esta já sabia bem demais como manter resguardada, escondida. Essa era uma mentira que mentia somente para si mesma.

Mas não havia chegado ao fundo do poço.

Como em todo relacionamento abusivo, rosas brancas, mil perdões e a promessa de que nunca mais as agressões se repetiriam acabaram por redimir o perpetrador e apertar ainda mais as grades ao redor da vítima.

A falsa paz voltou a reinar.

***

Logo, por insistência de Sandro, tomou uma decisão que a mergulhava mais na teia do namoro doentio. Ele havia alugado um apartamento, e queria que ela fosse morar com ele. No início, ainda tentou convencê-lo de que seus pais jamais permitiriam e, se descobrissem, iriam parar de cobrir seus custos em Londrina, o que impediria que continuasse os estudos. Por fim, ela cedeu e mudou-se para seu apartamento, sem o conhecimento de Willy e Bertha.

Passaram-se mais alguns meses de aparente calmaria, embora Corina soubesse que a tranquilidade se devia à sua contenção. Percebia o quanto se podava para evitar o confronto. Deu-se conta de o quanto toda a situação consumia sua energia, sua paz de espírito. Estava enredada e não sabia o caminho da libertação.

Mas, um dia, chegaria a redenção — custaria caro, mas seria extremamente libertadora.

Corina tinha se inscrito para os jogos Intermed, que ocorriam todo ano. Eram competições esportivas entre universidades de todo o país e, naquele ano, seriam em Fortaleza, a quatro mil quilômetros de Londrina. A turma que iria viajar havia fretado um ônibus, subiriam pelo litoral passeando pelas praias e, após os jogos, voltariam numa viagem mais direta de três dias até Londrina. Dividiriam os custos com todos os inscritos e ficariam hospedados no alojamento dos competidores.

Dormiu na casa dos pais na noite antes de embarcar. Já havia se despedido de Sandro no dia anterior, pois ele tivera que viajar a trabalho. Corina suspeitava que essa viagem era apenas o pretexto para não estar por perto quando ela embarcasse, pois ele não conseguia disfarçar o desagrado que sentia com a participação dela no Intermed.

Às dez horas da noite, na véspera de sua tão esperada viagem, o telefone tocou na casa dos pais.

Era Sandro.

— Corina, estou em Cascavel. Só tenho cinco minutos para falar. Estou preso.

— O quê?

— Calma, estou te ligando para que você não tire conclusões apressadas. Me prenderam injustamente. Estão me acusando de ter assaltado uma casa. É óbvio que não assaltei nada nem ninguém. Só precisava que você soubesse disso para não acreditar em bobagens, caso ficasse sabendo por outras pessoas.

— E o que você pretende fazer?

— Preciso de um advogado. Vou provar minha inocência...

Sandro tentou alongar a ligação, mas alguém do outro lado da linha já lhe arrancara o fone do ouvido.

Tantas perguntas que não poderiam ser respondidas.

Corina não conseguiu dormir.

Na manhã seguinte, não foi para Londrina. Não embarcou no ônibus rumo a Fortaleza.

Tomou uma decisão: precisava fechar uma porta de sua vida. Culpado ou inocente, queria dar a Sandro a chance de defesa, para então sair de sua vida.

Nunca soube explicar por que escolhera aquele caminho para se libertar de suas próprias grades. Mas comprou sua carta de alforria.

Não desfez a mala.

Em casa, disse que estava embarcando para Fortaleza.

Juntou o que tinha de marcos alemães guardados, que provavelmente se tornariam bastante úteis. Passou na casa de sua amiga Silmara, na qual confiava muito, contou-lhe todo o ocorrido, e deixou sua mala com ela. Em seguida, pegou um ônibus para Cascavel.

Chegando lá, foi direto para a delegacia da cidade. Aguardou o horário de visitas, para conseguir falar com Sandro.

Ele continuava jurando inocência e lhe deu o contato de um advogado que tinha esperança de poder ajudá-lo.

Corina saiu a procura do advogado, que a tratou com extrema frieza e indiferença. Por fim, este conseguiu um acordo de fiança.

Para pagar os custos do advogado e a fiança, só faltava vender os seus preciosos marcos alemães que trazia consigo.

Desde o início de seu périplo, pensou em sua irmã Elisa, que nessa época residia em Cascavel com o marido e já tinha duas filhas. Ela poderia comprar seu dinheiro alemão, com certeza.

Quando ligou para ela, logo se deu conta de que Elisa já aguardava seu contato.

— Corina, venha até aqui em casa que eu troco o dinheiro para você. Não tome nenhuma atitude impensada antes de vir para cá.

Silmara, após se despedir de Corina, ficara preocupada demais com sua amiga sozinha em Cascavel, lidando com um possível criminoso. Esta preocupação a levara a contar os planos de Corina para seus pais.

Willy então avisara Elisa, que ficara ansiosamente esperando pelo aparecimento da irmã.

Algo no tom de voz de Elisa a alertou de que não seria uma boa ideia ir até ela.

— Não posso ir aí. Preciso do dinheiro agora. Você não pode me encontrar em algum lugar no centro da cidade?

— Você vai vir aqui em casa primeiro. Antes de qualquer besteira que possa fazer. O pai me contou sobre o Sandro e sobre sua vinda para cá.

— Não vou fazer nenhuma besteira. Só preciso desse dinheiro para resolver isso tudo e depois volto para casa.

— Posso te garantir que é melhor que venha para cá primeiro. Pois se não vier, o pai falou que vem para cá de caminhonete, vai te buscar na delegacia, te jogar na carroceria e te levar amarrada de volta pra casa.

— O pai sabe de tudo?

— Sim, sabemos que seu namorado está preso e que vai ter muitas contas a acertar.

Não lhe restou outra alternativa.

Passou numa casa de câmbio, trocou seus marcos e foi para a casa de Elisa. Só ficou tempo suficiente para explicar a que viera, pedir que confiasse nela e que tranquilizasse o pai.

Voltou com o advogado para a prisão e pagou a fiança.

Sandro foi liberado e a acompanhou até a rodoviária, cheio de gratidão e promessas vazias.

Antes de embarcar, Corina virou-se para ele, com uma firmeza inédita na voz e no olhar.

— Nem todas as rosas brancas do mundo vão conseguir me convencer a voltar pra você, Sandro. Acho que, no fundo você sabe muito bem disso. Não me pergunte por que eu vim, mas foi o melhor meio de me fazer ter certeza de que nossa história termina aqui.

— Corina, você não pode fazer isso. Deixa eu te explicar tudo o que houve. Você está tirando conclusões e achando que sou culpado. Mas não sou, e vou te provar isso.

— Não importa mais, Sandro. Culpado ou inocente, pra mim não faz mais diferença, você é que vai ter que lidar com isso. Por favor, não me procura mais. E esse pedido não é da boca pra fora, é de verdade.

E assim foi. A porta do ônibus se fechou, assim como a porta de seu relacionamento com Sandro.

Corina nunca soube o que o destino fez de Sandro. Nunca soube se era inocente ou se era o criminoso que seu pai e Elisa juravam que era. No fundo, seu subconsciente a fazia acreditar em Willy. Nunca se arrependeu de ter dado esse último passo antes do fim.

Enquanto o tirava da prisão, libertava-se de suas próprias amarras. E, de repente, tudo parecia tão claro, tão evidente. Não sabia como tinha deixado chegar até ali. A sombra daquele relacionamento abusivo ia se tornando menos opressiva à medida que se afastava dele.

***

Voltou para Londrina, empenhorou seu anel de brilhantes que ganhara em seu aniversário de quinze anos e comprou uma passagem para Fortaleza. Chegaria atrasada, mas encontraria seus amigos nos jogos da Intermed.

Precisava desse distanciamento.

Depois encararia seus pais, mais fortalecida.

Mas ainda precisava resolver outro assunto pendente: não voltaria para a casa de Sandro. Tinha que arrumar um destino para seus pertences ainda naquela tarde. Foi ao apartamento e, enquanto juntava todas as suas coisas, lembrou-se de Diana, sua amiga de colégio.

— Diana, preciso da sua ajuda. Depois prometo te contar tudo em detalhes. Mas, por hora, estou saindo do apartamento do Sandro e preciso deixar minhas coisas em algum lugar. Será que você conseguiria guardá-las para mim até o fim do mês?

— Claro que posso ficar com suas coisas aqui, não seria problema nenhum. Mas me conta o que houve entre vocês. E por que você não está no Intermed?

— Sandro e eu terminamos definitivamente. É uma longa história e não vou conseguir contar tudo agora. Vamos deixar pra quando eu voltar, pode ser? Já comprei passagem e embarco hoje à noite para os jogos da Intermed.

— Pelo jeito a coisa foi bem séria dessa vez. Você contava muito pouco sobre ele e o namoro, mas eu percebia que havia algo errado. Acredito que você tomou uma decisão bem acertada. Vai me deixar curiosa aqui até contar tim-tim por tim-tim. Vou ficar esperando. E torcendo pra viagem te fazer bem. Aproveita e já namora um cearense por lá para esfriar a cabeça.

Com sua mochila a tiracolo, sem uma casa para chamar de sua, sem uma estrutura emocional muito equilibrada, foi assistir a uma peça de teatro, aguardando a hora de pegar o ônibus, já que a rodoviária não ficava muito longe dali.

No saguão do teatro, encontrou um amigo, Curumim.

— Oi, Corina. Como você está?

— Estou viva. E você?

Trocaram algumas frases e amenidades, despediram-se e Corina foi até a rodoviária.

Ainda aguardava a chegada do ônibus, quando viu Curumim caminhando em sua direção.

— Ué, vai viajar também? — perguntou ela.

— Não. Mas fiquei pensando na sua resposta lá no teatro. Você disse: "estou viva". Não é muito pouco?

— Sim, é pouco nesse momento. Mas aconteceram várias coisas ultimamente e estou indo viajar para dar uma espairecida. Vou voltar melhor, com certeza.

— Sei como é. Estou mais ou menos na mesma situação. Mas, em vez de viajar, resolvi ficar e encarar. Vamos ver quem se dá melhor.

Duas almas em sofrimento que se identificaram naquele portão de embarque. Mas não tiveram tempo de se confidenciarem o que realmente lhes afetava o coração.

O ônibus de Corina chegou e o motorista chamava os últimos passageiros para o embarque imediato.

Então se despediram.

Lá se foi Corina.

Três dias de uma longa viagem, sem banho, sem banheiros adequados, sem comida decente. Mas tudo era libertação. A cada quilômetro sentia sua energia voltando e sua alma sendo lavada.

Chegando a Fortaleza, foi até o alojamento encontrar-se com os amigos, que a receberam com certa frieza, primeiro porque Corina não dera as devidas explicações por não embarcar com todos no dia da partida. Segundo, porque durante o namoro com Sandro, na realidade, havia se afastado muito de todos.

Os jogos, as torcidas e as festas passaram por Corina quase despercebidos. Era um lobo solitário em meio a uma matilha que já não a reconhecia.

Precisava reconquistar tudo. Começando por si mesma.

Mas já era um grande primeiro passo.

Quando voltou para Roland, pôde entrar de cabeça erguida na casa dos pais.

Não houve recriminações.

Sentiu que perdera momentaneamente a confiança do pai, mas que sua determinação e suas decisões finais lhe garantiam o direito de errar e consertar o erro.

E isso também era uma conquista.

***

Quando voltou para Londrina, teve uma notícia extremamente perturbadora.

Curumim havia cometido suicídio.

Enforcara-se numa árvore ao lado do restaurante universitário.

Não sabia como lidar com aquilo.

A última frase dele na rodoviária reverberava em seus ouvidos: "Você resolveu fugir e eu resolvi ficar e encarar. Vamos ver quem se dá melhor".

Sim, ela conseguira seguir seu caminho.

Ela decidira pela vida.

Mas passou meses querendo voltar àquela noite no portão de embarque. Queria ter perguntado mais sobre o que o atormentava. Queria tê-lo puxado para a poltrona ao seu lado no ônibus, ajudando-o a fugir com ela, sabe lá de quais fantasmas.

Quem sabe a longa viagem excruciante tivesse feito que ele também optasse pela vida.

Curumim, forte na carcaça, mas tão frágil na alma...

Por que não pôde ajudar? Teria sido sua ida até a rodoviária um pedido de socorro?

Infelizmente, o grau de vulnerabilidade e solidão em que Corina se encontrava naquela noite não lhe permitiu enxergar além do próprio sofrimento.

A vida seguiria, já que é feita de escolhas.

Certas e erradas.

1939

CAPÍTULO 10

> O homem é uma corda esticada
> entre o animal
> e o super-homem,
> uma corda por cima
> do abismo."

FRIEDRICH NIETZSCHE

Era 26 de maio. O *Nordkap* aproximava-se do porto de Santos.

A tripulação tentava manter a ordem, sem muito sucesso, pois àquela altura, ninguém mais se considerava em "solo alemão".

Todos circulavam livres do controle da Gestapo, ansiosos pelo desembarque.

Ali era o Brasil, a Alemanha ficara para trás. A tripulação que voltasse ao domínio de seu líder.

As novas regras ainda viriam a conhecer.

O sentimento mais efusivo que se percebia?

Alívio.

Alívio por deixar o Terceiro Reich para trás.

Alívio, pois a viagem chegava ao fim, após cinquenta e sete dias de tristeza, enjoos e medos.

Alívio por ver o navio atracando, pois todos sabiam que alguns deles nunca chegavam. Alguns eram bombardeados logo após a saída do porto ou atravessando o canal da mancha. Outros naufragavam por culpa de temporais durante a travessia.

Ali se avistava Santos. Naquela época, a cidade já era relativamente grande e havia se desenvolvido muito em função do porto e da exportação de café. Havia igrejas, praças, casarões... Os bondes circulavam numerosos. Havia inúmeras pensões para todas aquelas embarcações que chegavam de terras longínquas.

E, claro, a estação de trem.

E calor. E mosquitos.

Pisar em terra firme foi a sensação mais sublime de que Bertha tinha lembranças, em seus quinze anos de vida, que já lhe pareciam tão longos.

Já nem se importava com o suor correndo em bicas pelas suas costas, enquanto se encaminhavam para uma das pensões que vários passageiros brasileiros do navio haviam recomendado a elas.

Era fim de maio, mas o outono mostrava-se relutante naquele ano. Os termômetros não haviam cedido muito, como seria de se esperar para aquela época. Ainda assim, era outro motivo de alívio, pois, se tivessem chegado em pleno verão, não dariam conta das altas temperaturas, que todos ali pareciam achar normais.

Por aquelas ruas movimentadas, muitas pessoas falavam ou, pelo menos, entendiam um pouco de alemão. Estavam acostumados às levas e levas de alemães que chegavam ao porto desde 1933 e ajudavam a alimentar o comércio daquela cidade em ascensão.

Annelise, Anne e Bertha pernoitaram por duas noites na Pensão Estrela, tentando recuperar-se da longa travessia. Os colchões eram duros e fibrosos, a limpeza da roupa de cama era meramente aceitável, o banheiro era dividido com mais treze hóspedes.

Gertrudes, a dona da pensão, de origem alemã, tentava ser hospitaleira.

— Vem cá, traz as duas meninas pra comerem uma sopa na cozinha. O jantar é servido às seis horas, por isso já não temos mais nada além da sopa que restou do almoço.

Assim, comeram uma rala sopa de legumes e dirigiram-se ao quarto que precisaram dividir com mais duas hóspedes missionárias.

No segundo dia, acordaram um tanto mareadas de fome, de sede, de calor e de cansaço acumulado. Foram dar uma volta pela cidade.

Antes de saírem, Gertrudes novamente chamou-as para a cozinha e ofereceu-lhes café preto, bastante forte e doce para os padrões europeus, e um pão com margarina.

— Conta pra velha Gertrudes aqui, para onde estão indo as três formosas damas?

— Vamos para uma pequena cidade chamada Roland, no Paraná. Já ouviu falar de lá? — perguntou Annelise.

— Sim, claro que já. Já veio uma porção de branquelos como eu e vocês atrás de um pedaço de terra por aquelas bandas. Poucos voltaram pra contar tudo o que viram e conheceram por lá. Por isso mesmo, eu creio que deve ser um bom lugar pra viver. Parece que não faz tanto calor como aqui. A vida deve ser um pouco mais calma, aqui estamos sempre na correria.

— E você sabe me dizer onde fica a estação de trem para comprarmos nossas passagens?

— A estação não fica longe daqui, não. Mas vocês deveriam descansar mais uns dias. A viagem até lá com certeza é bem cansativa.

— Infelizmente, não podemos ficar muito tempo, nossas economias são poucas e precisamos guardar um pouco para começarmos a vida por lá.

— Entendo. Se eu puder dar mais um conselho... comprem umas roupas mais leves, pois tudo indica que o calor ainda vai nos atormentar por um tempo. Não vão ficar à vontade viajando com essas roupas pesadas.

— Agradeço por seus conselhos. Vamos explorar um pouco a cidade a caminho da estação e comprar umas roupas mais adequadas.

Assim fizeram. Ao longo do dia tomaram duas refeições com o pouco dinheiro que tinham. O restante foi usado para comprar as passagens de trem até seu destino.

De Santos a São Paulo.

De São Paulo a Ourinhos.

De Ourinhos a Roland.

Vinte e uma horas de viagem sem roupas adequadas.

Vinte e uma horas em trens e trilhos que haviam ajudado a trazer da Europa, mas nunca obteriam a moeda de troca: o generoso pedaço de terra que fora prometido e negociado.

A viagem de trem foi animada. Os brasileiros que lotavam os bancos e corredores eram alegres, hospitaleiros, receptivos e comunicativos. Tentavam puxar conversa, ofereciam uma coxa de frango assado ou um gole de aguardente.

— Mamãe, estou com fome. Por que não trouxemos nada para comer? — perguntou Bertha.

— Toma, menina, come esse pão aqui, que essa cara de fome eu já conheço bem demais.

Bertha assustou-se com a oferta e não entendeu uma única palavra dita pela senhora sorridente à sua frente.

— Pegue logo e não se acanhe, tenho mais aqui. Ninguém precisa passar fome — repetiu a mulher, empurrando a fatia de pão nas mãos de Bertha, que acabou por aceitá-la.

Do banco ao lado logo veio uma criança trazendo três bananas que depositou no colo de Anne e saiu correndo de volta para o colo da mãe. Esta sorriu de volta para Anne, animando-a a aceitar o presente.

— É do quintal de casa, não vai fazer falta — disse ela em um alemão impecável, com discreto sotaque.

Annelise perguntou-lhe:

— Onde aprendeu a falar tão bem o alemão?

— Meu marido Erik chegou em Santos em 1934. Veio fugido da Alemanha. Casamos quatro meses depois que ele chegou. Em casa só falamos alemão, foi ele quem me ensinou. Hoje ele trabalha em Ourinhos e, uma vez por mês, vou visitá-lo com meu filho.

— E seu filho também já fala alemão? — perguntou Anne.

— Sim, algumas palavras, algumas frases.

Assim as horas foram se passando. Cantavam e riam... e contavam histórias.

Bertha sabia. Seria difícil. Mas aquela afetividade genuína, dócil e escancarada daquele povo seria de grande ajuda para abrir esse novo capítulo de sua vida.

* * *

Enfim, ao final do dia seguinte, chegaram a Roland.

Ao chegarem, nada mais se via do que uma clareira no meio de uma vasta floresta tropical. E, antes da clareira, grandes plantações de café, cuja lavoura se tornaria de suma importância econômica para a cidade e toda a região. A terra roxa, característica daquela região, rapidamente ganhou fama por sua fertilidade sem igual, garantindo colheitas sempre muito bem-vindas e gratificantes.

Em meio à clareira, viam-se duas, talvez três dúzias de casas de madeira simples, bem diferentes do estilo de construção alemã. Havia um pequeno hotel, também em madeira, chamado Hotel Roland. Já o Hotel Estrela, construído em peroba-rosa e coberto com telhas de barro, hospedava os compradores de terra, os engenheiros e os políticos. Havia também uma única construção em alvenaria, que à época servia de bar, padaria e salão de baile. Uma capela, inaugurada em 1938, uma pequena escola com duas salas de aula apenas, os escritórios da Companhia de Terras Norte do Paraná, a subsidiária da Paraná Plantation, que havia negociado a maior parte das terras adquiridas pelos imigrantes em todo o norte daquele estado. Por fim, a estação de trem, fundada três anos antes.

***

Desceram com suas parcas bagagens em meio ao atropelo de encontros e desencontros.

De novo, uma profusão de pessoas, cheiros, calor e mosquitos. Claro, não havia aquela enorme quantidade de gente como no porto ou na ferroviária de Santos. Mas Roland, em função da terra fértil e da cultura do café, atraía um número muito grande de imigrantes alemães, japoneses, italianos e portugueses, além de brasileiros, principalmente mineiros e paulistas.

Annelise e suas duas filhas não tinham ideia do que as aguardava naquele lugar com aspecto tão inóspito e nada acolhedor. Nem sabiam se Ida chegara a ler sua última carta com a notícia de que as prometidas terras não lhes seriam mais entregues.

— Mamãe, eu vi uma casa com uma placa dizendo Hotel Roland ali atrás. É para ali que vamos? — perguntou Anne.

— Não sei ainda. Eu estava com esperança de ver minha amiga Ida aqui para nos orientar um pouco melhor. Mas não estou vendo nenhum rosto conhecido no meio desse povo — respondeu Annelise, já com rugas de preocupação na testa.

— Ainda temos dinheiro para um hotel se Ida não vier? — questionou Anne de novo.

— Sim, não se preocupem, não vamos dormir na estação. Se não encontrarmos ela aqui, amanhã vamos até a casa dela, tenho o endereço guardado aqui comigo.

Bertha, exausta como a maioria dos que desembarcavam ali, quase arrastava sua mala, e olhava tudo em volta com expressão de desconfiança e medo.

Próximo à saída da estação, havia uma moça em uma charrete informando que estava ali para buscar Annelise e Anne, a pedido de Ida.

Ida, que havia vindo dois anos antes ao Brasil e fornecido todas as coordenadas para que Annelise conseguisse providenciar também sua emigração, tinha recebido a carta de sua amiga enquanto esta atravessava o Oceano Atlântico em busca de segurança. Era a carta em que Annelise contava sobre a ruptura do acordo da Paraná Plantation com a décima nona negociação de troca de trilhos e vagões por terras no sul do Brasil.

Sabendo que Annelise chegaria com marido e filhas sem um teto e sem trabalho, conseguira providenciar três famílias que lhes dariam pouso em troca de trabalho doméstico ou na lavoura. Famílias alemãs.

O que Ida não previra é que, um dia antes da chegada de sua amiga em Roland, seu marido sofreria uma queda do cavalo, resultando em uma grave fratura exposta da perna direita, indo parar no hospital da cidade de Ourinhos, que se situava a duzentos quilômetros de Roland, em direção a São Paulo. Sendo assim, não pudera recepcionar a família de Annelise na estação, nem hospedá-la em sua casa por uns dias até que se ambientassem um pouco ao novo local. Então só tivera tempo de avisar as famílias para as quais trabalhariam, e estas ficaram de buscá-las na estação.

Quando foram abordadas pela moça da charrete, não compreenderam bem o que fora planejado por Ida. Mas logo foram comunicadas sobre o imprevisto que causara a ausência dela ali.

Também precisaram se conformar com o imprevisto maior: seriam separadas logo na chegada. Isso era muito difícil de digerir, após mais de sessenta dias de viagem, uma primeira separação no porto de Hamburgo e a quebra definitiva da promessa de que ficariam juntos até o fim.

Annelise foi levada para a Fazenda Janina. Os proprietários eram um casal já de idade mais avançada, que a acolheu com carinho e respeito. Esperavam também albergar Ernest para ajudar na lavoura do café, mas logo ficaram sabendo por Annelise que ele havia sido impedido de embarcar e ficara na Alemanha.

O filho deste casal tinha suas próprias terras à curta distância da dos pais. Era a Fazenda Weber. Foi para lá que Anne foi levada. Ela exalava o mesmo cansaço de sua irmã e de sua mãe, porém havia uma resignação altiva em seus olhos, como se dissesse para si e para o mundo que, independentemente das circunstâncias que se apresentavam, haveria sempre uma solução.

Ainda na estação, foram abordadas por um casal em outra charrete logo atrás da primeira.

— *Hei ihr drei, ihr seid wohl die drei Frauen des deutschen Kinderartztes?* (Ei vocês três, vocês devem ser as três mulheres do pediatra alemão.)

Balançaram a cabeça afirmativamente. Era um certo alívio ouvir a língua de sua terra natal.

— Então você deve ser a caçula? — perguntaram, dirigindo-se a Bertha, ainda em alemão.

— Sim, sou Bertha.

— Nesse caso, é você que viemos buscar — disse o senhor da charrete. — Meu nome é Arthur, e esta é minha esposa, Ursula. Pronta para uma nova aventura? — Tentava mostrar simpatia em meio a toda aquela movimentação e burburinho.

Já ciente de que iriam para lares diferentes, a Bertha não restou nada a não ser despedir-se de sua mãe e de sua irmã e subir na charrete.

Mais uma despedida.

Mais um luto.

Mais uma perda.

De repente, Bertha deu-se conta. Sua infância e adolescência, juntamente com todo o seu arquivo de memórias de uma vida plena de alegrias, rebeldias, felicidades e angústias próprias a cada temporada, ruíram, foram rasgadas e despedaçadas durante a longa viagem por aquele oceano hostil.

Não havia mais caminho de volta.

Nunca mais teria o colo da mãe ou uma palavra de conforto do pai.

Não havia outra opção a não ser subir naquela condução com aqueles dois estranhos e vestir-se com um sorriso educado que escondia todo um mundo de inseguranças, medos e desilusões.

Um sorriso que ainda vestiria tantas vezes, ao longo de tantas desilusões que ainda viriam.

***

Já eram dez da noite quando chegaram à Fazenda Bermina. Era um sábado, a lua cheia iluminava aquelas terras que seriam o novo lar de Bertha.

Arthur e Ursula ajudaram-na a descer com sua mala e toda sua tristeza represada.

A sede da fazenda não era grande. Consistia na casa dos proprietários, a Família Kirsch, além de uma edícula para três funcionários e um curral com uma extensão coberta contendo dois quartos e uma cozinha. Ali vivia um casal que cuidava das vacas e das galinhas. Tudo em volta cheirava a terra e esterco.

Bertha observava todo o seu entorno com disfarçado espanto. O que seu pai diria daquilo? Onde estariam sua mãe e irmã naquele momento? Como se adaptaria àquele novo mundo?

— Venha, vou te mostrar seu quarto — disse Arthur, tirando-a de seus devaneios e conduzindo-a até a casinha contígua ao curral.

Chegando lá, apresentou-a ao casal de funcionários, que trabalhavam ali há vários anos.

— Benedita, esta é Bertha, sua nova ajudante. Mostre-lhe seu quarto e depois dê-lhe algo para comer, pois está chegando de uma longa viagem.

Então, virou-se para sua nova funcionária, e continuou em alemão:

— Bertha, amanhã você pode descansar bastante e se recompor de toda a mudança de ares. Aproveite para conhecer as redondezas. Na segunda-feira, Benedita te mostra como tirar leite das vacas. No começo parece difícil, mas não tem muito segredo. Boa noite, durma bem. — E lá se foi Arthur, sem aguardar resposta nem de Bertha nem de Benedita.

O detalhe de que Bertha e Benedita não falavam a mesma língua parecia não preocupar os empregadores. Lá estavam duas pessoas totalmente estranhas, olhando uma para a outra sem ideia de como quebrar o desconforto daquele momento.

Benedita, então, pegou-lhe a mala das mãos, dirigiu-lhe um sorriso encabulado e conduziu-a até o quartinho ao lado da cozinha, indicando-lhe seu novo lar.

— Você vai morar aqui conosco, pelo menos por enquanto. Foi o que o patrão nos falou ontem. Preparei esse quarto pra você, não tem muita coisa, mas ele será todo só pra você. Agora vou preparar alguma coisa pra você comer. Já volto. Ah, o banheiro fica lá fora, do lado direito do curral.

Benedita falava sem parar, sabendo que não seria compreendida, mas tentando amenizar o constrangimento da situação. Largou uma Bertha confusa e cansada no meio do ambiente apertado e parcamente mobiliado, e voltou para a cozinha.

Depois de algum tempo, retornou ao novo quarto de Bertha e depositou um prato com pão, queijo e um ovo frito no caixote que servia de mesa. Reparou que a menina mal tinha se movido do lugar no qual a tinha deixado antes. Ficou imaginando a história que aquela criatura trazia na memória. Mas não conseguiu romper a barreira que a língua e a timidez impunham a ambas.

Então murmurou algumas palavras que soaram agradáveis aos ouvidos de Bertha e se retirou.

— *Gute Nacht* — respondera Bertha. Ela não compreendeu uma única palavra que Benedita havia dito. Mas o "boa-noite" pareceu a única resposta plausível para aquele momento.

E lá estava ela. Sozinha.

Novamente pensou no pai. Lá longe. Sozinho.

Olhou ao seu redor.

Havia uma cama.

Não, na verdade, não era uma cama. Era um colchão apoiado sobre quatro caixas de madeira. Uma quinta caixa servia de mesinha de cabeceira.

Havia um pequeno guarda-roupa. Das duas portas do guarda-roupa, faltava uma.

Como não havia água encanada em todo aquele "puxadinho" do curral, havia uma bacia com água. Logo aprenderia que, para ter a bacia limpa, teria que buscar água todos os dias numa bomba próxima ao rio.

Então parou de observar.

Não comeu. Não havia fome.

Havia um vazio. E uma raiva imensa, que foi brotando de dentro daquele guarda-roupa vazio.

Uma raiva que foi sendo alimentada ano após ano, vazio após vazio, e foi corroendo toda a sua fé num mundo justo e equilibrado.

Deitou-se naquela cama e chorou até pouco antes do amanhecer.

***

Acordou naquele domingo com o sol entrando corajoso pela janelinha acima da cama.

Não soube por que, mas, antes de virar-se para a porta, percebeu que estava sendo observada.

Quando seu corpo, ainda cansado e dolorido, movimentou-se lentamente, permitindo-lhe observar os poucos metros que a circundavam, notou uma menina de seus cinco anos parada na porta entreaberta.

Eva era filha de Benedita e José.

Uma menininha linda, de cabelo cacheado e olhos de jabuticaba, fitava-a com um misto de curiosidade e pena.

— Minha mãe está perguntando se você quer café — falou timidamente.

Bertha entendeu a palavra café e respondeu afirmativamente com a cabeça.

Então, Eva entrou e, sem mais palavras, pegou na mão de Bertha e a arrastou gentilmente até a cozinha da pequena casa.

A mesa estava posta. Com pão feito por Benedita naquela manhã. Leite fresco, café e manteiga. O cheiro era agradável.

Só então Bertha percebeu que ainda estava com seu camisolão de dormir e que não tinha nem penteado o cabelo.

À mesa estavam Benedita e José, sem saber ao certo como se comunicar com aquela estrangeira.

Eva levou Bertha até uma cadeira vazia, indicou-lhe que ali era seu lugar e sentou-se à sua frente no lado oposto da mesa. Ela não conseguia tirar os olhos daquela nova hóspede de sua casa. Eva admirava aquela pele excessivamente branca, aqueles olhos verdes, e aquele silêncio que emanava daquele ser etéreo.

Foi Eva quem conseguiu tocar aquele silêncio.

As primeiras palavras da nova língua foram ensinadas por Eva, soletradas pacientemente por ela e repetidas diversas vezes por Bertha.

A primeira risada arrancada da tristeza foi obra de Eva, que, em sua inocência, lograva quebrar resistências.

Após longas noites de solidão, foi Eva quem se aninhou em sua cama estreita, ensinando-lhe mais e mais sobre aquela cultura estranha e exótica.

**

Mas, junto aos ensinamentos sábios de uma criança de cinco anos, também veio o árduo aprendizado de uma nova vida de trabalho e responsabilidades, que não lhe deixavam muito tempo para a autocompaixão.

Aos quinze anos, tudo lhe havia sido arrancado. E nada lhe havia sido dado em troca.

Dois dias após sua chegada à Fazenda Bermina, Ursula, mulher de Arthur, veio lhe comunicar como seria sua rotina.

— Hoje você pode aprender como fazer o queijo e a manteiga com Benedita. E, amanhã, às cinco horas da manhã, vá com ela ao curral e veja como se tira o leite da vaca. Em duas, o serviço vai render mais. Com Benedita você vai aprender rápido.

— Ahá... — foi a resposta de Bertha.

— Depois, suba lá em casa e ajude na limpeza e na cozinha. Se aprender a cozinhar bem, será de mais utilidade.

— Ahá...

Ursula demonstrava mais frieza que Arthur ao lidar com a recém-chegada. Bertha saberia em poucos dias, por meio de Eva, que todos ali a temiam mais do que respeitavam. E que seu esposo era de trato mais fácil e que nunca maltratava nenhum funcionário, o que não se podia dizer de Ursula.

Tirar leite das vacas não foi uma tarefa tão fácil de aprender, como Benedita tentou transparecer. Custou-lhe longas horas de treino até que perdesse o medo de um coice e conseguisse tirar alguns esguichos de leite daquelas tetas. A compensação vinha num copo de leite fresco e ainda morno, tomado nos cafés da manhã.

Na verdade, todas as tarefas lhe pareceram árduas por longas semanas, nas quais apenas Eva conseguia amenizar um pouco a aspereza de tudo o que a cercava.

Até que o tempo foi vindo em seu socorro, trazendo aprendizado e, principalmente, resignação.

O trabalho, o calor, os mosquitos, a língua, a saudade... tudo foi virando rotina.

O descanso era pouco. Tinha apenas algumas horas de folga nos sábados e domingos de tarde. Mas não ansiava por descanso. Ansiava por notícias de seu pai. Ainda chorava todas as noites, perguntando-se onde estaria, como estaria, quando viria.

Nos domingos, costumava visitar a mãe e a irmã. Normalmente ia até a fazenda onde Annelise trabalhava, pois o espaço que tinha na casa de Benedita não era suficiente para receber visitas. Anne vinha da fazenda ao lado e, assim, passavam algumas poucas horas conversando, contando suas experiências da semana. Compartilhavam o cansaço, a saudade de Ernest, de casa e de todo o conforto que haviam deixado para trás.

— Filha, como está seu português? Anne contou que você tem tido aulas com a filha do dono da casa — perguntou Annelise para Bertha após algumas semanas.

— Eu já tinha contado para vocês que estou aprendendo com a filhinha da Benedita. Ela não é a dona da casa, é a caseira que cuida das vacas, dos porcos e das galinhas. Aliás, ela me ensina muito bem, pois não para de falar e não sossega enquanto não repito tudo do jeito que ela quer. Às vezes ela passa a noite comigo e fala até dormindo!

— E você, mãe? Quem está te ensinando? Ou aqui todos falam alemão? — perguntou Anne.

— Sim, aqui quase todos falam alemão. Não aprendi muita coisa ainda não.

No final da tarde, Bertha voltava para seu quartinho e para sua solidão. Algumas vezes, Eva já a aguardava, ansiosa por saber por onde sua nova amiga tinha andado.

Logo raiava uma nova madrugada e Benedita a chamava para os serviços do curral e da casa.

***

Tanto Bertha quanto sua mãe e sua irmã não eram chamadas de domésticas, e sim de *Haustochter* (filhas da casa). Era mais cômodo para os empregadores chamá-las assim, pois, como domésticas, poderiam pleitear salários mais justos, horários de trabalho mais decentes etc.

***

Bertha estava sentada na cozinha ajudando Benedita a descascar batatas, quando ouviu no rádio a notícia da invasão da Polônia por Hitler. Era dia 1º de setembro de 1939.

Quando visitou sua mãe no sábado seguinte, o assunto girava em torno dessa invasão, que marcou o início da Segunda Guerra Mundial.

Nem Annelise, nem Bertha, nem mesmo os patrões da casa sabiam mensurar aquele acontecimento, embora ele já soasse bastante ameaçador para todos os emigrantes alemães. A ousadia do exército alemão e a força com que tomou o país vizinho evidenciavam a amplitude dos planos bélicos do Terceiro Reich.

Annelise guardava em sua mente os dramas e as inseguranças da Primeira Grande Guerra, vinte e cinco anos antes. Lembrava-se de todas as despedidas de Ernest e de seu irmão Hans, quando iam lutar na França, e do imenso alívio ao ver ambos retornarem definitivamente e com saúde para casa. Já sabia bem o que significava uma guerra.

— Mãe, será que não vamos encontrar uma maneira de conseguir notícias do pai? E da tia Eleanor? — perguntou Anne, verbalizando a dúvida que Annelise e Bertha receavam expressar, pois não havia uma resposta tranquilizadora de parte alguma.

Arrancada de seu devaneio, Annelise tentou transparecer tranquilidade.

— Anne, todas as tentativas até agora não deram em nada, como te falei semana passada. Mas continuo tentando através de alguns amigos. Com essa guerra absurda estourando por lá, precisamos rezar muito para que ele tenha conseguido sair da Alemanha logo depois de nós.

— E tomara que tenha levado a tia Eleanor junto com ele — completou Anne.

Bertha silenciava.

Tempos sem respostas. Tempos de muitas angústias.

***

Após alguns meses na Fazenda Bermina, a família de Arthur e Ursula mudou-se para uma casa maior. E uma casa maior exigia mais funcionários.

Foi assim que contrataram uma moça da cidade, a Maria Conceição, que não pernoitava na fazenda.

Maria Conceição chegava sempre após o serviço mais pesado já ter sido executado, desaparecendo no final da tarde. Costumava aparecer com alguma bolsa, sapato ou acessório que não condizia com o salário pago pelos patrões na fazenda. Esse fato já chamara a atenção de Bertha algumas vezes.

Maria Conceição tinha um firme propósito. E nem sempre conseguia cumpri-lo.

— Bertha, quantos anos você tem?

— Tenho quinze.

— Quer que eu te leve para a cidade no sábado à noite?

— Não. Por que eu iria para a cidade?

— Eu te apresento umas pessoas, você faz novos amigos. Vai poder namorar uns rapazes...

— Não quero namorar ninguém! — respondeu Bertha firmemente.

— Tá bom, não precisa namorar. Mas eu posso te ensinar a ganhar um dinheirinho extra.

— Como eu ganho dinheiro extra na cidade? E por que você trabalha aqui se pode ganhar mais dinheiro lá?

— É só fingir que quer namorar. Você sai com uns rapazes, faz uns carinhos neles, eles te pagam e depois é só dizer que não quer namorar mais. Simples assim!

— Não quero namorar ninguém. Muito menos fingir que quero!

— Você é muito teimosa para sua idade. Espera crescer um pouco mais e você vai querer namorar bastante. Mas aí não vai ser eu quem vai te ensinar como namorar direito.

Bertha saíra da Alemanha praticamente criança, sua infância e adolescência haviam sido roubadas abruptamente, e com Udo não trocara sequer um beijo. E, de repente, estava sendo aliciada por Maria Conceição a se prostituir na cidade.

Era um salto cruel para dentro de uma realidade que já não estava sendo nada fácil.

Um pouco da rebeldia adormecida ressurgiu em Bertha. Ela ainda não compreendia a real implicação daquele "convite" de Maria Conceição. Mas algo em seu bom senso lhe dizia que, com certeza, nada de bom sairia daquele trabalho extra.

A companhia de Maria Conceição passou a incomodá-la. Arthur e Ursula faziam vista grossa para tudo, contanto que o serviço fosse feito a contento.

Começou a vislumbrar a possibilidade de ir trabalhar em outro local. Nem comentou sobre a má influência de Maria Conceição com sua mãe. Tinha receio de que Annelise pudesse achar que ela, Bertha, estivesse criando dificuldades ilusórias por estar descontente com toda a situação.

Após dez meses, nos quais aprendeu todo tipo de trabalho na fazenda, decidiu procurar outra família que pudesse precisar de seus serviços.

***

Aos dezesseis anos, encontrou uma nova família alemã que a contratou como "filha da casa". Só então comunicou seu novo endereço para sua mãe e irmã, que estranharam a mudança, mas após o espanto inicial, ficaram contentes, pois a nova fazenda ficava bem mais próxima que a anterior.

— Filha, agora sente aqui e nos conte qual foi o motivo dessa mudança tão repentina. Nem sabíamos que você estava atrás de outro serviço! — questionou Annelise.

— Não foi repentino, não, mãe. Comecei a procurar outra coisa porque as outras funcionárias do Sr. Arthur eram muito chatas. E só pensavam em ir pra cidade e namorar. Não gostava delas — resumiu Bertha, um pouco evasiva.

— Só fiquei triste de sair de lá por causa de Eva. Minha pequena professora de português vai me fazer muita falta.

Annelise não aprofundou a conversa, pois sabia que Bertha não se abriria mais naquele momento. Mas percebeu também que havia ali alguma contrariedade, que tentaria abordar em outra ocasião, quando estivessem a sós. Com um misto de orgulho e pesar, constatou o quanto suas filhas haviam amadurecido e se tornado independentes, sem dúvida, pela dor das circunstâncias.

***

O casal que a contratou era mais jovem, vivia numa pequena propriedade rural e aguardava a chegada de seu primeiro filho.

Bertha, além de ajudar nos afazeres da casa, também cuidaria do recém-nascido.

Isso lhe proporcionou um novo ânimo. Já estava acostumada aos serviços de casa e curral. O trabalho pesado já não a assustava mais. Iniciar a lida às cinco horas da manhã não mais lhe causava estranheza. Não teria mais Eva, com seu jeito único e carinhoso de mostrar que a vida não era tão árida como parecia na maior parte do tempo.

Mas haveria um bebê, e Bertha tinha adoração por crianças pequenas. Teria suas horas de compensação ao lado de uma criatura inocente e angelical que não a remeteria a seres humanos que haviam maltratado todos os seus sonhos.

O casal dono do sítio era gentil e atencioso, o que tornava o convívio bem mais agradável do que com seus patrões anteriores. Entretanto, mais uma vez, o serviço era exaustivo, a carga horária ia muito além do que poderia se considerar justo, e tudo em troca de um salário irrisório, com o qual jamais poderia se sustentar com dignidade.

O dia começava antes do nascer do sol. E os setecentos metros que percorria sonolenta, tropeçando na escuridão até chegar ao riacho para buscar água todas as manhãs, faziam sua mente alternar entre raiva e medo.

Por mais de uma vez, pisara em uma cobra no meio do caminho e agradecia pelas botas de borracha que a protegiam de picadas. Eram cobras pequenas, que só avistava no caminho de volta, quando o sol já tinha raiado.

Mas eram cobras. E, quando pegava suas botas pela manhã, nunca mais esquecia de batê-las com a boca para baixo antes de calçá-las, depois que levou uma picada de aranha no dedão do pé.

A dor da picada fora excruciante, mas o medo do veneno daquele bicho feio e asqueroso suplantava a dor. Por fim, calçou a bota e trabalhou o dia todo. Ao final da tarde, o dedão e o pé estavam inchados consideravelmente e só conseguiu tirar a bota com a ajuda de Annelise, a quem foi pedir socorro. Esta nunca tinha visto uma picada de aranha e logo foi buscar conselhos com a funcionária mais velha da casa, Margarida.

— Ihhh, aranha venenosa — disse Vilma, filha de Margarida, assim que viu o pé de Bertha.

— Vilma, não assuste a menina. Vá lá pegar alho e uma folha de bananeira.

A moça saiu correndo para obedecer à mãe.

— Margarida, agora nos conte o que você acha dessa picada. Por que Vilma logo disse que era aranha venenosa? Isso aí é grave? — perguntou Annelise.

— Não dê ouvidos pra ela, não. Toda picada de aranha incha e fica vermelha assim. E vermelho é melhor que preto. Quando fica preto, tem que correr pra algum hospital, pois é sinal de que o veneno foi pro sangue.

— E o que podemos fazer para evitar que vá pro sangue? — perguntou Bertha, de olhos arregalados de medo.

Vilma voltou com o alho já moído e a folha de bananeira e fez mais um comentário que não ajudou em nada para acalmar Annelise e Bertha.

— Não é você que escolhe se vai pro sangue ou não. É esse bicho que te picou aí.

Margarida lhe lançou um olhar fulminante, que a fez sair de fininho, não sem antes lançar um olhar de profunda preocupação para o pé de Bertha.

— O melhor remédio para essas picadas é alho, que puxa o veneno para fora. Depois enrolamos o pé na folha de bananeira para não dar febre interna. Dois ou três dias, e está curada — respondeu Margarida.

Foi assim que aconteceu. Apesar do medo que Vilma lhe incutira, Bertha recuperou-se sem maiores complicações. Recebeu um dia de folga do patrão para ficar com o pé elevado e logo o incidente foi esquecido. Ou relegado às memórias desimportantes.

Eram aprendizados que foram se somando ao repertório de trabalhadora rural dos trópicos.

Um dia contaria todas essas aventuras amedrontadoras a seu pai.

***

Após oito meses de muito trabalho extenuante e poucos cuidados como babá, o casal alegou não ter mais condições de pagar pelos serviços de uma "filha da casa" e dispensou Bertha.

Por consideração desses últimos empregadores, ela recebeu uma carta de recomendação, que foi entregue a uma terceira família de alemães. Esta havia vindo ao Brasil já em meados de 1934.

Bertha permaneceu com eles por longos dois anos. Era um casal de quarenta e poucos anos, Karl e Lenita, com filhos um pouco mais novos do que a própria Bertha.

Apesar de todo o trabalho, do pouco tempo livre e do salário pouco compensatório, sentia que o casal lhe queria bem.

Então, aos dezessete anos, Bertha foi se adaptando, resignando-se, encaixando-se. E se apaixonando.

O casal a acolhera muito bem. Lenita chegou a lhe prometer condições de estudar para, ao menos, terminar o ginásio.

Se conseguisse terminar o ginásio, quem sabe um dia pudesse fazer a tão sonhada faculdade de medicina.

E foi acalentando o sonho.

Porém, a promessa nunca foi cumprida. Não houve empenho de Lenita, não houve tempo, não houve condições financeiras, não houve transporte diário da fazenda à cidade...

Houve tantas justificativas, que fizeram com que os adiamentos fossem lhe arrancando novamente o desejo, os sonhos, o futuro.

E a rebeldia infiltrava-se lentamente.

Mais raiva, mais medo...

Karl e Lenita a tratavam com carinho, fazendo-a se sentir quase parte da casa. Mas nada disso bastava para confortar aquela alma que se enchia cada vez mais de frustrações.

Apesar de todas essas frustrações, algo novo e inesperado foi se apoderando de Bertha. E, quando se deu conta, Karl já ocupava todos os seus pensamentos e todos os seus desejos.

De repente, após três anos longe de todo o estilo de vida que lhe era familiar, transitando entre currais e cozinhas, entregara-se à imagem da perfeição. Karl era culto, inteligente, lia bons livros, discutia arte e política como personagem habituado a nobres salões. Emprestava-lhe livros de sua ampla biblioteca, que Bertha devorava e depois devolvia, ansiosa por relatar sua opinião sobre aquela obra a Karl, que a ouvia com atenção e respeito. Ah, como era bom ter alguém para conversar sobre qualquer assunto que não fosse a faxina ou a manteiga que tinha ficado encruada.

Bertha nem tentou combater toda aquela admiração, que acabou por tomar conta de todo o seu sentir.

Não sabia o quanto conseguia disfarçar sua adoração por aquele homem que tinha o dobro de sua idade. Mas, em sua paixão platônica havia certa dose de discrição, pois Karl e Lenita não se deram conta do que se imiscuía naquele relacionamento entre patrão e funcionária.

Mais raiva, mais medo...

E Bertha sabia qual era o único caminho a seguir.

Não poderia ficar.

Precisava encontrar outra família.

Não, não toleraria permanecer naquela vida de "filha da casa". Precisava encontrar outro meio de ganhar a vida.

Sentia mais raiva, mais raiva... Então tomou a decisão que talvez tenha sido a mais precipitada de toda a sua vida.

O casamento.

Estava com dezenove anos. Pouco antes de completá-los, tinha conhecido um rapaz que trabalhava nas redondezas. Herbert.

Este, com suas parcas economias, estava negociando a compra de umas terrinhas e intencionava formar uma família. Era de origem alemã, assim como a maioria dos jovens que trabalhava nas redondezas.

Cortejou Bertha por um curto espaço de tempo antes de pedi-la em casamento. Fez a proposta, e ela aceitou sem refletir por mais de alguns minutos. Estava sozinha, apaixonada por outro homem e precisava de outro lugar para viver.

Herbert era agradável, gentil e a livraria de outro patrão.

O contato com a mãe e a irmã estava se tornando mais espaçado, talvez por culpa dela mesma, pois fugia dos encontros dos fins de semana, nos quais não tinha nada de bom para contar. Bertha apenas comunicou sua decisão a Annelise, que não disfarçou o espanto ao perceber a frieza com que sua filha conduzia seus atos. E a mãe sabia que conselho algum removeria Bertha de sua decisão.

Como eram diferentes aquelas duas filhas, apesar de terem sido criadas da mesma forma. Eram farinha do mesmo saco, como costumavam dizer durante as fofocas na cozinha, mas tinham se tornado mulheres de gênios muito distintos. Anne havia encontrado um rapaz que também já a pedira em casamento. Mas Annelise acompanhara as fases daquele relacionamento, conhecera e aprovara o jovem, e até se lembrara da época em que Ernest a pedira em namoro, pois vira o brilho nos olhos de ambos ao comunicarem o fato a ela.

Anne possuía algo do otimismo e da teimosia do pai. Olhava para a frente, encarava as dificuldades e não se deixava abater. Verbalizava suas queixas com a mãe, mas logo as deixava para trás. Remoer o passado não lhe convinha. Mantinha um convívio próximo com Annelise e fingia não perceber o quanto Bertha se afastava mais de ambas a cada ano que passava. Assim, as duas irmãs pouco se comunicavam, repetindo a sina da mãe com alguns de seus irmãos.

***

O arranjo estava feito e a data estava marcada. Melhor do que "filha da casa", agora, pelo menos, seria "mulher da casa", o que lhe conferiria mais liberdade. Ou era o que pensava.

Um arranjo sem doses de romantismo, sem sapatinhos de Cinderela e sem "foram felizes para sempre".

Não houve cerimônia religiosa, apenas um pequeno evento íntimo com a presença de Annelise, Anne, Karl e Lenita e a mãe de Herbert, que não apoiava aquela união, já que ele não havia pedido sua bênção ao escolher sua noiva. Bertha não se importava. A sogra que cuidasse de sua casa e de sua vida, enquanto ela cuidaria de sua própria.

Juntou seus pertences, que não eram muitos, além de todas as suas frustrações escondidas atrás de seu sorriso educado, disse adeus a seu primeiro amor e lá se foi para o seu novo lar.

O trabalho seria o mesmo, talvez até mais exigente, já que também ajudaria Herbert na lavoura do sítio recém-comprado. Mas agora trabalharia para si mesma.

E, enfim, a negociação de terras feita às pressas antes de fugirem para o Brasil trouxe uma certa dose de compensação. Os meros cinco alqueires que a Companhia Norte do Paraná entregara, em vez dos sessenta originalmente negociados, ficavam contíguos ao pedaço de terra que Herbert comprara. Era uma terra ainda não explorada, mas lentamente Bertha e Herbert a desbravaram e tornaram-na produtiva.

E a vida seguiu... sem muita mudança.

1988

CAPÍTULO 11

> Nossos dias são
> como as estrelas cadentes.
> Mal as vemos
> enquanto passam.
> Deixam, depois que passam,
> um sulco indelével na alma."

Benjamin Franklin

Chegou o último ano de faculdade. Depois de todo o distanciamento que Corina se impôs por causa de seu relacionamento doentio com Sandro, ela lentamente voltou a socializar e a valorizar o que a vida trazia de leveza e gentilezas.

Infelizmente, a medicina ainda não lhe trouxera a paixão com que tanto sonhara. E esse fato a aproximou muito de um amigo do curso com o qual dividia desabafos e frustrações, risadas e plantões extenuantes no hospital universitário.

Era Fábio.

Fábio a entendia.

Corina entendia Fábio.

E, se tudo parecia sem sentido, se nada parecia trazer definições, Fábio e Corina uniam-se em suas solidões, perdiam-se em devaneios e completavam-se em seu nihilismo.

Duas ovelhas desgarradas, que tinham mais em comum do que um curso de faculdade e as dúvidas sobre o futuro.

Essa amizade amadureceu ao longo dos últimos semestres, depois, atravessou tempos e destemperos, sem necessidade de definições nem cobranças.

Mesmo anos e anos após a faculdade, quando Fábio e Corina se encontravam, eram Fábio e Corina. Simplesmente entendiam-se.

***

Outra amizade que o tempo construiu e fortaleceu nesses períodos difíceis foi Camila.

Quando Corina eliminou Sandro de sua vida, mudou-se para um quarto alugado, longe dos antigos companheiros de moradia, e passou meses tentando reencontrar o equilíbrio em sua contabilidade mental.

Quando o mundo parecia plano e todos os destinos se embaçavam ali na névoa do horizonte, surgiu Camila para lhe oferecer pouso e colo.

Ao terminar o relacionamento com Sandro, ficou sem teto e sem chão. Mas o universo conspirou a favor de uma amizade que ajudou Corina a atravessar as planícies e os planaltos do tempo.

A vida traria pedras e tropeços. Mas, no final de um dia cheio de cansaços, no final de um plantão em que aquele paciente querido da ala masculina não resistira, no final de uma semana cheia de atropelos, haveria Camila com um abraço e palavras sábias, lhe convencendo de que as fraquezas nada mais eram do que um trampolim para o fortalecimento.

Camila também cursava medicina e era caloura de Corina, um semestre mais nova que ela.

Sabiam rir e chorar juntas.

Sabiam rir de si mesmas e rir uma da outra.

Sabiam chorar o choro uma da outra.

Quando Corina colocou um presente de Natal embaixo do travesseiro de Camila e esta, sem perceber, sentou-se nele e o amassou, riram durante horas, sabendo que o maior presente era poder contar uma com a outra por todos os tempos, por todos os continentes.

Nessa época, também Julia, a professora de academia de Camila e Corina, foi ocupando um lugar especial no coração de ambas.

Julia, recém-divorciada, procurava um canto mais aconchegante para recomeçar a vida em Londrina, embora fosse carioca de alma e origem. Ela tornou-se amiga de todos os tempos e de todos os desabafos.

Ir para o boteco com Julia, chorar com Julia, tomar um vinho com Julia, comer o camarão de Julia, viajar com Julia, rir deliciosamente com Julia... ah, o mundo seria incompleto sem Julia.

***

Faltavam apenas seis meses para Corina se formar.

O dia a dia era uma loucura.

Corina e Fábio revezavam-se nos plantões e sobrava pouco tempo para divertimentos descompromissados.

Para que a rotina não se tornasse muito sem graça, havia, claro, algumas contravenções inocentes de vez em quando.

Por exemplo, houve um plantão muito tranquilo com Marta no pronto-socorro pediátrico. Não havia pacientes, mas havia fome e a vontade de transgredir para combater o sono. Então, lá se foram

Marta e Corina ao centro da cidade no início da madrugada para comprar um lanche. O residente ficaria de olho na chegada de qualquer caso urgente, com a promessa de receber seu lanche quando elas voltassem. E voltaram com seu lanche, mas com duas horas de atraso, pois o pneu furou no caminho de volta ao hospital.

Houve também um atraso para passar a visita na enfermaria feminina no começo da manhã. O atraso se devia a uma festa que fora até de madrugada na noite anterior, e o despertador não cumprira sua função a contento. O residente responsável não era muito amigável com atitudes de desrespeito à sua rotina. Ao entrarem na ala e virem a expressão de desagrado do residente, Marta agiu rápido. Olhou para Corina e sua barriga, em seguida falou seriamente:

— Chefe, você vai nos desculpar, mas na situação da Corina, incidentes acontecem. Hoje pela manhã, ela não conseguia parar de vomitar. Tive que lhe dar uma água com limão e esperar que suas náuseas matutinas cedessem, até que pudéssemos vir correndo para cá. Então nos desculpe o atraso, foi motivo de força maior.

Corina rapidamente entendeu a mentira e estufou a barriga como só ela sabia fazer, simulando os desconfortos típicos de uma gestante ansiosa e inexperiente.

O residente olhou para a barriga e apenas respondeu:

— Ok, estão perdoadas. Mas que não se repita.

E não se repetiu.

E, claro, a barriga também não cresceu.

**

Entre um plantão e outro, havia algumas escapadas para a noite.

Balada mais ansiada: Coração Melão. Um bar/boate de estilo moderno, descontraído, escuro na medida certa, com um enorme e lindo aquário no centro do ambiente, próximo à entrada, que refletia as luzes do globo giratório colorido, criando uma sensação ao mesmo tempo de estímulo e de aconchego. Era relativamente perto de casa, então, quando estavam com a energia equilibrada e faltava uma carona, Camila e Corina iam a pé até lá.

Bar mais frequentado: Valentino. Um bar à moda antiga, retrô, muito frequentado por todos os universitários, mas também por londrinenses nativos, com seu chão de madeira gasto e lustroso, suas janelinhas com persianas de madeira que nunca se fechavam e, no fundo escuro e esfumaçado, o balcão, com sua caixa registradora e as prateleiras de bebidas. À esquerda do salão, ficava a tão requisitada varanda, também toda em madeira e cercada por um balaústre que servia de banco.

***

Nos amigos da turma de faculdade, encontrava a força de que precisava para equilibrar o desânimo que às vezes insistia em se manifestar. Estavam todos no mesmo barco. Alguns mais seguros dos passos que seguiriam, outros mais resistentes a definir seu destino para sempre.

Alguns eram "porto seguro". De risada fácil, mas também com a sobriedade na medida certa. Tinham sempre um ombro para qualquer choro, mas também uma bronca pronta para os que fugiam à razão.

Havia os amigos dos altos e baixos, com os quais já havia brigado e reatado, e a amizade superava as desavenças que a rotina trazia. Viravam amizade madura, como vinho de guarda.

Havia os amigos dos grandes barulhos, com suas energias que não permitiam descanso. Mas de corações deliciosamente cheios de afetos e de sensibilidades imensas escondidas por trás de uma força propulsora que os mantinha sempre na dianteira.

Houve os amigos que duraram para sempre. Aqueles que, durante a faculdade, foram preciosos. Mas que, muitos e muitos anos após o término do curso, seguiam se dilapidando mutuamente, gerando encontros, momentos e memórias que iam muito além de todas as expectativas.

E, entre todos eles, o amigo que se fora, ainda no auge de suas conquistas. Dorival.

Dorival se casara cedo e formara sua linda e feliz família quando ainda estudante. Trinta anos depois, um câncer traiçoeiro o levou em questão de meses; deixou órfãos não somente sua família, mas também todos os seus amigos para os quais fora pai, irmão, amigo, conselheiro e exemplo.

O luto pegou desprevenido o coração de todos eles.

***

Então chegou o primeiro amor para casar.

Corina foi a uma festa na república de Fábio. Marta havia levado Luciano, um estudante de bioquímica, com quem vinha saindo há alguns dias.

Luciano foi apresentado a Corina naquela noite, porém não trocaram mais que algumas palavras educadas. Mas algo já brilhou nos olhos de ambos.

Um mês depois, Corina foi ao bar Valentino com Camila e lá encontraram Marta e Luciano. Ficaram um tempo por ali, e decidiram ir embora cedo. Ao se despedirem do casal, Luciano murmurou para Corina:

— Por que já vai? A noite é uma criança.

— Tem razão. Acho que vou procurar um brinquedo — respondeu Corina, concordando.

E assim fez. Envolveu-se com Diogo por um breve período. Foi um brinquedo bonito e suave. Conheciam-no como Menino Deus. Seus olhos amendoados e os lisos cabelos louros embriagavam-na de esquecimento. Mas era só um brinquedo, faltava estímulo intelectual, faltava seriedade, e o brinquedo rapidamente se quebrou.

Passadas algumas semanas, Corina terminou com Diogo e Marta terminou com Luciano.

Luciano, então, entrou em sua vida. Era um ano mais novo que Corina, cabelos e olhos escuros, uma pele clara de quem não gosta de sol e um jeito calmo e gentil no olhar e no sorriso. Tinha um Fusca bege, igual à Coruja, o primeiro carro de passeio de seu pai.

Tinham muita coisa em comum. Uma família complicada, o dinheiro contado no bolso, a sensação de não pertencer integralmente ao mundo que os cercava... E, claro, um carinho especial um pelo outro, o que gerou segurança em meio às tribulações do dia a dia.

O relacionamento foi se tornando mais sério. De repente, já andavam de mãos dadas no Hospital, nas ruas e nos bares. De repente, já se gostavam de verdade.

Assim, as responsabilidades de um relacionamento oficial também foram chegando.

— Vou ver meus pais em Campinas no próximo fim de semana. Não quer ir junto? — perguntou Luciano, tentando parecer inofensivo em seu convite inesperado.

— Calma, não sei se já estou preparada para os sogros — respondeu Corina, no fundo, feliz pela confiança que ele demonstrava no namoro.

— Já fui conhecer seus pais em Roland. Chumbo trocado, sua vez de conhecer os meus — disse Luciano, dando risada.

E lá se foram.

Corina sentiu-se muito bem aceita pelos sogros e pela cunhada. Carinhosos e respeitosos, já vislumbraram o casamento, o retorno de Luciano para Campinas e os netos correndo pela casa.

Corina estava feliz. O lobo solitário encontrava-se adormecido.

O fim do curso, os preparativos para a formatura e a rotina agitada de prontos-socorros, enfermarias e ambulatórios preenchiam todo o espaço entre os momentos enamorados e a contagem regressiva da vida de estudante.

**

Nestes últimos meses, enfim, Corina definiu o rumo que tomaria. Tinha passado pela área de oftalmologia e acabou por encantar-se com uma especialidade que nunca lhe havia passado pela cabeça. Faria oftalmologia.

Foi contar sua decisão aos pais em Roland.

Fez medicina para realizar o sonho frustrado de sua mãe de ser pediatra. Agora, porém, decidia realizar seu próprio sonho. Seria oftalmologista, contrariando todas as expectativas.

A frieza de sua mãe ao ouvir o que viera contar, deixou Corina sem palavras.

— Não fazer pediatria, eu poderia até entender, embora você tenha falado em seguir os passos de seu avô desde pequena. Mas, ser oculista e passar o dia numa sala escura prescrevendo óculos... essa é uma decisão que me surpreende muito.

— Mãe, oftalmologia vai um pouco além de prescrever óculos, caso você não saiba.

— Para mim, ser oculista não é ser médico.

— Ok. E se um dia você precisar de uma cirurgia de catarata ou de glaucoma, você vai procurar quem, se não um médico? — perguntou Corina, com a paciência no limite.

— Faça o que você quiser. O que eu disser com certeza não vai te influenciar em nada mesmo.

Esse era o modo de Bertha encerrar uma discussão quando se encerravam os argumentos.

***

Quando Corina se convenceu de que era mesmo oftalmologia que queria, os planos foram tomando forma.

Faria a especialização na Alemanha.

Frustrara os sonhos de sua mãe.

Mas deixou seu pai flutuando de alegria e orgulho, quando lhe pediu ajuda para preparar sua ida para sua terra natal, que ele deixara há trinta e oito anos.

A comunicação com os parentes na Alemanha era lenta. As cartas demoravam de oito a quinze dias para chegar. Às vezes, cruzavam-se pelo caminho. Mas a receptividade da irmã mais nova de Willy foi extremamente animadora. Tia Irma e tio Reinold receberiam sua sobrinha de braços abertos e ajudariam em todos os trâmites burocráticos. Além disso, a filha do casal, a prima Isis, carinhosamente já se oferecia para redigir e enviar seu currículo para onde fosse necessário.

As portas se abriam.

***

Chegou o dia da formatura.

Os preparativos, a missa, o jantar com os familiares mais próximos, os brindes, as fotos… tudo passou depressa pela mente de Corina.

Mas, na cerimônia de colação, de beca, quando desceu a escadaria de um ginásio de esportes lotado, ouvindo Luciano, Camila e vários amigos gritarem seu nome, todas as conquistas passaram em câmera lenta por uma retrospectiva que encheu sua alma de satisfação e entusiasmo.

Sim, chegara até ali. A vida não lhe fora servida de bandeja. Mas, superação após superação, naquela noite entendeu que podia olhar para um futuro de cabeça erguida.

***

Mesmo assim, a vida às vezes ficava escorregadia. Quando tudo parecia se afunilar em direção a um destino, o vento soprava em sentido contrário, e até as convicções tornavam-se menos convictas.

Claro, a opinião amarga de sua mãe tirava um pouco do brilho de sua decisão. Mas não voltou atrás. Ficou apenas uma raiva latente pelo despropósito daquela reação materna, e a certeza de que pediatria não seria sua sina.

***

Nos meses que se seguiram, entre a chegada do diploma e os trâmites para embarcar rumo a Frankfurt, Corina e Luciano tentavam fingir normalidade.

Não faziam nem interrompiam planos.

Haveria um adeus. Mas esse adeus não precisaria significar um rompimento. Ou, talvez, sim. Não sabiam o que o destino lhes reservava.

— Quem sabe eu vá te visitar logo — dizia ele, sem muita convicção.

Ela assentia.

— Quem sabe você volte logo.

Ela resmungava um "Aham".

— Eu vou te escrever todos os dias.

Ela também. Assim prometia.

O dia da despedida se aproximava. Era doloroso esse lento caminhar rumo ao desconhecido. Mas havia uma expectativa entremeando cada pensamento. Um frio na barriga que se contrapunha à certeza de que aquele era seu destino e, enfim, as rédeas estavam em suas mãos.

Era um retorno a um passado que não fora seu, mas que fazia parte dela. Como se entrelaçar à história de seus antepassados? Talvez quisesse agarrar tudo aquilo que a pátria de seus pais e avôs não pôde lhes dar. Ou lhes fora tirado. Roubado.

Eles tiveram muita coragem para abandonar tudo e não olhar para trás. Ela precisava de muita coragem para fazer o "caminho de volta".

1939

CAPÍTULO 12

> "Gosto de acordos silenciosos, do respeito que não precisou ser pedido e da consideração que não precisou ser cobrada."
>
> **AUTOR DESCONHECIDO**

Quando Ernest se recompôs parcialmente daquela despedida não planejada, naquela tarde de fim de abril de 1939, no porto de Hamburgo, sabia que tinha pouquíssimas opções ou atitudes a tomar. E todas elas, com certeza, envolviam a necessidade de pedir ajuda a alguém.

Odiava ter que fazer isso.

Havia, sim, várias pessoas dispostas a ajudá-lo imediatamente, disso não tinha a menor dúvida.

Porém, qualquer favor recebido colocaria o outro em risco. Alemães que ajudassem judeus naquela época eram considerados inimigos do Terceiro Reich.

Lembrou-se de um colega de faculdade, George, que se tornara ginecologista e atuava num bairro nobre de Hamburgo desde que terminara os estudos.

Encabulado, procurou-o.

George mostrou-se muito feliz em revê-lo. Levou-o para casa, ouviu toda a sua história e, em seguida, contou-lhe a sua própria — que tinha mais pontos em comum com a de Ernest do que ele poderia imaginar.

O irmão mais novo de George casara-se com uma judia. Tiveram dois filhos, que naquela época estavam com sete e nove anos. Esse irmão relutara muito em sair do país. Era o primeiro ponto em comum com a história de Ernest. Também não acreditara que a situação se tornaria tão dramática.

Mas George já ouvira histórias trágicas demais para permitir que algo parecido acontecesse com seu irmão, sua cunhada e seus sobrinhos. Então, encontrou um caminho.

Ouvira dizer que o Papa Pio XII incentivara o governo brasileiro a emitir três mil vistos especiais para judeus que se convertessem ao catolicismo. Isso foi providenciado. Sua cunhada se convertera.

Logo conseguiram os quatro vistos para o Brasil.

— Sei que pode parecer uma decisão humilhante para você, Ernest, mas foi o que salvou a vida da família de meu irmão — disse George. — Sei que você respeita toda a sua história, e negá-la deve lhe parecer muito cruel, depois de tudo o que esse governo está lhe fazendo passar. Mas pense sobre o assunto e decida com calma. Pode ser uma solução.

— Nenhum passo é humilhante demais se, em troca, eu puder reaver minha família — respondeu Ernest, sem hesitar.

— Se você está disposto a isso, posso providenciar a sua conversão com um padre amigo nosso.

Essas trocas diplomáticas entre o Vaticano e o governo de Getúlio Vargas ocorreram entre 1939 e 1941. No início, tudo ia bem.

Porém, depois de os primeiros novecentos e cinquenta e nove vistos de católicos recém-convertidos serem emitidos, os outros dois mil e quarenta e um foram negados pelos consulados brasileiros em Berlim e Hamburgo.

O Brasil mantinha sua postura antissemita, à revelia das negociações com o Vaticano. E Ernest não estava entre os primeiros novecentos e cinquenta e nove.

De volta à estaca zero, George, incansavelmente, deu sua última cartada. Recorrera a um amigo que trabalhava na embaixada inglesa e que já havia auxiliado centenas de judeus a viajar para a Inglaterra e os Estados Unidos.

Ernest nunca soube como, mas esse amigo desconhecido conseguiu um visto de turista para a Inglaterra.

Não havia como agradecer a George e seu novo amigo por tamanha generosidade. Seu tempo estava se esgotando. Já percebia certa resistência na esposa de George, que, com toda a razão, temia pela segurança de sua família pelo simples fato de estar albergando um judeu em sua casa.

Despediu-se com uma enorme dívida de gratidão e embarcou no primeiro navio para o Reino Unido.

Não tinha ideia do que faria a seguir. Mas, assim que pisou em solo britânico, sentiu um imenso alívio. A ameaça mais iminente ficara para trás. Pelo menos era o que imaginava.

Chegou ao porto de Dover, solitário e amargurado. Os gritos de suas filhas, chamando-o enquanto descia a rampa e o navio que as levava dali tocando a sirene da partida pela terceira vez, ainda ecoavam em sua memória a cada amanhecer e anoitecer. A última imagem de Annelise, sem um resquício de forças para suportar aquela viagem ao desconhecido, também lhe roubava toda a sanidade.

Censurava-se hora após hora por ter sido lento, teimoso, ingênuo e otimista demais a ponto de não dar ouvidos ao que Annelise lhe dizia desde o início dos tempos difíceis e tão injustos.

Rezava por ganhar a chance de dizer tudo isso a sua esposa. De protegê-la. De proteger suas filhas.

Já que não o fizera quando havia sido tão vital para elas.

***

Procurou um centro de refugiados na periferia de Londres, que havia sido indicado a ele durante a travessia do Canal da Mancha.

Não conseguia mais vislumbrar nenhuma possibilidade de continuar a viagem até o Brasil. Suas três mulheres ainda estavam em plena travessia transatlântica, e ele odiava os pensamentos que lhe vinham ao imaginar os sofrimentos pelos quais poderiam estar passando.

Todas as informações que conseguiu obter indicavam o Canadá como único destino ainda remotamente acessível a judeus em fuga.

Apesar de sua recente conversão ao catolicismo, seu passaporte ainda continha o "J" carimbado na primeira página, o que lhe fechava muitas portas, assim como acontecia com a maioria de seus companheiros no centro de refugiados.

Atravessava a cidade diariamente em direção à Embaixada Canadense, porém só obtinha promessas vagas de um visto provisório — ao qual nunca teve acesso, já que, enfim, o país norte-americano também fechara suas fronteiras.

As esperanças se esvaíam.

Como faria para cumprir a promessa feita a Bertha?

As perspectivas eram sombrias.

Por que não dera ouvidos a Annelise, quando ela começara a traçar os primeiros planos para saírem da Alemanha?

Por que fora tão ingênuo?

Será que Annelise um dia o perdoaria por ter provocado, ainda que indiretamente, a fragmentação de sua família?

***

Após setenta e dois dias no centro de refugiados, já esgotadas todas as tentativas de dar um passo à frente em seu périplo, toda a sua breve liberdade de ir e vir foi-lhe, mais uma vez, roubada por um fato novo e inesperado.

Acordou num domingo chuvoso, ouvindo uma movimentação estranha e vozes agitadas nos corredores do acampamento. Normalmente, naquele horário, o local era de um silêncio desanimado, traduzindo o humor dos moradores, que sabiam quão pouco poderiam fazer por mais um longo dia sombrio.

Todos foram solicitados a juntar seus pertences e comparecer rapidamente ao saguão do prédio.

— Vamos, vamos, todos de pé. Em quinze minutos todos têm que estar no saguão! — gritavam os soldados responsáveis pelo procedimento, que surpreendia a todos.

Lá, receberam um café e um pão com manteiga e foram encaminhados para quatro ônibus estacionados logo na entrada.

Alguns não acordaram espontaneamente, o que causou irritação na maioria dos guardas que comandava a operação. Outros se recusaram a sair dos quartos, mas foram nervosamente empurrados porta afora.

— Quem não sair agora, vai direto pro presídio municipal — continuavam, ameaçadores.

Toda a manobra de evacuação durou mais de quarenta e cinco minutos.

Quando, enfim, todos estavam dentro dos ônibus, foram sucintamente informados de que estavam sendo transportados para a *Isle of Man*, uma ilha pertencente à Coroa britânica no Mar da Irlanda.

Ernest nunca ouvira falar daquele lugar. E não era o único.

Então, surgiram os questionamentos.

Por quê? Por que lá? Por que todos? Não eram mais pessoas livres?

As respostas a todas as perguntas nunca foram respondidas.

O resumo de todo aquele processo era simples e cruel. Eram *Enemy Aliens*. Estrangeiros inimigos.

Porque não tinham utilidade para a Inglaterra. E porque estavam num país que já vislumbrava ser enredado numa guerra iminente.

Não podiam se dar ao luxo de, entre milhares de fugitivos, presos políticos e judeus, albergar inimigos reais que ameaçassem a coroa.

Era mais prático e seguro taxar todos de inimigos e isolá-los nos campos de internamento da *Isle of Man*.

Lá, Ernest permaneceu por longos onze meses e, durante a maior parte desse tempo, não teve notícias de sua família no Brasil nem de sua irmã na Alemanha.

A única notícia que chegou ao campo de internamento era que a guerra realmente estourara com a invasão e rápida ocupação da Polônia por Hitler em setembro de 1939.

Alguns meses depois, em maio de 1940, a Alemanha também invadiu e ocupou a França em apenas quarenta e seis dias.

Ernest tentou escrever algumas cartas para Eleanor, mas nunca obteve resposta. Não sabia se suas cartas não chegavam ao seu destino ou se eram as respostas que desapareciam em seu caminho de volta. Também não tinha a menor informação sobre as intenções dela de deixar o país. No fundo, era o que mais desejava, já que a perseguição aos judeus parecia apenas se aprofundar. Até que parou de escrever por medo de que sua correspondência pudesse colocá-la em risco. Só conseguiram se comunicar muitos meses depois, por meio de algumas esparsas cartas enviadas e recebidas por terceiros.

Torcia muito para que Eleanor, enfim, tivesse se convencido de que permanecer na Alemanha não era uma opção.

Tudo lá fora caminhava a passos largos e aterrorizantes, enquanto os mil e duzentos internos de *Isle of Man* eram mantidos aprisionados e supervisionados, como párias à beira do mundo.

***

Ao mesmo tempo que Hitler ameaçava atacar a Inglaterra, no campo de internamento começavam a circular boatos sobre um possível transporte de prisioneiros para a longínqua Austrália.

Como sempre, eram boatos difíceis de se averiguar, pois poucas pessoas que trabalhavam ali tinham disposição para negar ou confirmar a veracidade de tais informações.

Ernest tinha feito amizade com um dos guardas do alojamento e, em longas noites de incertezas e angústias, enquanto todos dormiam, às vezes passava horas conversando com o soldado John.

Discorriam sobre assuntos diversos com um respeito mútuo incomum entre um carcereiro e um prisioneiro.

Uma noite, Ernest tentou obter dados mais concretos sobre o único assunto que ia de boca em boca entre todos os prisioneiros nos últimos dias.

— John, estamos ficando aflitos com as raras notícias que chegam até nós de uns tempos para cá. Mas, como se não bastasse essa falta de informação sobre a guerra em si, temos ouvido algo sobre dois navios que nos levarão daqui. O que você sabe sobre isso?

— Ernest, você vai me desculpar, mas não tenho permissão para falar sobre esse assunto por enquanto.

— Então é verdade que vão nos levar para a Austrália?

— Não me faça perder meu cargo aqui, Ernest. Logo, logo vocês serão comunicados.

— Por que Austrália, John?

John sabia que aqueles homens, em sua grande maioria, não eram prisioneiros de guerra, muito menos criminosos, e achava injusto serem tratados como tal.

Gostava de Ernest. E, mesmo ciente dos riscos que corria, acabou por lhe contar sobre os planos da Coroa Britânica para os internos da ilha.

— Ernest, você tem que me prometer que não vai passar adiante o que vou lhe contar, ok?

— Você sabe que não fiz muitos amigos por aqui além de você. Então fique tranquilo, manterei segredo.

— Hitler deve invadir a Inglaterra a qualquer momento, como você deve estar sabendo.

— E isso está deixando seu primeiro-ministro de cabelo em pé, certo? — completou Ernest.

— Sim, Churchill, na verdade está apavorado. E, como vieram milhares de estrangeiros para o nosso país desde 1938, ele receia que, dentre eles, possa haver vários infiltrados pró-Hitler que agirão como colaboradores na invasão.

— Isso significa que ele não consegue distinguir um judeu de um nazista? — perguntou Ernest, com uma nota de cinismo na voz.

— Não é tão simples assim, Ernest, e você sabe disso. Não vieram somente judeus. Vieram exilados políticos, fugitivos e, com certeza, toda espécie de gente, inclusive companheiros do nosso inimigo, para coletar dados que possam ser úteis nos ataques.

— Ok. Então me conte logo. Quais são os planos do seu primeiro-ministro conosco?

— Não gostaria de ser a fonte dessa notícia para você. Mas infelizmente você tem razão. O plano é levar todos para a Austrália, pelo menos durante os meses em que a guerra durar.

— Mas você não acha tudo isso muito injusto? Por causa de alguns possíveis traidores, milhares de nós serão deportados para outro continente como criminosos de guerra?

— Sim, acho injusto, Ernest. Muito injusto. E você sabe que não concordo com nada disso. Mas não vejo um único caminho que eu possa tomar para reverter o rumo dos acontecimentos. Sou apenas um reles soldado da Coroa cumprindo ordens.

— Sei sim, John. Não é a você que estou culpando. Aliás, se existe algum culpado, continua sendo nosso inimigo em comum, Hitler.

— O mundo estaria mais calmo sem esse grande inimigo em comum!

— E tudo isso já tem uma data?

— Parece-me que não há uma data fechada ainda. Mas será entre fim de junho e início de julho.

Estavam no início do mês de junho. Ficariam confinados naquela ilha por, no máximo, mais trinta dias. Todos de mãos atadas e as mentes embotadas pela total falta de perspectivas.

※※※

Mas houve um pequeno alento.

Por meio de John, Ernest havia conseguido enviar uma carta para um casal de amigos que vivia na Suíça. Estes tinham o endereço de Annelise no Brasil, para onde enviaram a correspondência. Assim, enfim havia um meio de comunicação com sua família.

Nessa primeira carta, que Ernest ainda nem tinha certeza se chegaria ao seu destino, ele relatou toda a sua trajetória desde Hamburgo: a grande e inestimável ajuda de seu amigo George, a conversão ao catolicismo, a viagem para a Inglaterra, os dois meses e meio passados no alojamento de refugiados na periferia de Londres, o transporte inesperado para a *Isle of Man* e, por fim, a hipótese de serem exilados na Austrália. Essa hipótese já deixara de ser um boato para ir ganhando forma a cada dia, embora ainda não tivessem sido comunicados oficialmente sobre os planos de Churchill.

A rotina dentro do campo não mudara, mas Ernest olhava para cada amanhecer com duas sensações bastante ambíguas. Uma delas era a ansiedade por mais respostas referentes ao futuro próximo que os aguardava, bem longe dali. A outra era a expectativa por notícias vindas do Brasil. Será que Annelise recebera sua carta? Quanto tempo o correio levaria para entregá-la? Annelise responderia rapidamente? E essa possível resposta demoraria quanto tempo para chegar de volta até ele? Muitas perguntas sem nenhuma resposta.

Até que, enfim, chegou uma carta de Annelise às mãos de Ernest. O guarda John, que a aguardava quase com a mesma ânsia que o próprio Ernest, veio correndo para entregá-la, quase atropelando um interno que limpava a calçada do lado de fora do alojamento.

Com um sorriso de satisfação no rosto, encontrou Ernest terminando seu café da manhã.

— Te dou três chances para adivinhar o que tenho nas mãos nesse momento — disse ele, segurando a correspondência escondida na mão atrás das costas.

Ernest não precisou gastar as três chances. Pela alegria de John, logo soube que ele tinha boas notícias.

John entregou-lhe o envelope e, antes de pegá-lo, Ernest deu-lhe um forte abraço, com lágrimas nos olhos de emoção e gratidão. John desvencilhou-se do abraço rapidamente, pois não queria demonstrar seus sentimentos de empatia na frente dos outros prisioneiros. Virou-se e saiu apressadamente do refeitório.

Annelise contava sobre a longa viagem de navio, na qual tiveram tempo de sobra para descansar e ler muitos livros; a recepção calorosa das famílias alemãs que as acolheram; o clima agradável que perdurava quase o ano todo; o trabalho honesto e bem pago que suas três mulheres haviam conseguido; o país exuberante que correspondia totalmente ao que imaginara.

Ernest leu as entrelinhas.

Tinha plena noção de que o calor de outros sóis não trouxera essa plenitude colorida à vida de sua esposa.

Sentia uma gratidão comovida pelo esforço de Annelise para não aumentar sua angústia em meio a tantas desventuras.

Mas mensurava o sofrimento dela e de suas filhas diante do novo e inóspito ambiente em que viviam. Torturava-se por não estar apto a atenuar esse sofrimento.

Porém, obrigou-se a se contentar com o fato de estarem vivas, longe das ameaças da Gestapo e suficientemente maduras para sobreviver a todas as frustrações impostas.

E o mais importante: agora havia um meio de manter contato com elas. Isso tinha que bastar naqueles tempos.

***

Dois de julho de 1940.

Os boatos tornaram-se realidade.

Na noite anterior, todos os mil e duzentos internos de *Isle of Man* foram convocados a se reunir no refeitório após o jantar. Ali, receberam as instruções para os procedimentos de evacuação de metade dos internos da ilha no dia seguinte. Estes deveriam estar com seus poucos pertences arrumados e, após o café da manhã, seriam todos levados até o Porto de Liverpool. Ernest não estava na lista desta primeira leva. Mas, oito dias depois, os outros seiscentos receberam as mesmas ordens.

Chegou também a vez de Ernest. John despediu-se dele com verdadeiro pesar.

— Lembre-se de que o tempo iguala a todos. Sobreviva. E mostre ao mundo que as injustiças não derrubam mentes brilhantes como a sua — disse ele com a voz embargada.

— John, sua amizade aqui é que me fez sobreviver. Tomara que um dia possamos cultivá-la em liberdade. Agradeço-lhe imensamente por cada dia que você tornou aqui suportável.

O que não aliviava nem um pouco o destino que o aguardava era a informação que John havia lhe repassado quatro dias antes. O primeiro navio, o Arandora Star, repleto de "prisioneiros" a caminho do Canadá, fora torpedeado no Mar da Irlanda poucas horas após partirem do mesmo porto no dia 2 de julho, causando uma perda inumerável de vidas. Ernest também já ouvira boatos sobre os transatlânticos norte-americanos que zarpavam de Hamburgo ou mesmo da Inglaterra com muitos judeus a bordo e eram afundados por Hitler antes de alcançarem o mar aberto. Essa guerra parecia estar tomando proporções ainda mais cruéis do que a de 1914, na qual ele fora soldado.

***

Chegaram a Liverpool no dia 10 de julho.

> *HMT Dunera*
> *Her Magesty's Troopship* (ou "navio de tropas de sua majestade").
> Objetivo: deportação.
> Classificação dos passageiros: *Enemy Aliens* (estrangeiros inimigos).
> Grande erro: classificar como ameaça todos os milhares de refugiados, simplesmente porque alguns poderiam ser simpatizantes do nazismo.
> Destino: campos de prisioneiros de guerra na Austrália.
> Ocupação do HMT Dunera: 2.542 detentos (seiscentos deles provenientes da *Isle Of Man*), dos quais a grande maioria compunha-se de refugiados judeus. Trezentos e nove mal treinados soldados britânicos da Pioneer Corps. Sete oficiais e a tripulação. Tudo isso compondo quase o dobro da ocupação normal do Dunera, de mil e seiscentas pessoas.
> Duração da viagem: cinquenta e sete dias.
> Frase de Winston Churchill, quando se deu conta da grande injustiça que havia cometido: "Erro deplorável em tempos de guerra, que me enche de arrependimento e vergonha".

Mas esse arrependimento viera tarde demais para Ernest e todos os outros detentos.

Todos embarcaram numa viagem cruel e desumana que durou tempo suficiente para gerar ódio, doença, desespero e desesperança naqueles milhares de seres humanos.

O HMT Dunera quase sofreu o mesmo destino do Arandora Star. Novamente, não muito tempo após zarpar, ainda no Mar da Irlanda, um primeiro torpedo o atingiu. Porém, não detonou. Um segundo torpedo foi lançado em sua direção, passando por baixo de seu casco, sem causar nenhum dano além da enorme turbulência que gerou nas águas geladas daquele mar traiçoeiro.

Então, passou a navegar por mares mais tranquilos. Mas, a bordo, havia tudo menos tranquilidade.

Como a ocupação estava bem acima do normal, não havia espaço para todos. Dormiam nos corredores e sobre mesas. Dividiam um sabonete a cada vinte detentos e uma toalha a cada dez.

Os maus-tratos eram constantes. Sofriam abusos e violência por parte dos soldados. Boa parte destes era composta por Soldados do Perdão Real, nada mais do que criminosos libertados das prisões para auxiliar nos esforços de guerra.

Os internos eram mantidos nas cabines mal ventiladas. Tinham permissão para caminhar diariamente no deck por apenas dez minutos. Às vezes, os guardas divertiam-se jogando cacos de vidro sobre o piso do deck antes dessas caminhadas ao sol. Os pés sangrando e as expressões de raiva impotente no semblante dos feridos eram motivos de risadas entre os soldados.

Desobediências eram tratadas à ponta de baioneta. As refeições eram precárias, assim como as condições higiênicas. A água era racionada e não havia troca de roupas. Diarreias e doenças de pele eram constantes. A única fonte de tratamento gentil e humano era por parte de alguns dos oficiais e da tripulação.

Alguns membros da *crew,* posteriormente, testemunharam contra os soldados, que foram julgados pela corte marcial por crimes de guerra.

Ernest cumpriu o conselho de John ao pé da letra: sobreviveu.

Não sabia como, mas sobreviveu.

Parou de enumerar as injustiças que sofria desde 1933. Mente e corpo agora se concentravam apenas em sobreviver.

∗∗∗

O navio atracou em Sidney em 6 de setembro de 1940.

O primeiro australiano que subiu a bordo foi um médico das Forças Armadas. Sua consternação com o estado de saúde dos internos o levou a reportar as violações perpetradas contra aqueles seres humanos, o que conduziu dois oficiais e a maioria dos soldados à corte marcial.

Após deixarem o Dunera, os refugiados pálidos e edemaciados receberam sua primeira refeição decente depois dos cinquenta e sete dias da longa viagem.

— Quem estiver com o prato e o estômago vazios, volte para a fila. Tem comida à vontade para todos — disse um soldado, naquele inglês arrastado típico da Austrália.

Muitos não se fizeram de rogados e voltaram com seus pratos vazios para uma segunda rodada.

— Venha, Ernest, não sabemos quando teremos a próxima refeição. Vamos garantir o que está ao alcance agora — disse o afoito detento sentado ao seu lado.

Mas Ernest não repetiu. Sabia que seu estômago, depois de tantos dias recebendo aquela parca quantidade de comida do navio, não estava preparado para grandes quantidades.

Em seguida, foram transportados de trem por setecentos e cinquenta quilômetros a oeste de Sidney, até o acampamento de prisioneiros de guerra. O nome do acampamento era Hay.

O tratamento recebido durante essa viagem contrastava enormemente com os horrores do Dunera. Recebiam frutas, água, cigarros e gentilezas.

No dia 7 de setembro, enfim, chegaram ao acampamento.

Quando Ernest avistou o local onde seriam internados por tempo indeterminado, sentiu um frio percorrer-lhe a espinha ao recordar os horrores dos campos de concentração alemães.

Porém, por mais controverso que lhe parecesse, rapidamente passou a sentir uma imensa gratidão por aqueles australianos amigáveis e respeitosos, que quase o faziam esquecer de que era um "prisioneiro".

Todas as situações traumáticas pelas quais tinha passado desde 1936 vinham se acumulando em efeito adverso somatório, culminando com aquela absurda viagem da Inglaterra até aquele país. Então, fez uma promessa a si mesmo. Os seres humanos eram uma espécie de diversidade infinita. Passaria a vida sem conseguir catalogá-los por características comuns. A promessa consistia em deixar de aprisionar as pessoas no primeiro julgamento feito à primeira impressão. Precisava lavar a alma dos preconceitos que fora criando.

Sua liberdade continuava cerceada. Mas o acampamento mais parecia uma comunidade autoadministrada do que uma prisão. Conversas, reuniões, discussões e amizades ocorriam sem que os guardas impusessem qualquer reprimenda ou restrição.

É claro que havia algumas exceções naquele tratamento amistoso dado aos prisioneiros. Ocorriam discussões acaloradas sobre a injustiça imputada a todos eles. Havia brigas com alguns poucos guardas que insistiam em deixar clara a hierarquia que lhes massageava o ego e, caso desrespeitada, lhes tiraria parte do poder de comando.

Contudo, dentro do campo, Ernest foi fazendo amizades em todas as alas.

Um desses novos amigos era o cozinheiro Ludwig, alegre, jovial e barrigudo, em seus mais de sessenta anos. Com ele conseguia rir a qualquer hora do dia ou da noite.

— Ernest, me diga, por que você quis ser médico?

— Ora, porque sempre quis tratar e curar as pessoas.

— Então deveria ter sido cozinheiro. Não existe melhor forma de tratar e curar as pessoas do que pelo estômago — dizia Ludwig, com uma naturalidade hilariante.

— Sou obrigado a concordar, Ludwig. Mas existem algumas situações em que precisamos complementar um estômago cheio com um remedinho um pouco mais eficaz do que um leitão assado.

Ludwig gargalhava e voltava aos seus afazeres, sempre esperando por Ernest para uma conversa fiada após as refeições.

Outro novo amigo era o faz tudo Erik. Ranzinza e introvertido, mas sempre disposto a colaborar com Ernest, quando solicitado.

— Erik, dois chuveiros do alojamento sete estão gotejando há alguns dias. Se eu levar e segurar a escada, você conseguiria dar uma consertada neles?

— O que você não me pede rindo que eu não faço chorando? Leve a escada, já chego lá.

Erik chegava algum tempo depois, consertava os chuveiros e ainda agradecia a Ernest pela gentileza de segurar a escada.

Havia também o guarda Brendam, sempre com um comentário agradável para todos os internos.

— Bom dia, Ernest. Nenhuma carta de amor para mandar para o Brasil hoje?

— Acabou meu papel. Se eu te der minha sobremesa do almoço, você me arruma mais papel?

— Não sacrifique sua sobremesa de hoje! Ouvi dizer que vai ter o pudim de pão que você tanto gosta. E fique tranquilo, consigo sobreviver sem esse pudim. Amanhã trago mais papel para você.

Brendam cumpria sua promessa. Às vezes, atrasava um pouco seu turno, esperando Ernest terminar uma carta para que pudesse enviá-la pelo correio na manhã seguinte antes de retornar ao serviço.

Ernest, além da gentileza que lhe era peculiar, cativava os internos e os funcionários por sempre se mostrar disposto a auxiliar em qualquer setor onde pudesse ser útil. Suas habilidades médicas também eram colocadas em prática em diversas situações. Quando o guarda Sam consertava um trecho do arame farpado e fez um corte profundo em seu punho esquerdo, foi Ernest quem suturou, com mãos hábeis, seu ferimento, enquanto o distraía contando sobre a saudade que sentia de sua família no Brasil. E quando houve um surto de disenteria entre os prisioneiros, também foi Ernest quem supervisionou a hidratação, os cuidados higiênicos e os medicamentos sintomáticos, conseguindo abreviar o mal-estar e a contaminação por todo o campo. Também dera tudo de si para salvar a vida do detento Manfred, que acabou sucumbindo ao tétano que se infiltrara em seu corpo por meio de um prego enferrujado que se cravara em seu pé treze dias antes. Sua fama corria além dos limites do campo. A esposa do guarda que controlava as chegadas e saídas nos portões também costumava pedir conselhos a Ernest sobre as febres e resfriados de seu filho pequeno.

E assim, embora continuasse cerceado de sua liberdade, sentia-se útil e disposto a manter o ânimo otimista, pois nada amenizava seu propósito de ir ao encontro de Annelise e suas filhas.

***

Seus dois amigos mais fiéis estavam do lado de fora da área cercada.

Quando Ernest escrevia suas longas cartas para Annelise, gostava de fazê-lo afastado do burburinho. Sentava-se num banco na esquina sul do campo, de onde podia olhar para as montanhas distantes.

Era ali, do outro lado da cerca, que via passarem dois rapazes ao fim da tarde. Às vezes riam, às vezes brigavam. Mas, na maioria das vezes, estavam melancólicos e cabisbaixos. Ernest já tinha pensado em puxar conversa com eles, mas acabava por respeitar o caminhar silencioso daquela dupla.

Um dia, viu somente o mais velho dos dois rapazes.

— Ei, amigo. É o seu irmão que sempre anda com você por aqui? — abordou-o Ernest naquele dia.

Assustado pela abordagem inesperada, o rapaz parou e fitou Ernest com certa desconfiança.

— Sim, é meu irmão mais novo, o Peter. Por que quer saber? — respondeu, após alguns instantes.

— E onde ele está hoje?

— Ficou em casa, está doente.

— Que idade ele tem?

— Catorze.

— E você?

— Tenho dezessete.

— Qual é o seu nome?

— Lorenz.

— E o que o Peter tem? — perguntou Ernest.

— Não tenho ideia. Ele está com febre desde ontem e não quer comer nada.

— Já o levou ao médico?

— Não temos dinheiro para médicos — respondeu Lorenz, irritadiço.

— E seus pais?

— Meu pai é inglês e foi para a guerra. Foi lutar lá na Inglaterra. Faz tempo que não temos notícias dele. E minha mãe morreu de pneumonia quatro meses atrás.

— Talvez eu possa ajudar. Se você quiser trazê-lo até aqui, vou tentar descobrir o que ele tem e verificar o que será preciso para tratar dele. Sou médico e já tratei de muitos moleques de catorze anos. Não se preocupe com dinheiro. Como você pode ver, aqui dentro ele não serve para nada mesmo.

Lorenz ainda estava na dúvida sobre o quanto poderia confiar naquele desconhecido preso atrás do arame farpado. Ele parecia muito gentil... mas por que aquela gentileza, se jamais o vira antes na vida? A vida andava dura para ele e seu irmão. De uma hora para outra, por causa de uma guerra acontecendo lá do outro lado do mundo, eles haviam ficado sozinhos no mundo. A responsabilidade de cuidar de seu irmão mais novo era uma experiência recente e assustadora. Não havia muitas pessoas oferecendo ajuda nos últimos tempos. Por que aquele homem queria ajudá-lo?

— E por que você está aí dentro?

— Essa é uma longa história, meu rapaz. Mas primeiro busque seu irmão. Outra hora posso te contar como vim parar aqui. Seu pai e eu fizemos o caminho inverso. Ele saiu daqui e foi para a Inglaterra e eu saí de lá e vim parar aqui. Esse mundo dá muitas voltas...

***

Cerca de quarenta e cinco minutos depois, Lorenz apareceu no mesmo local em que conhecera Ernest, dessa vez acompanhado por seu irmão Peter.

O menino estava com febre alta, e Ernest não precisava de nenhum termômetro para se certificar disto.

Um exame precário através da cerca, associado aos sintomas que Lorenz já havia relatado e que Peter confirmou, fez com que Ernest chegasse rapidamente ao diagnóstico: escarlatina.

Ernest, então, cometeu sua primeira infração no acampamento.

Com a ajuda de Brendam, surrupiou uma caixa de anti-inflamatórios e uma cartela de antitérmicos da farmácia do alojamento 8.

Também pediu duas fatias de pão com manteiga e um copo de leite a Ludwig na cozinha.

— Ernest, precisamos abrir uma sociedade quando você sair daqui. Sem esse pão com manteiga, o que seria desse seu remedinho? — disse Ludwig, após ouvir sobre o destino que Ernest daria àquele alimento.

Munido de todos os ingredientes necessários, Ernest voltou correndo até a cerca e orientou Lorenz como medicar seu irmão.

Ali selaram uma amizade, cultivada em longas conversas e risadas ao final de cada tarde, através do arame farpado.

Peter rapidamente curou sua escarlatina e voltou ao trabalho no curtume, a dois quilômetros de sua casa.

Lorenz quis ouvir a história completa de como Ernest terminara preso naquele lugar, e sempre pedia mais detalhes de toda a sua trajetória.

O pai de Lorenz e Peter nunca voltou da Inglaterra. Com o tempo, enquanto a imagem dele se borrava em suas mentes, ambos adotaram Ernest como a figura paterna perdida.

Quando, alguns anos depois, Lorenz precocemente resolveu se casar, foi Ernest o primeiro a ser convidado...

Como amigo.

Como pai.

Como padrinho.

∗∗∗

O que mais amenizava o sistema prisional no qual se encontrava era a possibilidade de enviar e receber correspondências de Annelise e de suas filhas, sempre por intermédio de seus amigos na Suíça.

A promessa de ir ao encontro de sua família no Brasil em breve já se arrastava por dois anos. E no horizonte não havia a mais ínfima esperança de poder cumpri-la.

Nessa época, também recebera algumas cartas de Eleanor e já lhe expusera sua preocupação excruciante com o fato de ela permanecer na Alemanha. Será que já não era tarde demais? Chegou a se perguntar se talvez sair já não fosse mais uma opção. Será que ela mesma já não conseguira obter nenhum visto para emigrar?

***

"Minha querida Annelise,
Dessa vez, não consegui esperar a sua resposta à minha última carta, pois a saudade apertou ainda mais e simplesmente me pus a escrever novamente.
Ontem, Ludwig, o cozinheiro sobre quem te falei dias atrás, estava de mau humor, pois não havia recebido verduras novas. Usou umas batatas velhas que achou no porão, mas, mesmo tirando todas as partes estragadas, deixou uns oito internos com diarreia. Mas hoje já ouvi a gargalhada dele vinda da cozinha, graças a Deus já recuperou as boas energias...
Você tem tido notícias de Eleanor? Estou preocupado.
Sei que eu mesmo demorei muito a aceitar que precisávamos partir, enquanto você já enxergava a realidade bem antes.
Mas me arrependo de não ter insistido mais para que ela fugisse conosco..."

***

Então, em 7 de dezembro de 1941, os japoneses atacaram o porto norte-americano de Pearl Harbor, e os Estados Unidos entraram na guerra ao lado da Inglaterra e França.

De repente, todos os prisioneiros do campo de Hay foram reclassificados como *friendly aliens* (estrangeiros amigos) pelo governo australiano e libertados dos acampamentos, com a condição de se alistarem ao exército australiano.

Ernest foi então recrutado pelas Forças Armadas australianas e passou a trabalhar como médico em serviço militar até o fim da guerra, em 1945.

Despediu-se com pesar de Brendam, Erik e tantos outros com os quais havia travado amizades em diferentes graus. Só não precisou se despedir de Ludwig, pois ele foi convocado a trabalhar nas cozinhas do hospital de campanha no qual Ernest serviria.

∗∗∗

Os anos em que permaneceu a serviço da Real Força Aérea Australiana foram aqueles em que Ernest sentiu a guerra mais de perto.

Não lutou nas frentes de batalha no Mediterrâneo, no Pacífico ou no Oriente Médio, porém tratava dos combatentes feridos que conseguiam retornar ao solo australiano.

Juntamente com a Marinha Real Australiana, o país aliou-se novamente aos britânicos, treinando e enviando quase um milhão de cidadãos para compor as tropas.

Ernest surpreendia-se, a cada dia, com a extensão daquela guerra. Fora soldado na Primeira Grande Guerra e sabia o quanto aquela carnificina custava a cada ser humano e a cada governo. Indignava-se com o fato de, em um mundo civilizado, os governos se permitirem um erro de tamanha abrangência por duas vezes seguidas.

Quando a enfermaria se enchia de sofrimento e impotência, Ernest tentava elevar o moral e aliviar a dor daqueles que eram entregues aos seus cuidados.

— Doutor, aumenta essa dose de morfina. Quero esquecer essa dor ao menos por algumas horas.

Não havia muita morfina disponível. Então, Ernest vinha com a injeção de analgésico comum e algumas palavras de consolo.

— Reservei uma dose extra para você hoje. Mas não conta para ninguém, se não me dispensam daqui. E olhe, trouxe também um chocolate, os doces potencializam o efeito da morfina.

E o efeito placebo surtia algum alívio no soldado gravemente ferido e angustiado.

— Doutor, me dê um remédio para dormir, pelo amor de Deus. Não aguento mais esses pesadelos.

— Vou te dar um bom sonífero com esse chá relaxante. Prometo que vai dormir como uma pedra.

E assim passava a ronda, tentando trazer algum conforto.

No fundo da enfermaria estava um rapaz de dezenove anos, recém-alistado, que perdera uma perna em sua primeira batalha. Era Joseph. E Joseph nunca reclamava, não pedia nada e não se queixava de nada. Sempre ensimesmado em seu luto particular.

Ernest contrabandeava o melhor pedaço de carne, o maior pedaço de torta ou a maior fatia de pão para Joseph todos os dias. Sentava-se por algum tempo ao pé da cama dele para garantir que se alimentasse bem e sempre saía dizendo:

— Quando quiser conversar, estarei aqui.

Joseph não chegou a conversar. Faleceu de infecção generalizada doze dias após dar entrada no hospital. O coto de sua perna amputada não cicatrizara a contento.

No dia seguinte, Ernest escreveu uma carta para a família de Joseph, relatando quão valente ele tinha sido como soldado e como paciente, no curto período em que servira como soldado.

Todas essas pequenas atitudes de Ernest geravam admiração e empatia por parte de toda a equipe de profissionais de saúde.

Além disso, todos os pacientes queriam ser tratados pelo doutor Ernest.

***

Enquanto os alemães bombardeavam a Inglaterra e invadiam a União Soviética e o norte da África, o Japão, como membro do Eixo Alemanha-Itália, seguia sua postura imperialista e já dominava boa parte das ilhas no sudoeste asiático.

Na Austrália, Ernest nem sempre recebia informações atualizadas sobre as etapas da guerra. A Europa, às vezes, lhe parecia tão longínqua quanto o Brasil. E os acontecimentos se sucediam numa velocidade assustadora, quase irreal.

Em fevereiro de 1942, houve a Batalha de Cingapura, na qual quinze mil soldados australianos foram capturados pelos japoneses.

Dois dias depois, a cidade de Darwin, no norte da Austrália, foi bombardeada por tropas japonesas. O território australiano jamais havia sido atacado diretamente antes desse episódio. E, após esse primeiro ataque, houve pelo menos mais cem nos dezenove meses seguintes.

O trabalho no hospital aumentava em progressão geométrica, e nunca havia profissionais suficientes para atender àquela demanda crescente.

Um acordo selado com os aliados norte-americanos trouxe reforços, tanto em número de soldados em combate quanto em enfermeiros e médicos para auxiliar nos hospitais, permitindo o retorno de uma parcela das tropas para solo australiano.

Criou-se a Frente do Sudoeste Pacífico, uma aliança de vários países, como Austrália, Filipinas, Reino Unido e Estados Unidos, entre outros, que manteve a luta contra os japoneses até o fim da guerra. Mas as baixas continuavam enormes, tanto nas ilhas do Pacífico quanto na Austrália. Os feridos chegavam aos hospitais em grande número e de várias nacionalidades.

O trabalho era contínuo, e Ernest, por vezes, esquecia-se de sua promessa, de sua saudade e até de si mesmo. A situação era desesperadora. O sofrimento que presenciava, dia e noite, era assustador. Não conseguia mais imaginar o mundo sem guerra. Um mundo pacífico parecia pertencer a outro planeta.

※※※

Uma carta de seu cunhado Hans, em fevereiro de 1943, conduziu-o a um estado depressivo sem precedentes. Hans relatava que Eleanor, que havia salvado tantas vidas por meio da obtenção de vistos para diversos países, fora levada ao campo de concentração de Auschwitz.

> *"Caro Ernest,*
> *É com imenso pesar que venho lhe trazer essa notícia tão triste. Ontem ficamos sabendo que Eleanor foi presa e transportada para Auschwitz na semana passada, onde, infelizmente, não conseguimos mais obter nenhuma informação. Temo por sua saúde. Apesar de toda a sua força, ela é de compleição frágil. E de um coração sem igual. Gostaria muito de poder fazer algo por ela, embora você já saiba que estamos todos de mãos atadas.*

Espero poder lhe enviar notícias melhores em breve.
Meus sentimentos.
Forte abraço, seu sempre fiel amigo,
Hans."

Ernest sempre admirara a eterna e destemida dedicação de sua irmã a seus iguais, mas nunca entendeu o fato de Eleanor não querer ver que sua determinação tinha que ter um prazo de validade. Por que nunca quis fugir, emigrar, obter seu próprio visto?

Nunca saberia.

A culpa por não ter programado sua própria fuga mais cedo já lhe ocupava a mente por tempo demais. Agora somava-se a essa culpa o fato de não tê-la forçado de maneira mais veemente a deixar a Alemanha a tempo.

Só podia rezar para que o mundo se apiedasse de tantas vítimas daquele ditador fascista e colocasse um fim naquela guerra absurda, que já durava mais de três anos.

***

Então a guerra acabou.

Maio de 1945.

Aquele inferno durara cinco anos e nove meses.

Seis milhões de judeus a menos na face da terra, dizimados por um enlouquecido Hitler que, não tolerando sua derrota, suicidou-se.

Ernest encontrava-se confuso e ansioso. O que fazer agora?

Sobrevivera ao Holocausto. Mas por onde reatar o fio da meada?

Todas as tentativas de conseguir um visto para o Brasil fracassaram antes mesmo de lhe conceder alguma esperança. Já contava seis anos desde a despedida apressada de sua família no Porto de Hamburgo.

Por meio das cartas que recebia do Brasil, sabia que Anne e Bertha já estavam casadas e que já se tornara avô. Precisava chegar ao outro lado do mundo de qualquer maneira. Só não sabia como.

***

Pouco antes do fim da Guerra, Ernest conhecera a UNRRA (*United Nations Relief and Rehabilitation Administration*), uma agência internacional de ajuda humanitária fundada em 1943 que representava quarenta e quatro nações. A entidade tornou-se parte da Organização das Nações Unidas quando esta foi criada em outubro de 1945. A sede da UNRRA ficava em Washington, e a organização criou modelos de ajuda internacional desconhecidos até então. Ela foi criada para repatriar e dar assistência a milhares de refugiados espalhados pelo mundo em função da guerra.

Ernest colheu todas as informações necessárias para se associar à UNRRA e, com seu auxílio, formou um grupo de trabalho composto por profissionais de saúde, advogados e assistentes sociais, que foi alocado na Grécia em novembro de 1945.

Na Grécia, Ernest trabalhou inicialmente como clínico geral, atendendo refugiados das mais diversas origens. Também auxiliava nos serviços burocráticos de repatriamento.

Foi na Grécia que recebeu a carta que tanto temia desde o fim da guerra. Havia pedido a seu cunhado Hans que conseguisse informações de todos os prisioneiros de Auschwitz desde 1943. Sabia que Hans não pouparia esforços para descobrir o paradeiro de Eleanor e tinha plena consciência de que as notícias dificilmente seriam amenas. Já tinha conhecimento de que, pouco antes da invasão russa, as câmaras de gás haviam trabalhado mais do que o habitual. Mas também sabia que centenas de prisioneiros dos dois campos de concentração vizinhos, Auschwitz e Birkenau, haviam sido transferidos às pressas para outros campos, o que lhe dava uma pequena esperança de que sua irmã estivesse entre esses últimos e, quem sabe, pudesse ter sobrevivido.

Mas a carta de Hans quase extinguiu esse anseio por um pequeno milagre.

"Ernest, meu querido amigo.
Ainda não podemos perder por completo nossas esperanças.
Venho procurando por notícias concretas sobre os possíveis sobreviventes daquele lugar horrível, mas tudo o que descobrimos

foram os nomes dos campos de concentração para onde muitos foram levados enquanto os russos já batiam às portas da Polônia. Infelizmente, o nome de Eleanor não consta em nenhuma lista de sobreviventes.
Prometo continuar procurando por onde ainda houver alguma chance e te manterei informado sempre.
Um abraço, Hans."

Mais uma carta de Hans chegaria poucos meses depois. Esta, porém, só alcançaria Ernest com muito atraso, pois a sede do escritório local da UNRRA havia sido transferida para Athenas.

***

Em julho de 1947, Ernest enfim conseguiu ser repatriado para a Alemanha.

Sempre fora apaixonado por Berlim. E foi em Berlim, na zona ocupada pelos norte-americanos, que recebeu o cargo de diretor-geral de um hospital infantil.

Seus sentimentos eram ambíguos. Retornar àquele país que o humilhara e maltratara além de qualquer limite de tolerância, e que escondia sua irmã em algum recôndito sombrio, não era exatamente um retorno à pátria amada.

Por outro lado, continuava convicto de que não se pode julgar um povo pelo seu governante. E, enquanto não encontrasse o equilíbrio naquela balança de amor e ódio, simplesmente exerceria sua profissão e manteria a luta pelo seu objetivo principal: ir ao encontro de suas três mulheres.

Em dezembro de 1948, após várias tentativas frustradas, conseguiu seu tão ansiado visto por meio de instituições cristãs. Haviam se passado quase dez anos desde a separação.

Enfim, ele embarcava rumo ao Brasil.

1989

CAPÍTULO 13

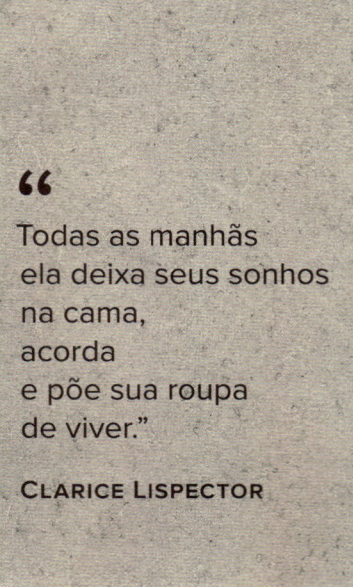

> "Todas as manhãs
> ela deixa seus sonhos
> na cama,
> acorda
> e põe sua roupa
> de viver."
>
> **CLARICE LISPECTOR**

Dia 4 de abril. Corina embarcou para Frankfurt. Despediu-se de sua mãe em Roland. Nada de lágrimas. Um simples adeus. Vida que segue.

O pai a levou até Londrina. Pela primeira vez, viu seu pai chorar ao abraçá-la uma última vez.

Doía ir embora por tempo indeterminado. Mas aquelas lágrimas eram o registro do amor paterno nunca verbalizado. Um consolo. Uma força propulsora.

A despedida de Luciano foi um adeus cheio de promessas. Sem saber quais delas seriam cumpridas. Não importava. Tais promessas serviram para amenizar o peso do adeus e deixar a sensação ilusória do "até breve".

As longas horas de voo imprimiram o vazio no lobo solitário. Agora a vida era por conta dela. Isso era um tanto quanto assustador.

Ficaria, inicialmente, na casa de tia Irma, irmã de Willy, com quem havia sido trocada longa correspondência. Os tios buscaram-na no aeroporto e a sensação de pertencimento àquela parte da família e àquele lugar amenizou a saudade e o medo do novo.

A prima Isis chegou para o tradicional café com bolo, dando-lhe todo o acolhimento pelo qual nem ousara esperar.

Corina permaneceu por três meses na casa de sua tia e de seu marido, o tio Reinold. Ambos a acolheram no mais amplo sentido da palavra, até que suas asas se fortalecessem e ela pudesse voar por conta própria. Era amor de mãe. Era quase como voltar para casa.

Conheceu o vilarejo onde seu pai nascera, onde havia sido filho e irmão querido. Um vilarejo de novecentos e poucos habitantes onde todos se conheciam a fundo e em detalhes. Quando Corina explorava o local, admirava as casas antigas com as fachadas e janelas dando direto para as ruelas de paralelepípedos sem calçada. Em cada janela, uma floreira que, em maio, já mostrava as flores em seu esplendor colorido, adiantando-se ao verão, que ainda tardaria um pouco a chegar. Em muitos quintais, ainda se veria galinhas ou porcos, ou até uma ou duas vaquinhas, cujo leite era vendido fresco para toda a vizinhança. E no porão, que não podia faltar em nenhuma das casas, batatas, maçãs e algumas garrafas de vinho estocadas.

Se Corina olhasse para trás, sempre veria um rosto curioso espreitando por alguma janela, com uma expressão de reconhecimento. Os olhares diziam:

"Aquela mocinha só pode ser a filha do nosso Willy lá no Brasil".

"É a cara dele. Nosso Willy não volta mais, fincou raízes lá do outro lado do mundo. Mas mandou uma cópia dele para cá, para que não esqueçamos dele."

"Ouvi dizer que virou dono de terras por lá. E só veio uma única vez pra visitar a família, não?"

Nada ali passava despercebido. E nada ali deixava de ser comentado de janela em janela.

Às vezes, acompanhava o tio Reinold na colheita de aspargos. "Huuuummm", e saborear aqueles aspargos frescos com manteiga e presunto cru! O tio era muito jeitoso na horta e no jardim. As culturas de berinjelas e tomates eram de dar inveja aos vizinhos. E as rosas e dálias também eram únicas.

No inverno, tudo adormecia. As mudas de flores nos vasos eram levadas para o porão. A horta era coberta com forração seca. E, na primavera, novas plantas de berinjela e tomate eram cultivadas.

Em junho, a colheita generosa de cerejas e framboesas. Uma explosão de sabores dos deuses. Comer essas frutas colhidas diretamente do pé era uma experiência inesquecível.

A guerra deixara suas marcas em qualquer cidade, em qualquer vilarejo. No mercado, já se comprava qualquer mantimento em qualquer época do ano. Mas o porão continuava imprescindível em toda moradia, com um pequeno estoque de produtos menos perecíveis, caso o inverno fosse mais longo que de costume, caso o dinheiro acabasse, caso viesse outro racionamento, caso viesse outra guerra…

Os costumes adquiridos em tempos difíceis entremeavam a rotina de modo já quase inconsciente. O banho era rápido, a água era um bem caro. A água do banho era reaproveitada para o enxágue da roupa lavada. E esta ainda ia para a rega da horta. No prato, não se deixava um grão de comida sequer, desperdício era um crime de guerra, absolutamente imperdoável. A lenha para o aquecimento era buscada na floresta e partida no quintal de casa. As cascas das castanhas serviam para acender a primeira fagulha do fogão a lenha.

Sim, hábitos desconhecidos para Corina, que vinha de uma terra de fartura de água e calor. Mas sabia o que eram épocas de vacas magras, e adaptou-se rapidamente aos hábitos de poupar para que nada faltasse.

Passeavam pelo vilarejo, pela cidade mais próxima, Worms, por vinhedos que cobriam extensas áreas daquela região, à beira do Rio Reno, por cidadelas medievais cheias de história e cultura, ou simplesmente até o cemitério onde descansavam a avó Katharina e o avô Frederico, que perdera a vida tão estupidamente após o fim da guerra. Tudo aproximava Corina da história de seu pai, que tão pouco falava sobre seu passado.

***

Sua prima Isis fez as vezes de tutora, conselheira e estimuladora em todos os quesitos.

Isis morava num vilarejo vizinho, a três quilômetros de seus pais. Era divorciada e tinha um filho, na época com cinco anos, Marcus.

Como Isis trabalhava na cidade mais próxima, Worms, a vinte e quatro quilômetros de casa, Marcus passava as manhãs na casa de seus avós, almoçava e depois ia para a pré-escola. Corina, durante aqueles três meses que esteve ali, assumia normalmente a função de levá-lo até o portão da escola.

Criou-se uma rotina de simplicidade quase bucólica.

Quando, após três meses, conseguiu uma vaga para um estágio em oftalmologia no Hospital Estadual Norte, em Hannover, sentiu-se como se estivesse abandonando seu lar pela segunda vez. Mas, sempre que possível, descia de trem até o vilarejo de sua tia para se sentir "em casa" por alguns dias.

Tia Irma tinha um carinho todo especial por seu irmão Willy, vivendo há mais de trinta anos naquele distante Brasil que ela nunca conhecera. Ter Corina com ela era como ter um pedacinho de Willy por perto.

Havia sido Isis quem auxiliou Corina a enviar seu currículo e a redigir as cartas de apresentação, solicitando um estágio em diversos serviços pelo país afora.

Por fim, surgiu uma ajuda inesperada.

Quando pequena, a mãe de Corina tivera sua inesquecível amizade com Udo em sua cidade natal. Quando Bertha deixou a Alemanha apressadamente em 1939, embarcando para o Brasil, deixou para trás seu amigo irremediavelmente desiludido e entristecido.

A família de Udo consistia nos seus pais e um irmão quase dez anos mais jovem, Johann.

O próprio Udo, ao completar dezoito anos, foi convocado a se alistar, embora a guerra já caminhasse para o fim naquela época. Após esse curto período servindo como soldado, pouco antes do fim da guerra, Udo resolveu tentar a vida em outras paragens, distanciando-se de sua família. Seu destino tornou-se notícia rara para seus familiares para o resto da vida. Bertha também não tivera mais contato com Udo desde a adolescência, quando Hitler proibiu amizades e relacionamentos entre alemães e judeus, e ela passou a frequentar a escola só para judeus.

Assim, naquela pequena cidade no leste alemão, onde Bertha e Udo haviam nascido e cultivado sua amizade cheia de planos e sonhos, daquele núcleo familiar restara a mãe de Udo, Lisbeth, com seu filho mais novo, Johann. E foi Johann quem veio em auxílio de Corina, depois que o mundo havia dado tantas curvas e voltas.

Em setembro de 1944, quando os russos se aproximavam do leste do país através da Polônia, trazendo consigo rumores de cidades incendiadas, estupros e destruição, houve uma fuga em massa em direção ao oeste alemão. Eram, em sua grande maioria, mulheres carregando seus filhos pequenos e suas filhas adolescentes, em desesperada procura por algum parente do outro lado do país que pudesse lhes dar guarida, longe daquele perigo estrangeiro.

Foi nessa onda migratória em fuga que Lisbeth e Johann se misturaram, em busca de proteção. Dias e semanas difíceis, em que se sentiam mais vitoriosos à medida que se afastavam de tudo o que haviam deixado para trás.

Os pais de Johann haviam cultivado uma longa amizade com Ernest e Annelise, até que o regime antissemita de Hitler os obrigou a manter essa amizade na clandestinidade, assim como acontecera com Bertha e Udo.

Após o término da guerra, a avó de Corina, Annelise, já vivendo no Brasil há seis anos, passou a se corresponder periodicamente com sua amiga Lisbeth, nessa época já em Stuttgart. Johann tinha doze anos. De Udo não se tinha muitas notícias.

Já na Alemanha, antes do início da guerra, Bertha se afeiçoara muito à mãe de seu amigo. Sempre a chamara de Tia Lie. Já com Johann não convivera muito, pois este tinha apenas cinco anos quando ela emigrou. Mas, na falta de Udo como seu confidente, passara a manter certo contato com Johann através de cartas. Acabaram por manter esta amizade por décadas. Enquanto Annelise se correspondia com Tia Lie, Bertha fazia o mesmo com Johann. Duas gerações mantendo contato além-mar.

Quando Corina nasceu, vinte anos depois, Bertha resolveu convidar Johann para apadrinhá-la.

"Querido Johann,
Sei que você está longe e não vai conseguir vir para conhecer minha filha mais nova, mas pela longa amizade e carinho que cultivamos, gostaria de convidá-lo para ser o padrinho dela. Lhe demos o nome de Corina. Caso você aceite, ficaremos muito felizes. E espero que um dia se conheçam e se gostem..."

"Querida Bertha,
é uma honra enorme para mim apadrinhar sua filha. Agradeço pela confiança e é com muita alegria que aceito esse convite."

O convite fora aceito, e o batizado ocorreu sem a presença física do padrinho, mas Johann logo passou a cumprir a missão com mérito. Escrevia cartões-postais infantis, enviava livros coloridos com figuras que prendiam a atenção de sua afilhada e deu-lhe sua primeira pulseira de ouro, com seu nome gravado no centro. Quando Corina completou quinze anos, Johann lhe mandou sua primeira máquina fotográfica. Dali viera sua paixão por fotografia. Johann era fotógrafo de profissão e adorava o fato de Corina ver na fotografia um hobby tão apaixonante.

Corina só o conheceu aos dezoito anos. Mas, assim que aprendeu a escrever as primeiras frases em alemão, já iniciou uma correspondência carinhosa com seu padrinho. Trocavam cartas afetuosas e se queriam bem, mesmo a dez mil quilômetros de distância. Quando se conheceram, esse afeto só se aprofundou.

***

Foi por meio desse relacionamento à distância e por correspondência que surgiu a ajuda profissional que Corina tanto precisava.

Enquanto procurava arduamente um serviço de oftalmologia que a admitisse, Johann lembrou-se de uma prima que vivia próximo a Hannover e que, talvez, tivesse acesso ao centro de referência em oftalmologia do Hospital Estadual Norte. Eis que essa prima, Gisela, obteve permissão de encaminhar o currículo de Corina à secretaria da ala de oftalmologia, que providenciou o agendamento de uma visita.

Mais uma vez, com a ajuda de Isis e o carinho e preocupação de tia Irma, Corina preparou-se para a entrevista.

A ansiedade foi tomando conta. O receio do novo, enquanto tanta coisa ia ficando para trás: seus pais, Luciano, os amigos, sua terra natal... e logo também tia Irma e Isis, a quem se afeiçoara tanto.

Ia ficando para trás também a própria Corina criança, a Corina lobo solitário, a Corina "não me toque".

Era um salto no vazio. Mas precisava se reinventar, longe de tudo o que lhe era familiar. E assim faria.

A quatro horas de distância de trem de seu novo "lar", a Corina criança transformar-se-ia na Corina mulher, dona de suas próprias conquistas e forjada por suas próprias dores.

***

Corina desceu do trem em Celle, a cidade de Gisela, próxima a Hannover.

A prima de seu padrinho Johann, mesmo sem nunca ter visto aquela brasileira desconhecida, ofereceu-lhe abrigo durante sua primeira visita ao hospital.

Quando tocou a campainha da casa de Gisela, seu coração batia acelerado. Alguns segundos depois, a porta se abriu, e um rosto repleto de sardas, com um sorriso lindamente acolhedor, acabou derrubando todas as reservas de Corina. Gisela tinha em torno de cinquenta e cinco anos, uma energia contagiante e um coração divinamente altruísta.

— Vamos dispensar as apresentações, não é? Já sabemos quem somos — disse Gisela, convidando Corina a entrar.

— Queria muito agradecer por tudo o que a senhora fez por mim — tentou iniciar Corina.

Mas logo foi interrompida por sua anfitriã.

— Ops, vamos também dispensar as formalidades. Primeiro, não me agrada nadinha ser chamada de senhora. Segundo, nada de discursos de agradecimento. Só dei um telefonema, e isso foi tudo. Tivemos a sorte de encontrar alguém acessível do outro lado do telefone. Isso, sim, precisa ser comemorado.

— Ok. Mas Johann também pediu para lhe agradecer pessoalmente. Apesar de ter sido só um telefonema, é por causa dele que estou aqui.

— Não tenho tido muito contato com meu primo há anos. E não tenho muita informação sobre você. Portanto, caberá a nós duas nos conhecermos a partir daqui, concorda?

Formalidades dispensadas, Gisela a levou até o quarto, mostrou-lhe onde dormiria e, em seguida, convidou-a para um chá.

Mas, antes do chá, chamou-a para conhecer sua mãe, que morava num anexo da casa, um quarto e sala aconchegante e com cara de vó. Sua mãe era uma senhorinha de oitenta e dois anos, com um brilho afetuoso nos olhos que conquistou Corina no primeiro minuto. Por coincidência, seu nome também era Irma. Com seu sorriso fácil, logo ordenou que Corina a chamasse de tia Irma.

Apresentações feitas, tomaram chá na sala de jantar de Gisela, de frente para seu lindo e caprichado jardim, que nessa época do ano já floria em abundância!

A entrevista em Hannover estava marcada para o dia seguinte. Aquele primeiro dia em Celle ainda poderia ser usufruído sem pressa.

Gisela tentou aplacar sua ansiedade para o próximo dia, fazendo--lhe um convite:

— Venha, vamos dar uma passeada por aí para você conhecer um pouco as redondezas e respirar ar puro. Isso é uma coisa que aqui ainda temos de graça! Gosta de caminhar?

— Adoro — respondeu Corina.

A casa ficava nos arredores da cidade, a poucos metros do meio rural.

A caminhada foi deliciosa. Andaram por estradinhas bucólicas, bosques e à beira de pastos e um rio de águas cristalinas.

Ao anoitecer, voltaram para casa, prepararam um jantar frugal na companhia de tia Irma e depois tomaram uma tacinha de vinho ao lado da lareira.

Tia Irma tinha sua privacidade no anexo ao lado, mas compartilhava todas as refeições com Gisela.

Conhecer-se e gostar-se foi o ato mais espontâneo que já lhes acontecera. Gisela, tia Irma e todo o seu entorno já a haviam cativado para sempre. De novo, a maravilhosa mistura de força e afeto que afortunavam qualquer relação.

***

Na manhã seguinte, Gisela preparou o café da manhã e, ao perceber que a ansiedade de Corina voltara parcialmente, ofereceu-se para acompanhá-la até o local da entrevista. O que ela aceitou de bom grado.

Foram de carro até a estação de trem.

A viagem de trem de Celle a Hannover durou cerca de trinta minutos.

Os trens funcionavam muito bem, com uma pontualidade impressionante, e tornaram-se uma paixão de Corina. Viajar de trem era prazeroso e relaxante.

A estação ferroviária de Hannover era um prédio bonito e imponente. Saíram e pegaram um metrô de superfície até a área norte da cidade, onde ficava o hospital.

A partir dali, cabia a Corina ditar seus passos que delineariam boa parte de seu futuro.

Apresentou-se pontualmente à secretária na antessala do chefe do serviço de oftalmologia. Esperou alguns minutos até que a secretária a levasse à presença do chefe.

— Bom dia, Sra. Wendrad. Prazer em conhecê-la. Sente-se. Esperava uma brasileira tradicional, morena e falante... Onde a senhora deixou suas origens? — perguntou o Prof. Dr. Heinemann, de bom humor.

Corina já sabia que os alemães mantinham uma boa dose de impessoalidade e formalidade no tratamento a pessoas não muito próximas. Mas o título de senhora, pelo qual já esperava ser tratada, novamente lhe mostrou a rigidez com que os relacionamentos profissionais eram mantidos.

O Dr. Heinemann era um senhor de seus sessenta anos, de baixa estatura, alinhado, elegante e de modos impecáveis. Apesar da recepção calorosa, notava-se uma seriedade severa que fez Corina lembrar-se de seu pai imediatamente.

— Bom dia, senhor Heinemann. Muito prazer em conhecê-lo também. E já gostaria de agradecer muito pela oportunidade que o senhor me deu de me apresentar aqui hoje. Respondendo à sua pergunta, sim, sou brasileira de nascimento e alma. Mas meus pais e minha criação foram, deveras, alemãs — disse, tentando dosar formalidade e desprendimento na mesma medida.

— Que aí flui um sangue europeu não deixa dúvidas. E seus pais continuam vivendo no Brasil?

— Sim. Eles não têm intenção de voltar a viver na Alemanha, ou, pelo menos, nunca a demonstraram. Minhas duas irmãs vivem lá também e já deram alguns netos aos avós. Então não creio que os deixem para trás para retornar ao seu país natal.

— Então, me conte. O que a trouxe à Alemanha, a Hannover e ao nosso setor do hospital?

— Na verdade, costurei dois sonhos num só. O de fazer oftalmologia num centro renomado como esse, e o de conhecer melhor o país de origem de meus pais — respondeu ela, com uma certa ousadia.

— E por quanto tempo a senhora pretende permanecer neste país?

"Qual seria o motivo daquela pergunta específica?", perguntou-se Corina.

— Se me forem dadas as oportunidades, ficarei pelo menos até completar a especialização como oftalmologista. Depois disso, meus planos ainda não estão definidos.

Corina via seu currículo sobre a mesa e ficava imaginando se havia sido lido integralmente pelo Dr. Heinemann. E o que ele esperava de uma possível futura estagiária.

Como se tivesse lido seus pensamentos, ele perguntou em seguida:

— Estive lendo seu histórico e percebi que a senhora veio para cá praticamente recém-formada. Como são os cursos de especialização em seu país?

— A meu ver, são muito curtos. A residência em oftalmologia ocorre em apenas dois anos, mas as faculdades de medicina têm a mesma duração daqui, de seis anos completos. E bem puxados.

— Sim, só começam muito cedo. Vejo que a senhora tem apenas vinte e quatro anos e já terminou a faculdade. Isso não ocorre aqui. Muitos ainda estão entrando na faculdade com essa idade.

— Concordo que é bem cedo. Temos que decidir muito jovens o que queremos ser quando adultos.

— Jovem, mas decidida! É uma boa combinação. O que tenho a oferecer à senhora é um estágio não remunerado de seis meses, durante os quais a senhora poderá acompanhar os atendimentos de toda a ala de oftalmologia desse hospital, ficando sob a tutela do nosso subchefe, Dr. Weber.

Corina mal acreditava no que acabara de ouvir! Sonhara com aquela conclusão da ansiada entrevista, mas não ousara se vangloriar do sucesso antes de ter o verdadeiro "sim" verbalizado.

— Aceito e agradeço enormemente pela oportunidade que o senhor está me dando, senhor Heinemann. Quando devo me apresentar para o início do estágio?

— Se lhe convém, proponho o dia 1º de julho.

— Estarei aqui, com certeza.

Em seguida, o Dr. Heinemann ainda lhe sugeriu alguns livros didáticos para ir se familiarizando mais com a área e com os termos científicos na língua alemã.

Despediram-se e Corina teve que se conter para não sair saltitando de alegria da sala de seu futuro chefe.

Quando encontrou Gisela num café próximo ao hospital, não precisou nem descrever o teor de toda a conversa, pois sua expressão de júbilo já evidenciava o sucesso da entrevista.

Gisela conhecia um pouco do Hospital Estadual Norte, pois já tinha trazido parentes e conhecidos para se tratarem ali. Sugeriu a Corina que dessem uma volta por toda a área antes de retornarem à estação ferroviária.

O hospital ocupava uma vasta extensão de duas quadras. O prédio acima da entrada principal era a sede dos escritórios dos chefes de cada especialidade. Esse e os demais prédios eram construções antigas e bem conservadas, de tijolinhos à vista. Cada especialidade ocupava um desses edifícios de três andares. Mais ao fundo, ficava o grande refeitório e a lavanderia.

Corina impressionou-se com a grandiosidade do lugar.

Em breve, familiarizar-se-ia com aquilo tudo.

***

Quando retornaram a Celle, a alegria de Corina rapidamente também contagiou tia Irma, e as três comemoraram juntas o futuro promissor que se desenhava naquelas entrelinhas de alegria e ansiedade.

Gisela era viúva desde os trinta e seis anos, e tinha dois filhos homens. O mais novo, da mesma idade de Corina, havia saído de casa há pouco tempo, um ano após o mais velho também ter se mudado. Portanto, Gisela vivia a síndrome do ninho vazio, restando-lhe a mãe para cuidar e ocupar.

Quando convidou Corina a se mudar para sua casa assim que iniciasse o estágio, até que encontrasse uma moradia mais próxima ao hospital, Corina se emocionou com a atitude gentil e de extremo desprendimento com que acolhia uma desconhecida em seu lar. E aceitou, cheia de gratidão.

Havia encontrado seu segundo porto seguro nas terras tão longínquas de casa.

***

Chegando de volta ao vilarejo de sua família paterna, aqueceu também seu coração com a demonstração de alegria e orgulho com que Isis, tia Irma e tio Reinold receberam as boas notícias.

A sensação de pertencimento era bem-vinda demais.

Sentou-se em seu quarto e escreveu longas cartas para seus pais e para Luciano. Só ficariam a par do primeiro passo conquistado após mais ou menos oito dias, tempo que o correio levava para transportar as notícias.

Daquele dia até o início de julho, ainda lhe sobraram quase trinta dias em que pôde desacelerar, descansar, usufruir da vida pacata daquele vilarejo alemão, passear, conhecer a região cheia de vinhedos à beira do Rio Reno e se deliciar com os mimos de tia Irma.

Então chegou a hora de juntar seus pertences e mudar-se para Celle. Um novo ciclo se iniciaria.

***

Corina e Luciano mantinham contato por cartas, escritas à mão e enviadas pelo correio. E eram muitas. Algumas, com certeza, cruzavam-se no meio do caminho.

Os telefonemas eram raros e caros.

Sobrava ao papel e à caneta a responsabilidade de expressar a saudade e o desejo recíproco de se encontrar.

O choro, a angústia e também as boas notícias eram transmitidos pelo papel manchado de lágrimas, por reticências longas no final de alguma frase, por pétalas de rosas secas entre uma folha e outra ou por páginas quase em branco, onde se lia apenas um "eu te amo".

As amigas também enviavam e recebiam cartas, repletas de novidades e saudades. Uma vez, enviaram até duas fitas cassetes — daquelas de colocar no toca-fitas e apertar o botão "play"... depois retroceder para poder ouvi-la inúmeras vezes. Continha músicas de MPB e Bossa Nova, além de fofocas e risadas gravadas, para lhe mostrar que deixara um pequeno espaço vazio nos encontros e festas. E aquilo a emocionava demais.

As cartas de sua irmã Sabine também eram muito aguardadas. Carinhosas e quase maternais, preservavam-lhe a sensação de pertencer à família, de manter o elo familiar que sempre fora tão frágil.

***

Residência familiar em Woynowo, próximo à Züllichau, Alemanha, hoje Sulechov, Polônia. Pertenceu ao bisavô de Ernest por aproximadamente quarenta anos, até sua morte, em 1913. Hoje é um Hospital de reabilitação e tratamento infantil do Estado Polonês.

Ernest e Annelise, noivos, em 1921.

Samuel Löwenfeld (1854-1891), tio-avô de Ernest, historiador e diplomata. Escreveu várias obras entre 1877 e 1888, inclusive lutou contra o antissemitismo.

Raphael Löwenfeld (1854-1910), tio-avô de Ernest, irmão gêmeo de Samuel. Raphael foi das artes, também lutou arduamente contra o antissemitismo, traduziu obras de Tolstói e fundou o primeiro teatro filantrópico em Berlim (Teatro Schiller).

Albert e Rosalie, pais de Ernest, por volta de 1889.

Albert e Rosalie atrás, com Ernest na frente (à esquerda) e Eleanor
(à direita), por volta de 1900.

Martin e Anna, pais de Annelise, por volta de 1888.

Anna, mãe de Annelise, em um retrato pintado pelo próprio pai, por volta de 1878.

Família de Annelise (da esquerda para a direita): Hans, Herbert, Rupert, Helene, a mãe Anna, Annelise, Konstant e Albin, em 1902.

Palacete de tia Martha em Klutschau, Alemanha, hoje Chociule, Polônia, próximo à Swiebodzin. Depois de confiscado pelo governo polonês, tornou-se um orfanato público. Em 2012 foi leiloado em benefício de uma senhora russa que o transfomou em um hotel de luxo.

Pai de Annelise, Martin e sua irmã Martha (à direita), a tia-avó que auxiliou na educação dos sete sobrinhos, em 1882.

Bertha (à esquerda) e Anne, em 1934.

Annelise com Bertha em seu colo e Anne (à direita), em 1924.

Ernest e Annelise com Bertha (à direita), e Anne (à esquerda), em 1927.

Bertha (à direita) e Anne com tia Helene (irmã de Annelise), em 1929.

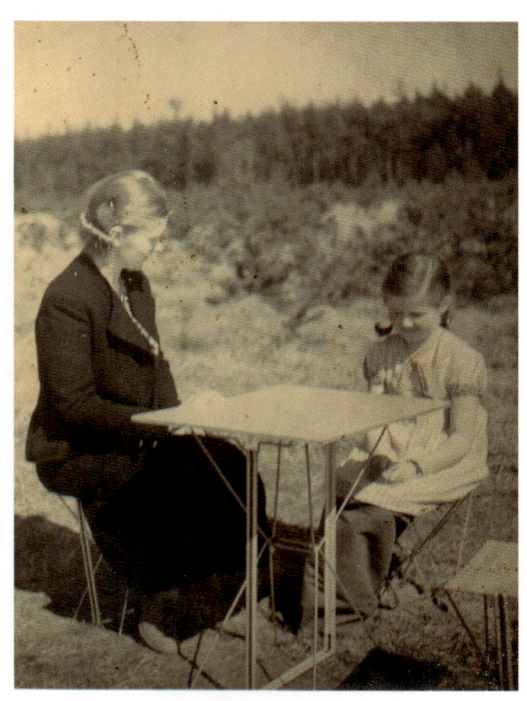

Bertha levando um pito de Annelise, em 1928.

Bertha (à esquerda) com Anne e sua mãe à mesa em sua residência em Schneidemühl, antes da guerra, por volta de 1930.

Bertha em 1937, antes de emigrar ao Brasil.

Anne, adolescente em Schneidemühl, em 1935.

Pais de Willy, Frederico e Katharina, em 1923.

Willy com sua irmã Else, em 1930.

Irma, irmã caçula de Willy, em 1939.

Willy, recém-alistado ao exército, em 1938.

Willy como jovem soldado de Hitler, em 1939.

Willy, em 1946.

Willy em sua viagem ao Brasil aos 25 anos, em 1950.

Annelise após os interrogatórios da Gestapo, em 1938.

A casa de madeira sem água encanada no sítio Flamboyant, em 1957.

Bertha recém-casada, em 1943.

Beatriz, Carolina e Viktoria com Bertha, em 1952.

Bertha já separada de Herbert, por volta de 1956.

Ernest, após ser liberado do campo de prisioneiros para entrar no exército australiano, em 1943.

Ernest como médico das Forças Armadas australianas, em 1944.

Ernest, como voluntário da UNRRA, na Grécia, em 1946.

> **NOTIZEN AUS AUSTRALIEN**
>
> **Australisch-jüdische UNRRA-Hilfs-Gruppe nach Griechenland.**
> Jüdische Mediziner und Sozialarbeiter, organisiert vom United Jewish Overseas Relief Fund in Melbourne, ist auf dem Wege nach Griechenland, um dort unter der Oberleitung von UNRRA zu arbeiten. Die Gruppe wird von Dr. Wasser, früher Schneidemühl, geführt und besteht aus 8 Mitarbeitern, medizinischem Hilfspersonal, Registratoren und Wohlfahrtshelfern sowie Transport- und Material-Hilfsarbeitern.
> Auch Sydney hat eine jüdische Hilfsgruppe gebildet, um unter UNRRA zu arbeiten. Ursprünglich sollte sie nach Shanghai gesandt werden, aber UNRRA beabsichtigt, auch diese Gruppe nach Europa zu schicken.
>
> Manila-Refugees kommen in

Recorte de jornal australiano, em 1946, anunciando a formação de um braço da UNRRA a caminho da Grécia, tendo como chefe do Grupo, Ernest (Dr. Wasser).

Ernest de volta à Alemanha em 1947.

Primeiro aniversário de Corina, em 1966.

Corina em 1968.

Corina passeando com a galinha Frida, em 1968.

A cadela Susi e a Coruja tomando água em perfeita harmonia, em 1970.

Corina aos 10 anos, em 1975.

Luana e Lilia, em 2000.

Enquanto se enraizava no modo, nos costumes, na cultura e nos hábitos da vida pregressa de seus pais, um cordão invisível a mantinha ligada, por todos os sentidos, à sua terra natal. Era um cheiro que aguçava a saudade. Era um gosto que a remetia a um almoço de casa. Era a imagem de um casal se beijando que despertava o desejo de voltar no primeiro voo. Era tatear o travesseiro úmido de choro que ressuscitava as dúvidas do alto preço que pagava por resistir e persistir.

Seu mundo emoldurou-se com novas cores.

As cores do verão, com suas infinitas flores e suas cerejas e framboesas, cujo sabor Corina realmente achava divino.

As cores do outono, em sua explosão de contrastes — tons quentes que se intercalavam entre o amarelo, o laranja, o vermelho e o marrom, encantando eternamente. E aquele céu azul-anil que seu subchefe Dr. Weber descrevia tão bem: "Olha, já estamos com céu de outono, a estação das sombras longas".

As cores do inverno, mais cinzas, mais brancas, mais tristes. Menos luz, menos sol, menos entardeceres. Até menos alegria.

Mas seguiam-se as cores da primavera: o renascer do verde, da vida... a vida voltava a despertar, a florescer. E os ânimos também floresciam. Época de sentar-se às mesas nas calçadas, caminhar nos parques e nos bosques, colher os primeiros cogumelos.

Assim, as estações alternavam-se e seguiam, dando um ritmo mais matemático à sua vida.

***

Corina iniciou o estágio como quem começa um emprego muito desejado. Comprou os livros didáticos que seu chefe havia indicado e estudou a oftalmologia em alemão como quem se prepara para uma prova ou um concurso. Não queria chegar totalmente despreparada, afinal, no último ano de faculdade, não passara um tempo longo nessa área específica da medicina.

E o trem a levou a Celle novamente.

Um dia antes de se apresentar no setor de oftalmologia, como ficara combinado, Gisela fez com ela todo o trajeto da porta de sua casa até a porta do hospital.

Não era assim tão simples.

O dia começava às cinco e meia da manhã. Percorria inicialmente sete quilômetros até a estação ferroviária de Celle, acompanhada de sua nova e fiel escudeira: a bicicleta. Em todas as estações ferroviárias da Alemanha havia um estacionamento para bicicletas, pois já era um meio de transporte muito utilizado à época. Havia também um vagão próprio para transportá-las na maioria dos trens, mas isso tornaria cada viagem mais cara, inviabilizando as idas e vindas diárias de Corina ao estágio.

O trem que a levava até Hannover fazia o percurso em trinta ou quarenta minutos, conforme o número de paradas no caminho. Da estação ferroviária de Hannover, pegava o metrô de superfície que, após dez a quinze minutos, a deixava em frente ao Hospital Estadual Norte. Ao final da tarde, repetia todo o trajeto de volta.

Todas as segundas-feiras, às sete e meia da manhã, o Dr. Heinemann exigia a presença de todos os residentes, subchefes e estagiários na reunião semanal, em que eram discutidos casos especiais dos plantões do fim de semana anterior e planejadas as atividades para a semana que se iniciava. Era uma reunião formal, na qual se fazia sentir toda a autoridade de *Herr* Heinemann.

Corina chegou ao hospital naquele início de julho, apresentou-se na secretaria e foi encaminhada à sala de reuniões. O chefe ainda não havia chegado. Mesmo assim, percebia-se logo uma certa tensão entre os residentes, um receio de haver cobranças ou sermões de seu superior, o que não era raro, dado o alto nível de exigência deste.

— Você é a brasileira que começa a estagiar hoje aqui? — perguntou um dos residentes, em um português carregado de sotaque.

A pergunta pegou Corina de surpresa. Mas veio com um tom simpático e gentil, o que logo a fez relaxar um pouco.

— Sim, sou a brasileira que, pelo jeito, não está convencendo ninguém de suas origens — respondeu Corina timidamente.

— É, você não corresponde ao que a gente entende por uma brasileira típica. Minha mulher é brasileira e viajamos ao Brasil com frequência. E, como ela é do sul, estou acostumado a ver muita brasileira loira. Você é de onde?

— Sou de Londrina, também fica no sul.

O papo teve que ser interrompido com a entrada do chefe na sala.

Mais tarde, Corina ficou sabendo que o residente que a abordara era Jorge, um dos mais antigos da casa, já terminando o quarto e último ano de residência. Era fácil perceber que era muito querido por todos ali.

Ao iniciar a reunião, o chefe a apresentou oficialmente para toda a equipe e determinou que ela iniciaria suas atividades com o residente Bernard na enfermaria 1, no primeiro andar.

A ala de oftalmologia localizava-se em um prédio de dois andares, em frente à ala de Medicina Interna e próximo à ala administrativa do hospital. A ala de neurocirurgia também era um centro de referência no país, e ficava mais distante da entrada principal.

Após a reunião semanal, o chefe a guiou por todo o setor. Os dois andares superiores eram compostos por duas enfermarias com dezoito leitos cada e uma sala de exames complementares. No térreo ficavam o ambulatório e o centro cirúrgico. O movimento era contínuo nos três andares. Quando os residentes responsáveis pelas enfermarias terminavam de passar visita e fazer as internações e prescrições nos andares de cima, desciam para auxiliar nos atendimentos ambulatoriais e de urgência. Não faltava trabalho nem aprendizado.

***

Passada a insegurança inicial, Corina ambientou-se, fez amizade com os demais residentes e com as enfermeiras da enfermaria 1. Em pouco tempo, já havia se tornado o braço direito de seu tutor, Bernard.

O relacionamento com o chefe e os subchefes era bastante formal, o que a intimidava um pouco. Prova disso era que, quando o auxiliar rotineiro do chefe nas cirurgias faltava, Corina era chamada para ocupar esse posto. E, nesses momentos, não conseguia conter um tremor indisfarçável, que *Herr* Heinemann encarava com certo divertimento. Mas a figura paterna severa e exigente representada pelo chefe mantinha-a em um estado de alerta cheio de adrenalina.

***

Jorge havia convidado Corina para um happy hour em sua casa, onde conheceu sua esposa, Monique, que era proveniente de Porto Alegre, no Rio Grande do Sul, mas já vivia em Hannover há vários anos. Viera fazer doutorado em veterinária, conhecera Jorge e por ali ficara.

Nessa noite, Corina conheceu mais dois brasileiros, Pablo e Gilberto, que, na época, também faziam doutorado em veterinária. Ali começaria uma amizade que perduraria eternamente, tanto com Jorge e Monique quanto com Pablo e sua esposa, Fabiana, a qual Corina só conheceria anos depois, no Brasil.

***

Um acontecimento histórico marcou muito seu primeiro ano na Alemanha.

Nove de novembro de 1989.

Numa noite de quinta-feira acontecia o impensável.

A queda do muro de Berlim.

Corina escutara tantas histórias reais sobre destinos separados em função da cisão da Alemanha em duas (Oriental e Ocidental) no período pós-guerra que aquele muro significava bem mais do que um amontoado de pedras.

Assim como Johann e sua mãe, Lisbeth, haviam fugido dos russos no leste alemão pouco antes do final da guerra, também Gisela viera às pressas ao Ocidente com sua mãe e duas irmãs, deixando casa, bens, amigos e toda sua história para trás. Gisela tinha então sete anos. Atravessara paisagens nevadas, em meio ao rigoroso inverno de 1945, a pé, em carroças apinhadas de outras centenas de fugitivos, e de trenó, até o porto mais próximo, com uma trouxa nas costas. Com fome, frio e medo. Aguardaram o embarque em algum navio que as transportasse para o oeste. As notícias que corriam no porto não eram boas. Logo ficaram sabendo que dois navios, que haviam partido dias antes, haviam sido afundados pelas forças aliadas em plena travessia do Mar Báltico, deixando poucos sobreviventes. Carregavam fugitivos, em sua maioria viúvas e crianças, além de soldados feridos no porão da embarcação, que haviam recebido a promessa de abrigo na Dinamarca.

Gisela, já a bordo do navio, olhara com assombro a imagem desoladora de malas boiando nas águas geladas, as quais nunca mais encontrariam seus donos. Assim iniciou-se a roleta-russa: ficar e virar alvo dos russos ou partir e virar alvo dos aliados. Como o mar Báltico era campo minado, os navios passaram a navegar próximos à costa, o que os protegeu da maioria dos ataques. Isso permitiu que Gisela e sua pequena família chegassem ao porto de Hamburgo em segurança.

Mas a fuga, com todos os seus percalços, comprovou-se muito válida, principalmente quando os acordos pós-guerra foram selados e toda a parte oriental do país foi entregue aos russos.

Emergia uma Alemanha dividida: a Ocidental que, com a ajuda dos Estados Unidos se reconstruiria rápida e democraticamente, e a Oriental, que, sob influência da União Soviética, se tornaria autoritária e totalmente desprovida de liberdade.

Gisela agradecia pelo fato de ter conseguido fugir a tempo e se penalizava pelos amigos e parentes que não tiveram a mesma sorte.

Em agosto de 1961, a Alemanha Oriental e a União Soviética construíram o Muro de Berlim com o intuito de coibir definitivamente a entrada e a saída de pessoas de suas fronteiras. Esse muro permanecera ali por vinte e oito anos, como uma afronta, como símbolo da Guerra Fria e como uma constante ameaça.

Antes da queda do muro, Corina por vezes enchia Gisela de perguntas sobre as duas Alemanhas divididas, sobre seu passado naquele longínquo leste alemão e sobre as diferenças reais entre uma e outra.

— Gisela, você e sua mãe nunca foram visitar a cidade em que vocês nasceram?

— Nunca. Para entrar na Alemanha Oriental, precisamos de autorizações especiais. E, caso as conseguíssemos, correríamos o risco de entrar e nunca mais obter permissão para voltar.

— Mas sua mãe gostaria de, um dia, ver onde nasceu, onde viveu, onde se casou? — insistia Corina.

— Acho que a guerra, a morte de meu pai e a fuga para cá com três crianças a tiracolo a traumatizaram a ponto de não querer voltar. Ela simplesmente não fala sobre isso.

Gisela vinha se preocupando com a crescente insatisfação da população da Alemanha Oriental diante da crise econômica e da perseguição enérgica aos opositores do regime pela Stasi (polícia política). Os protestos ganhavam força, reivindicando reformas e abertura política.

Mas a derrubada do muro acabou por se precipitar após um anúncio equivocado do porta-voz do governo, dizendo que as fronteiras com a Alemanha Ocidental estariam abertas de maneira imediata.

Gisela não despregou os olhos da televisão naquela noite. Corina a acompanhou em cada passo do noticiário. As imagens emocionaram até quem não tinha seu passado ligado àquela história.

Milhares de cidadãos se aglomeravam dos dois lados do muro e em frente às guaritas de bloqueio. Os gritos eufóricos e repetitivos de "Abram os portões!" eram ensurdecedores.

Os guardas orientais estavam confusos e, na falta de orientação de seus superiores, cederam e abriram os portões. Além disso, pessoas vindas de todas as direções carregavam pás, marretas e picaretas para derrubar o muro à força.

Do lado ocidental, centenas de pessoas gritavam ao vento que deixassem o leste sair.

Então, as primeiras pessoas cruzando os portões. Outras comunicavam-se com familiares por meio de brechas recém-cavoucadas. Os primeiros reencontros emocionados entre amigos que não se viam há quarenta anos.

Abraços entre alemães orientais e ocidentais que nunca tinham se visto antes, mas que usufruíam da emoção do momento e compartilhavam a alegria e a imensa sensação de alívio e liberdade.

Era um fato tão extraordinário e tão inesperado que ainda causava perplexidade em toda a população de ambos os lados do muro, de ambas as Alemanhas que, um dia, talvez, voltariam a ser uma só. Ninguém ainda mensurava a imensidão daquele acontecimento e suas consequências a curto e longo prazo. Naquele momento, tudo era comemoração e emoção.

Corina só não estava mais empolgada com toda a transmissão porque carregava um arrependimento: não ter ido presenciar aquele momento ao vivo e a cores. Arrependia-se amargamente. Como não fora um acontecimento programado, com data e hora marcadas, infelizmente não houve tempo para planejamentos, passagens etc.

***

Lembrava-se de sua primeira viagem à Alemanha com seus pais, aos dezoito anos. Naquela ocasião, empreenderam uma viagem um tanto quanto perturbadora. Iam de trem do vilarejo de sua tia Irma e seu tio Reinold até Berlim, onde vivia a tia materna, Anne. A avó Annelise já não vivia mais naquela época. Berlim Ocidental localizava-se dentro do território oriental. Haviam comprado passagens noturnas, em uma cabine com quatro beliches estreitos. Porém, ninguém conseguiu dormir naquela noite. Os controles de passaportes eram frequentes a partir do momento em que cruzaram a fronteira com o lado leste. Mas o mais assustador era observar, ao olhar para fora do trem, a cerca de arame farpado contínua dos dois lados da linha férrea, os inúmeros guardas armados com seus fuzis engatilhados e pastores-alemães na coleira, além das centenas de guaritas iluminadas a poucos metros uma da outra, rastreando a área à procura de fugitivos. Era como estar em um presídio em movimento.

Ficava muito evidente o empenho do governo oriental em proibir qualquer tentativa de evasão de seu território. E os que, mesmo assim, se arriscavam e eram descobertos, geralmente pagavam aquela afronta com a própria vida.

***

De repente, durante a noite de 9 a 10 de novembro de 1989, exatos cinquenta e um anos após a terrível Noite dos Cristais, aquela barreira intransponível foi posta abaixo, após vinte e oito anos de existência. E pelo próprio povo. Pelos cidadãos cansados de tanto controle e revoltados com as precárias condições de vida, comparadas às de seus compatriotas ocidentais.

Naquela noite, as duas Alemanhas se uniram na emoção, embora a unificação real e legal só ocorresse em outubro do ano seguinte. Naquele momento, nada daquilo importava. O muro caíra e pronto.

Gisela e Corina assistiam a tudo aquilo, quase que extasiadas.

Tia Irma, a mãe de Gisela, rememorava em silêncio seu passado naquelas terras ao leste, sua viagem até Celle com a bagagem repleta de coragem e resiliência e uma gratidão imensa por ter proporcionado uma vida de liberdades e oportunidades para suas três filhas no ocidente. Agora, seu coração oriental poderia, enfim, se unir à sua alma ocidental.

∗∗∗

Mas, a vida real continuava em Hannover.

Ao fim dos seis meses de estágio, Corina tirou a sorte grande. Seu empenho, competência e comprometimento haviam agradado ao chefe e, em janeiro de 1990, uma residente sairia de licença-maternidade por um ano. O universo conspirava a seu favor. O Dr. Heinemann ofereceu-lhe essa vaga temporária.

— *Frau* Wendrad, espero que esteja satisfeita com o período de estágio, que já está chegando ao fim. Caso tenha interesse, posso lhe oferecer mais um ano de permanência, mas, dessa vez, como residente oficial de nosso serviço. O que me diz a respeito?

— *Herr* Heinemann, acho que não precisarei pensar muito sobre essa oferta. Fico imensamente feliz e honrada em contar com sua confiança para preencher esta vaga.

Era a garantia de um ano de residência. Porém, caso convencesse o chefe de que era merecedora, essa vaga poderia ser estendida pelos quatro anos completos, pois, no início de 1991, outro residente completaria seu período de especialização, deixando uma vaga livre novamente. E foi o que ocorreu. As vagas foram surgindo na exata sequência para serem preenchidas por Corina. Assim, ela lentamente realizava seu sonho.

Como o futuro já se delineava um pouco mais promissor, alugou um apartamento em Hannover, próximo ao hospital, reduzindo em mais de uma hora seu caminho de idas e vindas ao trabalho todos os dias.

Os cinco meses que viveu em Celle com Gisela ficaram gravados no coração como um período de acolhimento. E, sempre que possível, passava os fins de semana em Celle, pois as longas caminhadas com Gisela, o carinho de tia Irma, os chás tomados no terraço e os vinhos bebericados ao calor da lareira lhe acalentavam a alma.

E, claro, quando podia encerrar o expediente na hora do almoço nas sextas-feiras, pegava o trem até a casa de sua tia Irma e de sua prima Isis, onde era acolhida como filha e irmã. Isso a revigorava ao mesmo tempo que amortecia a saudade de casa.

***

A residência inteira passou sem grandes sobressaltos. As inseguranças iam se desvanecendo enquanto as responsabilidades aumentavam.

Corina auxiliava em muitas cirurgias, dava muitos plantões e não se intimidava com o trabalho que, muitas vezes, seus colegas achavam excessivo. Recebia elogios quando resolvia pequenos incidentes de maneira prática, como uma bronquite asmática ou uma crise hipertensiva na enfermaria, sem logo encaminhar o paciente para o setor de medicina interna, como faziam os outros residentes. Foi então que percebeu o quão eficiente tinha sido seu curso de medicina no Brasil. E como o conhecimento de seus colegas alemães era mais teórico.

Sua grande ambição, após completar dois anos de especialização, era obter a permissão do chefe para operar por conta própria e não só como auxiliar. Se fosse permanecer na Alemanha, a oftalmologia clínica seria suficiente. Mas, caso retornasse ao Brasil, precisava adquirir experiência cirúrgica, além de toda a bagagem clínica.

Já tinha compreendido que, na Alemanha, a grande maioria dos oftalmologistas exerce sua profissão em seus consultórios e encaminhava os casos cirúrgicos para as grandes clínicas. Por isso, obter o direito de se incorporar aos centros cirúrgicos exigia um poder de persuasão enorme junto ao chefe.

Então, ao final de um jantar em comemoração ao aniversário de um dos subchefes, Corina aguardou um momento propício, quando *Herr* Heinemann já se encontrava relaxado e bem-humorado, e aproximou-se:

— *Herr* Heinemann, eu precisava trocar uma palavrinha com o senhor. Prometo ser breve. Mas queria muito que o senhor pensasse a respeito com carinho.

— Nossa, parece sério. Acho melhor nos sentarmos ali, para que o vinho e suas palavrinhas não me deixem sem chão — brincou o chefe.

Corina então tomou coragem.

— Preciso decidir meu futuro. Gostaria muito de permanecer na Alemanha após a residência. Mas não pretendo seguir somente a área clínica. Quero muito operar e quero lhe pedir permissão para tal.

O chefe, então, citou sua frase predileta:

— Não basta ser um bom cirurgião, há de se ser um cirurgião de sorte. Muito bem, *Frau* Wendrad, a senhora passará a acompanhar o subchefe *Herr* Scherer todas as terças e quintas-feiras no centro cirúrgico. Desejo-lhe aptidão e sorte.

Corina mal podia acreditar naquelas palavras; soavam como música aos seus ouvidos. Preparara-se durante semanas para uma árdua conversa de convencimento! E, após três taças de vinho e cinco minutos de conversa, tentando fazer com que seus batimentos cardíacos não ressoassem pelo salão de festas, obtivera a tão sonhada autorização.

— *Herr* Heinemann, nem sei como lhe agradecer por todas as oportunidades que o senhor vem me dando. Espero estar sempre à altura da confiança que o senhor depositou em mim.

— Tomemos mais um vinho e brindemos ao futuro.

Ainda não sabia se ficaria definitivamente na Alemanha, mas o horizonte se ampliara. Essa decisão poderia ser tomada a médio prazo. Não naquele dia.

***

Havia, sim, uma decisão que vinha se modelando desde a última viagem de Corina ao Brasil, em 1992.

Nessa época, sua mãe havia sofrido uma queda, resultando em um traumatismo craniano.

— Filha, talvez seja bom você nos fazer uma visita antes do esperado. Sua mãe está internada na UTI depois de bater a cabeça ao cair da escada.

— Pai, me diga a gravidade da situação, por favor.

— Não sei te dizer. Os médicos não falam muito. Ela continua desacordada. Já faz três dias.

A notícia, que chegou por seu pai ao telefone enquanto passava visita na enfermaria, a fez comprar a primeira passagem que encontrou.

Chegando ao Brasil, pouco mais de quarenta e oito horas depois, Bertha já recobrara a consciência, e Corina conseguiu relaxar. Soube que a mãe havia se desequilibrado ao subir em uma escada para pendurar um novo vaso de flor na parede da varanda. Repreendê-la não levaria a nada, pois, assim que se recuperasse da queda, voltaria a proceder da mesma forma, já que cautela era um termo que não constava em seu dicionário.

Mas Corina estava feliz por estar em casa.

Feliz por ter se deslocado até ali, apesar dos poucos dias de folga concedidos e do longo caminho percorrido.

E, quando o estado de saúde de sua mãe se estabilizou por completo e chegava a hora de retornar a Hannover, pois só tinha obtido seis dias de licença, Corina teve a primeira conversa sobre um futuro a curto prazo com Luciano.

— E se você fosse morar lá comigo por um tempo? — perguntou de repente.

— Isso significa que você não volta tão cedo, não é? — disse Luciano, sem imprimir cobranças no tom de voz.

— Tenho, no mínimo, um ano e meio para terminar a residência. Depois a gente vê...

Luciano já havia montado uma farmácia própria, após trabalhar por dois anos em um laboratório de análises clínicas.

Estava satisfeito, já comprara seu primeiro carro e tudo ia bem... exceto esse relacionamento à distância, que o atormentava muito.

Afinal, aquele amor era para casar.

— E como faremos para obter um visto de permanência para mim? — Já era uma dúvida de quem começava a avaliar os prós e contras e amadurecia os planos.

— Você entra como turista. Depois a gente vai se arranjando. Quem sabe a gente casa lá, no civil? — Pronto, mais uma pergunta inesperada. Estava dito.

Agora, cabia a ele decidir qual o tamanho do passo que estava disposto a dar.

Corina lhe daria o tempo que fosse necessário para decidir. Não aceleraria nada, não cobraria decisões precipitadas. Sabia o que queria. E, no fundo, ele também sabia. Mas voltaria para a Alemanha com a fagulha de um compromisso mais sério roendo os neurônios de Luciano.

***

Passaram-se quatro meses.

Corina voltou para o Brasil de férias, desta vez sem pressa, sem urgência. A mãe estava bem de saúde.

Luciano dera seu grande passo. Arrendou a farmácia, vendeu seu carro e voltaram juntos para a Alemanha.

O visto de turista valia por três meses.

Venceu. Conseguiram renová-lo por mais três meses.

Luciano trabalhava numa loja de conveniência e fazia aulas de alemão três vezes por semana. A língua o aterrorizava e o preconceito alemão aos imigrantes também.

Mas a vida a dois os agradava.

Então, o visto de turista prorrogado expirou também. Era ficar ou voltar.

Mas era amor pra casar.

E se casaram.

Na carta aos pais, Corina escreveu que decidiram oficializar a união no cartório, mas que se casariam como manda o figurino assim que retornassem ao Brasil.

Na carta aos pais, Luciano escreveu que ficaria até Corina terminar sua especialização… mas não mencionou o casamento.

Casaram-se, tendo como testemunha uma gratíssima surpresa: sua irmã Viktoria, que nessa época vivia em Berlim, viera para abraçar sua irmã caçula e abençoar aquela união.

Uma lua de mel rápida, durante um final de semana prolongado em Paris. Com um sonho realizado: ver a Sacre-Coeur branca e magnífica em contraste com um céu azul reluzente.

Nas últimas férias de Corina, dois meses após o casamento, complementaram a lua de mel na Grécia. Fizeram um tour guiado pela parte territorial e histórica do pequeno país europeu. Não se incomodaram de viajar com uma porção de alemães idosos e ranzinzas, pois todos os trataram como os caçulas estrangeiros carentes de atenção por todo o roteiro. As paisagens eram inacreditavelmente lindas, o clima estava ameno e ensolarado, e a história relatada em cada parada impregnava a memória para sempre.

Ao final, foram passar cinco dias nas ilhas de Mykonos e Delos. Quase perderam o voo de volta, pois um vento forte e inesperado que durou dois dias fez com que os barcos e balsas não empreendessem o retorno para terra firme. Quando, enfim, conseguiram embarcar no primeiro navio que se dispôs a fazer o trajeto de quatro horas pelo Mar Egeu de volta a Atenas, todos os passageiros ficaram nauseados e amedrontados com o balanço absurdo da embarcação sobre as ondas. Mas aquelas longas quatro horas chegaram ao fim e não marcaram negativamente as inúmeras boas impressões que haviam colecionado naqueles quinze dias. Viagem linda e inesquecível, marcando a fé numa união duradoura e feliz.

***

Os seis meses de estágio e os quatro anos de residência chegavam ao fim.

À medida que esse fim se aproximava, também aumentava a certeza de que aquele período de quase cinco anos na terra de seus antepassados fora essencial para toda a sua vida.

Mas seu coração era brasileiro, e essa era a convicção a que finalmente chegara.

Voltariam ao Brasil logo após a temida prova para obter o título de especialista em oftalmologia.

***

Corina já se preparava há vários meses para essa prova, estudando arduamente durante seu tempo fora do hospital.

Se algum dia resolvesse voltar para a Alemanha, teria seu título garantido.

Então, chegou o dia da prova.

Os colegas aguardando ansiosamente do lado de fora da sala.

O temido Prof. Dr. Vogel, de Göttingen, estava entre os entrevistadores da banca naquele dia.

Resultado da prova: aprovada.

Houve comemoração do título alcançado.

Houve festa de despedida.

Houve uma gratidão imensa por tudo o que lhe foi permitido alcançar, independentemente do que lhe custara.

Um eterno carinho, admiração… e temor pelo seu chefe, o qual visitaria esporadicamente em seu consultório em Hannover, onde este ainda atendia seus velhos e fiéis pacientes até os oitenta e sete anos.

Uma amizade linda e inesquecível com a enfermeira Manuela, que o tempo e a distância amortizaram, mas que a alma preservou, trazendo à tona lembranças carinhosas sempre que voltava à Alemanha a passeio.

Outra amizade linda e cheia de risadas com a residente mais nova, Sibele, conquistada no dia a dia do hospital, nos bares e nos congressos. Também se apagou em estradas divergentes da vida, mas a memória a recuperava em flashes afetuosos.

A inatingível amizade com Gisela, que nenhuma distância borraria. Gisela, de coração imenso, generoso, admirável. Gisela, tão autêntica, tão avessa às convenções. E com ela trocaria cartas de verdade, com selos de verdade, contendo as últimas novidades, artigos de jornal, fotos, estrelas para a árvore de Natal, poesias... e enviadas pelo correio de verdade, mesmo trinta anos depois da primeira despedida.

E um ursinho de pelúcia do tamanho da palma de sua mão, vestido com óculos de aros espessos, que ganhara de outra enfermeira querida, e que ocupou um lugar especial em seu consultório por todos os tempos.

O coração se dilatara para conseguir carregar todos aqueles novos afetos de volta para casa.

Havia também sua tia Irma, que lhe dera outro lar e um aconchego que nem conhecia de casa. Assim como sua prima Isis, que a acolhera e a guiara com um amor fraternal sem igual.

Tudo se resumia a uma gratidão sem tamanho e sem medida.

Voltava enriquecida. Em todas as esferas. Em todos os cantos do coração, da mente e da profissão.

Levava e deixava saudade. E voltava com a alegria de quem carrega os louros da missão cumprida. Voltava uma Corina madura e enriquecida, com o livro de contabilidade de sua vida no positivo, no verde, no crédito.

Iniciaria uma nova etapa, de volta ao Brasil.

Haviam surgido momentos de dúvida. O sonho de seu pai seria realizado caso permanecesse na Alemanha. No fundo, buscou essa conexão com o país que o pai ainda idolatrava. Mas tinha que admitir, sua alma era brasileira, embora Willy talvez jamais compreendesse esse forte elo de sua filha com o lugar que ele nunca conseguiu chamar de pátria.

Novas lutas, novas expectativas.

A bagagem trazida do além-mar lhe calçaria o caminho com uma confiança que nunca lhe havia sido familiar. A vida se expandira.

Era uma nova Corina.

1942

CAPÍTULO 14

> "Apesar de tudo, eu ainda acredito na bondade humana."

Anne Frank

A guerra já se alastrara pelo mundo e entrava em seu terceiro ano, gerando dor, perda e aflição a todas as raças e a todos os credos.

Durante esses primeiros anos, a Gestapo tentava esconder dos civis a existência dos campos de extermínio.

Porém, o desaparecimento de um número tão expressivo de judeus só poderia permanecer invisível para quem não quisesse enxergar. E muitos não queriam.

Era o silêncio dos bons em perfeita harmonia com a crueldade dos maus. Simples assim.

O dia a dia corria sem sobressaltos para todos que ignoravam os inúmeros trens que levavam aquelas milhares de almas para o abatedouro, onde desapareciam para o mundo.

***

Eleanor, até aqui na Austrália ouvimos diariamente sobre os campos de concentração que Hitler continua construindo, na tentativa de eliminar todos os judeus da Europa. Por que você insiste em permanecer aí, em Berlim, correndo o risco de estar no próximo trem? Você já salvou a tantos. Não é hora de salvar a si mesma?"

Esse era parte do conteúdo da carta que Ernest enviara à sua irmã no início de 1942.

"Ernest, meu querido irmão. Sinto saudades suas. Mas fico aliviada em saber que agora você está em segurança, longe dessa selva que você insiste em chamar de sua pátria. Sei que você não está feliz de estar tão distante e tão apartado de sua família. Mas tudo isso passará. Tempos melhores virão.
Aqui, de fato, as coisas estão ficando mais preocupantes. Mas não me sinto em perigo. Nunca recebi ameaças ou visitas desagradáveis. E, às vezes, com muita sorte, ainda conseguimos tirar uma família, ou parte dela, para longe dessa loucura.
Não se preocupe comigo. Cuide-se aí. Nos vemos quando tudo isso acabar..."

Assim respondia Eleanor a seu irmão, sem nunca demonstrar se temia por si mesma ou não.

A realidade, porém, era bem outra.

Eleanor sofria ameaças frequentes.

Vizinhos a denunciavam.

A SS já havia batido à sua porta três vezes.

— Ouvimos dizer que a senhorita alberga uma família de judeus aqui há quatro semanas?

— Senhor, são denúncias mentirosas. Podem revistar cada canto dessa casa, se quiserem. Não hospedo nenhum judeu aqui; dou minha palavra de honra a vocês.

Revistavam tudo e nunca encontravam nada. Havia alemães na vizinhança que sabiam o quanto Eleanor lutava para ajudar quem quer que fosse. E, geralmente, conseguiam informações precoces sobre a vinda da Gestapo para o bairro, avisando-a com antecedência suficiente para esconder os hóspedes a tempo de não deixar rastros em sua casa.

Emitir vistos para deixar o país não era mais possível há algum tempo. Porém, os vizinhos menos colaborativos não sabiam que ela, em toda a sua discrição, era judia. Assim, na tentativa de salvar algumas pessoas de seu próprio credo das garras da Gestapo, escondia-as em sua casa até que encontrassem um paradouro um pouco mais seguro.

Temia, sim, por sua segurança. Por sua vida.

Sabia dos campos de concentração. Das câmaras de gás.

No fundo, sabia que seu dia também chegaria.

Se lhe perguntavam por que não fugira com a família de seu irmão, ou por que não providenciara um visto para si mesma, sempre respondia, resignada, que seu momento para isso ainda não havia chegado.

Na verdade, esse momento nunca chegou.

Pois a Gestapo chegou antes.

***

Na manhã chuvosa e escura do dia 29 de janeiro de 1943 não houve batidas na porta.

Eleanor estava sentada na mesa do café da manhã.

Naqueles dias, hospedava um casal de sessenta e poucos anos que havia escapado por pouco da deportação para o campo de concentração de Dachau.

A porta da frente foi arrombada e cinco homens da SS entraram com seus fuzis e cassetetes, solicitando os passaportes dos presentes.

O "J" carimbado na primeira página era o suficiente. A prova do crime de ser judeu.

Eleanor, Susanne e Peter foram levados para a casa marrom.

Susanne fora a costureira da família de Ernest e Eleanor. Antes deles, já costurara para os avós deles. Conhecera ambos quando ainda eram crianças.

Após três dias no setor de interrogatórios, foram levados para uma estação de trens de carga. Na plataforma, centenas de pessoas sendo vigiadas, empurradas e separadas conforme critérios ainda misteriosos para a maioria deles.

Os gritos de desespero confundiam-se com choros, palavrões e ordens grosseiras emitidas pelos guardas.

Um rapaz de cerca de dezesseis anos tentou sair correndo. Pulou sobre os trilhos para alcançar a plataforma do outro lado da estação.

— Filho, nãããããooooooo!

O grito alucinado da mãe não chegou aos ouvidos do filho. Uma bala o atingiu no meio das costas, fazendo-o cair inerte entre os trilhos.

O mundo parou por alguns instantes.

Ninguém se movia. Ninguém mais chorava.

Um lamento unânime ecoou por toda a estação.

**

Os homens receberam ordens para embarcar nos dois vagões da frente. Velhos e crianças nos vagões centrais. Mulheres hígidas nos dois últimos vagões.

Todos compartilhavam o desconhecimento de seu destino.

Peter tentava fazer-se invisível, na vã esperança de conseguir ficar ao lado de Susanne. Mas logo um guarda o acertou com seu cassetete, empurrando-o para a parte anterior da plataforma.

Susanne tentou agarrar-se a ele, mas a ponta de um fuzil encostada em sua orelha a fez permitir que Eleanor a segurasse e ninasse em seu abraço, na tentativa de absorver parte de sua dor.

— Susanne, vamos ficar juntas, não vou desgrudar de você. O melhor a fazer é obedecer, fazer tudo o que nos pedem. Resistir vai nos matar.

Susanne se debatia e não se acalmava, chamando a atenção dos guardas que passavam a toda hora.

— Você já viu quão pouco nossa vida vale para esses guardas — tentou Eleanor novamente —, se facilitarmos, vamos ter o mesmo fim do pobre garoto estirado nos trilhos ali embaixo. Temos que sobreviver a isso para encontrar o Peter assim que possível.

Então, enfim, Susanne caiu num silêncio desesperado.

Todos foram empurrados para dentro dos vagões de gado. Onde caberiam vinte vacas, agora precisavam caber oitenta mulheres em pavor dilacerante. Num canto de cada vagão, uma latrina que, em breve, impregnaria seu cheiro em cada suspiro de desespero.

Eleanor sentou-se apoiada em uma das paredes, mantendo Susanne apoiada em seu ombro.

A viagem durou treze horas, com paradas intermináveis, nas quais mais vagões eram acoplados aos primeiros, multiplicando dores e medos a cada quilômetro.

Então, chegaram ao seu destino.

Ao descerem do trem, Eleanor avistou o grande portão de ferro e seu olhar subiu até o letreiro no topo.

Arbeit macht Frei.

O trabalho liberta.

Auschwitz. Polônia.

***

Foram encaminhadas a um dos blocos de prédios mais próximos da entrada, onde foram instruídas a formar uma fila e, em seguida, receberam um papel com um número anotado.

Trinta e sete minutos depois, o número escrito no papel estava tatuado no braço de cada prisioneira.

Eleanor — 5237. Susanne — 5238.

Em seguida, todas recebiam um tratamento de beleza no bloco ao lado. As cabeças eram sumariamente raspadas. Despiam-se e entregavam todos os seus pertences, para nunca mais reavê-los. Tomavam uma ducha comunitária e vestiam-se com um pijama listrado que servia de uniforme único.

Foram alojadas no Bloco 28, após passarem por uma seleção realizada por médicos daquele campo. Os mais fracos e debilitados já haviam sido separados e encaminhados para um outro bloco e nunca mais foram vistos por ninguém.

Mulheres mais jovens e bonitas também recebiam outro destino, antes mesmo de terem os cabelos raspados.

E o inferno começava ali.

Os alojamentos não tinham isolamento térmico. Os uniformes e os sapatos de madeira também não forneciam nenhuma proteção contra o gélido fim de inverno de 1943.

A alimentação era precária, com uma sopa rala e um pedaço de pão ao dia.

A higiene era ainda mais precária. Não havia água potável. Só esporadicamente tinham permissão para um banho frio de poucos minutos, sem sabonete.

Uma vala nos fundos do alojamento servia de banheiro.

Diarreia, fome, tifo, desnutrição, frio… Tudo levava a uma desconexão com a humanidade.

Um lento aniquilamento da alma.

**

Eleanor preocupava-se em conhecer o novo ambiente, na tentativa de avaliar suas chances de sobrevivência naquele inferno. Com certeza, eram pequenas. Para ela. Para todos os seus companheiros e companheiras de campo.

Resistir era apenas uma questão de tempo matemático: alguns dias a mais de vida para os mais fortes.

Uma dúvida que crescia em progressão geométrica: valia a pena ser forte? Valia a pena sobreviver alguns dias mais, apenas para observar o sofrimento imposto à sua raça?

Mas sua maior preocupação era com Susanne, que parecia simplesmente entregar-se ao sofrimento e ao luto, alheia a tudo que a cercava.

— Susanne, você não pode se entregar assim. Precisa reagir. O que diria Peter se te visse assim?

— Não existe mais Peter. Ninguém sobrevive a isso aqui — retrucou Susanne, amargamente.

Não havia como negar a verdade inerente àquela amargura. Poucos dias no inferno bastavam para, a olhos vistos, comprovar que a sobrevivência seria extremamente improvável.

O trabalho diário das mulheres do Bloco 28 era separar os pertences das vítimas.

As vítimas morriam de inanição, de doenças, de maus-tratos, de desistência da vida e de experimentos médicos malsucedidos. Era ali em Auschwitz que o médico Josef Mengele selecionava a maior parte de seus "pacientes".

Mas, já no primeiro dia, Eleanor compreendeu de onde vinha o maior número de cadáveres. Das câmaras de gás.

Mortes coletivas.

Mortes silenciosas.

Mortes incógnitas.

Covardes e absurdas.

Separavam roupas, sapatos, acessórios, alianças, dentes de ouro...

Muitas vezes, os prisioneiros tentavam manter algum item de estimação junto ao corpo, na vã esperança de não precisar se desfazer do objeto, caso saíssem com vida dali. Ou para o caso de precisar usá-lo como moeda de troca.

Eleanor não conseguia deixar de pensar em todos aqueles objetos separados para serem incinerados ou reaproveitados.

A quem haviam pertencido? Quem ganhara aquele par de sapatos de presente em seu último aniversário comemorado em liberdade? Quem havia gastado todas as suas economias para implantar aqueles dois dentes de ouro? Qual avó tricotara aquela touca de lã cor-de-rosa para sua netinha com todo aquele capricho? Qual noivo apaixonado mandara gravar "amor eterno" na grossa aliança, antes de entregá-la à sua amada?

Todas aquelas vidas desconhecidas encontrando sua última paragem nos imensos crematórios de onde Eleanor via sair aquela fétida fumaça cinza que cobria as redondezas de uma fuligem grudenta.

***

Diariamente chegavam trens com centenas de judeus da Alemanha, da Bélgica, da Grécia, da Hungria...

Também chegavam inimigos políticos, homossexuais, ciganos... Estes eram considerados a imundície da Europa.

As recém-chegadas no Bloco 28 geralmente não eram bem recebidas pelas prisioneiras mais antigas, gerando brigas por espaço, por comida ou por influência junto à Kapo.

Cada bloco tinha um Kapo, que era o guarda responsável por manter a ordem nos alojamentos, acordar os retardatários com o cassetete, separar brigas, controlar o retorno de todos após o dia exaustivo de trabalho e identificar prisioneiros doentes, que imediatamente eram levados às câmaras de gás ou fuzilados à vista de todos.

A Kapo do Bloco 28 era Gertrud: arrogante e severa, controlava tudo e todos com mão de ferro.

Mas Eleanor logo aprendeu a agradá-la com alguns objetos que conseguia esconder no armazém de separação. Trazia-lhe um anel, um par de brincos, um xale de seda... e, em troca, recebia um pedaço a mais de pão ou, às vezes, até um pedaço de chocolate. Eleanor destinava esses luxos extras à Susanne ou à Ingrid.

Ingrid era uma moça de vinte e dois anos, vinda da Eslovênia, que guardava um rancor sem medidas contra todos os nazistas depois que estes mataram toda sua família na sua frente antes de levá-la para o inferno.

Quatro dias após a chegada de Eleanor ao campo, Ingrid lançou-se contra a cerca eletrificada, tentando tirar a própria vida.

Sobrevivera. Eleanor a recolheu antes que a Kapo a visse, escondeu-a e alimentou-a até que pudesse voltar ao trabalho no armazém.

— Toma, trouxe esse pedaço de chocolate para você. Come logo antes que as outras cheguem — dizia Eleanor.

— Não quero te ver correndo riscos por minha causa. Se a Kapo te pegar com chocolate, você não escapa da maldade dela!

— Tenho alguns poderes sobre Gertrud, não se preocupe. Sei como lidar com ela sem nos colocar em risco — respondia Eleanor.

Ingrid afeiçoou-se muito a Eleanor. Era um misto de admiração e sensação de proteção que sentia ao lado dela.

Porém, a luta para manter a sanidade mental no inferno era ingrata.

Quatro meses depois, Ingrid novamente se agarrou à cerca elétrica. A Kapo Gertrud ainda a encontrou com vida e lhe deu um tiro entre os olhos à queima-roupa.

A partir daquele momento, Eleanor também foi perdendo a fé na vida e no ser humano. Conviver com tamanha brutalidade exigia uma anestesia do sentir.

Tentava pensar em Ernest, na Austrália, e em sua querida cunhada Annelise no Brasil. Tentava relembrar os rostos de suas sobrinhas, Anne e Bertha, mas a imagem se borrava e desaparecia.

A vida foi se gastando. Não queria mais escutar o medo e a dor, nem a própria e nem a alheia.

***

Havia uma prisioneira no Bloco 28 que preservara seus longos cabelos louros. Às vezes, ela desaparecia por horas e retornava com uma expressão de extremo cansaço e desalento. Seu nome era Hannah.

Raramente era vista conversando com as outras mulheres. Em geral, era agredida ou sofria ameaças por parte delas.

— Lá vem a virgem donzela que se acha muito boa para trabalhar com a gente aqui — diziam elas.

Ou então:

— Voltou cedo hoje, princesa. O príncipe recusou seus serviços de dama de companhia?

Hannah ignorava todos os comentários maliciosos das companheiras e retraía-se em seu beliche.

Eleanor logo descobriu o motivo dessas desavenças. Hannah era jovem e muito bonita. Assim que chegou ao inferno e foi tatuada com seu número, foi separada da fila para o "tratamento de beleza" por um oficial da SS, o senhor Schuhmann, do Sonderkommando (comandante sênior de Auschwitz), que a escolheu para ser sua amante.

Como não precisou raspar os cabelos, era mais bem alimentada e não precisava se dedicar aos trabalhos árduos do campo, as outras mulheres a olhavam com um misto de ciúme, inveja e raiva.

Mas Eleanor compreendia o quanto lhe custavam o pedaço extra de pão e a farta cabeleira.

Um dia a pegou chorando em seu beliche e aproximou-se.

— Se falar te ajuda, posso ficar e só te ouvir — disse-lhe Eleanor.

— Nada ajuda — disse Hannah, num tom desprovido de emoção.

— Posso me sentar aqui do seu lado um pouco? — insistiu Eleanor.

— Falar sobre minhas horas com o demônio me deixa enjoada…

— E quem é esse demônio? Aqui existem tantos… — estimulou-a novamente.

— Ficar quieta me mantém mais protegida de quem acha que gostaria de estar em meu lugar.

— Ele ao menos te trata bem?

— Isso varia muito. Ele pode ir de um cavalheiro educado e sedutor a um sádico cruel em questão de minutos.

— Te machuca?

— Quase sempre. Se eu não demonstro empolgação com todas as formas de sexo que vai criando, tenho que estar preparada para queimaduras, beliscões e cortes em regiões que nem vou comentar aqui. E, se não consigo disfarçar o medo, levo chibatadas até me ajoelhar e jurar que morro de prazer em estar com ele.

— Meu Deus, isso não é um ser humano normal.

— Aqui não existe ninguém normal. Nem nossas companheiras aqui são normais. Elas me invejam e eu daria o mundo para dar meu lugar a qualquer uma delas. Se eu pudesse, rasparia meu cabelo. Quem sabe ele me desprezasse e mandasse para as câmaras de gás.

— Você vale muito mais que isso. Sei que é fácil falar sem estar passando por tudo o que você me contou. Mas deixa ele usar seu corpo sem permitir que esvazie sua alma. Vamos torcer para que, em breve, ele encontre outras formas de prazer.

— Não vou aguentar essa merda por muito tempo. Quanto mais eu tento ficar quieta e sem graça, mais ele me chama. E se diverte mais quanto menos eu colaboro com as brincadeirinhas dele. É insuportável demais tudo isso.

— Gertrud sabe desse relacionamento?

— Claro que sabe. Ele manda me chamar através dela. E ela vai me agredindo com grosserias enquanto me leva até ele.

— E se você dissesse que está suspeitando de alguma doença sexualmente transmissível?

— Já fiz isso. Aí ele me mandou ser examinada por aquele médico sádico daqui que negou qualquer doença. Levei uma surra inesquecível naquele dia.

— É, parece que a situação está bem desfavorável para o seu lado. Não estou vendo nenhuma alternativa enquanto ele persistir nessa fixação doentia por você.

— Aqui não existem alternativas. Ou você obedece, ou você morre. E eu nem sei mais se não prefiro a segunda alternativa.

— Estarei todas as noites aqui para te ouvir, se te fizer bem. Desabafar e dividir essas horas ruins já pode aliviar um pouco. Apesar de não poder ajudar, conte com meu ombro para poder chorar acompanhada.

E, como se tivessem selado um acordo mútuo, conversavam todas as noites antes de dormir, confidenciando suas tristezas e desenganos e espreitando a alma uma da outra.

Algumas semanas se passaram e Hannah parecia mais conformada com seu destino. Ou, talvez, tenha aprendido a disfarçar mais seu conformismo do que seu medo.

E então, o copo transbordara.

Após uma relação sexual extremamente abusiva, Hannah descobriu uma lâmina de barbear no banheiro do senhor Schuhmann. Enquanto ele dormia, tentou desferir-lhe um corte profundo no pescoço. Porém, num sono leve dos que permanecem sempre alertas para imprevistos, o oficial despertou antes que Hannah pudesse lhe causar um ferimento mais severo. Quando se deu conta do que estava prestes a acontecer, agarrou-a pelo cabelo, jogando-a contra a parede. Hannah bateu a cabeça na quina da mesa de canto e deslizou até o chão, semi-inconsciente. Vagamente sentiu o sangue lhe empapando os cabelos e tinha noção de que estava sendo espancada sem dó nem piedade, sem a mínima chance de defesa. Só rezou para que acabasse logo e que não despertasse nunca mais. Ali, Hannah calou seu instinto de sobrevivência por completo.

Por fim, o Senhor Schuhmann arrastou o corpo nu e desfalecido para fora de seus aposentos e abandonou-o em frente ao alojamento dos Kapos.

Ainda estava bastante frio naquela noite de maio, após uma chuva torrencial.

Eleanor e Susanne a encontraram, quase congelada e encolhida ao relento, e levaram-na até o Bloco 28, temendo que já fosse tarde demais para qualquer auxílio.

Quando começaram a aquecê-la com os poucos cobertores que encontraram, as outras mulheres do bloco irritaram-se com a preocupação de ambas.

— Por que vão sujar nossos cobertores com essa moribunda? Deixe que se aqueça na cama dos amantes dela — dizia uma.

— Larga essa prostituta para morrer lá fora. Enquanto ela dormia nos lençóis dos nossos carrascos, a gente passava frio e fome aqui — dizia outra, sem o mínimo sinal de compaixão.

Mas Susanne e Eleanor não deram ouvidos a elas.

Assim que Hannah começou a dar sinais de recobrar a consciência, iniciaram a limpeza dos ferimentos na face, na cabeça e em todo o corpo. Eram hematomas e lacerações horríveis perpetrados por uma bota raivosa e sem piedade.

Alimentaram e cuidaram de Hannah por cinco dias. Os ferimentos físicos foram cicatrizando enquanto a alma foi se vestindo com uma mortalha de indiferença por si mesma e pelo mundo.

No sexto dia, Eleanor mais uma vez subornou a Kapo Gertrud com um colar de pérolas do armazém de separação. Conseguiu que raspassem o cabelo de Hannah. Com o rosto marcado por cicatrizes e sem a loura cabeleira para adorná-lo, ela tornou-se apenas mais uma prisioneira entre as mulheres do Bloco 28.

Assim, quando recobrou parcialmente suas forças, passou a ir com as outras para o armazém pela manhã.

Congelava sempre que via um uniforme da SS passar por perto e precisava ser sacudida para voltar a caminhar ou trabalhar.

Jamais recuperou sua beleza. As cicatrizes da face e da alma eram definitivas. Mas preferia estar ali, separando os pertences dos cadáveres, do que passar mais um minuto sequer de sua vida nos aposentos do senhor Schuhmann.

O acontecido acabou por unir as mulheres do Bloco 28. Aquele corpo maltratado falava por si. Quando se inteiraram de todo o inferno pelo qual Hannah havia passado enquanto amante do oficial sênior, passaram a protegê-la e papariacá-la, e a ensiná-la como esconder os objetos mais valiosos para comprar algum favor no futuro tão incerto.

Até a Kapo Gertrud deixou de agredi-la ou humilhá-la sempre que via a menor oportunidade.

***

A rotina de vida e morte, de frio e fome seguia seu ritmo cruel e metódico.

Susanne descobriu, por meio de um dos prisioneiros masculinos, que seu marido Peter estava no campo de concentração de Birkenau, que ficava a quatro quilômetros de Auschwitz. Alguns prisioneiros que haviam conseguido comprar algum favor mais duradouro junto aos guardas recebiam um tratamento menos agressivo. Mesmo mais poupados que os demais, não escapavam da sina de serem levados a trabalhos desagradáveis no campo de Birkenau. Um destes trabalhos era ajudar na construção de mais e mais crematórios.

O prisioneiro William era um deles. Toda vez que chegavam novos trens com homens hígidos para o trabalho pesado, era levado a Birkenau para conduzi-los a seus novos afazeres.

William não só descobriu que Peter estava lá, como fora ele mesmo a orientá-lo nas obras em andamento, quando Peter chegara ao campo oito meses antes.

Sempre que William voltava de suas funções em Birkenau, Susanne corria ao seu encontro para ouvir as mais recentes informações sobre seu marido.

— Ele agradeceu o pedaço de chocolate que você enviou para ele. E perguntou se você não estava se arriscando muito, tentando conseguir esses itens de luxo para ele — contava William.

Com o passar do tempo, William foi se tornando cada vez mais evasivo em seus relatórios.

— Hoje não o vi. Trabalhei muito e nem tive tempo de sair do meu posto o dia todo.

Na semana seguinte:

— Ele está bem. Mandou-lhe um abraço.

E quinze dias depois:

— Só o vi de longe...

O que William não relatava é que Peter vinha se transformando num cadáver ambulante. Sem forças para caminhar sozinho, era açoitado quando caía, tropeçando no próprio pijama, que lhe escorregava pelo quadril esquelético.

Um dia, William voltou de Bikernau mais taciturno que de costume. Fez de tudo para se esquivar de Susanne.

Quando avistou Eleanor, contou-lhe sobre o que viu.

— Ele estava na carriola. Ele e mais cinco mortos. Foram levados ao crematório. Não consigo contar isso a ela.

— Não, não pode. Deixa que eu mesma conto — respondeu Eleanor, tomando para si essa árdua tarefa.

Eleanor sabia que não poderia esconder a dura verdade de Susanne por muito tempo, pois William não saberia mentir se ela o abordasse.

Mas, antes de fazê-lo, escondeu-se no bloco vizinho ao dela e chorou seu luto por Peter, por Susanne, por Ingrid, por Hannah e por si mesma. Tudo era apenas uma questão de tempo. Uns suportavam um pouco mais que os outros. Mas o destino no inferno era o mesmo para todos.

O inferno recolheria a todos.

No dia seguinte, Eleanor esperou um momento em que pudesse ficar a sós com Susanne.

Naquele dia, Susanne não tocara em sua sopa e estava mais quieta e triste do que nos meses anteriores.

Então, Eleanor chamou-a para um canto do armazém.

— Suse, preciso lhe contar sobre a última novidade de William.

— Não precisa contar nada. Vi vocês conversando ontem à tarde. Não ouvi toda a conversa. Mas, pela expressão no teu rosto, soube na hora por que ele fugiu de mim e procurou por você. É Peter, não é? Ele se foi. Eu sabia que ele não aguentaria!

E Susanne caiu num choro doído, destituída de qualquer esperança na vida, no futuro.

Não havia palavras de consolo.

Eleanor apenas a abraçou em silêncio, até que viu a Kapo olhando em sua direção com expressão ameaçadora.

— Suse, venha. Vamos nos sentar em nossos postos de trabalho; caso contrário, a Kapo não vai demorar a mostrar sua eterna contrariedade com a força daquele maldito cassetete.

A partir de então, Susanne trabalhou e comeu sua ração diariamente.

Sem derramar uma única lágrima.

Mecanicamente.

O luto a enrijeceu ainda mais.

Não havia uma migalha sequer de sentimento em seu olhar. Nem alegria, nem dor, nem compaixão.

Apenas uma máquina em funcionamento.

***

Em março de 1944, o tifo chegou ao Bloco 28.

Quando as primeiras mulheres adoeceram gravemente, a Kapo mandou que Maria Preta recolhesse as moribundas e as levasse até o crematório.

Então, Susanne apresentou os primeiros sinais da doença. E Eleanor temeu a Maria Preta.

Maria Preta era o carrinho da morte.

Se os Kapos identificavam que algum prisioneiro ou prisioneira doente já estava impossibilitado de trabalhar, enviavam a Maria Preta para levá-lo embora para sempre.

Eleanor arrastava Susanne, apoiada em seu ombro, até a fila que todos os prisioneiros eram obrigados a formar pela manhã, onde eram contados e liberados para o trabalho, o que, às vezes, podia levar mais de uma hora. Fazia isso na vã tentativa de disfarçar o deplorável estado de saúde de sua amiga e, assim, escapar das garras da Kapo por mais um dia.

Na sexta manhã após adoecer, Eleanor encontrou Susanne já sem vida em seu colchão.

E Maria Preta a levou.

Para sempre.

E levou junto o pouco de energia que Eleanor preservava, após catorze meses no inferno.

Dessa vez foi Hannah que a apoiou e embalou em seu abraço, até que não restaram lágrimas para aquela que havia lhe salvado a vida e um pouco de dignidade.

Eleanor seguiu sobrevivendo. Com duas palavras frias martelando em sua mente, dia após dia: para quê?

Viver para quê? Sobreviver para quê?

***

Dias, semanas e meses se passaram.

O verão se foi novamente.

Mais trens chegavam.

O Bloco 25, com mais de setenta ciganos romenos, foi levado para as câmaras de gás no início de setembro. Haviam chegado treze dias antes.

Quando esse grupo chegou no campo, chamou a atenção de Hannah uma menina de nove anos, chamada Stephanie. A menina, com seus cabelos negros a lhe caírem pela fronte, fez com que ela se lembrasse de sua sobrinha Bertha no instante em que a avistou.

Stephanie, apesar do olhar amedrontado na fila da tatuagem, cantava ininterruptamente o que parecia ser uma canção de ninar para seu ursinho de pelúcia, que segurava firmemente nos braços.

Logo após ter seu número tatuado no pequeno braço, perdeu os lindos cabelos cacheados e seu urso de pelúcia, mas manteve-se entoando sua música em sua língua materna.

Trocou alguns olhares com Hannah e sentiu uma espécie de acolhimento, passando a segui-la durante os próximos dias até o armazém, onde Hannah sempre lhe cedia a beirada da banqueta e um pedaço de pão.

Quando William veio contar a Eleanor que, no dia seguinte, todo o novo grupo de ciganos seria eliminado no inferno, ela e Hannah resolveram arriscar tudo para salvar Stephanie daquele destino.

Naquela noite, mantiveram-na no Bloco 28 e, com a ajuda de todas as outras mulheres, conseguiram escondê-la por semanas a fio, até que falasse alemão e se misturasse ao grupo de seleção de pertences.

A Kapo fingiu não notar sua presença, desde que ela trabalhasse com o mesmo afinco que as mulheres mais velhas. E, claro, os dois dentes de ouro que Eleanor havia lhe trazido também colaboraram muito para o seu silêncio.

Assim, o trio tornou-se inseparável.

Se Stephanie chorasse de saudade da tia, única parente que lhe restara ao chegar a Auschwitz, Hannah se desdobrava para arrancar-lhe sorrisos.

Se Hannah mergulhasse nas memórias dolorosas de seu primeiro ano no inferno, Eleanor a lembrava de sua nobre missão de mãe e tutora da pequena órfã.

E, se Eleanor se afundasse no pesar nostálgico do luto eterno, Stephanie sentava-se ao seu lado e cantava, em sua língua materna, a cantiga de ninar, que embalara seu ursinho de pelúcia até perdê-lo.

Três almas unidas por tudo o que haviam sofrido e perdido.

***

Chegou agosto de 1944.

Havia agitação no campo.

William contava que vira oficiais destruindo milhares de registros de prisioneiros.

O movimento de caminhões entrando e saindo pelo grande portão era intenso.

Centenas de internos estavam sendo transportados para outros campos mais distantes dali. No crematório, a atividade era visivelmente maior do que nos meses anteriores.

O motivo dessa movimentação era a aproximação dos russos. Os boatos de que o inferno seria esvaziado circulavam em todos os blocos masculinos e femininos.

O ânimo no pátio e nos alojamentos parecia ter melhorado. A guerra acabaria? Seriam libertados pelos russos? Nunca saberiam.

Em meados de setembro de 1944, Eleanor, Hannah e Stephanie sucumbiram ao gás letal.

Sucumbiram ao Holocausto.

O único a chorar por elas foi William, o mensageiro.

O trio cantou a música de ninar do ursinho de Stephanie em uníssono até o último suspiro.

Arbeit macht frei.

O trabalho liberta.

A morte também.

1994-2000

CAPÍTULO 15

> "A vida é uma peça de teatro
> que não permite ensaios.
> Por isso
> cante,
> chore,
> dance,
> ria e viva
> intensamente,
> antes que a cortina se feche
> e a peça termine sem aplausos."
>
> **Charles Chaplin**

Quando regressaram ao Brasil, Corina e Luciano instalaram-se num pequeno apartamento de um único quarto, sem muito espaço nem muitos móveis. Era o suficiente para começar a vida e, quando o sofá-cama voltava a virar só sofá, cabiam até três ou quatro amigos na mesa de jantar para rir e comemorar a vida.

Enquanto Luciano voltava a assumir sua farmácia, que havia arrendado para ir para a Alemanha, Corina procurava um bom local para montar seu consultório. As economias trazidas dos quase cinco anos de especialização renderam todos os equipamentos necessários para o início de sua profissão.

Já havia trazido alguns instrumentos cirúrgicos e um equipamento novo para as cirurgias de catarata, que no Brasil ainda não era utilizado. Agora faltava instalar-se e fazer de seus conhecimentos a sua carreira.

No âmbito emocional, Corina digeria uma leve decepção no que dizia respeito a relacionamentos. Depois dos anos passados na Alemanha, parecia sentir um distanciamento ainda maior nos laços familiares e em algumas amizades. Será que não alimentara os vínculos com o vigor necessário? Será que o tempo era tão cruel que não conseguiria reatar os fios da vida?

Claro, vieram amizades novas. Algumas delas profundas, outras mais superficiais. Algumas por conveniência, outras por identificação de almas. Algumas por um momento, outras para a vida toda.

Muito lentamente, algumas amizades antigas que resistiram ao tempo e ao vento foram se ressignificando e reformulando seu espaço na vida de cada um. Entre estas estava Diana, que aos poucos foi se tornando amiga-irmã. Amizade leve, sem cobranças, mas de uma conexão que ultrapassava a necessidade de presença física. Simplesmente almas que se identificavam. Diana e Corina tinham estudado juntas desde a sexta série do ensino fundamental. Um período no qual ainda não se davam conta do quanto o futuro as uniria e do quanto aprenderiam a valorizar essa amizade, que permitia essa fusão de pensamentos, ideias e opiniões sem jamais invadirem a individualidade uma da outra. Era uma amizade madura, desprendida, despretensiosa, que fazia os poucos encontros serem valiosíssimos, os divãs terem uma eficiência ímpar, e as sessões de risadas de doer o abdômen valerem por anos de terapia.

Corina e Diana fizeram uma viagem juntas a Fortaleza, muitos anos depois da viagem para os jogos universitários nessa mesma cidade, após o término do namoro com Sandro. E, por mais que já fosse uma amizade sedimentada e sacramentada, ali puderam comprovar que tudo o que as unia jamais seria descrito em palavras. Bastava um olhar e podiam ter acessos de risada que as faziam perder o fôlego ou compartilhar um desagrado com um comportamento alheio na mesa vizinha do bar.

Era a vida que seguia, sempre dando chance ao destino de se refazer os laços que davam sentido ao viver.

***

Três meses após seu retorno, Corina abriu seu consultório. Era uma sala pequena, nos fundos de uma clínica médica antiga, com pouco espaço, pouca luz e um pequeno degrau que fazia alguns pacientes tropeçarem na chegada. Mas boas energias abençoaram a dedicação, e já ali sentiu que tudo valera a pena. E não, Bertha não tivera razão ao prever que ela trabalharia em salas escuras e tristes o dia todo. A pouca luz que entrava por aquela pequena janela, Corina soube aproveitar bem, recusando-se a obstruí-la com cortinas ou persianas. E assim fizera nos consultórios seguintes. Sua alma precisava de luz. Sempre precisou. As coisas ruins aconteciam à noite, quando a luz ia dormir.

Nessa mesma época, começou a fazer atendimentos em um hospital da cidade. Rapidamente, os dois trabalhos se complementaram, trazendo segurança e amortecendo os medos do início de carreira.

O primeiro consultório foi compartilhado com mais alguns colegas de outras especialidades. Após dois anos, uniu-se a uma colega dos tempos da faculdade e juntas montaram um consultório mais personalizado, onde trabalharam e conviveram por longos dezenove anos.

***

A vida a dois com Luciano ia se fortalecendo de modo pacato, com as dificuldades inerentes de quem estava se fazendo na vida de próprio punho. E, afinal, era amor pra casar...

— E quando casamos? — A pergunta veio de Corina, e pegou Luciano de surpresa.

Já havia se passado um ano desde o retorno. Já tinham se mudado para um apartamento maior e já tinham uma autossuficiência que permitia um sono tranquilo.

Luciano deu risada da espontaneidade de Corina.

— Caramba, estou sendo pedido em casamento?

— Pode-se dizer que sim, creio eu. E, se demorar muito para dizer sim, vai ter que se explicar para seus pais. Aposto que já devem estar te enchendo o saco por "me enrolar assim" — disse Corina.

— Tem razão. Como diria minha mãe, perante as leis de Deus, estamos vivendo no pecado, cometendo esse sacrilégio de viver juntos sem casar na igreja.

— E até quando vamos viver no pecado? — perguntou Corina novamente, não deixando muitas brechas para a resposta de Luciano.

— Estou me sentindo pressionado — disse Luciano entre gargalhadas —, mas minha resposta é sim. Aliás, pela segunda vez.

Então, foram amadurecendo os planos. Deixaram os pais de Luciano muito felizes quando foram comunicar a decisão e a data: fim de março de 1995.

Queriam ver o filho casado como manda o figurino, e com a norinha aprovada já tanto tempo antes.

Por mais que não esperasse a mesma alegria por parte de seus pais, Corina se entristeceu muito com o que taxara de desagrado de seus pais perante a notícia da união de sua caçula com Luciano. A primeira frase de seu pai foi o banho de água fria que selou a frieza paterna prevalecendo sobre a desejada bênção daquela união. Era Willy sendo Willy: praticidade acima de tudo; sentimentalismos não serviam para nada.

— Puxa, bem no meio da colheita da soja. Escolheram uma época muito ruim, hein!?

Pela primeira vez, Corina não se intimidou com o tom autoritário de seu pai.

— Pai, é o meu casamento, não o seu. Então, se preferir a colheita da soja ao casamento da sua filha, fique bem à vontade. Posso entrar sozinha na igreja se não tiver um pai para isso.

Willy engoliu em seco e murmurou um "não foi isso que quis dizer", mais para si mesmo que para ela. Mas ela ouviu e não acreditou.

Ainda menos alentadora foi a reação de sua mãe alguns dias depois. Bertha não demonstrou muita emoção quando Corina veio comunicar sobre seus planos de casamento. Isso já não era esperado. Mas a mãe achou sua forma peculiar de perturbar a alegria na sequência.

— Filha, como serão os trajes da sua festa?

— Mãe, eu já mandei fazer meu vestido, pois o vestido de noiva demora um pouco mais para ficar pronto. Mas o seu você pode ir vendo uma costureira com mais calma e escolher o modelo sem pressa.

— Como assim? Vocês já moram juntos há mais de um ano e você vai querer entrar de branco na igreja?

Corina respirou fundo e respondeu entre dentes:

— Não, mãe. De branco não. De champanhe. Mas, se preferir que entre de preto, ainda posso mudar de ideia.

Então, ciente de que não poderia contar com o apoio de seus pais, nem dividir a alegria dos preparativos com sua família, planejou e organizou tudo praticamente sozinha. Sua única mão direita, estímulo e inspiração novamente foi Julia que, inclusive, fez com grande ajuda de sua mãe, Nathércia, todas as lembranças para os convidados do casamento.

— Amiga, posso comprar as amêndoas para colocar dentro das lembrancinhas?

— Amêndoas? Como assim? — Corina perguntou, sempre desligada para detalhes.

— Minha mãe disse que amêndoas trazem sorte ao casamento. Então vai ter que ter amêndoas!

— Ok, vamos de amêndoas então. E obrigada por cuidar de tudo isso pra mim.

— Amiga, já providenciou a grinalda? Sei de uma pessoa que tem um monte delas para vender. Posso ir com você escolher.

— Grinalda? Precisa disso?

— Claro que precisa, vai ficar muito mais maravilhosa de véu e grinalda do que só de penteado!

E assim Julia cuidava dos detalhes imprescindíveis enquanto Corina corria atrás dos preparativos gerais.

Mas o lobo solitário sentia a dor da solidão. A raiva pelo pai, que se importava com a colheita da soja, mas não com a colheita da filha, que plantara suas sementes e agora colhia a vida, a profissão, o matrimônio, a família.

E a raiva pela mãe, que expressara a desmotivação de ter que providenciar uma roupa nova, já que a filha caprichosa teimava em se casar. Como era fácil tornar a vida difícil, naquele círculo vicioso de amargura.

Como doía essa frieza da não comemoração dos fatos. E as comemorações não compartilhadas iam corrompendo o prazer, o desejo, a alegria. Queria não permitir que um dia sua alma se rompesse a tal ponto de não mais assimilar venturas e alegrias.

Mas ia adiante. Fez a lista de convidados.

Convidou também todos aqueles que lhe haviam tocado o coração na Alemanha. Sabia que não obteria muitas confirmações. O Brasil era um país muito longínquo. Mas ficou muito feliz em receber a notícia da vinda de sua tia-mãe Irma com o tio Reinold, além de seu padrinho Johann. Tanto a tia quanto o padrinho a emocionaram muito, fazendo questão de estarem presentes naquele momento importante. A prima Isis não poderia vir, mas tinha plena convicção de que ela estaria presente em pensamento.

***

Nesses anos passados, sua irmã Sabine voltara a viver em Roland com seu marido e os dois filhos, André, então com dez anos, e Alberto com oito.

Corina criou uma grande afeição por esses dois sobrinhos, e o vínculo com Sabine era o mais próximo que tinha em toda a família.

Já Elisa vivia em Goiânia, e a distância física muitas vezes colaborava com o distanciamento emocional. Nunca haviam sido muito próximas, nunca trocaram confidências, nunca dividiram mágoas nem choros.

Elisa teve três filhos: a mais velha, Keyla, linda e cativante, também já com dez anos; Adriana, com sete; e o pequeno Alessandro, que recém-completaria três meses na data do casamento.

Então veio o convite inesperado e emocionante de sua irmã:

— Estamos querendo batizar o Alessandro aí em Roland. E pensamos em fazer isso no sábado de manhã. Topam batizar seu sobrinho no dia do seu casamento?

— Nossa, que honra. É claro que topamos!

— Havia te prometido isso, lembra? A Sabine foi nossa madrinha de casamento e você seria a madrinha de nosso filho.

— Não interpretei como uma promessa naquela época, mas fico feliz com o convite. Luciano também vai gostar, com certeza.

E foi assim que aconteceu.

Próximo à data do casamento, chegaram os tios e o padrinho da Alemanha. Como Willy estava muito comprometido com a colheita, Corina se dispôs a acompanhar os convidados que vinham de tão longe. Com os preparativos a todo vapor e o trabalho exigindo horas extras para bancar os custos inesperadamente altos, deu uma trégua na correria para levar seus tios e Johann para conhecer as cataratas de Foz do Iguaçu, retornando apenas um dia antes da festa.

No dia da festa, o batizado de seu sobrinho Alessandro seguido de um almoço comemorativo.

À tarde, alguns retoques de beleza, alguns desabafos estressados com a cabelereira, alguns devaneios solitários enquanto se vestia de noiva — contrariando as expectativas da mãe — e, enfim, o caminho até a igreja.

Um dos padrinhos do noivo se atrasou. Então Corina ficou esperando a chegada deste dentro do carro até que seu pai, de cara amarrada, se aproximou.

— Que palhaçada é esta? Por que você não entra de uma vez?

— Pai, temos duas alternativas. Ou esperamos o padrinho atrasado juntos aqui fora, ou você volta para sua colheitadeira e eu entro sozinha quando o padrinho chegar.

A discussão terminou ali, pois o padrinho apontou, afobado, na porta da igreja. Willy preferiu conter sua irritação com o atraso do rapaz.

Corina entrou. Não como uma noiva apaixonada aguardando um olhar de reconhecimento do noivo, nem de braço dado com um pai que lhe devia calma e apoio num momento tão importante. Entrou como o lobo solitário que sempre foi.

Naquele momento, Corina era pura solidão.

A cerimônia foi bonita. A festa também. Num momento mais calmo, sua mãe veio fazer uma observação desagradável sobre um detalhe da cerimônia religiosa. O culto fora ecumênico, já que a família de Luciano era católica e a de Corina era luterana. Quando o padre católico pediu que todos erguessem a mão direita para a bênção dos noivos, Bertha entrara em choque. O gesto era o mesmo que presenciara tantas vezes enquanto adolescente na Alemanha e passara a odiar com tanta força. Era o "Heil Hiltler", o gesto de respeito e obediência ao ditador nazista que destruíra tudo e todos. Aquilo não podia ser um ato religioso. Como ousavam?

Era seu casamento.

Mas a carga era muito pesada.

A história trazia danos demais.

A alegria e o prazer iam se escondendo atrás de camadas e mais camadas de autoproteção, de defesa... e de solidão.

A festa foi bonita. Tudo se cumpriu a contento. E a lua de mel na Ilha da Madeira coroou os planos bem-sucedidos. Ali, souberam se recarregar de leveza e romance. Uma ilha pequena, mas cheia de charme, com suas praias lindíssimas, suas paisagens deslumbrantes, seu mercado de peixes, onde atuns frescos mais pareciam baleias de tão grandes, o armazém de cores vibrantes e produtos exóticos, as longas caminhadas, as caronas na carroceria de caminhonetes para as baías e penínsulas mais distantes... e o português de Portugal, falado de modo rápido e quase ininteligível, fazia com que dessem muitas risadas com algumas expressões que não lhes eram familiares.

Sim, ali curtiram a vida. A vida a dois que estava apenas começando.

***

Na festa de casamento, foi servido um vinho branco alemão que, à época, era a cereja do bolo. Considerada a bebida nobre para tais eventos sociais, Corina fizera questão de incluí-lo, não só para seguir os padrões recomendados no ano de 1995, como também para agradar suas visitas alemãs. O vinho da famosa garrafa azul chamava-se *Liebfraumilch*. Mas ele traria um relato polêmico e engraçado para ser contado em rodas de amigos alguns anos depois. Os parentes alemães haviam educadamente bebido o vinho alemão servido generosamente na festa de casamento da sobrinha e afilhada. Porém, também muito educadamente, não haviam tecido um único comentário sobre o vinho da garrafa azul. E, quando Corina visitou os tios e a prima Isis em 1997, descobriu a causa do silêncio. Seus tios foram buscá-la no aeroporto de Frankfurt e, no caminho até o vilarejo, passaram por Worms, que era a maior cidade da região, conhecida por quatro coisas: suas indústrias químicas e metalúrgicas; a Assembleia de 1521, convocada para a retratação do reformista Martinho Lutero; a fábrica de botas militares, que durante a guerra, servira abundantemente o exército e, por isso, fora intensamente bombardeada pelos aliados; e pelo vinho Liebfrauenmilch. Se não fossem duas letrinhas a mais, bem no meio de seu nome, Corina teria ficado muito orgulhosa de ter servido na festa o vinho que, teoricamente, provinha da cidade vizinha ao vilarejo de seus antepassados.

— Corina, está vendo essa igreja? — perguntou seu tio Reinold. — É a Liebfrauenkirche (Igreja de Nossa Senhora). E está vendo esse vinhedo ao redor dela? Dessas uvas é que se produz o vinho Liebfrauenmilch.

— Que legal. Então o vinho do meu casamento veio daqui! — concluiu Corina, emocionada.

— Não. Não é bem assim — respondeu tio Reinold. — Daqui desses poucos hectares ao redor da igreja vem o vinho Liebfrauenmilch, com o "en" no meio da palavra, fabricado desde o século XVIII. Já o vinho Liebfraumilch, sem o "en", é uma imitação deste vinho, já produzida em várias regiões da Alemanha em larga escala.

— Puxa vida, então eu servi uma imitação barata desse vinho na nossa festa? — Corina mostrou toda a sua decepção.

— Você não serviu um vinho ruim, minha querida. Apenas uma versão um pouco mais adocicada e menos elaborada — tentou consolá-la tio Reinold, sem muito sucesso.

O que naquele dia se tornou um fator de decepção e quase vergonha para Corina, com o passar do tempo, transformou-se em motivo de muitas risadas. Sempre havia amigos que, de tempos em tempos, pediam: "Conta de novo aquela história do vinho!"

***

— O que acha de, lentamente, procurarmos um apartamento para comprar? — perguntou Luciano, ao término de um fim de semana tranquilo em casa.

— Uau! A ideia me agrada. Você acha que realmente já conseguiríamos dar esse passo?

— Olhei uns classificados no jornal hoje cedo. Só de curiosidade. Acho que seria possível, sim.

— Seria muito legal. Só tenho medo de arriscar o pouco que conseguimos juntar e depois ficar sem reserva nenhuma.

— Essa é a "alemoa" filha do seu Willy falando, né?

— "Alemoa" é sua vó. Não custa pensar um pouco pra frente também...

— Vamos procurar, sem pressa. Se aparecer algo bom, vamos em frente. Mas sem arriscar nada. Tá bom assim?

Luciano então incumbiu-se de procurar por opções que coubessem nos planos financeiros de ambos, sem causar inseguranças. Durante as semanas seguintes, fez algumas visitas frustradas, sem trazer nenhuma novidade animadora para casa. Até que um dia chegou feliz no fim do dia. Sabia que o achado agradaria muito Corina.

— Achei! Tomei a liberdade de dar uma olhada rápida num apartamento hoje. Acho que você vai gostar dele também.

— Ei, calma, calma. Onde é? Como é? Quanto é? Você não está muito apressadinho, não?

— Vamos marcar com o corretor de irmos juntos conhecer. Mas é a sua cara. Tenho certeza que você vai gostar, e muito.

Luciano tinha razão. Corina apaixonou-se pelo apartamento grande e bem iluminado, e logo fecharam a compra de seu primeiro imóvel. O apartamento era novo, espaçoso, ensolarado e parcialmente mobiliado. E tinha uma sacada que era um sonho de consumo para ambos. Alguns móveis novos e aquilo rapidamente se tornaria seu novo lar. Era uma aquisição que os enchia de orgulho.

— Acertou em cheio, adorei tudo nele!

— Eu sabia assim que vi — respondeu Luciano.

— Quando será que podemos mudar?

— Agora a apressada é você! Primeiro temos que dar um fim no nosso contrato de aluguel atual. Mas eu acho que até o fim do mês a gente pode mudar, sim.

A mudança foi realizada numa sexta-feira. Com Corina empacotando tudo e acompanhando o transporte dos móveis, pois Luciano não podia deixar a farmácia sozinha num dia útil. No sábado transportou roupas e utensílios menores em várias viagens no carro pequeno.

Corina havia extirpado um tumor ósseo benigno do dedão de seu pé esquerdo quatro dias antes, e deveria estar de repouso. Mas, como sabia que não poderia contar com a ajuda da família, ignorou o repouso e a dor e só relaxou quando estava tudo nos seus devidos lugares em seu novo lar.

Luciano sabia que não adiantaria convencê-la a deixar algum trabalho para domingo, pois Corina, em sua eterna ansiedade resolutiva, não deixaria nada para o dia seguinte.

A esse primeiro imóvel rapidamente seguiu-se um segundo: um terreno grande nos arredores da cidade, onde em breve construiriam uma área de lazer e passariam todos os finais de semana, geralmente entre amigos e churrascos. E muito trabalho no grande jardim, onde Corina investia boa parte de sua energia, pois era onde relaxava e se sentia realizada. Observar flores e frutos crescendo e se multiplicando era, para ela, como uma terapia criativa. Uma herança evidente de sua mãe, que, aos setenta e tantos anos, ainda tocava seu imenso jardim com independência e maestria ímpar. A essa herança se somava mais uma: trazer galhinhos e sementes de todas as viagens que fazia, para criar mudas e ver vingar mais uma planta exótica em seu quintal. Mãe e filha capricornianas, ligadas à terra e ao sol, faziam vingar qualquer flor que passava por seu caminho.

Os churrascos na chácara geralmente eram compartilhados com alguns casais de amigos. Um deles era o Aviador. Aviador era seu apelido, e quase ninguém o conhecia pelo seu verdadeiro nome.

Era amigo de faculdade de Luciano. De difícil descrição. Eclético. Original. Anticonvencional. Autêntico. Sempre de boné e camiseta. Geralmente de jaqueta de couro, pois adorava andar com sua moto nos finais de semana.

Amigo.

De companheiro de curso, virou companheiro de festas e fins de semana. De amigo próximo, virou padrinho de casamento.

Corina gostava de Aviador.

∗ ∗ ∗

O amor para casar foi se tornando amor para virar família. Corina e Luciano foram se sentindo fortalecidos o suficiente para começarem a tecer os planos de exercerem a profissão paralela da maternidade e paternidade.

Nos últimos anos, Corina desenvolveu uma paixão indescritível por viajar. Todo ano planejava uma viagem grande e estudava o próximo destino com afinco. Luciano acompanhava as férias por ela planejadas, mas sempre reticente, pois o que tinha impresso em seu subconsciente como herança paterna era valorizar mais o trabalho que o lazer. No fundo, gostava tanto quanto ela desses escapes da rotina.

Em 1996, o destino escolhido e estudado foi a Tailândia e a Índia. E, poucos dias antes de embarcarem na grande aventura, Corina pegou-o de surpresa mais uma vez.

— Vamos liberar?

— Estou entendendo bem? Agora é para valer?

— Preciso parar de tomar anticoncepcional. Deve demorar alguns meses para engravidar... mas quem sabe fabricamos um tailandês ou um indiano antes de voltarmos?

— Vai é puxar o saco dos sogros com essa novidade, né? Dá aqui sua cartelinha, vamos jogar fora já!

A viagem foi exultante. O primeiro destino fora a Tailândia. Um país lindíssimo com seus inúmeros templos, uma cultura exótica, praias e paisagens exuberantes e uma comida que misturava prazer e receio no paladar de ambos.

Quando desembarcaram no aeroporto, depois de mais de vinte horas de viagem, trocaram alguns dólares e pegaram um táxi para o hotel. Após pagar o taxista, logo se deram conta de que haviam sido enganados em dez vezes o valor de uma corrida daquela distância, simplesmente por ainda não estarem habituados a fazer a conversão rápida do dólar para o Baht tailandês. E muito menos à esperteza dos tailandeses ávidos pelos dólares dos turistas desavisados.

— Corina, acabei de perceber que dei setecentos Bahts para o motorista, ao invés de setenta!

— Nossa, não estamos sendo muito espertos para nosso primeiro dia de viagem. Pior é imaginar a cara de alegria do taxista espertinho.

— Ok, vamos sentar no hotel e fazer umas continhas de matemática antes de gastar com qualquer outra coisa. Se não, vamos ter que lavar louça para pagar pela comida quando chegarmos na Índia.

E assim fizeram. Mas, no terceiro dia foram novamente enganados num restaurante. Pediram dois pratos do cardápio, sem tradução para o inglês, e aceitaram uma entrada típica sugerida pelo garçom. Quando a conta chegou, veio com o triplo do valor esperado, incluindo a entrada caríssima que não constava do menu.

A chuva fina que caiu durante alguns dias da primeira parte da viagem também ajudou a arrefecer os ânimos do casal, mas trouxe um aprendizado valioso para planejamentos futuros. Ao verificarem a previsão do tempo, descobriram que setembro era o mês mais chuvoso na Tailândia, podendo chover até setenta por cento dos dias. Enquanto o barqueiro que os levava para as Ilhas Phi Phi relatava sobre a possibilidade de chuva durante o passeio, Corina e Luciano entreolharam-se e caíram na gargalhada. A partir dali, conseguiram se divertir até com a roupa encharcada ao final do dia. Quando à noite, no restaurante, Luciano, ávido por experimentar um prato tailandês apimentado recomendado por outros turistas, deu a primeira garfada, arregalou os olhos e esvaziou o copo de cerveja de um só gole, riram até verter lágrimas. Largaram o prato e o restaurante e, pela primeira vez na vida, procuraram um hambúrguer do McDonald's.

Então chegaram à Índia, já mais experientes e mais corajosos. Tinham ouvido falar que, naquele país, os táxis e a comida eram muito baratos. Logo à saída do aeroporto contrataram um táxi cujo motorista, Kabir, os conduziria por todos os sete dias pelo chamado Triângulo Dourado, que incluía Nova e Antiga Delhi, Agra e Jaipur. Deixaram-se levar pela experiência e paciência de Kabir, que lhes mostrava onde comer, o que não comer, onde dormir, o que visitar. Ensinava-lhes sobre os hábitos e costumes de seu povo e ria com eles das diferenças culturais, marcantes que gostaria muito de constatar por si mesmo um dia, pois seu sonho era conhecer o Brasil, o país do Pelé. Por fim, despediram-se de Kabir, que tanto acrescentara em risadas e leveza àquela jornada por um país que inspirava admiração e espanto.

A extrema pobreza; os banhos dos cidadãos no Rio Ganges, onde flutuam almas e corpos e todos os tipos de objetos não identificados; as mulheres equilibrando bacias de piche na cabeça e recapeando os buracos no asfalto, enquanto os homens conversam nas barbearias à beira da estrada; o deslumbrante Mausoléu Taj Mahal em Agra, com suas quatro colorações que variam conforme a hora do dia; o maravilhoso Palácio dos Ventos de Jaipur, de cor avermelhada em função das pedras usadas em sua construção... eram recordações para se levar para o álbum e para a memória, e que reforçaram o desejo de Corina de seguir planejando viagens mundo afora.

***

Se foi fabricado na Índia, na Tailândia ou no Brasil, nunca puderam confirmar. Mas, um mês após a viagem, Corina aguardou Luciano chegar do trabalho à noite com um relógio de presente. No fundo da caixa do relógio, ele encontrou um par de sapatinhos de bebê. O teste dera positivo e a alegria foi grande.

Netos e sobrinhos já havia muitos na família de Corina. Então, as emoções e os encantos ficaram mais restritos a Corina e Luciano, e aos pais de Luciano, que nem cabiam em si de tanta felicidade. Seria o primeiro neto e o primeiro sobrinho. Acompanhavam de longe cada novidade, cada ultrassom, cada aumento do diâmetro abdominal de Corina. Ansiavam por aquela nova vida a caminho.

O início da gravidez foi um pouco conturbado, com alguns sangramentos e repousos forçados. E um obstetra psicologicamente insensível, que afirmou que sangramentos normalmente eram sinais de má formação do feto e que a chance de um aborto espontâneo era grande.

Mas não houve aborto. Nem má formação. Somente uma troca de obstetra. Logo, tudo corria bem, e Corina manteve-se muito ativa e saudável.

Foi chegando a hora de nascer Luana.

O nascer de Luana foi sem pressa.

Luana deu seu primeiro aviso próximo às duas horas da manhã. Era uma madrugada fria de inverno de 1997. Mas, durante a madrugada e o dia todo, ela continuava sem pressa.

Houve uma visita ao obstetra, para ouvi-lo dizer que tudo ia bem, mas que a dilatação ainda era muito pouca, tudo ainda demoraria bastante.

Luciano voltou para a farmácia.

A solidão de Corina e Luana se prolongou ainda mais.

Houve um carinho especial, um estímulo e uma força da sempre amiga Clarice, que não se conformava com a ausência de Luciano, de Bertha, da família...

— Corina, você está sozinha em casa? Vou dar um pulo aí então.

— Não precisa, Clarice. Está tudo bem aqui. Se precisar, te aviso — respondeu Corina, não acostumada a atenções extras.

— Saio do trabalho daqui a pouco e vou aí — disse Clarice com firmeza. Sabia da dificuldade de sua amiga em aceitar ajuda.

Chegando no apartamento de Corina, Clarice permaneceu com ela até ter certeza de que Luciano estaria em casa em breve.

Então, no início da madrugada seguinte, as contrações tornaram-se mais próximas. Então foram ao hospital.

Após vinte e seis horas de trabalho de parto, uma analgesia malsucedida, um cansaço extremo e o auxílio de um fórceps, nascia Luana. Eram 6:55 da manhã de 17 de julho de 1997.

Luciano voltou para a farmácia.

Luana chorava.

Bertha e Willy vieram para uma rápida visita, olharam para a mais nova neta e se foram.

— Vamos deixar Corina descansar — foram as palavras de despedida de Bertha.

Corina descansou quatro anos depois, quando Luana dormiu sua primeira noite completa.

Após uma depressão pós-parto severa que durou mais de quarenta dias, Luana, enfim, começou a tomar forma, espaço e razão de ser no coração de Corina. Mas, até chegar àquele lugar em seu coração, é claro que nada havia sido fácil.

Olhar aquela criança em seus braços, na sala de parto, significara dor e exaustão. Onde encontrar aquela emoção das mães de revista, descrevendo aquele momento como o mais sublime de suas vidas?

Olhar aquela criança dormindo no berço significava uma oração para que não voltasse a chorar descontroladamente após vinte minutos. Onde encontrar aquele sentir indescritível de um tesouro caído do céu?

Mas, de repente, aquele vazio, aquela culpa, aquele medo de não sentir explodiu num redemoinho de sentimentos que não necessitavam de nenhuma descrição. Corina tornava-se mãe. Mãe de Luana. E um pouco mãe de si mesma.

Luana nasceu com a clavícula quebrada, pela extração difícil com o fórceps. Chorava muito, embora a pediatra jurasse que a fratura não fosse a causa da dor nem do choro. E não era, pois, mesmo meses após a calcificação daquela fratura, o choro continuava. Luana também resistia terrivelmente ao sono. O parto havia sido traumático, tanto para a mãe quanto para a filha e haveriam de aprender juntas a arte da superação.

Trinta dias após o nascimento de Luana, Corina voltou ao trabalho. A babá ficava na edícula do consultório e, de tempos em tempos,

Corina parava para amamentar a pequena bebê, que continuava chorando com uma frequência preocupante.

Cambaleava entre o cansaço, a depressão e o amor materno, que brotava das profundezas de sua alma. Não era um amor empírico, que nascia da experiência e da observação. Não havia um manual. Muito menos um exemplo a seguir. Surgia tão sem querer e com uma força desproporcionalmente intensa.

E o tempo foi aplacando o cansaço e a severidade.

Luana crescia circunspecta, mas alegre. De sono raro e difícil, mas de uma vivacidade ímpar. Linda e de olhar cativante, foi conquistando seu espaço no mundo.

***

Enquanto a vida profissional crescia com qualidade, satisfação e reconhecimento, a vida emocional cravava as primeiras diferenças. As verdades de cada um começavam a colidir e iam perdendo força. Ou transformavam-se em mal-entendidos, tão difíceis de entender.

Tudo isso trazia a constatação de que o amor para casar não necessariamente seria o amor para sempre.

Mas Corina trazia suas verdades absolutas muito arraigadas. Não queria desistir. E nunca quis ter filho único.

Quem sabe uma nova gravidez os unisse novamente num sonho comum. Luciano não aceitou muito bem essa investida, queria resolver as diferenças primeiro. Mas, de repente, veio Lilia.

Novamente, uma gravidez linda e tranquila e uma barriga bronzeada pelos sóis nos jardins da chácara.

Lilia escolheu não esperar vinte e seis horas para nascer. Escolheu não arriscar o fórceps. E, quando tudo parecia ir rapidamente bem, num trabalho de parto que prometia uma eficiência de segunda gravidez, Lilia não se atreveu a passar pelo canal do parto.

Lilia tinha mais pressa. Após um trabalho de parto rápido e eficiente, entrou em sofrimento fetal e escolheu uma cesárea de urgência.

Nasceu estatelando os olhos azuis no teto do centro cirúrgico e se esquecendo de chorar o choro dos recém-nascidos, impressionando a obstetra e o anestesista.

Dessa vez, o amor fluiu fácil. Já conhecia o caminho.

Lilia era a alegria inata. E o pai, reticente com a segunda gravidez, logo era paixão absoluta também pela segunda filha.

Então veio a babá, tia Rita, que rapidamente conquistou e foi conquistada por todos, e acabaria por se tornar apoio, mãe e amiga de Luana, Lilia e Corina. Tia Rita passou a fazer parte do dia a dia, das viagens, das noites de sexta-feira, da casa e da família. E vieram algumas viagens em família, para não deixar a rotina sufocar o âmbito familiar.

Contudo, a luta pelo casamento ia se tornando inglória. Procuraram alternativas e soluções em todas as latitudes, mas já tinham se perdido pelo caminho. Quando Luana e Lilia tinham cinco e três anos, respectivamente, Luciano e Corina divorciaram-se amigavelmente, em abril de 2003.

Assim como fora para Roland contar sobre os planos do casamento, Corina agora retornava para contar sobre os planos do divórcio. E, novamente, seu pai a desconcertou com uma frase tão tipicamente sua:

— Na verdade, se eu fosse você, eu nunca teria me casado com ele.

Mas dessa vez Corina respondeu com um tom mais ferino, que deixou seu pai sem palavras por alguns instantes:

— É, pai. Vai ver a gente tem algo em comum... eu também nunca teria me casado com a sua esposa.

O luto pela história que havia sido sonhada e não concretizada doeu fundo. Mas o tempo cura e afaga as cicatrizes, e a dor acabou por fortalecer os quatro corações.

1944

CAPÍTULO 16

> "A nossa maior glória não reside no fato de nunca cairmos, mas sim em levantarmo-nos depois de cada queda."
>
> **Oliver Goldsmith**

Anne, a irmã de Bertha, casara-se no início de 1943, e logo nascera sua primeira filha, Maria.

Em setembro de 1944, dez meses após casar-se com Herbert, Bertha também deu à luz sua primeira filha e deu-lhe o nome de Beatriz.

Já haviam se passado cinco anos desde a chegada das *três mulheres do pediatra alemão* ao Brasil. E, embora nunca tivessem se perguntado se a fuga da Alemanha seria por tempo prolongado, já estavam bem ambientadas àquele país.

Após o período inicial traumático e aventuresco, as três mulheres foram se adaptando à língua, ao clima, ao trabalho pesado e aos costumes do país tropical. Era melhor não fazer planos, ao menos enquanto a guerra na Europa e na Ásia não desse uma trégua.

Nos primeiros meses no país, o que mais amargurava a rotina intensa, na verdade, era a falta de notícias de Ernest. Não faziam ideia do que poderia ter lhe ocorrido.

Fora através dos amigos suíços que, por fim, tinham conseguido descobrir o paradeiro de Ernest. Mas passaram-se onze meses até que chegassem notícias sobre ele ao Brasil.

Annelise não se continha de alegria por saber que Ernest estava vivo. Reuniu-se com suas filhas para lhes contar sobre as tão aguardadas novidades.

— Enfim encontraram o seu pai — disse, sem rodeios.

— Ele chegou ao Canadá? — perguntou Anne.

O Canadá havia sido levantado como possível destino de toda a família antes de fecharem o acordo com a Paraná Plantation. Então, o que fazia mais sentido para elas era que ele tentaria ir para lá após o embarque frustrado em Hamburgo.

— Não, filha. Parece que ele foi preso numa ilha na Inglaterra antes de conseguir o visto para o Canadá.

— E onde ele está? Preso ainda?

— Calma, vamos devagar. Não tenho muitas informações ainda. O que sabemos é que ele permanece preso na Inglaterra com mais um monte de alemães fugidos da Alemanha por vários motivos.

A maioria são judeus como ele. E parece que estão enviando todos eles para a Austrália.

— Por que prisioneiro? O que ele fez para virar prisioneiro? — Anne perguntou, ansiosa.

— Não creio que tenha feito muita coisa além de ser um judeu fugindo de Hitler. Mas vamos esclarecer tudo isso, pois esse padre prometeu que conseguiria fazer com que nossas cartas chegassem até ele e vice-versa. Por ora, vamos comemorar que esteja vivo e que vamos poder manter contato, concordam?

Bertha não conseguiu articular uma palavra desde o início da conversa. Ficou emocionada e tão nervosa que seu coração batia enlouquecidamente. Quantas noites permanecera acordada sonhando com aquelas novidades. Ainda não era um reencontro, mas um dia seria.

Foi para casa e escreveu sua primeira longa carta ao pai. E assim fizeram Annelise e Anne.

Mas, depois das notícias iniciais tão promissoras, ainda se passaram algumas semanas até que as primeiras cartas foram recebidas e respondidas. Foi somente em junho de 1940 que chegou a primeira correspondência de Ernest ao Brasil:

"Minhas queridas três damas, como vou colocar em palavras o tamanho da minha comoção ao receber as primeiras notícias do Brasil? Soube que vocês já estão a par do meu paradeiro aqui na Inglaterra. Recebi primeiro a sua carta, Lise. Mas, para minha grande alegria, alguns dias depois também chegaram as cartas de Anne e Brie.
Encontro-me bem de saúde. O caminho até aqui foi longo e penoso, assim como deve ter sido o de vocês. Mas aqui, embora sejamos considerados prisioneiros pela coroa britânica, somos bem tratados..."

Bertha escrevia com mais furor:

"Pai, não sei se a mãe já contou, mas não recebemos nenhuma terra por aqui. Aliás, "nenhuma" é exagero, deram só cinco alqueires

pra gente. Assim, só nos restou trabalhar de empregadas nas casas de alguns alemães... Nos chamam de "filha da casa", mas é só um jeito bonito de dizer que somos empregadas mal pagas.

Ou relatava acontecimentos do dia a dia:

"...ontem, ao calçar a botina, avistei uma aranha enorme dentro dela. A sorte foi que ainda estava escuro, mas eu estava sentada bem embaixo da luz da cozinha. Se não tivesse visto a danada, ela teria me picado. Mas isso foi o que se chama de aprender com a experiência, pois alguns meses atrás levei uma picada que foi bem doída... "

A partir dali, mantiveram correspondência durante os longos anos de separação. Realmente seriam muito mais longos do que qualquer um deles teria imaginado, mas as cartas eram um alento para todos.

"Minhas queridas, os boatos se confirmaram. Estamos todos sendo levados de navio para a Austrália. Não sei ao certo o que será feito de nós por lá, mas aqui não nos querem mais, pois acham que podemos ser traidores ou coisa parecida. Se Hitler invadir a Inglaterra, o que parece bem provável, já estaremos longe daqui. E quais notícias sobre a guerra chegam ao Brasil? Só posso torcer que vocês estejam seguras aí..."

Annelise tentava sempre soar positiva, apesar da preocupação:

"Ernest, meu querido, agora vão te levar para ainda mais longe de nós! Isso me assusta um pouco. Espero que tudo isso não passe de um grande mal-entendido e que logo deem a liberdade para todos vocês. Não se preocupe conosco, aqui estamos bem e em segurança. Mas com muita saudade..."

As respostas tardavam a chegar:

"Lise, acabei recebendo sua última carta somente aqui na Austrália, e com grande atraso. Nossa viagem até aqui foi uma aventura bastante desagradável, fomos tratados como bandidos da pior espécie. Mas agora estamos num campo de prisioneiros que mais parece um alojamento de férias. Eles nos mantêm cercados com arame farpado, mas de resto somos muito bem tratados e alimentados. Quanto a nos conceder a liberdade, por ora não se fala nisso…"

O tempo ia passando, a guerra ia acontecendo e as palavras traziam alento.

"Ernest, Anne já deve ter lhe contado que está noiva de um rapaz alemão. Devem marcar casamento em breve. Acho que é um bom rapaz. Brie também anda saindo com um moço da fazenda vizinha. Mas ainda não o conheci. Como sempre, ela fala muito pouco. Ainda não me conformo que tudo isto esteja acontecendo com você a milhas e milhas de distância…"

E o pai se emocionava e se culpava nas longínquas terras australianas:

"Brie, minha menina mulher, então você está de casamento marcado?
Me conte um pouco do meu genro. Espero que seja boa gente. Queria demais estar presente numa data tão importante. Já perdi o casamento de Anne. Agora tenho que me conformar em também perder o seu. Quero lhe desejar muita felicidade nessa união. Vou sempre estar torcendo para que seu futuro marido te traga paz e alegria…"

E chorava quando recebia a resposta fria de sua filha:

"Pai, qualquer coisa é melhor que continuar nessa vida de filha da casa. Só de ter minha casa e meu pedaço de chão já me deixa satisfeita."

Ernest lia com muito pesar que aquele casamento não tinha sido motivado por nenhum grande romance ou sentimentos muito nobres. Sua filha só estava tentando fugir da vida de cão que levava, e era muito doloroso constatar isso.

"Pai, aqui nasceu sua segunda neta, a Beatriz, forte e saudável. Anne deve ter lhe contado que também já tem uma menina, a Maria. Logo estarão brincando juntas e aguardando ansiosamente para o vovô vir conhecê-las. Não demore..."

"Querida Brie, parabéns por sua menina! Sim, fiquei sabendo que a Beatriz já é minha segunda neta. Me dói não estar por perto para vê-las crescer. Mas prometo que vou continuar tentando a todo custo encontrar uma maneira de chegar aí..."

E, assim, o correio ia e vinha trazendo notícias e esperanças.

* * *

A guerra na Europa continuava sem trégua. Não havia sinais de uma resolução daquele conflito a curto prazo.

O presidente brasileiro Getulio Vargas, após longa relutância e inegável fama de flertar com o nazismo alemão e o fascismo italiano, finalmente aderiu aos Aliados ao final do terceiro ano da guerra.

Até agosto de 1942, sua afinidade com o nazifascismo fizera que empreendesse forte perseguição aos judeus.

Porém, quando cinco navios mercantes brasileiros foram afundados por um submarino alemão, causando a morte de seiscentos brasileiros, o Brasil declarou guerra à Alemanha e à Itália.

Já bem antes desse episódio, havia no Brasil uma lei que impunha o nacionalismo aos imigrantes. A lei preconizava, por exemplo, que os imigrantes só falassem português, banindo o uso dos idiomas nativos de alemães, italianos e japoneses. Quem desobedecesse, poderia ser multado ou até preso.

— Mãe, ouvi ontem no rádio. Não podemos mais falar alemão na cidade. O presidente daqui proibiu — contou Bertha, numa visita de domingo à sua mãe.

— Sim, aqui foi o comentário da noite. O patrão até estava dando risada sobre um boato de que tentaram prender o cônsul alemão lá em Arapongas por estar conversando em alemão com um conhecido numa loja de ferramentas — disse Annelise de bom humor.

— Mas não acho isso nada engraçado. Primeiro esse Getulio Vargas puxa o saco do Hitler pra depois nos impedir de falar nossa língua — comentou Anne, irritada.

— Contanto que agora ele permaneça do lado dos países aliados até derrubarem Hitler, eu vou apoiar as ordens esquisitas dele — comentou Annelise.

— Vamos primeiro ver o que mais de esquisitices ele vai inventar — respondeu Bertha.

Mais marcas do nacionalismo iam causando estranheza para, em seguida, virarem rotina.

Algumas cidades com nomes alemães tiveram, inclusive, que mudar de nome. Roland, nesse período, passou a se chamar Caviúna, só voltando ao seu nome original em 1946. A pequena cidade vizinha de Roland, na época chamada de Nova Danzig, passou a se chamar Cambé, não retornando ao seu antigo nome desde então.

Imigrantes que viajavam precisavam portar um salvo-conduto, emitido pelas prefeituras, um meio sutil de vigiar seus passos. Na ausência do documento, poderiam ser detidos, o que às vezes causava contratempos. Em casos de doença, por exemplo, quando precisavam se deslocar para um hospital na cidade vizinha, tinham que aguardar a boa vontade do escrivão para entregar o pedaço de papel que, de repente, se tornara tão essencial.

***

Em julho de 1944, o Brasil enviava vinte e cinco mil soldados para os campos de batalha na Itália. Alguns poucos eram de Roland e outras cidades pequenas das redondezas. No norte da Itália havia uma base de defesa alemã. Foi para lá que a Força Expedicionária Brasileira foi enviada e incorporada ao exército norte-americano.

— Herbert, você viu que o filho do José, o administrador do nosso vizinho, se alistou e vai para a guerra? — perguntou Bertha a seu marido durante o almoço.

— Estou ouvindo esses boatos há alguns dias. Mas não sabia do filho do José. Eu tenho dó desses meninos, pois creio que nunca tenham segurado uma arma de verdade nas mãos. E muito menos aprendido como atirar com ela — respondeu Herbert.

Os soldados brasileiros tinham pouco preparo, sofrendo pesadas baixas nos primeiros combates contra os alemães. Porém, em fevereiro de 1945, ao lado do exército norte-americano, conquistaram pontos estratégicos como Monte Castello, expulsando os alemães da Itália. Ao todo, quatrocentos e cinquenta e quatro soldados brasileiros morreram em combate durante os sete meses em que lutaram ao lado dos soldados norte-americanos.

Antônio, o filho de José, de apenas vinte e um anos, voltou vivo para casa e sem sequelas.

***

Nesses momentos em que se falava da guerra em todos os lares alemães e brasileiros, e em todas as ruas de todas as cidades, Annelise agradecia intimamente por Ernest ter sido levado para a Austrália. Imaginá-lo lutando nessa guerra sem fim, como ocorrera na primeira grande guerra, era mais torturante do que sabê-lo a milhares de quilômetros de distância, mas em relativa segurança. Um dia, essa loucura toda teria um fim, como ele mesmo costumava dizer. E, nesse dia, se reencontrariam. Acreditava nisso como acreditava no ar que respirava.

***

Em maio de 1945 a guerra terminava. Os nazistas renderam-se aos aliados. Hitler vinha perdendo força desde 1944, principalmente após o famoso Dia D, com o maciço desembarque dos aliados na Normandia. O Terceiro Reich ainda tentara manter organizada uma resistência final em Berlim e em algumas cidades na fronteira com a Polônia. Mas o ataque realizado pelos soviéticos, vindo com força pelo leste, e a tomada do *Reichstag* (o Parlamento alemão) em Berlim pelo exército vermelho, culminaram com o suicídio de Hitler e sua esposa, Eva Braun.

Annelise estava na cozinha da casa de Bertha quando ouviram no rádio sobre o tão esperado fim da guerra.

— Então Hitler se matou? — concluiu Herbert, com alívio e raiva em sua voz grave. — Devia ter sido preso e enviado para as câmaras de gás.

— Nem me fale dessas câmaras de gás, Herbert. Até hoje não sabemos se minha cunhada Eleanor está viva. Espero que libertem logo todos esses pobres coitados dos campos de concentração — disse Annelise.

— Sim, isso deve ser uma das primeiras coisas que vão providenciar. E o que será da Alemanha, depois de mais essa guerra e mais uma derrota?

— Mãe, será que agora o pai consegue vir? Faz um tempo que não recebo carta nenhuma dele. Você tem alguma notícia? — A dupla pergunta viera de Bertha, que se preocupava muito mais com a vinda do pai que com o futuro da Alemanha.

— A última carta que recebi dele também já tem algumas semanas. Deus queira que agora as cartas cheguem com notícias melhores. Ele deve estar comemorando muito o fim da guerra por lá!

***

Os Estados Unidos se apoderavam do lado oeste da Alemanha, e a União Soviética chegava ávida pelo leste.

O Japão só assinaria sua rendição incondicional aos norte-americanos em 2 de setembro de 1945, após o lançamento das bombas atômicas sobre Hiroshima, em 6 de agosto, e sobre Nagasaki, em 9 de agosto.

Aos 60 a 70 milhões de pessoas que morreram em consequência direta ou indireta dos quase seis anos de conflito, somaram-se os seis milhões de judeus dizimados pelo Holocausto e mais cerca de 300 mil pessoas que perderam suas vidas em decorrência imediata ou tardia das duas bombas atômicas.

Uma conta macabra que não passa de uma matemática inexata para todos aqueles que não tiveram suas vidas diretamente atreladas àquela guerra absurda. Uma ferida cruenta e incurável no coração de milhões de viúvas, mães, pais, filhos e amigos que perderam um ou mais entes queridos para uma guerra que nem sequer era deles. E o mundo nunca mais seria o mesmo.

Assim como nunca mais foi para Bertha, que rezara todas as noites para que seu pai enviasse notícias melhores.

Até que rezar deixou de ser rotina.

Até que deixou de rezar...

***

Em 1946, Anne deu à luz a mais uma menina, Ulyana. No ano seguinte, nascia também a segunda filha de Bertha, Carolina. O avô Ernest ainda não conseguira vir conhecer nenhuma de suas netas, todas mulheres.

Bertha e Herbert haviam conseguido comprar um pequeno lote de terra com suas economias arduamente reservadas, aumentando a área cultivável que Herbert havia comprado pouco antes de pedir Bertha em casamento. Ali continuavam a criar porcos, algumas galinhas e uma vaquinha, e incrementaram a plantação de café, que dava bons frutos naquela terra fértil. Tudo com muito esforço e sacrifício.

A vida não era fácil.

A vida não tinha luxos.

Os sonhos de estudar haviam sido enterrados há muito tempo. As alegrias eram poucas e as esperanças de uma vida melhor se desvaneciam na árdua rotina de trabalho sem fim.

Então, no fim de 1948, chegou a boa notícia, ansiada desde abril de 1939.

Annelise, Anne e Bertha sabiam que Ernest havia conseguido retornar à Alemanha, depois de seu longo périplo pela Inglaterra,

Austrália e Grécia. Porém, também sabiam que continuava com muita dificuldade em conseguir um visto para o Brasil.

Mas Annelise não perdera sua firme convicção de que ainda conseguiria reunir sua família toda no país que as acolhera. Os quase dez anos de separação física não teriam sido em vão.

Em dezembro de 1948, ela abriu a carta que esperava receber ano após ano. Ernest obtivera o visto e já comprara a passagem. Agora as coisas caminhariam para o tão sonhado reencontro.

— Meninas, desta vez a promessa de seu pai será cumprida. Enfim, seu visto saiu e ele embarca no fim de janeiro. Depois de quase dez anos estaremos todos juntos de novo.

Anne e Bertha não cabiam em si de alegria. Nos últimos anos, nem ousaram mais alimentar a tão arraigada certeza de sua mãe de que a vinda de seu pai realmente aconteceria um dia. Foram tantos anos de espera e tantos acontecimentos que pareciam confabular com um distanciamento definitivo. Ali estava, enfim, a confirmação de que sua mãe sempre estivera certa. Ele viria. Com atraso e com um lapso de tempo que deixaria um vácuo no relacionamento familiar. Mas viria.

Anne já esperava seu terceiro filho. E Bertha, então com vinte e quatro anos, também já não era mais a adolescente ingênua que chegara cheia de raivas e rebeldias, e sim uma mãe de família que lavrava sua terra com seu marido. Mas ambas se permitiram chorar como crianças com a perspectiva de rever o pai em breve.

Bertha morava com a família numa casinha de madeira muito simples e pequena. Toda a água vinha de um poço a cinquenta metros de casa. Água encanada ainda era um luxo pouco conhecido na área rural. O banheiro também ficava a oitenta metros de distância. Comia-se o que a terra lhes dava e, em datas comemorativas, vinha à mesa uma das galinhas do quintal.

Naquela época, Annelise já morava com Bertha na pequena casa de madeira. Já não trabalhava mais como "filha da casa" em lares alemães alheios.

Com a chegada iminente de Ernest, Bertha e Herbert resolveram construir uma casa maior, para que seus pais pudessem morar com eles no Sítio Flamboyant e, ao mesmo tempo, ter um pouco de privacidade.

***

Durante toda a travessia do Oceano Atlântico até o Brasil, Ernest viera repensando sobre a trajetória de suas três damas. Esses pensamentos vinham acompanhados de um triste remorso por não ter despertado antes e seguido com elas e sua irmã para esse mesmo destino, poupando-se de seu longo e tenebroso périplo e, principalmente, poupando a vida de Eleanor.

Repassava na memória a carta que Hans lhe enviara enquanto estava na Grécia. A fatídica carta que lhe trouxera a confirmação de que aquela alma altruísta e tão querida havia sucumbido ao Holocausto.

Cada fibra de seu corpo doía enquanto relia aquelas palavras por incontáveis vezes:

"Ernest, meu mais querido amigo, esta é a carta que jamais queria precisar te escrever. Mas não conseguirei te poupar nem com o silêncio e nem com essas tristes palavras.
Ontem recebemos a confirmação oficial de todos os nomes que constavam da lista de extermínio dos últimos meses de atividade em Auschwitz. E rezei muito para não encontrar o nome que nunca se apagará de nossos corações. Eleanor não foi poupada. Sinto de toda a minha alma toda a dor que essa notícia irá lhe causar e transmito-lhe meu mais sincero abraço.
Com todo o meu afeto, seu Hans."

Pensou novamente em Eleanor e no sofrimento que certamente lhe fora infligido, apesar de todo o bem que havia distribuído. Como seguir vivendo nesse mundo irreconhecível, tão distante de dignidade e justiça?

***

Ernest chegou ao final do verão seco e ainda quente de 1949. Desembarcara em Santos, assim como *suas três mulheres* dez anos antes. Santos já era uma cidade grande, mais bem estruturada e cheia de pensões e de hotéis para estrangeiros, que já não vinham em tanta quantidade como em 1939. Já não se falava alemão em todas as esquinas, pois os navios que atracavam agora eram de múltiplas nacionalidades.

Os trens que partiam para Roland ainda eram os mesmos da época da empresa Paraná Plantations. Ernest sabia que tinha colaborado financeiramente para algum daqueles trilhos ou alguma daquelas locomotivas. Sem nunca receber a contrapartida justa para aquele acordo.

Mas águas passadas não movem moinhos. Estava ansioso demais para rever sua família, em vez de ficar remoendo planos que não se concretizaram.

Na estação de trem em Roland estavam *as três mulheres do pediatra alemão* a esperá-lo num misto de ansiedade e apreensão. Como seria o reencontro? Como o tempo e a distância teriam mudado aquele pai e marido até que chegasse ali com toda a sua bagagem emocional?

Após abraços e lágrimas em profusão, as palavras não vinham. Olhavam-se, meio abobalhados. Foi Ernest quem rompeu o silêncio quase constrangedor que se fez:

— Vieram para algum enterro e resolveram passar por aqui para me dar uma carona? De choro acho que já tivemos o suficiente, não acham? Chega de lágrimas. Comecem me explicando como se vive embaixo de um calor desses!

— Pai, você não viu nada ainda. Há dias bem mais quentes do que esse — disse Anne. Então se deu conta de que não conseguira chamá-lo de Papi, como era de costume em casa. O termo Papi pareceu-lhe muito infantil para ser usado por uma mãe de família. Ou era a proximidade perdida que a impediu de usar uma palavra tão intimista?

Ernest não deu mostras de ter observado o fato. Mas notou um leve encabulamento na expressão de Anne, que não era nada próprio de sua filha mais velha, sempre tão madura e segura de si.

— Minhas meninas, vocês cresceram. Tentava sempre imaginar o quanto vocês teriam mudado desde aquele dia. E vejo que mudaram para melhor. Estão muito bonitas. E, Lise, você está linda como sempre. Parece que o sol dos trópicos não te deixou envelhecer tanto quanto eu.

— Mas o sol da Austrália, pelo jeito, manteve seu charme conquistador. Pois esses dez anos não passaram despercebidos nem nas minhas rugas e nem nos meus cabelos brancos — disse Annelise, no fundo feliz com o elogio de seu marido.

Bertha ainda relutava em quebrar o encanto com palavras. Esposo, pai, amigo, confidente, aquele ser que lhes fizera tanta falta, enfim estava ali, em carne e osso. Tantas cenas escorriam pela memória naquele momento... chegou a duvidar de que aquele dia chegaria depois daqueles longos dez anos desde a despedida traumática no Porto de Hamburgo.

— Vamos, vamos, a charrete nos espera — disse Bertha, ainda com a voz embargada com múltiplas emoções.

— Sim, vamos. Estou ansioso para conhecer mais desse país e do lar de vocês — respondeu Ernest, abraçando sua esposa, que também ainda procurava palavras para quebrar silêncios que se imiscuíam a toda hora entre os quatro ali parados.

Subiram na charrete e percorreram os vinte e três quilômetros de estrada de chão, abaixo de um sol inclemente que lentamente derretia o gelo do reencontro. A cada quilômetro, todos tornavam-se mais leves e mais falantes.

— Ernest, como você sabe, estou morando com Brie no sítio. Não sei se você ainda recebeu minha última carta. O que você acha de ficarmos morando lá por enquanto?

— A casa é pequena, mas estamos planejando construir uma maior, para que todos caibamos sem muito aperto — disse Bertha.

— Pelo visto, vocês se habituaram muito bem a viver fora da cidade. Para mim, isso é algo totalmente novo. Mas, se é bom para vocês, também será bom para mim — respondeu Ernest, em seu eterno otimismo. — E Anne, conte um pouco, sua gravidez está tranquila? Faltam quantos meses para a chegada do meu quinto neto?

— Faltam só dois meses e creio que seja um menino. Ele é muito mais agitado que Maria e Ulyana, quando ainda estavam na barriga.

— E como elas estão?

— Estão ótimas. Amanhã venho te buscar para que possa conhecê-las. Recupere logo suas energias, pois elas não vão te dar sossego.

— Perfeito. E como estão Beatriz e Carolina, Brie?

— Muito arteiras. Queriam vir junto para conhecer o vô logo. Mas não param quietas. Herbert ficou cuidando delas.

— Conte da sua viagem, Ernest. Não é todo dia que se atravessa um oceano. Correu tudo bem? — perguntou Annelise.

— Tirando um pequeno temporal que durou dois dias e fez todos os passageiros passarem mal por causa do balanço interminável do navio, não teve mais intercorrências. Trouxe alguns livros, então o tempo não demorou muito a passar. E o melhor de tudo: não havia o medo constante de sermos bombardeados, como na viagem à Austrália. Por isso, dessa vez foi um passeio.

Ernest e Annelise entreolharam-se enquanto se davam as mãos. Ambos sabiam quanto medo e angústia cada um tinha passado, mesmo que nunca houvessem tido a oportunidade de partilhar detalhes de cada entrevero que lhes ocorrera durante todos aqueles anos. E provavelmente nunca teriam. A vida seguiria seu curso e as águas passadas já corriam por outras paragens. Mas compartilhar o futuro já parecia uma dádiva.

As três mulheres do pediatra alemão haviam tido tempo suficiente para se habituar àquela vida rural sem luxo e sem muito conforto. Aquele estilo de vida rústico e simples tornara-se a realidade nua e crua, onde a sobrevivência era o fator determinante. O luxuoso sobrado anexo ao consultório, a louça de porcelana da sala de jantar, as aulas de piano e a vida despreocupada de outrora ficaram em alguma gaveta emperrada da memória.

Ernest teve que disfarçar seu assombro ao avistar a casinha simples de madeira sem água encanada, o banheiro a metros de distância, o poço ladeira acima para buscar água potável; o cavalo amarrado ao curral, aguardando ser montado por Herbert para vistoriar a colheita do café... quando imaginava sua esposa e filhas no outro lado do mundo, nunca conseguira traçar um quadro real de suas vidas, seus lares, suas rotinas. Era um novo mundo que o chocava pela precariedade, mas, ao mesmo tempo, o instigava. Sentia-se querendo fazer parte daquilo. Simplesmente queria estar onde elas estivessem. Alegrar-se com as mesmas vitórias e chorar pelas mesmas dores.

***

Quando ficaram a sós, Annelise e Ernest sentiram-se subitamente distantes. Como um casal unido por conveniência. A rotina, a intimidade e o romantismo haviam-lhe sido roubados de forma tão drástica que pareciam estar se conhecendo naquele momento.

Tantas coisas para serem contadas...

E tantas que jamais seriam contadas...

Fisicamente, haviam se reencontrado depois que o tabuleiro da vida movera tantas peças, subtraíra algumas e rearranjara outras. Mas o reencontro das almas precisaria ser reconquistado, lapidado e recosturado. Não havia mais guerra, estavam juntos.

— E aí? Tudo muito diferente do mundo de lá, não? — perguntou Annelise, após alguns minutos de silêncio.

— Talvez não tão diferente da Austrália. Mas, comparado à Alemanha, realmente não há paralelo possível. Mas me fale, como você se sente aqui? Ambientada a ponto de não mais querer voltar para casa?

— Minha casa é aqui, Ernest. E eu espero muito que, em breve, você também possa se sentir em casa aqui.

— Eu também espero, minha querida Lise. Espero que minha já tão antiga promessa de reencontrá-las seja cumprida de corpo e alma. Presumo que vocês tiveram muitas dificuldades ao chegar aqui. Preciso que me deem esse tempo de adaptação também. Preciso dessa família. Preciso de você.

Abraçaram-se e dividiram um pouco da ansiedade que pairava espessa sobre eles. As cicatrizes eram muitas, eram profundas. E, quando se reabrissem em madrugadas turvas, sabiam que não seriam compartilhadas, pois eram feridas causadas por lutos e dores distintas.

Mas tinham um ao outro. E saberiam se reconduzir àquele sentimento que outrora fora tão inabalável.

***

No dia seguinte, Anne veio buscar os pais para passar o dia com ela, as meninas e seu marido. O dia estava ensolarado, mas já menos quente que no dia anterior, o que agradou muito a Ernest.

Anne herdara o espírito otimista e desprendido do pai. A vida não lhe havia trazido confetes, mas sempre optara por tirar o melhor que podia de cada situação.

Maria e Ulyana encantaram-se com a chegada do avô.

— *Opa*, venha ver os filhotes da minha coelha, que nasceram anteontem. Um é preto e três são brancos — contou Maria, ainda antes de entrarem em casa.

— E você já deu nome para todos eles? — perguntou Ernest.

— Ainda não. O que você acha de colocar os nomes de *Oma*, *Opa*, Maria e Uly?

— Acho perfeito. E vou me sentir honrado. E você, Uly, o que acha?

— Acho que meu irmão vai ficar triste quando nascer e não tiver um coelho com o nome dele — resmungou Ulyana.

— Ah, não se preocupe, Uly. Quando seu irmão nascer, aposto que a mãe coelha já vai ter colocado mais uma ninhada no mundo. E você vai poder colocar o nome dele também.

"Pronto. O vovô é mesmo muito inteligente", pensou Ulyana. "Será que ele sabe sempre a solução para todos os problemas, como Mami costumava dizer?"

Na cozinha, após o almoço, Ernest conseguiu alguns minutos a sós com sua filha mais velha.

— E aí, minha menina. Como a vida anda te tratando?

— Nem bem, nem mal, pai. No começo realmente foi mais difícil. Mas a vida aqui não é ruim. Não nos falta nada e o povo aqui é muito bom. E você, vai conseguir se adaptar a esse calor?

— Se vocês conseguiram, por que eu não conseguiria?

***

— Pai, venha, vamos ver a obra lá em cima? Se você quiser mudar alguma coisa na casa, a hora é agora — chamou Bertha no dia seguinte.

— Sim, vamos lá ver, estou curioso.

No caminho, Ernest tentou se aproximar da filha, que de repente tinha se tornado uma mulher de fibra, sem rodeios, carregando no colo uma criança pequena e nas costas um fardo muito mais pesado do que um dia sonhara.

— Brie, estou orgulhoso de tudo o que vocês conquistaram por aqui. Eu me roía de preocupação com todas as dificuldades que vocês pudessem estar passando. Principalmente quando soube que o nosso negócio com a Paraná Plantations não tinha dado em nada. Mas já ficou muito claro que vocês não se encolheram, não fugiram do trabalho pesado e se desapegaram de comodidades que lá em casa eram tão normais. Tiro o chapéu para sua mãe, que foi quem conseguiu tirar vocês de lá da Alemanha e nunca permitiu que vocês se dobrassem com as coisas ruins que apareciam pelo caminho. Se um dia voltarmos para casa, vocês levarão experiências muito ricas daqui.

— "Lá em casa" deixou de existir há muito tempo, pai. O normal para mim hoje é tirar o leite da vaca às cinco horas da manhã e me deitar exausta às nove da noite com a sensação de ter deixado uma porção de trabalho para o dia seguinte.

— Mas deve haver um pedacinho de você que se orgulha da sua nova família, da sua nova casa em construção, desse pedaço de terra pra chamar de seu...

— Se há algo que o tempo corroeu nesses dez anos foi o tal do orgulho, pai.

Ernest lentamente percebia o quão amargurada Bertha se tornara por tudo o que lhe havia sido arrancado. Aquela não era a vida que ele e Annelise haviam prometido para elas. E sentia uma espécie de culpa alheia no fundo do seu ser, como se ele fosse corresponsável por tudo o que poderia ter sido e não foi. Não conseguira proteger suas filhas de tamanho sofrimento. Talvez a culpa não fosse tão alheia, pensou por um instante. Se ele não fosse judeu...

A vida tomara outro formato. O leme não estava mais em suas mãos. Dali para a frente ele seria um mero expectador. Só podia torcer para que o pior já tivesse ficado para trás.

***

Mais perto da hora do almoço, voltando para casa, Beatriz, que saltitava entre eles, perguntou:

— *Opa*, você sabe andar a cavalo?

— Sim. Fui soldado na primeira grande guerra e, nessa época, andei muito a cavalo. Mas agora estou fora de forma. Você me ensina de novo?

— Claro! Mamãe, quando posso ensinar o *Opa* a andar a cavalo? Pode ser hoje à tarde?

Bertha, grata pela interrupção bem-vinda de sua filha no assunto sem sentido que seu pai insistia em abordar, respondeu distraidamente:

— Sim, filha, faremos isso se der tempo, ok?

— A *Oma* já sabe andar a cavalo. Foi ela que me ensinou, *Opa*.

— Sim, a *Oma* também me ensinou muita coisa. Quem sabe ela nos ajuda hoje à tarde? — disse Ernest a sua neta.

O assunto mais leve fez Bertha se alegrar com a companhia do pai novamente. O seu jeito alegre de lidar com as crianças realmente era muito agradável. Tratava qualquer criança com o mesmo respeito que tratava os adultos, o que fazia suas meninas se encantarem pelo avô.

Enquanto estavam na obra, Ernest percebera que a casa nova dava, sim, um pouco de prazer a Bertha. Não estava indiferente a tudo, como começou a temer.

À tarde, reaprendendo a cavalgar, *Opa* Ernest sentara-se em sentido contrário sobre o lombo do cavalo, olhando para o rabo deste. Beatriz tentou corrigi-lo:

— *Opa*, você tá doido. Não é assim que se senta no cavalo. É do outro lado, você tem que se sentar de frente, olhando para a crina dele — disse ela, indignada.

Ao que Ernest respondera em tom de grande sabedoria:

— Mas você nem sabe em qual direção estou querendo ir! Quero ir para lá — e indicou com o dedo em direção contrária ao trote do animal.

Esse era o avô que nunca se cansava de trazer risadas e bom humor para os que o rodeavam.

***

Passaram-se algumas semanas e Ernest tentava fazer-se útil sempre que possível. Também tentava não se incomodar com o calor pegajoso, com os mosquitos atrevidos e com a falta de água encanada.

Na verdade, o que mais o incomodava era não poder exercer sua profissão. Será que estava fadado a abandonar tudo pelo que sempre vivera?

Annelise tinha obtido algumas informações com conhecidos na cidade, e as havia passado para Ernest por carta, quando este ainda se encontrava na Alemanha. Não eram informações otimistas. E Ernest partira antes de receber essa carta. Quando soube que, somente com o diploma alemão não poderia exercer a medicina no Brasil, Ernest teve seu primeiro desencanto com o país que já não quis acolhê-lo quando mais precisou, em 1939. Até na Austrália e na Grécia pôde trabalhar em sua área, o que sempre lhe havia dado energia para seguir em frente.

— Mas você só precisa fazer um curso complementar aqui para que seu diploma seja reconhecido — Annelise tentou animá-lo.

— Eu já estudei muito e trabalhei muito para começar do zero por aqui. Nesse momento, não tenho energia para me sentar num banco de escola de novo. Além do que, para estudar, eu teria que estar dominando muito bem o português, o que não é o caso.

— E se você começasse a atender as pessoas das fazendas vizinhas? A maioria são alemães. E seus funcionários. Para estes, eu serviria de tradutora.

— E se alguém me denunciar?

— Não tem por que descobrirem. Além disso, o médico da cidade, Doutor Teutônio, parece ser muito boa gente. E tem clientela suficiente. Ficaria até feliz de dividir um pouco com você.

— Então talvez seja melhor eu conversar com ele primeiro, antes de qualquer iniciativa que possa dar na trave.

— Sim, podemos fazer isso. Acho que você vai gostar dele.

A partir dali, Ernest empenhou-se muito em aprender a língua nova para que logo pudesse trocar algumas palavras com o seu colega da cidade. Havia uma luz no fim do túnel e agarraria qualquer oportunidade para voltar a trabalhar como médico.

Quando o grande encontro ocorreu, foi agradável e proveitoso. Houve uma admiração mútua desde o primeiro instante. Doutor Teutônio era um médico muito reconhecido e querido em toda Roland. Mas, com toda certeza, encontrava-se sobrecarregado. Ficou encantado com a possibilidade de dividir o fardo com um colega de currículo tão rico. E de personalidade forte, mas, ao mesmo tempo, sensível e positivo. Dera todo o estímulo para que Ernest iniciasse logo seus atendimentos. Ofereceu-lhe todo o apoio de que precisasse, prometendo que, por ele, nenhuma autoridade jamais saberia que seus papéis não estavam em dia com as leis brasileiras.

Voltando para casa, Ernest se reuniu com Annelise e Bertha para avaliar a possibilidade de acrescentar um cômodo na casa nova, que pudesse lhe servir de consultório. Ambas ficaram encantadas. Esposa e filha sabiam o quanto aquilo era importante para ele e para sua adaptação definitiva no Brasil.

— Que notícia boa, pai. Vamos dar um jeito nisso, sim. Herbert conversará com o carpinteiro amanhã sobre alguns detalhes, e já poderão estudar essa mudança. Só não sei quanto tempo levará para ficar pronto.

— Você me disse, um tempo atrás, que os últimos dez anos corroeram todo o seu orgulho. Pois posso dizer que esses dez anos corroeram com toda pressa que um dia tive. Tudo no seu devido tempo. E tudo o que não quero é trazer problemas.

— E conte sobre o encontro com o Doutor Teutônio. Ele não ficou um pouco enciumado? — perguntou Bertha.

— Não, pelo contrário. Pareceu-me bem aliviado, dizendo que uma ajuda seria muito bem-vinda.

— Não é de se espantar. Ele não tem concorrência nenhuma em toda a região.

— E você, filha, já pensou em voltar a estudar?

— Pensei, sim. E muito.

— E então?

— Olhe para a minha vida, pai. Você acha que ainda cabe algum pensamento sobre voltar para a escola? Seria a mesma coisa que acreditar que Cinderela não passa de um conto de fadas.

— Eu poderia te ajudar...

— Para, por favor. Sonhe com seu consultório e seus pacientes que eu sonho com o curral, a lavoura, as crianças e o fogão.

Novamente, Ernest sentia toda a raiva acumulada nas palavras de Bertha. E estava criando o infeliz hábito de fazer aflorar essa mágoa em sua filha.

Aquela criança cheia de manias e teimosias, que sonhara em ser pediatra igual ao pai, fora arrastada por um turbilhão chamado sobrevivência, e já não lhe restavam ilusões para dar leveza à vida. A habilidade que sua irmã Anne criara de fazer do limão uma limonada não se via em Bertha, infelizmente.

Ernest, então, tentou abraçá-la, mas Bertha fingiu não ter percebido a intenção do pai e saiu rapidamente para o quintal.

Oito meses após sua chegada ao Brasil, Ernest atendia seu primeiro paciente no consultório meio improvisado da nova casa. Ele irradiava alegria e satisfação.

Nesse meio-tempo, Anne deu à luz seu terceiro filho. Tivera razão, era um menino. E deu-lhe o nome de Ernest, para orgulho do avô.

***

Três anos depois nascia Viktoria, a terceira menina de Bertha e Herbert. O sexto neto de Annelise e Ernest.

O consultório de Ernest, afastado vinte e três quilômetros de Roland, atraiu os pacientes da região rural próxima, mas nunca chegou a lhe dar a sensação de exercer plenamente sua profissão. Então, após dois anos, Ernest e Annelise resolveram se mudar para a cidade, onde o Doutor Teutônio lhe indicava todos os pacientes que não cabiam em sua agenda, além de sempre chamá-lo para auxiliar em suas cirurgias. Assim, Ernest deixou de ser exclusivamente pediatra, para novamente atender qualquer faixa etária e estava feliz com isso.

Bertha encapsulava-se em seu mundo solitário. Beatriz crescia vivaz e prática, já ajudando a cuidar de Carolina e Viktoria. Aos oito anos, seus pais receberam a proposta de enviá-la para viver em São Paulo com seus avós paternos. Bertha abraçou essa proposta rapidamente, em parte por enxergar um futuro educacional mais promissor para sua filha, mas também porque se sentia aliviada e grata por alguém lhe subtrair um pouco da carga de responsabilidades e tarefas diárias que a esgotavam cada vez mais. Esse segundo motivo jamais admitiria e Beatriz jamais a perdoaria.

Então, Beatriz foi morar com seus avós. No início, a saudade de casa apertava e sentia-se muito deslocada naquela selva de pedra, tão diferente da vida calma e pacata do sítio. Lentamente foi se adaptando à vida urbana, apressada e irrequieta. Não houve um acolhimento caloroso por parte de seus avós. As refeições não eram abundantes, as roupas eram reformadas e remendadas e muito cedo teve que trabalhar para pagar por seu prato de comida. Logo, resolveu fazer magistério para ser professora, ter seu próprio salário decente e ganhar sua independência.

Ia passar as férias com seus pais, mas logo não se sentia mais parte integrante da família. Sentia-se sim um estorvo.

A infância passou pela adolescência sem fase de transição e a *adultescência* veio atropelada pela fome e as necessidades pelas quais seus pais já não se achavam mais na responsabilidade de suprir.

Aos dezesseis anos, já de volta a Roland e apta a ensinar matemática em qualquer escola, conheceu Orson, seu futuro marido, que lhe deu firmeza, segurança e um anel de noivado. Ao lado de seu noivo, seu porto seguro, o mundo parecia mais equilibrado novamente. Seguindo a sina das mulheres das gerações pregressas, a vida não seria fácil.

Carolina, por sua vez, crescia meiga e muito bonita. Seus amigos eram as flores, as fadas e alguns animais indefesos, como o porco-espinho, que se escondia no galpão escuro atrás do poço. Era delicada, meio etérea, de sorriso fácil, sempre correndo como uma sombra atrás de sua mãe. Quando se iniciaram as brigas entre Bertha e Herbert, refugiava-se durante horas à sombra do pé de Jasmim Gardênia atrás da casa. Sentava-se com o queixo entre os joelhos e as mãos tapando as orelhas, fingindo que, se não ouvisse, as discussões acabariam mais rápido.

E, claro, a vida também não lhe seria nada fácil.

Carolina já tinha quatro anos quando Viktoria nasceu. Logo tornaram-se muito amigas.

Viktoria era alegre, travessa, de uma beleza mais selvagem, sempre causando rebuliço. Os castigos gerados eram sempre compartilhados, pois Viktoria sempre arrastava Carolina para as artes proibidas.

Uniram-se ainda mais quando sua irmã Beatriz foi abduzida pelos avós de São Paulo. Será que um dia esses avós distantes também as roubariam de seus pais? Não gostavam de imaginar esse cenário sombrio.

Foram crescendo livres, independentes e irreverentes. O que conheciam da vida em sociedade eram as aulas que frequentavam na escola rural na fazenda vizinha, para onde Herbert as levava todos os dias pela manhã.

Nas férias, chegava Beatriz, contando as maravilhas da vida na cidade. Na realidade, já havia se criado um abismo entre esses dois mundos. Porém, era sempre excitante ouvir as histórias sobre essa terra distante que não cabia na imaginação das duas irmãs menores. Contentavam-se em ouvir as histórias, não queriam acompanhá-la em seu trajeto de volta para a cidade grande. Aquele cantinho protegido do mundo era o que conheciam e era onde queriam ficar. Pelo menos, naquele momento.

***

Annelise havia feito dos trópicos o seu lar. O calor, o trabalho, o auxílio na criação dos netos, tudo fazia parte de um contexto complexo de uma nova vida que ela chamava de seu lugar no mundo.

Ela não se fazia a pergunta crucial: sentia-se mais alemã ou mais brasileira? Simplesmente sentia-se em casa.

Porém, dia após dia, sentia que este não era o caso de seu marido. O seu lugar no mundo era outro. Ela não queria admitir que já sabia disso, preferia ignorar por mais um tempo, e receava ser confrontada com essa realidade a qualquer hora.

Às vezes conversava sobre isso com Bertha, que odiava constatar que seu pai não se adaptava àquela vida como elas esperavam. O assunto geralmente acabava em discussão.

— Brie, se seu pai um dia cogitar voltar para a Alemanha, eu acho que já estamos bem independentes para seguir a vida por aqui. O que acha?

— Eu acho que ele seria muito egoísta se nos abandonasse aqui de novo. Não é questão de independência. É questão de se importar conosco o suficiente para tolerar um calor e uns mosquitos.

— Se fosse só o calor e os mosquitos, ele se adaptaria sim. Mas acho que é bem mais que isso. Ele nunca quis vir para cá, acho que já previa que não se sentiria bem por aqui.

— Não venha estimulá-lo a ir embora, mãe. Deixa ele tentar por mais um tempo.

Ernest e Annelise haviam encontrado o caminho para o coração um do outro novamente nos meses e anos que se seguiram. Ele não mostrava nada além de boa vontade para conhecer e se adaptar a tudo o que parecia ser importante para sua esposa, mas Annelise percebia o quanto isso lhe custava de esforço.

Moravam na cidade, embora passassem muitos finais de semana no sítio com as filhas e os netos. O consultório ia bem e Annelise voltara a ser sua assistente durante o trabalho. Até que um dia veio a fatídica pergunta:

— Lise, você nunca pensou em voltar para a Alemanha?

— Nos primeiros anos, sim, com certeza. Mas minha raiva por tudo o que nos fizeram passar era maior do que meu desejo de retornar.

— E hoje? Essa raiva já não passou? — perguntou Ernest, esperançoso.

— A raiva talvez tenha passado. Mas hoje meu lugar é aqui. Temos nossas filhas, nossos netos, temos amigos e temos um ao outro. Não quero me separar de tudo mais uma vez, para recomeçar do nada por lá.

— Teríamos um ao outro lá também — respondeu Ernest, sem muita convicção.

— Hoje minha resposta seria não, Ernest.

Annelise sabia que havia lhe tirado o chão ao demonstrar tamanha certeza de quem sabe o que quer para si. E demonstrar essa convicção não lhe caía fácil. Nem era de seu feitio antes de o mundo fazer com que mergulhassem naquele breu de luto e separação.

Mais quatro anos se passaram, nos quais Ernest esporadicamente abordava o assunto, sem nunca obter um posicionamento mais recíproco de Annelise. Porém, esta já não suportava mais a ambiguidade com que Ernest levava a vida. Era evidente que ele jamais se adaptaria por completo naquele país.

Então Annelise tomou uma decisão:

— Ernest, o que você acha de ir a Berlim para verificar suas chances de se instalar e trabalhar por lá? Se tudo se encaixar, quem sabe eu volte com você...

— Vejo que isso é uma possibilidade, não uma promessa. Estou certo? — perguntou Ernest, pego de surpresa.

— Não consigo prometer muito ainda. Mas entendo que não posso te segurar por aqui, se tudo te puxa para lá. Quem sabe eu crie coragem de abandonar tudo aqui um dia.

— Quem sabe eu consiga fazer você se sentir em casa no seu país de novo?

— Sim, quem sabe.

Ernest foi a Berlim.

E voltou.

Feliz, esperançoso, cheio de planos engatilhados. Mas não conseguiu convencer Annelise de que encontraria um país bem diferente daquele do qual tinha fugido há dezenove anos. Ela relutava. E ganhava tempo.

Após longas conversas madrugada adentro, conseguiram chegar a um acordo. Ernest iria primeiro. E, se tudo corresse bem, ela o seguiria mais tarde.

Após alguns meses de decisões, planos, fechamento do consultório e muitas conversas com suas filhas, Ernest regressou a seu país natal. Partiu com um certo amargor na alma, pois sabia que a única que realmente o entendera fora Annelise. Nem Bertha, nem Anne aceitaram muito bem a sua despedida. Lembrou-se da conversa que tivera com Bertha pouco tempo antes de partirem da Alemanha. Ele dissera que voltariam juntos, ou que nunca voltariam. Ele quebrara sua promessa mais uma vez.

Annelise ficou mais abatida do que queria admitir. Debatia-se entre a aceitação da partida de Ernest e a frustração de ter esperado longos dez anos pelo seu retorno e agora ter que vê-lo partir de novo.

Porém, lentamente, a vida tomou sua rotina e ela conseguiu se desvencilhar daquela velha e conhecida angústia que a acompanhara por tanto tempo.

Talvez, por fim, voltar para a Alemanha não fosse tão má ideia...

Bertha foi quem mais se ressentiu com a partida do pai. Quando tinha quinze anos, ele não tivera outra opção que não abandoná-las. Mas, nesse momento, ele optou por seguir seu caminho sem elas. Ela já completara trinta e quatro anos, já tinha sua família, suas filhas, sua terra, mas, subitamente, sentia-se como a adolescente abandonada. A escolha do pai foi um duro golpe. E um pouco mais de raiva acumulou-se em seu íntimo. Por que a vida teimava em lhe tirar tudo?

— Filha, procure entender seu pai. Ele tentou se adaptar a esse país por longos nove anos. Por nós. Mas não conseguiu. Não o culpe por isso — dizia-lhe Annelise.

— Podia ter tentado por mais nove anos. Por nós! E você também é culpada, mãe. Não fez nenhum esforço para segurá-lo aqui. Pelo contrário, não é?

Annelise percebia que seria inútil argumentar com Bertha enquanto ela não destilasse sua raiva e trabalhasse suas frustrações.

Também sabia que o casamento de sua filha passava por uma fase difícil, o que perturbava ainda mais sua paz de espírito. Sugeriu, então, que Carolina e Viktoria passassem a morar com ela na cidade durante a semana. Assim teriam mais facilidade em frequentar a escola sem encarar o trajeto diário do sítio até Roland, e a oferta foi prontamente aceita.

Na casa da avó, podiam passar mais tempo com os primos, que moravam numa chácara próxima da cidade. Nos finais de semana iam para casa, onde ainda usufruíam de um estilo de vida saudável, embora as brigas dos pais se tornassem cada vez mais frequentes.

***

Apesar de seu casamento também bastante tumultuado, Anne teve seu quarto filho, uma menina, em 1954. E, em 1958, nascia sua caçula. Após o nascimento da quinta filha, o casamento degringolara de vez. O marido de Anne, então, resolveu deixar sua família e, sem muitas delongas, também retornou para a Alemanha. No mesmo ano, sua filha mais velha, Maria, casava-se aos vinte e um anos e deixava a casa de seus pais pela segunda vez. A primeira tinha sido para estudar na Alemanha, ainda adolescente.

Algum tempo depois, Bertha também pedia a separação. Seus dez alqueires de terra foram divididos com Herbert, que vendeu sua metade para o fazendeiro vizinho.

Bertha dividia-se entre porcos, galinhas, filhas, uma pequena plantação de café e um caminhão de perdas e frustrações que se acumulavam e lhe roubavam qualquer sonho de futuro. E a vida seguiu seu rumo.

As três mulheres do pediatra alemão, que fugiram do solo alemão, da guerra e do Holocausto, abdicando de seus bens, seu orgulho, sua vida abastada, conheceram o medo, a fome, a insegurança e o trabalho pesado, que conquistaram seu lugar no mundo no país que as acolhera tão bem... de repente encontravam-se novamente sozinhas. E, mais uma vez, com medo, mas com uma bagagem que as munia de muito mais força e resiliência do que há vinte anos.

Tudo muito humanamente trágico.

Tudo muito humanamente heroico.

1960-1964

CAPÍTULO 17

> "A vida é breve,
> mas cabe nela
> muito mais
> do que somos capazes
> de viver."

José Saramago

— **Ernest,** você causou uma boa impressão com o *Herr* Strauss. Creio que a vaga seja sua — disse Hans ao cunhado e fiel amigo desde a faculdade.

— Ele não deu nenhuma amostra de ter ficado satisfeito com a conversa. Ele te disse alguma coisa? — perguntou Ernest, preocupado.

— Fique tranquilo, ele é contido assim mesmo. Mas muito boa pessoa. Passou maus bocados durante a guerra também.

— Sim, ouvi dizer que auxiliou muitos judeus em fuga. E quase perdeu a vida por isso.

— Exato. Contei-lhe da trajetória de sua irmã, que também ajudou dezenas, se não centenas de judeus a fugir daqui, e de seu final trágico em Auschwitz — comentou Hans.

— Eleanor não conseguia pensar em si mesma. Eu nunca soube se ela realmente tinha noção do risco que corria. Provavelmente sim. Carrego uma parcela de culpa por não ter sido mais convincente em levá-la para o Brasil enquanto era tempo.

— Do pouco que conheci Eleanor, acho que você pode dispensar essa culpa tola, pois nenhum santo teria feito com que ela abdicasse de sua trajetória. Assim como *Herr* Strauss. Com nosso jeito prático de pensar e agir, jamais seremos capazes de compreender esse altruísmo.

— Sim, concordo. O nosso instinto de sobrevivência ainda supera em muito essa capacidade de ajuda incondicional.

— Meu querido Ernest, agora você abusou da humildade. Você anda muito filosófico. Pelo que soube, você também andou ajudando muitas pessoas nesses longos anos longe de casa.

Dois dias depois dessa conversa, *Herr* Strauss comunicou a Ernest que a vaga para médico na Casa Pastor Braune, um hospital para crianças com deficiência, era dele.

Hans era o irmão um pouco mais velho de Annelise, o único com quem mantinha um contato assíduo por cartas. Ele amava sua irmã tanto quanto amava Ernest. Poder ajudar seu cunhado o deixara muito satisfeito.

Hans e *Herr* Strauss, o diretor da Casa Pastor Braune, eram amigos de longa data. Quando *Herr* Strauss comentou com Hans que precisava de um médico para a ala da primeira infância, ele imediatamente pensou no cunhado, cuja capacidade profissional sempre admirara. E sabia que haveria uma identificação mútua, quando apresentasse um ao outro.

Não se enganara.

Ernest montara seu consultório após retornar para Berlim e sua agenda, em pouco tempo, não deixava nada a desejar. Mesmo assim, aceitou o novo emprego de meio período com muita garra e convicção.

"Lise, não sei se Hans já te escreveu sobre isso, mas gostaria que você fosse uma das primeiras a saber: ele conseguiu uma vaga como pediatra para mim na Casa Pastor Braune. Não sei se você já ouviu falar desse hospital. O diretor é amigo do Hans, assim ele intermediou o contato. Comecei esta semana e estou me sentindo realizado. As coisas estão indo muito bem por aqui. Só não estão melhores porque você ainda não me disse quando, enfim, volta para cá. Sinto muito a sua falta..."

"Ernest, meu querido, você não imagina o quanto fico feliz ao ler essa boa notícia. Não soube de nada pelo Hans, ele não me escreve há alguns meses. Deve estar muito atarefado com a clínica dele. Mas me agrada muito ver que vocês continuam os bons amigos de sempre...

Quanto a voltar, talvez realmente tenha chegado a hora. Bertha está se virando bem por aqui e Anne deve já ter te escrito sobre seus planos de também voltar para aí com as três meninas..."

As cartas novamente iam e vinham, até que Ernest recebeu a que aguardara ansiosamente por longo tempo.

"Hamburgo um dia foi palco da nossa cruel despedida. Que agora assista ao nosso reencontro. Acho que você nunca me ouviu falando tão pomposamente, não? Mas tudo isso foi para

contar que minha passagem está comprada. Chego no porto no dia 25 de abril. Gostaria de poder contar com seu abraço ao desembarcar..."

Assim, após vinte e dois anos, Annelise retomava o caminho de volta. Dessa vez, sem medo da fome ou do futuro de suas filhas. Mas, lá no fundo da alma, carregava um enorme receio: será que conseguiria se readaptar àquele país que deixara de ser pátria e porto seguro por tanto tempo?

Voltaria a ser um oásis de paz ao lado de Ernest e longe de suas filhas e netas? E perdoaria de coração aquele país que tanto sofrimento havia infligido a todos?

***

Anne tivera seus cinco filhos e, após o fim de seu casamento e o retorno de seu marido para a Alemanha, a vida voltara a ser mais dura, com a prole para criar sem a ajuda do pai das crianças. Mas Anne não se abalava.

Algum tempo depois que Annelise retornara para junto de Ernest em Berlim, Anne recebeu um convite dos pais.

"Filha, estamos bem adaptados e acomodados aqui nessa cidade grande e boa de se viver. Você não gostaria de mandar Maria e Ernest para cá por um tempo? Seria um prazer cuidar deles e enviá-los para uma boa escola. Temos muitas por aqui."

Anne aceitou prontamente o convite, desejando que por lá pudessem frequentar escolas melhores que na pequena e pacata Roland. Ernest, seu único filho homem, foi o que mais rapidamente incorporou o sonho de viver com seus avós na Europa. Maria já ia mais reticente, não alimentava o mesmo sonho do irmão.

Somente Ernest permaneceu no país de seus antepassados, pois seu avô de mesmo nome cobriu-o de incentivos para ficar e, futuramente, fazer uma faculdade. Maria, não recebendo o mesmo estímulo educacional num mundo onde as mulheres ainda eram contempladas como biologicamente aptas ao forno e fogão, não se adaptou à vida longe de casa e logo voltou ao Brasil. A construção cultural que relegava as mulheres à função de donas de casa já não lhe agradava naquela década de 1960.

Logo também casou-se. Em 1962 dava a Anne sua primeira neta.

Anne permaneceu no Brasil com Ulyana, Angela e Melina. Mas não por muito tempo. Em 1962, resolveu verificar quais seriam suas chances de viver em Berlim, após os longos anos no Brasil. Não retornaria para Schneidemühl, sua cidade natal, pois ela agora pertencia a território polonês. E, em 1964, embarcava com suas três filhas para a cidade que seu pai escolhera para chamar de sua. Ulyana, nessa época, já completara dezoito anos. As menores tinham dez e seis. Maria permanecia no Brasil.

Anne continuava a ser um exemplo de superação. Tantas lutas e tantos lutos, mas a vida seguia e ela não se dobrava. Em sua alma não havia ranço. Havia determinação e alegria.

***

Bertha, por outro lado, permaneceu no Brasil após a separação de Herbert. Nunca pensou em seguir os passos da irmã, que voltara para a Alemanha.

Tocava o pequeno sítio com pouca ajuda. Enquanto Beatriz já vivia com os avós paternos em São Paulo, Carolina e Viktoria passavam a semana em Roland, primeiro com a Vó Annelise e, após o retorno desta para Berlim, passaram a viver com um casal de amigos de Annelise. Iam para casa somente nos finais de semana.

Então o destino pregou-lhe uma peça. Conheceu Willy, que trabalhava como administrador na fazenda vizinha.

— Boa tarde. Hoje cedo estava colhendo o café do patrão ali na fazenda ao lado, e percebi que sua cerca está solta, quase caindo ali onde termina o seu pasto. Seus animais conseguem fugir naquele trecho sem esforço nenhum. Acho melhor avisar seu marido.

— Com esse sotaque todo, você deve ser alemão também. Se for isso, podemos falar na nossa língua mesmo. Aliás, sou Bertha, caso te interesse saber com quem está falando. E obrigada por vir avisar.

Como não tem nenhum marido à vista aqui para fazer o serviço, vou eu mesma, assim que arrumar um tempinho.

— Desculpa não ter me apresentado. Meu nome é Willy, sou administrador da Fazenda Lobal. E sim, sou alemão, cheguei ao Brasil em 1951. E você?

— Já estou aqui desde 1939.

— Se não tiver ninguém para ajudar na cerca, posso vir fazer isso no sábado.

— Até sábado minha vaca, a Felina, já pode ter fugido. Vou dar conta de consertar a cerca, talvez ainda hoje. Mas obrigada pela oferta.

— Ok. Se precisar, procure por mim, será um prazer ser útil. — Willy despediu-se montado em seu cavalo preto.

No entanto, Bertha não tivera tempo de fixar o arame farpado do pasto naquele dia. E, na manhã seguinte, avistou Willy puxando uma vaca com grande esforço, pois o animal não parecia querer obedecer a seu captor.

— Essa deve ser Felina? — perguntou Willy, com um sorriso divertido estampado no rosto.

— Sim, é minha Felina. Onde ela estava?

— Como a grama do vizinho é sempre mais verde que a nossa, ela foi pastar no nosso quintal. Mas é melhor consertarmos logo a sua cerca, se não ela ainda pode virar carne assada na mesa do seu vizinho.

— Prometo que vou agora mesmo remendar aquele trecho da cerca. Mas volte ao seu trabalho, antes que o patrão se incomode com sua ausência e mande você buscar Felina para seu assado de domingo.

— Não creio que ele tenha percebido minha ausência. Mas já estou voltando para lá, já que, pela segunda vez, minha ajuda não foi aceita.

Ao final da tarde, Bertha muniu-se de seu alicate, um rolo de arame farpado e alguns pregos e foi arrumar a fresta na cerca. Estava absorta no trabalho e também na lembrança do sorriso quase maroto de Willy ao entregar-lhe Felina pela manhã, quando ouviu um cavalo se aproximando.

Era Willy, que desmontou e, com muita agilidade, terminou o serviço que ela mal tinha começado.

— Coitado do meu patrão. Agora vai ficar sem esse belo assado pra servir pras visitas de domingo! — disse Willy bem-humorado, olhando para Felina no pasto.

— E eu vou continuar tendo meu leite e meus queijos, e tudo isso graças a você.

— Não há de quê. Mas se quiser me chamar para saborear o próximo queijo, eu aceitaria. — De novo o sorriso entre maroto e tímido, que agradara Bertha algumas horas antes.

Passaram-se alguns dias e Bertha não ousou aproximar-se da divisa de suas terras, com receio de que Willy pensasse que estava à procura dele. Na realidade estava, pois tinha feito o queijo para o qual ele se autoconvidara, mas não teve coragem de convidá-lo. Talvez ele nem estivesse interessado no queijo. Nem nela...

Até que, dez dias depois do conserto da cerca, Willy apareceu em sua casa, perguntando se sabia onde encontrar uma parteira, pois a cozinheira do patrão encontrava-se em trabalho de parto, porém a demora estava preocupando a todos.

— Se esperar eu trocar de roupa, posso ir com você até Roland, pois tenho o endereço da mulher que me ajudou no parto das minhas três filhas — ofereceu ela.

— Com certeza espero, sim, contanto que eu volte com uma ajuda!

E lá se foram na caminhonete de Willy. Encontraram a parteira que já se dispôs a voltar com eles para a fazenda. Por sorte, naquele meio-tempo a cozinheira já havia dado à luz um belo rapaz, não precisando das hábeis mãos da parteira. Logo retornavam para a cidade, levando-a de volta para casa. E, como se Willy ainda precisasse de sua ajuda, Bertha naturalmente sentou-se ao seu lado no carro. Foi quando ela identificou uma expressão de satisfação em seu rosto que a fez criar coragem:

— Semana passada fiz o queijo que você queria experimentar.

— Mas não me convidou para comer?

— Não te vi por perto...

— Agora estou bem perto... sobrou queijo para eu experimentar?

— Sim, claro. Quando quiser.

— Acho que o patrão não vai mais precisar dos meus serviços hoje. Poderia ser agora, depois de deixarmos a Dona Marieta na casa dela?

— Pode, senão o queijo vai envelhecer antes de ser comido.

A partir dali, foram se conhecendo melhor. Dessa vez, Bertha apaixonou-se. E vice-versa.

O queijo levou a próximos encontros e longas conversas por sobre a cerca que dividia as duas terras. Também surgiram as primeiras dúvidas e as primeiras leves desavenças.

— Me conte, o que fez você vir para o Brasil, depois que a guerra já tinha terminado há tanto tempo? — perguntou Bertha, intrigada.

— Depois que voltei do Front e ainda perdi meu pai, senti que meu lugar não era mais naquele vilarejo cheio de viúvas e órfãos. Me sentia sufocado ali, por mais que minha mãe não quisesse que eu fosse embora. As pessoas me olhavam como se eu fosse um ser de outro mundo, pois os homens da minha idade tinham caído durante a guerra.

Willy já tinha contado a Bertha que lutara na fronteira com a Rússia e que fora dispensado por causa de seu problema intestinal congênito. Também já relatara sobre a morte trágica de seu pai, Frederico, após o anúncio oficial do fim da guerra, com a rendição da Alemanha.

— Mas como você teve coragem de ser soldado daquele psicopata que não se importava com quantas pessoas, alemães ou não, perdiam a vida por causa da guerra dele?

— Bertha, acho que você foi embora de lá e não compreendeu o tamanho do poder de Hitler. Confesso que eu até gostava de participar da Juventude Hitlerista até determinado momento. Mas depois dos dezoito anos, não era uma questão de querer ou não ser soldado. Não havia uma escolha, ninguém era questionado se queria morrer por uma bala de fuzil ou continuar colhendo batatas no quintal — respondeu Willy, com certa irritação.

— Se eu não tivesse compreendido o tamanho do poder de Hitler, não teria vindo parar nesse fim de mundo, sem meu pai, sem um centavo no bolso e sem uma palavra de português na bagagem. Não teria colhido batatas, mas teria terminado o colegial e estudado medicina — respondeu Bertha, censurando-o. Sua postura enrijecia, cimentando as mãos atrás das costas, como sempre fazia quando a irritação dominava seu bom senso.

— Não precisamos brigar por uma coisa com a qual nós dois concordamos. Era um psicopata, sim, que acabou prejudicando tanto judeus quanto os próprios alemães — tentou apaziguar Willy.

— O problema já começa aí. Meu pai é judeu, mas antes disso é alemão. Por que vocês se colocam do mesmo lado? Do lado dos que foram prejudicados como nós? Vocês não precisaram fugir, nem foram para um campo de concentração, como meu pai e minha tia e todos de nossa religião.

A discussão não tinha fim. O assunto era um campo minado. Quando a discussão foi reavivada uma segunda vez, fizeram um acordo. Não se falaria mais de Hitler nem de guerra. E uma paz ilusória reinou por um tempo.

Bertha relaxou. Seu coração endurecido resolveu se dar mais uma chance de ser feliz. E talvez tenha sido, por um breve período.

Bertha e Willy fizeram seu ninho de amor, lavraram os cinco alqueires aos quais ele em breve acrescentaria mais dez de um proprietário vizinho que colocara esse lote a venda. A vida parecia trazer uma pequena dose de leveza.

E de novidades.

***

— Tenho uma pequena grande surpresa para você, Willy. Antes de termos tido tempo de conversar sobre o assunto, o assunto já chegou. Estou grávida. E presumo que esteja no fim do segundo mês — falou Bertha, recolhendo a louça do jantar.

— Uau, então que o assunto chegue com muita saúde — respondeu Willy, entusiasmado.

— Pela sua cara, a novidade te agrada?

— Claro que me agrada. Sei que você já tem suas três meninas, mas um filho nosso será muito bem-vindo.

Mas o destino não quis que esse primeiro filho viesse ao mundo com vida. Aos cinco meses de gestação, Bertha sofreu um aborto espontâneo, já trazendo certo desencanto ao projeto de vida conjugal feliz e completo.

Rapidamente, a deusa da fertilidade plantou mais uma sementinha em seu útero e Willy encantou-se com a nova perspectiva de ser pai. Já não eram tão novos, não poderiam esperar muito.

***

Após o aborto, Ernest e Annelise presentearam Bertha com uma viagem para a Alemanha. Annelise havia retornado poucos meses antes para junto de seu marido. Próximo à data do embarque, Bertha descobriu que estava grávida novamente. Mas, como a gestação transcorria tranquilamente, não cancelou a viagem.

Era a primeira vez que Bertha pisava em solo alemão desde a traumática fuga em 1939. Se tivesse dois corações e colocasse cada um de um lado de uma balança, esta ficaria equilibrada entre uma sensação de prazer do reencontro e a desilusão de encontrar tudo mudado.

As impressões que esta viagem causou eram extremamente ambíguas. Não pôde voltar para a pequena cidade onde nascera e fora criada. A Guerra Fria imperava em todas as fronteiras, separando famílias, amigos e histórias. Sua cidade natal ficava agora em outro mundo. Um mundo de língua polonesa e domínio russo.

Então foi somente para Berlim, a metrópole alemã dividida ao meio entre ocidental capitalista, e oriental comunista. Ernest e Annelise viviam no lado ocidental. Mas a cidade toda era como uma ilha bem no centro do território ocupado pela URSS. Aquilo impressionou Bertha, deixando-a perplexa com as consequências daquela guerra que mudara o mundo tão drasticamente e causara sequelas de tão longo prazo. Afinal, a guerra acabara há dezesseis anos.

A paz reinava, mas para Bertha tudo parecia um pouco artificial. A sociedade consumista e ostentadora lhe revirava o estômago. O contraste com seu mundo rústico desprovido de água encanada, calefação e mesa farta era gritante. E a puxava de volta. Não se encaixava mais no mundo que lhe fora negado vinte e dois anos antes.

Voltou ao Brasil, com a gravidez já entrando em seu sexto mês.

***

Alimentava as galinhas cedo naquela manhã, quando sentiu as primeiras contrações. Como era seu quarto parto, sabia que tudo poderia ocorrer rapidamente.

Por sorte, Willy não saiu tão cedo quanto de costume para a lavoura. Assim, ao receber o sinal de alarme de Bertha, teve tempo de ir buscar a parteira na cidade. Já conhecia o endereço desta.

O trabalho de parto realmente foi rápido e, no meio da tarde nascia Sabine, firme, forte e saudável. O pai, orgulhoso, já dizia que a pequena recém-nascida era a sua cara'.

— Seu Willy, se o senhor esperava um menino, desista. Essa mulher só sabe fazer menina — disse a parteira, entregando-lhe a sua primogênita. — Já assisti aos três partos anteriores dela, só dá mulher.

— Sem problemas — respondeu Willy, em meio a uma risada feliz, admirando o rosto rosado de sua filha —, mas da próxima você vai ver, faremos um menino.

— Não se fala em próximo a uma mulher que acaba de dar à luz — disse Bertha, entre cansaço, alívio e irritação.

— Oh, não se toca mais no assunto! Quem sabe o próximo assunto chegue sem avisar de novo!

E chegou.

Um ano e dez meses depois, nascia Elisa, uma domingueira graciosa que rapidamente reinaria como predileta de Bertha entre todas as filhas. E, quando achava que encerraria a fábrica após a quinta filha, chegou mais um assunto. Vinte e cinco meses depois de Elisa, nascia Corina.

Nessa época, a união com Willy já não era um mar de rosas, a rotina já sugara o romantismo, as diferenças já haviam se imposto trazendo discussões frequentes e a felicidade que Bertha almejara parecia cada vez mais distante.

Em meio a tantos tropeços e desilusões, nem o nascimento de sua sexta filha parecia trazer força suficiente para lhe despertar novos afetos.

Em 1964, antes da vinda de Corina ao mundo, Annelise e Ernest repetiram para Bertha a mesma proposta que haviam feito para Anne dois anos antes.

"Filha, estamos sentindo a casa vazia. Maria retornou para aí e Ernest já foi para a faculdade, o vemos muito pouco. Que tal mandar Carolina e Viktoria para estudar aqui em Berlim?"

Bertha não se fez de rogada, por vários motivos. Não tinha a mesma habilidade com crianças como mostrara seu pai desde cedo; frustrara-se por ter tido que interromper os estudos aos quinze anos e não queria o mesmo destino para suas filhas; e, no fundo, tinha tanta tristeza acumulada na alma que havia perdido boa parte de sua energia doadora. Descumpria, assim, seu papel de mãe e abdicava de duas filhas adolescentes que nunca lhe perdoariam. Elas sabiam que os primos tinham trilhado o mesmo caminho, e sabiam que poderiam retornar, como fez Maria. Mas também sentiam que a mãe lhes fechava a porta da casa e do coração.

Carolina, a segunda mais velha, de personalidade suave e muito ligada à mãe, sofreu muito do lado de lá do oceano. Sentia saudades torturantes da mãe e dizia ser incapaz de se adaptar àquele mundo tão diferente do seu. Porém, o tempo ameniza traumas, perdas e feridas e, lentamente, o país de seus avós deixou de ser um lugar tão impossível de se viver.

Terminou o ensino médio e fez um curso de pedagogia. E foi ficando. Voltar não era uma alternativa. Em seguida, conheceu Karl. A amizade logo virou namoro, noivado e casamento. Em nenhum desses eventos a mãe esteve presente.

Aos vinte e cinco anos começou a trabalhar em um hospital infantil para crianças com doenças terminais. Ali sentia-se útil e realizada, mas carregava a dor daquelas crianças para sua vida privada, como que tentando apaziguar a própria dor da alma com a dor alheia.

Não pôde ter filhos. Amortecia seu instinto materno com o amor incondicional a essas crianças das quais o destino havia roubado o futuro.

Assim vagava entre o trauma do abandono materno, a frustração de um útero estéril e o imenso sofrimento daquelas almas infantis indefesas, que iam perdendo as esperanças a conta-gotas ao raiar de cada dia.

Carolina estava recém-casada quando fez uma primeira visita ao Brasil para rever a mãe e conhecer suas irmãs caçulas. Quando fora enviada para a Alemanha, Sabine e Elisa ainda eram muito pequenas. E Corina ainda não havia nascido. Quando chegou, Corina estava com cinco anos completos, e guardaria na memória aquela irmã mais velha tão querida, tão meiga, quase etérea. Guardaria nas gavetas de casa em casa um ursinho de pelúcia pequeno e marrom que Carolina havia lhe trazido da Alemanha.

Houve outra visita alguns anos mais tarde. Desta vez, Bertha já morava em Roland com as três filhas. De novo a imagem da irmã sensível e suscetível se grudara nas recordações de Corina.

Quando Corina, aos dezoito anos, empreendeu sua primeira viagem à terra dos antepassados, visitou também Carolina em Berlim. Ali, notou sinais de uma mente que havia sido quebrada várias vezes e o corpo quebrava-se em consequência. Era muito magra, muito frágil, parecia flutuar numa esfera distante.

Não muito tempo depois, o casamento de Carolina se desfazia. E, logo em seguida, sua vida também.

Numa longa noite de setembro de 1985, tirou sua própria vida de um mundo pelo qual nunca havia se sentido acolhida.

***

Já Viktoria, a mais nova das três filhas de Bertha e Herbert, de mente irrequieta e uma beleza sensual que despertava suspiros do lado de cá e do lado de lá do oceano desde o início da adolescência, foi arrancada do lar cedo demais. Logo entendeu tudo o que sua irmã mais velha, Beatriz, tinha passado ao ser enviada para São Paulo aos oito anos. Chegou na casa dos avós e não demorou a sentir que ali também não encontraria seu porto seguro.

Esforçou-se, mas todo esforço não acalmou seu instinto aventureiro e sua ânsia por uma liberdade que ainda nem conhecia.

Desistiu. Sua pátria a atraía de volta.

A vida, claro, não havia sido fácil até ali.

Aos dezessete anos retornava ao Brasil. Mas, ao voltar para casa, a dor se tornaria fel por longos anos. A porta que sua mãe havia fechado ao enviá-la para a Alemanha não se reabriria.

Bertha, a esta altura, já tivera suas três filhas mais novas com Willy, a caçula então com quatro anos. E não se mostrou disposta a acolher a filha rebelde que insistira em abdicar de seu futuro promissor na Alemanha.

Viktoria então tentou viver com seu pai, mas a sua madrasta não lhe deu nenhuma chance de adaptação.

Portas se abriam, portas se fechavam, e dores e abandonos se cravavam por baixo da crosta da inquietude. Mas a força da alma a empurrava para a frente.

Sua alegria de viver e sua irreverência causavam um amor idolatrado nas três irmãs mais novas. Viam-se pouco. Mas os raros encontros eram permeados por admiração e carinho.

Por estímulo de amigos, Viktoria fez um curso de secretariado e, aos vinte e três anos, conseguiu um cargo de secretária da embaixada brasileira em Viena. Lá caiu nas graças de um adido brasileiro que logo a transferiu para Londres.

Londres lentamente tornou-se um lar. Gostava do trabalho, fez amigos e amores e, enfim, sentia-se livre.

Aos trinta anos, a maternidade chegou trazendo mais um raio de sol para aquela vida que parecia ter se livrado dos grilhões do abandono. Sasha trouxe alegria, completude e Viktoria sentia-se feliz.

Quando Elisa e Corina foram pela primeira vez para a Alemanha com seus pais, passaram primeiro alguns dias em Londres visitando Viktoria. Corina admirara aquela independência e se identificava com aquele ser que não se deixava prender pelas convenções.

Três anos depois, porém, o estado depressivo em que se encontrava sua irmã Carolina na Alemanha lhe tirou toda a paz de espírito. Quando percebeu o quanto ela precisava de ajuda, ligou de Londres para sua mãe no Brasil:

— Mãe, não sei o quanto você está sabendo, mas Carolina está muito mal lá em Berlim. Depois que se separou do Karl, ela ficou ainda mais depressiva e estou ficando muito preocupada. Se você ligasse e mostrasse que ela pode contar com seu apoio, acho que faria muito bem a ela.

— Viktoria, ela nunca me procurou para nada, nem para casar nem para separar. Por que você acha que agora ela vai querer minha ajuda?

— Talvez porque ela sempre quis sua ajuda, mas nunca teve coragem de pedir? Ou sabia que você ia negar, como está fazendo agora?

Bertha, mergulhada em seu sofrimento, ignorou a gravidade do momento. Quando Carolina se suicidou, Viktoria perdeu o chão. Se, até aquele dia, restava alguma forma de amor oculto por aquela mãe, anulara-o por completo naquele instante.

Então, afundou numa imensidão escura de sofrimento e dor. O mundo, o ser humano, os sentimentos e o próprio respirar lhe causavam pânico.

O caminho sombrio até reencontrar um pouco de luz foi árduo e levou vários anos. Criar Sasha tornou-se uma tarefa hercúlea, pois a tristeza era companheira fiel. Mas, vida que segue.

Alguns anos depois, resolveu se mudar para Berlim. Ficaria mais próxima das memórias de Carolina e de outros ares. Outras esperanças.

Lá reencontrou sua tia Anne, pela qual nutria grande respeito e admiração. Havia também sua prima Ulyana que, após longos anos vivendo no Chile, havia retornado para a Alemanha.

Um pouco de família e também novos e velhos amigos. E novos amores.

Quando Corina foi fazer sua especialização em Hannover, houve também o reencontro das duas caçulas de Bertha. Corina escreveu para Viktoria falando de seu casamento civil com Luciano, e ela fez questão de estar presente para testemunhar o enlace da irmã mais nova.

***

Mais alguns anos se passaram e então, mais uma vez, Viktoria sentiu-se atraída pelo seu país natal. Em 2008 retornava ao Brasil.

Dessa vez, foi mais para o sul, onde comprou um pedaço de terra para chamar de seu. Lá passou a cultivar inúmeras espécies de plantas exóticas e vendê-las para todo o Brasil. No entanto, como verdadeira paixão, e como ferrenha protetora dos animais, recebia, criava e enchia de amor sua imensa prole de seres abandonados ou maltratados — de gatos e cachorros a galos de briga gravemente feridos, carneiros e pombos.

Encontrou seu reduto de paz.

***

Beatriz se aquietara em Roland e encontrou em Orsen seu ponto de equilíbrio e, após alguns anos, vieram seus dois filhos.

Ela era uma professora de matemática muito bem-conceituada em um dos maiores colégios de Roland. Mesmo muitos anos depois de aposentada, suas aulas particulares de reforço e preparatórias para provas de vestibular eram tão procuradas que geravam fila de espera.

O relacionamento de Beatriz com sua mãe era precário. Bertha a decepcionara por diversas vezes e Beatriz se preservava concentrando-se em seu círculo familiar gerado por ela mesma.

Contudo, quando permitiu que suas três irmãs caçulas se aproximassem desse círculo, não sabia o rebuliço emocional que causaria nos três corações carentes de amor e atenção. Corina, principalmente, adorava sua irmã "grande". E, sempre que sua mãe permitia, fugia para a casa de Beatriz, onde se sentia acolhida.

Com a chegada de sua sobrinha, Corina sentiu um ciúme possessivo por sua irmã, a ponto de competir por sua atenção. Quando Beatriz a levava junto para passar o dia em Londrina, aquilo era o auge dos acontecimentos, a realização de todos os sonhos.

A irmã "grande" passaria a ser aquela com a qual nunca se briga, pois ela é apoio e segurança. É alma serena que estende a mão. Os anos passariam, não iria mais com Beatriz para Londrina, nem roubaria mais o carinho que tinha que dividir com sua sobrinha, mas permaneceria uma mão estendida logo ali, ao alcance.

Beatriz carregava todos os traumas de abandono e desatenção, tão iguais aos de suas irmãs. Mas os trancava na gaveta "passado" e não permitia que a assombrassem por mais do que alguns instantes em madrugadas insones.

Lutou bravamente até conseguir estabilizar seu círculo familiar e compensar nele todo o amor que não viera pelo cordão umbilical. Só bem mais tarde permitiu-se uma reaproximação com sua mãe, quando a gaveta "passado" já havia sido limpa e ressignificada. Assim, não mais causava dor.

***

Em 1969, Ernest resolveu viajar ao Brasil mais uma vez. Queria ver sua filha Bertha e as netas que não tinham ido para a Alemanha. Queria também resolver alguns assuntos testamentários.

Annelise resolveu ficar em Berlim desta vez.

A longa viagem de navio o cansou mais do que de costume. Mas chegou com seu velho ânimo e incansável otimismo.

Bertha sentia-se realizada com a visita do pai. A adoração por ele era imensa e eterna.

O encanto que causava em suas netas mais novas também era admirável. Resolvia mistérios e criava outros. Dava emoção aos dias monótonos no sítio. E a mãe tornava a sorrir bem-humorada.

Era Páscoa, e ter aquele avô carinhoso e brincalhão para dividir algumas alegrias naquele mundo árido fizera bem a todos. Que pena que o *Opa* era apenas visita, pensavam as netas.

— *Opa*, por que a *Oma* não veio com você? — perguntou Sabine, que ainda tinha a vó Annelise viva na memória.

— Porque ela ficou com receio do coelhinho da Páscoa ir entregar os ovos dos seus primos lá na casa dela e não encontrar ninguém para abrir a porta. O coelhinho não gosta nem um pouco de dar de cara com uma porta trancada.

— E como é que o coelhinho vai entregar os ovos lá e aqui ao mesmo tempo? — perguntou Elisa.

— Ele viaja rápido igual as renas do Papai Noel. Todo ano é a mesma coisa, mas sempre dá tempo. Por isso que Deus criou o mundo de modo que aqui escurece mais tarde do que lá. E lá amanhece mais rápido que aqui. Assim o coelhinho começa cedo lá e depois vem pra cá. Até convidei para vir almoçar com a gente, mas ele falou que nunca consegue aceitar esses convites, senão não consegue entregar os ovos para todas as crianças.

— Eu nunca vi o coelhinho da Páscoa — comentou Corina, timidamente.

— É que ele está sempre com pressa. No ano passado, eu o vi andando de patinete para conseguir esconder todos os ovos da vizinhança a tempo.

— Mas ele é pequeno. Como ele consegue carregar todos os ovos? — quis saber Corina.

— Não sei. Mas a cegonha também é magrinha e consegue carregar os bebês. Às vezes, até gêmeos! — respondeu *Opa* com convicção.

E assim os trinta dias se passaram rapidamente.

Nas memórias ficaria registrada a imagem daquele avô que amava as crianças acima de tudo. E sabia a resposta para todas as perguntas, por mais difíceis que fossem.

A memória teria que bastar, já que a vida insistia em não usar maquiagem nem bijuteria. Durante a viagem de volta à Alemanha, Ernest sofreu um infarto. Desembarcou com vida do navio e sobreviveu acamado por alguns poucos meses. Mas seu coração enfraquecido deixou de bater em 4 de outubro de 1969.

***

Por grande coincidência, seu grande amigo e cunhado Hans também se despediu deste mundo pouco tempo depois.

Annelise perdeu seu amado marido e seu querido irmão em um curto intervalo de tempo. Nunca se sentiu tão sozinha.

Houve tantas despedidas. Duas guerras, uma fuga para o Brasil, uma deportação para a Austrália, tantos vistos recusados, um retorno precoce para a Alemanha após a tentativa de adaptação no Brasil…, mas todas essas despedidas haviam carregado a esperança de um reencontro.

Desta vez, não haveria um reencontro.

Annelise chorou um choro desprovido de esperança. Que doía mais que todos os anteriores.

Havia sido de uma força indestrutível, ombro e suporte para todos ao seu redor. Exemplo de integridade, resiliência e aceitação. Amara e fora amada por Ernest, como ele prometera desde o pedido de casamento.

Nunca mais retornou ao Brasil.

Juntamente com Ernest, foi apoio e esteio para várias netas e um neto.

Após a partida de seu esposo, recolheu-se numa saudosa e resiliente calmaria.

Viveu uma vida plena, que não merecia recriminação. Não correu de nenhuma luta, não desprezou nenhum desafio. Os cansaços do caminho não a alquebraram. Seu nome era integridade.

E, assim, treze anos após a morte de Ernest, Annelise partia aos oitenta e cinco anos.

Destino cumprido.

2003-2010

CAPÍTULO 18

> "Quando abro
> a cada manhã
> a janela do meu quarto
> é como se abrisse
> o mesmo livro
> numa página nova."

Mario Quintana

Após o divórcio, Corina experimentou diversas fases de amadurecimento emocional e profissional.

A maternidade brotava de dentro dela com uma força misteriosa. Não era aquela mãe que se esparramava no chão com filhos e brinquedos, mas durante o seu tempo livre se dedicava a criar uma interação mais poderosa a cada ano que passava.

Havia também uma severidade inerente a toda a sua linhagem alemã, pontuando o certo e o errado dentro de um limite bem traçado.

Nessa época, já carregava alguns arrependimentos em relação à rigidez dos primeiros meses de vida das crianças. Sua mãe ensinara que os bebês deveriam mamar de quatro em quatro horas e não deveriam ficar muito no colo para que não criassem muita dependência. Assim, as mamadas em intervalos pequenos e o aconchego caloroso sempre que solicitado por um choro manhoso eram perpetrados com uma culpa de quem burlava todas as normas.

Porém, havia equilíbrio e segurança.

Com Luana, ainda tentou falar alemão. E lia livros infantis em alemão na hora de dormir. O da mãe coelha permaneceu como declaração de amor para todo o sempre. Mãe coelha e filhote competem para ver quem tem mais amor para dar.

"Mami, te amo do seu tamanho."

"Filho, te amo do tamanho de um urso."

"Mami, te amo do tamanho daquela árvore."

"Filho, te amo do tamanho daquela montanha."

"Mami, te amo até o rio lá longe."

Continuam quando, por fim, o coelhinho já bem sonolento, diz com a convicção de quem não será suplantado:

"Mami, te amo até a lua."

Mãe coelha o deita na palha e sussurra no ouvido de seu filhote adormecido:

"Te amo até a lua… e de volta!"

Assim, finais de mensagens com as filhas já adultas muitas vezes terminavam em: "Te amo até a lua…" e a outra parte respondia: "E de volta!".

***

Com Lilia, o alemão não engrenou.

— Fala direito, mamãe — era a resposta de Lilia a qualquer tentativa de Corina na língua alemã.

Quando Corina tentava ensinar que dedo em alemão era *Finger*, Lilia mostrava o dedão do pé e falava:

— Finhão, né mamãe?

Então desistiu. E se arrependeu depois.

***

Nos fins de semana, às vezes as levava para ver seus pais. Bertha e Willy já se encontravam próximos dos oitenta anos. Willy ainda trabalhava de sol a sol na fazenda e só vinha para Roland nos finais de semana. Bertha escondia-se do mundo com seu cachorro, um Setter alemão parecido com o que seu pai Ernest lhe dera aos sete anos, cujo nome era Edda. Seu gato preto e seu imenso quintal cheio de flores também lhe faziam companhia, preenchendo espaços vazios que ser humano nenhum conseguira ocupar.

— *Oma*, ontem fui no aniversário da minha amiga Isabela e mamãe não deixou eu ir de vestido — queixava-se Luana para a vó.

— Eu acho que estava muito frio para você ir de vestido, não? — disse a avó, dando razão à Corina.

— Tive que ir de calça de manga comprida! — respondeu Luana, sem entender porque todos riam da "manga comprida" de sua calça.

— Ela brigou porque queria ir de *pitido*, *Oma* — entregou Lilia.

O *Opa* Willy observava e se divertia.

Às tardes, encantavam-se com os banhos de bacia na varanda, quando o calor voltava. Sempre havia algo diferente para se fazer naquele quintal grande.

A surpresa que não era mais surpresa há muito tempo eram as balas *tutti-frutti* que *Oma* sempre tinha escondidas na cozinha para entregar às netas em algum instante durante a visita. Já era de praxe *Oma* fingir que não se lembraria das balas, e também já era de praxe as netas fingirem que não estavam ansiosas pelo momento em que ganhariam aquelas balas cor-de-rosa com as quais tanto se deliciavam. Aquele pequeno gesto de agrado carinhoso era uma herança do bisavô Ernest, que Luana e Lilia não haviam conhecido, mas que sempre sabia equilibrar expectativa e alegria numa medida exata para encantar o coração.

— Mamãe, hoje a *Oma* não vai deixar a gente brincar com os coelhinhos? — perguntava Lilia bem baixinho para Corina.

— Não sei, filha. Talvez, se você pedir, ela deixa.

Então Lilia vestia seu olhar de pobre menina desprovida de atenção e alternava o olhar entre os coelhinhos e a sua avó, rezando para não precisar pedir. No fundo, a avó já aguardava esse momento.

Na mesa de canto da sala, *Oma* tinha suas figuras em cerâmica, como os minicoelhos marrons do tamanho de um polegar, e algumas em pedra, como uma minitartaruga, e também alguns bambis em madeira, que ninguém podia tocar ou mudar de lugar. Mas suas netas recebiam o aval para brincar com todas elas.

***

Em setembro de 2003, Corina acordou com um telefonema de Sabine logo cedo.

— A mãe acabou de me avisar que o pai chegou ontem à noite da fazenda passando mal, foi para o hospital e não voltou até agora.

— Não ficou internado?

— Não, não está no hospital. Mas foi atendido por um médico lá e dispensado por volta da meia-noite.

— Ok, vou ver o que faço com as meninas aqui, cancelo o consultório e vou para aí.

Chegando a Roland, inteirou-se de que o médico de plantão havia levantado a suspeita de ser uma crise de enxaqueca, apesar de todos os sintomas serem sugestivos de algo mais sério. Prescreveu uma aspirina e liberou o paciente idoso, confuso e com queixas de náuseas, vômito e forte dor de cabeça.

Não havia nenhuma informação de onde poderia ter ido a partir dali. Simplesmente desaparecera.

— Já liguei em todos os hospitais da região — disse Sabine.

— Também já liguei nos pedágios mais próximos, para ver se a caminhonete dele foi registrada passando por algum deles — disse Beatriz, a "irmã grande", que viera auxiliar nas buscas.

Sabine e Corina perfizeram todos os possíveis caminhos de ida e volta para a fazenda, sem encontrar nenhum vestígio de Willy. Encontraram uma camisa velha e manchada dele na estradinha próxima à bifurcação que levava para a sede, o que as deixou atônitas por alguns instantes. Mas Sabine logo se lembrou de que o pai tinha o costume de deixar suas roupas muito surradas pelo caminho, caso alguém quisesse usá-las ainda.

Então chegou a vez dos necrotérios e delegacias. O auxiliar de delegado as surpreendeu com a infeliz informação de que só iniciariam as buscas após vinte e quatro horas do sumiço.

— Antes disso, não vale a pena procurá-lo; afinal, ele pode reaparecer após uma longa noite de farras e orgias — disse o indivíduo, em tom de deboche. — Já vimos isso acontecer algumas vezes.

A indignação foi tão profunda que não conseguiram articular uma resposta para tamanho descaso. Foram para a casa de Beatriz, que as convidara para um lanche da tarde enquanto pensavam na estratégia seguinte.

Por volta das dezessete horas, um policial da cidade vizinha avisou que encontrara um senhor de idade caído semi-inconsciente próximo a uma estrada rural. A descrição do senhor de idade coincidia com Willy. E a caminhonete estacionada por perto também.

Quando a viatura policial o trouxe até Roland, foi difícil não verter lágrimas pelo estado deplorável do pai. Com certeza havia perdido a consciência por diversas vezes e arrastara-se pelo chão de terra, pois embaixo de suas unhas havia resquícios dela. Um sol inclemente havia causado queimaduras de primeiro grau em toda a sua pele exposta. Seu olhar assustado e seu cabelo desgrenhado davam mostras do que o longo tempo fora de órbita havia lhe causado.

— Pai — disse Corina, abraçando-o. — Vamos para casa?

— Sim, casa — respondeu ele.

Seu estado de confusão mental era evidente. Então foi levado para casa e, após um banho rápido, foi levado ao hospital em Londrina, onde um colega de Corina já aguardava. Esse amigo neurologista logo diagnosticou um AVC hemorrágico de grande extensão agravado, com toda certeza, pela aspirina prescrita pelo médico de plantão, pela longa exposição ao sol forte e a infeliz demora em um socorro adequado.

No início, foi dado um bom prognóstico. Com a absorção do sangramento cerebral, o estado de consciência voltaria ao normal.

Mas o destino não quis assim. Willy entrou em um estado de demência irrequieta, por vezes agressiva, e nunca se recuperou.

Por um tempo, Bertha recusou-se a aceitar ajuda e tentou cuidar integralmente de Willy. Mas a idade e o cansaço da vida dificultavam o processo.

— Mãe, vamos contratar cuidadores. Isso tudo não vai dar certo a longo prazo — tentavam intervir Sabine e Corina.

— Não quero estranhos dentro da minha casa — respondia Bertha, com a autoridade que lhe restava.

Até que Willy começou a fugir de casa e não encontrar o caminho de volta.

Foi levado por vizinhos para casa algumas vezes, o que deixava Bertha irritada e envergonhada. E, quando impedido de sair, ele geralmente tornava-se mais agressivo.

— Mãe, o médico pediu para interná-lo, para que possa ser adaptada uma medicação que o deixe mais tranquilo — disse Sabine, já contando com a resistência da mãe.

— Vão dopá-lo e depois não vou mais conseguir cuidar dele, vocês sabem disso — respondeu ela.

Mas era hora de as filhas mostrarem autoridade também. E decidiram por ela.

— Bem, do jeito que está, não dá para continuar. Uma hora ele te machuca para valer, pois vai querer sair toda hora. Ou foge pra mais longe e nunca mais o achamos — disse Corina.

— É um risco que terei que correr — respondeu Bertha, teimosa.

— É um risco que *nós* não queremos correr. Então, se depois da internação você não der mais conta, ele fica na minha casa e pronto — retrucou Sabine decidida.

Willy foi levado para o hospital novamente. Bertha tivera razão. No segundo dia de internação, Willy estava sedado e amarrado à cama, sem interagir com o mundo ao seu redor. O psiquiatra não gostou da reação de desagrado das filhas de seu paciente e foi substituído. Quando o segundo psiquiatra encontrou uma medicação mais equilibrada, Corina foi buscá-lo. Willy continuava desorientado e já confundia as pessoas mais próximas.

— Pai, vamos pra casa de novo. A mãe está muito cansada, então pensamos em te levar por um tempo pra casa da Sabine, tudo bem? — perguntou Corina, no trajeto para Roland.

— Está bom para mim. A minha mãe não quer que eu volte para casa, não é? — respondeu ele.

Corina engoliu em seco e desviou o foco da conversa. O AVC já tinha ficado seis meses para trás. Corina se convenceu de que seu pai tinha perdido a lucidez definitivamente.

Durante a internação, Sabine tinha arrumado um cantinho em sua casa e lá acomodou o pai. Para tal, ficou decidido que contratariam uma empresa de Home Care, que passaria a prover os cuidados de Willy em tempo integral.

Bertha se ressentia com as decisões tomadas por suas filhas à sua revelia. E jamais admitiria que aquela tarefa lhe seria árdua demais, se levada a cabo sem ajuda. Embora desautorizada a cuidar dele em sua casa, passava os dias com os cuidadores na casa de Sabine. Mas, toda a longa raiva encrustada em sua alma faziam-na intercalar momentos de tolerância com momentos de agressões verbais quando ficava a sós com um marido que a confundia com a mãe ou as irmãs.

O destino unira uma judia por herança familiar e um soldado nazista por herança de guerra. E a união, repleta de amor e ódio, guiada pela tentativa malsucedida de superação de traumas, criara uma roda-viva de recordações e ressentimentos sem fim.

***

Três anos após o AVC, a rotina de atenções, cuidados e tratamentos tinha se instalado. A maioria dos cuidadores já estava na casa desde o início e se afeiçoara a Willy.

Então houve um acidente. Durante um passeio que um dos enfermeiros fazia com Willy na cadeira de rodas, um motorista desatencioso veio na direção de ambos na contramão, atropelando a cadeira, derrubando Willy e arrastando-o por vinte metros no asfalto, até conseguir frear com um pneu sobre seu peito.

O acidente deixou Willy com traumatismos severos por todo o corpo. E um cuidador que passaria o resto da vida se culpando por não ter conseguido desviar a cadeira de rodas de um carro desgovernado.

Quando lhe avisaram do ocorrido, Corina já estava de malas prontas para sair de férias. Ao invés de ir ao aeroporto, foi para o hospital. O traumatismo craniano e torácico tinham sido os mais graves. O estado geral do pai era bastante crítico. E foi se agravando nos dias seguintes, trazendo Elisa de Brasília para Londrina também, temendo o pior.

— Corina, acabei de passar na UTI. O estado de seu pai é extremamente delicado. Acho que seria hora de avisar toda a família. Não sabemos se ele vai resistir às próximas horas — disse o colega e amigo ao telefone.

Mas aquele homem que lutara sob ordens de Hitler, congelara os dedos no inverno da fronteira russa, perdera o pai, os amigos e o orgulho numa guerra absurda e indescritível, ainda não estava pronto para se despedir.

Aquele homem que, aos vinte e cinco anos, abdicara de tudo o que conhecia e possuía para tentar uma vida digna num país inóspito, e continuará lutando duras lutas por toda a vida, ainda não havia deixado de lutar.

Aquele homem que, sob sóis inclementes e chuvas tropicais irreverentes enfrentara touros e cobras, geadas e secas e jamais esmorecera, ainda não se entregava.

E o inesperado aconteceu. As notícias foram se tornando mais amenas nos dias seguintes.

"Corina, hoje a circulação de seu pai estabilizou."

"Hoje ele voltou a respirar sem a ajuda de aparelhos."

"Ele acabou de despertar do coma."

E, vinte e dois dias depois, um novo telefonema fez todos respirarem aliviados:

— Corina, vamos dar alta ao seu pai. Exceto uma infecção urinária persistente, os rins e os pulmões recuperaram-se extraordinariamente.

Willy sobreviveu mais dois meses, alquebrado e doce como um cordeiro, partindo numa quente noite de março de 2007, após uma vida que não fora fácil para viver nem para morrer.

Na noite anterior, Corina tinha ido visitar seu pai na casa de Sabine. Trocou um breve olhar de lucidez com Willy antes de ir embora. Fora uma sutil despedida.

Ela sabia que ele queria ter sido mais pai. Mas sua fria história de vida não lhe entregara o manual da paternidade. Era o que havia sido. E, dentro das suas possibilidades, deixava dor e saudade.

***

Bertha, então, encontrou-se em sua velha e nova solidão. O que sentia era apenas cansaço. Pretendia um exílio voluntário do mundo. Deu-se o sagrado direito de não sentir nada.

Corina intercalava em seus sentimentos o equilíbrio entre raiva e compaixão. Tentava manter um contato relativamente leve com a mãe, que nunca soube dar nem receber.

— Mãe, fui para Curitiba e trouxe esse queijo Brie para você — tentava Corina em suas visitas a Roland.

— Não precisa trazer nada, não. Nem dou conta de comer isso aí sozinha. Leve para sua casa — dizia ela em seu vazio existencial.

Havia dentro dela uma criança ferida. E de tão ferida, feria constantemente a si mesma e a todos ao seu redor.

***

— *Oma*, minha amiga da escola também tem um vô e uma vó alemães — contava Luana. — E ela falou que eles comem batata todos os dias.

— Seu avô também comia batata todo dia, e sua mãe, quando era pequena também — respondia *Oma*. — E seu avô terminava toda a janta com um pão com manteiga, queijo e geleia por cima.

— Credo, queijo e geleia. Eca... — falava Lilia, incrédula.

Por mais que não demonstrasse grandes emoções, gostava das visitas das netas caçulas. Alegrias estridentes a incomodavam. Mas aquelas pequenas e últimas herdeiras de sua linhagem ainda tinham certo poder de gerar um pouco de emoção.

No fundo, já tinha esgotado seus afetos... que sempre haviam sido contidos.

Restava tão pouco...

***

O fim, na verdade, começara sete anos antes.

— Deixa eu levar seus exames para um colega em Londrina, mãe. Não custa nada ter uma segunda opinião — tentou Corina, na época.

— Não quero uma primeira nem uma segunda opinião. Não vai mudar minha decisão em absolutamente nada — respondeu Bertha.

Em sua última visita à Alemanha, tivera um mau súbito e, durante a investigação de possíveis causas, descobrira um pequeno nódulo maligno em seu pulmão esquerdo.

Sua decisão, rápida e irrevogável, fora não intervir. Não tratar.

Corina, não se conformando com a atitude negacionista de sua mãe, acabou por levar as tomografias para um colega sem o conhecimento ou autorização dela.

Na opinião do experiente colega, as expectativas eram muito boas se Bertha optasse pela cirurgia imediata para retirada do câncer.

— Mãe, sei que você não queria, mas levei seus exames para um amigo ver e as notícias são muito boas. Se você tirar esse tumor rapidinho, talvez nem precise de quimioterapia.

Mas ela foi irredutível. Ao longo dos sete anos, foi alimentando algumas amizades antigas que aliviavam a alma, enquanto alimentava também o inimigo, até então invisível em sinais e sintomas. Quando estes apareceram, foi escondendo-os o melhor que pôde.

Aos oitenta e poucos anos, dava conta de seu adorado quintal, participava de um grupo de ioga do qual era uma das alunas mais exemplares. E a vaidade que sempre negara ainda se mostrava presente. Só usava calças compridas para esconder as varizes. Mantinha uma mente ativa e bem-informada sobre o tão distante mundo real, do qual se isolava cada vez mais eficientemente.

Três anos após a morte de Willy, a doença finalmente se alastrou. Seu corpo já pertencia ao inimigo. A mágoa já tinha envenenado sua alma há muito tempo, agora o câncer envenenara o corpo, já tão cansado quanto a alma.

A perda de peso e a fraqueza haviam se tornado extremas. Não conseguia mais disfarçar a doença que a consumia rapidamente.

O mesmo amigo de Corina, que atestara o fim iminente de Willy, também preparou as três irmãs para o inevitável. Clinicamente, o médico lhe deu quinze dias de vida. Mas ela ainda resistiu cinco semanas, durante as quais a dor física e emocional coroaram seu sofrimento. Sabine passou a permanecer a maior parte do dia com a mãe enquanto as noites eram alternadas entre ela e Corina, pois muito rapidamente as forças de Bertha foram se esvaindo, até que não mais se levantou da cama.

Na madrugada quente e abafada de 1º de dezembro de 2010, com Corina sentada ao seu lado, aquela vida repleta de força, dor, raiva e frustração lentamente chegou ao fim.

Fora uma eterna luta entre a sanidade e a insanidade emocional. O silêncio foi tomando conta de seu ser.

Nessa noite, Corina lhe perguntou:

— Você acha que vai encontrar o *Opa*, mãe?

— Sim, meu pai me aguarda.

Foram suas últimas palavras, já em um torpor quase inconsciente.

Quando a respiração se tornou mais difícil e espaçada, e os dedos dos pés foram escurecendo, seus olhos se abriram pela última vez para olhar para algo que não via mais. E a vida acabou ali, em medos e abandonos que se somaram ano após ano.

Viveu sempre nas memórias ilusórias do que deveria ter sido sua vida.

E despedia-se aos oitenta e seis anos.

***

Dois anos depois, falecia também sua irmã Anne em Berlim, aos noventa anos. Guardara sempre uma energia vibrante. Havia se casado novamente após retornar para a Alemanha e nunca se lamuriara sobre as dificuldades da vida. Vivera intensamente, deixando saudade e lições de vida para seus cinco filhos, além de muitos netos e bisnetos.

As gerações da guerra, do medo, da insegurança e do imprevisível iam-se deste mundo. *As três mulheres do pediatra alemão* já haviam encerrado suas missões. Com leveza ou com dureza, haviam cumprido seus destinos. Bem ou mal, não cabia mais a ninguém julgar.

2006...

CAPÍTULO 19

> Quero, um dia,
> poder dizer às pessoas
> que nada foi em vão
> que o amor existe,
> que vale a pena se doar
> às amizades e às pessoas,
> que a vida é bela sim, e
> que eu sempre dei o melhor de mim...
> e que valeu a pena."

Mario Quintana

Um novo capítulo se abriu na vida de Corina.
— Pai, pai, pai, a mãe tá namorando!
Essa foi a recepção de Lilia, quando o pai foi buscá-la na escola aos seis anos. Era junho de 2006. Para Lilia, era uma novidade excitante que precisava ser contada para o mundo. Para Luciano, mesmo após três anos do divórcio, ainda era quase uma traição.

Todo o processo de separação havia sido pacífico. E sem volta.

Luana e Lilia passavam as quintas-feiras e os sábados com o pai. Era quando o lobo solitário que habitava em Corina se espraiava em sua toca.

Mas, após o período de luto pelo casamento falido, Corina voltou a socializar mais. Velhos e novos amigos, aulas de dança, construção de sua casa dos sonhos, na medida certa entre rusticidade e conforto, viagens com Luana e Lilia, trabalho, dia a dia com as filhas...Tudo se encaixando nos quintais da vida.

Nessa época, ia todas as quartas-feiras, ao final da tarde, na feira da lua com as filhas e sua amiga Janeth com sua neta, que Corina carinhosamente chamava de Cisco.

A feira da lua era um evento que agradava a gregos e troianos. Ocorria de terça a sábado em locais diferentes da cidade e, todas às quartas, era em uma área ao ar livre, próximo à casa de Janeth. Consistia em várias barracas gastronômicas, intercaladas com algumas barracas de frutas e verduras e outras de artesanatos caseiros.

Foi nessa feira da lua que se deu o primeiro encontro.

E o segundo também.

Era janeiro de 2006.

— Nossa, vai comer aqui ou quer que embrulhe pra comer em casa? — perguntou Janeth, maliciosa.

— O queeê? — gargalhou Corina.

— Depois daquela olhada, só me resta bancar o cupido — disse ela.

— Achei que tinha sido mais discreta — falou Corina, corando um pouco.

— Não sei qual dos dois foi mais indiscreto!

Marcel, sentado numa mesa num canto da feira, havia levantado o olhar no exato momento em que Corina passava por ali. Ambos sustentaram aquele olhar por tempo suficiente para encher o ar de promessas.

— Ok, vou admitir. Aquela encarada me causou um frio na barriga.

Porém, nos dois meses seguintes, as promessas pairaram no universo, que parecia não conspirar a seu favor. Janeth realmente passou a fazer o papel de cupido. Descobriu que Marcel era recém-enviuvado, tinha um filho que estudava com sua neta e viajava muito a trabalho. No entanto, as informações colhidas pela amiga não o traziam de volta para a feira da lua.

Até que chegou março.

— Vó, podemos ir brincar com o Gregório lá do outro lado? — perguntou Cisco, numa das idas à feira da lua.

— Gregório? Onde? Com quem ele está? — perguntou Janeth, com toda a afobação de quem precisa cumprir sua função de deusa casamenteira.

— Ele está no canto de lá, com o pai e a tia dele.

— Ok, podem ir lá brincar com ele. Daqui a pouco vamos até vocês.

Luana, Lilia e Cisco saíram em disparada.

— Vamos, amiga. Chegou a hora do reencontro — disse Janeth, com um sorriso de satisfação indisfarçável.

— Você está louca, Janeth. Não vou até lá assim. Nem conhecemos o moço e a tia!

— O mundo exige movimento, minha amiga. Esse movimento normalmente não parte deles. Ele está logo ali. Você não vai desperdiçar essa oportunidade, vai?

— Ai, que vergonha!

Ao chegarem perto de onde as crianças brincavam, a tia de Gregório logo se aproximou, identificando Cisco como a amiga de escola de seu sobrinho.

Em seguida, estavam todos sentados na mesma mesa, conversando, rindo e combinando o primeiro churrasco na casa de Corina. Quando o assunto se concentrou nesse possível churrasco, Corina fez sua pergunta de praxe:

— Amanhã?

E assim, dois dias depois, o desconhecido de olhar intenso estava em sua casa, juntamente com seu filho Gregório, sua cunhada e esposo, assim como Janeth e sua neta.

A situação era inusitada, mas rapidamente o clima de constrangimento deu lugar ao humor e ao divertimento.

— Todos bebem cerveja? — perguntou Corina.

— Na verdade, eu estava tentando diminuir o álcool, depois que minha cunhada me levou para o mau caminho algumas vezes — disse Marcel.

— Ok, vamos te desviar desse mau caminho então — respondeu Corina, trazendo cerveja para todos e depositando um copo de guaraná na frente de Marcel.

O guaraná virou assunto por longo tempo.

— Acho que prefiro me manter no mau caminho e acompanhar vocês na cerveja.

Mais tarde, naquela noite, Janeth cogitou de, numa próxima ocasião, fazer uma janta no fogão a lenha da casa de Corina. E de Corina imediatamente veio a pergunta básica:

— Amanhã?

Na semana seguinte, foram novamente à feira da lua. Corina e Marcel então trocaram números de telefone. E trocaram também algumas insinuações que deixavam claras as intenções de encontros a dois. Um dia depois, Corina atendia à primeira ligação de Marcel.

— Oi, aqui é o Marcel, tudo bem? Está podendo falar?

O coração lhe batia mais rápido que o normal. Mas tentou demonstrar naturalidade.

— Oi, Marcel. Tudo bem? Posso falar sim. Estou em casa, acabei de almoçar com as crianças.

— Vou ser rápido então. Queria te convidar para sair. Mas não amanhã... hoje!

Marcel já descobrira que às quintas-feiras Luana e Lilia ficavam com o pai. Então não queria desperdiçar a oportunidade imediata, caso Corina usasse sua pergunta padrão do "amanhã?".

Corina gostou do convite singular e quase ousado.

— Hoje? — fez-se de rogada.

— Eu não desfaria o convite se só puder ser amanhã. Mas eu queria mesmo que fosse hoje.

— E vamos tomar guaraná ou cerveja?

— Se isso for um "sim," prometo me manter no mau caminho e tomar cerveja, pode ser?

— Convite aceito.

E assim tiveram seu primeiro encontro a dois, ao qual se seguiram muitos. Porém, mantiveram seu romance longe do conhecimento de seus filhos, tanto de Luana e Lilia quanto de Gregório.

A mãe de Gregório havia falecido de câncer de ovário um ano antes, após uma dura luta de quatro anos contra a doença. Talvez ele ainda não estivesse pronto para um novo alguém na vida do pai.

Mas, após três meses de relacionamento às escondidas, resolveram oficializar o fato às crianças.

— Meninas, sentem-se aqui. Tenho um segredo para contar. O Marcel pediu a mamãe em namoro. O que acham disso?

Não houve objeções, muito pelo contrário. Houve gritinhos empolgados. Além do que, mamãe parecia feliz. Então, aquele segredo que deixava de ser segredo só poderia ser uma coisa boa.

Marcel usou de uma tática muito parecida:

— Filho, estou pensando em pedir a Corina em namoro. O que você acha?

— Pai, o adulto aqui é você. Quem tem que decidir isso é você, não eu — respondeu Gregório, sabiamente.

Namoro oficializado.

E, na tentativa de manter certa privacidade e respeito às crianças, o relacionamento manteve-se como namoro por mais onze anos. Cada um mantinha sua casa e sua rotina, embora o convívio fosse frequente, as viagens eram em conjunto e os compromissos iam se tornando os de uma família.

***

Mas a vida também trazia seus contratempos, seus problemas e suas tragédias.

Quatro meses antes da morte de Bertha, Corina também perdia seu grande amigo, Aviador. Além de grande amigo, ele havia se tornado padrinho de Luana. E, por mais que se declarasse inimigo de seres infantis irracionais, vulgarmente chamados de crianças, o laço que se formou entre Aviador e Luana era único e emocionante. Um amor anticonvencional e autêntico, como o próprio padrinho.

Depois que o casamento de Luciano e Corina se desfez, a amizade entre eles tornou-se ainda mais próxima. Eram amigos e confidentes. Sem padrões nem fingimentos, simplesmente e autenticamente se gostavam.

Luana, já adolescente, passou a adorar as músicas sertanejas da moda. Algo inadmissível para Aviador.

— Criatura, para de ouvir essas músicas ridículas. Isso queima os seus tímpanos — dizia ele, tentando irritá-la.

Então, ela aumentava o volume, observando sua cara de bravo derretendo-se em risadas. Assim, cutucavam-se mutuamente, sem jamais perder a ternura e o respeito recíproco.

***

Em agosto de 2010, Corina decidiu viajar de férias com Luana e Lilia para Bonito, um paraíso natural no Mato Grosso do Sul, com rios cristalinos, fauna e flora exuberantes. A cidade ficava a oitocentos quilômetros de Londrina. Convidou Diana, sua amiga-irmã, para acompanhá-las, já que a viagem de carro era longa e cansativa, e a companhia de Diana era sempre um alento e uma alegria.

Por coincidência, Aviador viajaria na mesma data e faria praticamente o mesmo trajeto, só indo um pouco mais além. Iria de moto com um amigo e voltaria alguns dias antes. Seria uma *paradinha* curta, como ele dizia.

Dois dias antes, ele sentou-se com Corina e traçou esse trajeto à caneta para ela, cidade por cidade, até seu destino final, para que não se perdesse pelo caminho. Inclusive, ofereceu-se para acompanhá-la de moto até um determinado ponto, a fim de lhe dar mais segurança.

— Não, não precisa, compadre. Vamos tranquilas, sem pressa. Vão vocês no seu ritmo e na volta a gente se conta as aventuras. E cuide-se também.

Em função do mau tempo, no terceiro dia das férias, ainda estavam no hotel decidindo a programação para aquele dia, quando o telefone tocou.

— Corina, é você? Aqui é a Silvia, amiga do Aviador. Estou ligando para saber se você conhece algum parente da Tania que pudesse comunicá-la sobre o que aconteceu.

— E o que aconteceu? — perguntou Corina, atônita.

— Você não sabe? O Aviador faleceu num acidente de moto voltando de Campo Grande agora há pouco.

Corina emudeceu.

"Deve ser trote", pensou. Ninguém comunicaria a morte dele assim, sem rodeios, com aquela frieza.

— Corina, você está branca. O que houve? Quer que eu fale com essa pessoa aí? — perguntou Diana, preocupada.

Corina lentamente voltou a si, ainda sem ordenar os pensamentos.

— Silvia, você falou Aviador? Onde ele está?

— No necrotério em Maracaju.

— Como assim, acidente?

— Não sei detalhes, alguma história de uma roda de caminhão que pegou nele na estrada.

— E o amigo dele?

— Está lá. Desnorteado, coitado.

— Maracaju fica perto de onde estou. Vou para lá.

Silvia mais uma vez perguntou sobre algum possível familiar de Tania, a companheira de Aviador, mas Corina não conhecia ninguém mais próximo dela que pudesse ser o portador da má notícia.

Então, enfim, Silvia se deu conta da brusquidão com que tinha comunicado a tragédia. Não sabia que Corina era a comadre tão próxima de Aviador, e não sabia que ela ainda não estava ciente do ocorrido.

— Corina, você está viajando! Mil perdões. Eu achei que você estava em Londrina e que já soubesse da notícia. Aqui já está em todas as bocas e está uma comoção geral. Desculpe a minha falta de tato. Nem sei o que dizer agora.

Corina não queria mais alongar a conversa. Os últimos conselhos de seu compadre sobre o trajeto da viagem surgiam em sua mente confusa. "Não quer mesmo que te acompanhemos de moto até Maracaju?" tinham sido suas palavras de despedida. Despedida para todo o sempre.

Não conseguia concatenar as ideias. Lágrimas lhe escorriam pelo rosto quando desligou o telefone.

Então Corina viu Luana, a afilhada adorada de Aviador. A afilhada que adorava aquele padrinho. Luana já tinha compreendido o que acontecera. Estava sentada na cama ali ao lado, muda, vendo o sofrimento da mãe sem saber expressar o seu próprio.

Só muitos anos depois Corina se deu conta de que dera muito pouca atenção para Luana naquela hora de dor. Lilia também sofria, pois se apegara a Aviador quase com a mesma intensidade. Só conseguiu processar tudo aquilo muito mais tarde.

Logo após o telefonema, decidiram ir todas para Maracaju. Se encontraram com Vitor, que descreveu com mais detalhes o acidente. A calota de uma das rodas de um caminhão pouco a frente tinha se soltado, quicado no asfalto e batido contra o capacete de Aviador, fraturando sua coluna cervical. A morte fora instantânea.

Corina ainda não conseguia crer que aquele corpo inerte, com apenas um pequeno arranhão na fronte esquerda, nunca mais almoçaria com ela. Nunca mais trocariam confidências. Ele nunca mais tiraria um sarrinho das músicas sertanejas de Luana, arrancando-lhe uma risada de deboche carinhoso.

Quando Vitor saiu um pouco de seu torpor, aproximou-se de Corina com um quase sorriso no rosto e contou-lhe:

— Entregaram-me, agora há pouco, os pertences de Aviador. Percebi que o MP3 que ele estava usando na hora do acidente ainda estava ligado. Te dou três chances para adivinhar o que estava tocando.

— Skank — disse Corina, sabendo de sua paixão pelo grupo musical.

— Errou feio!

— Hotel Califórnia.
— Errou feio!
— Diz aí, não tenho ideia.
— Música sertaneja!

Corina não pôde deixar de rir naquele momento.

Rir por Aviador.

Rir por Luana.

E a alma desapertou um pouco com aquele riso compartilhado com Vitor.

À tarde, quando alguns amigos de Londrina estavam prestes a chegar, trazendo o terno de Aviador e apoio para Vitor, Corina despediu-se mentalmente de seu compadre e retornou ao hotel com as meninas e Diana.

Além da dor, ficou um arrependimento.

Quando Aviador faleceu a setecentos quilômetros de casa, Vitor e Corina eram os amigos que estavam por ali. E, quando outros amigos queridos chegaram trazendo seu terno para vestir o compadre em sua última trajetória, Corina ainda pensou quão pouco aquele terno combinava com o que Aviador havia sido em vida. Só tarde demais arrependeu-se amargamente por não ter interferido naquele momento. Aviador não poderia ter sido enterrado de terno e sim, de boné, camiseta e jaqueta de couro. E, claro, com seu MP3 no ouvido e entre suas mãos cruzadas no peito. Nunca deixou de pensar que aquele terno fora um desrespeito inconsciente à sua memória. Mas... amigos todos perdoados, já que Aviador sabe, observando de outra esfera, o quanto deixou de saudade em todos eles.

Um de seus amores eternos não existia mais nesse mundo de cá. Como isso machucava o sentir! Aquele luto doeria por muito tempo. Até que um dia transformar-se-ia em saudade e traria consolo.

***

Rotina reinstalada e vida que segue. A composição do teatro da vida sempre seria essa. Dor e prazer, vitórias e perdas, alegrias e solidões, amores e desencantos, tudo se sobrepondo e se dissipando na medida certa e na hora adequada da história de cada um. Que bom que nessa história sempre se interpunham outros eternos amigos, todos insubstituíveis na mesma medida.

Havia os amigos que surgiram em 2012, durante as tão terapêuticas aulas de espanhol. Eram seis mães cujos filhos participavam de acampamentos por meio de uma associação internacional chamada CISV, e uma das líderes voluntárias dessa associação, uruguaia e professora de espanhol. Muito rapidamente, as aulas tornaram-se encontros divertidos que geraram um elo inquebrável de amizade e identificação. Pouco tempo depois, ocorreram os primeiros encontros fora das aulas e junto aos respectivos maridos. As aulas foram se tornando menos frequentes, mas os encontros cada vez mais rotineiros. A partir daí faziam apenas *Espanhoterapia*.

— Chicas, podíamos ir para Mendoza, as passagens estão bem em conta — dizia uma delas, sempre animada para qualquer aventura ou evento.

— No próximo feriado não posso, maridão tem um congresso em Chicago — respondia outra.

— Vamos em agosto, pois setembro tenho muitas aulas do mestrado — argumentava quem sempre lembrava a todos que a vida é muito curta, tinha que ser vivida com intensidade.

— Então vamos amanhã? — brincava Corina, para quem viajar era alimento para a alma.

E assim ficavam sonhando e planejando viagens que não saíam com a frequência desejada, mas animavam as pizzadas no forno a lenha na casa de Corina.

***

No plano mais individual, a amizade de Corina e Clarice perdurara, se preservara e se aprofundara desde o quarto compartilhado na república na época dos estudos. Passou por tempos e temporais, mas se fortalecia a cada ano. Seu marido Alessandro acrescentava solidez e singeleza à amizade entre os dois casais. Alessandro sempre mostrava um interesse genuíno nas histórias que Corina contava sobre seus antepassados, e sempre a instigava a relatar eventos que ainda pudessem estar arquivados em sua memória.

— Comadre, você precisa escrever um livro sobre essa sua história — começou Alessandro já desde os primeiros encontros.

— Alessandro, você é louco, não levo jeito para isso não — dizia Corina, rejeitando totalmente a ideia.

— Alemoa, isso tudo aí dá um livro e tanto. Não desperdiça esse passado não — insistia ele, de tempos em tempos.

Corina ria. E dizia que sim, ela escreveria o livro e ele seria o revisor. Ele levava a sério, ela não...

***

Os anos foram se passando. O longo namoro de Marcel e Corina já tinha cara de união antiga.

Foi Corina quem fez a primeira proposta real e objetiva:

— E aí? Já brincamos de namorados por onze anos. Que tal me pedir em casamento de verdade agora?

Marcel então a provocou:

— Amanhã?

— Não pode ser hoje?

Mas a brincadeira virou casamento.

Tanto Corina quanto Marcel estavam prontos para uma vida a dois, com a maturidade de quem sabe que quer uma segunda escova de dente pendurada ao lado da sua.

***

A festa de casamento foi memorável. Um equilíbrio perfeito entre alegria, sensibilidade e encantamento.

Haviam tido a sabedoria de aguardar o tempo certo, não tinham mais a pressa da juventude. Fluíam em seu próprio ritmo, sem se esquivar das decisões e dos conflitos, sem desperdiçar a vida. Afinal, havia muito a comemorar. Estavam compartilhando planos, sonhos, crenças e amigos há onze anos. Esses amigos cumpriam uma parte fundamental na engrenagem dessa união e por isso também exerceram uma parte tão fundamental na comemoração.

Casamento marcado. Doze de outubro de 2017.

Algumas semanas antes dessa data, o grupo de aulas de espanhol interveio:

— Corina, qual é a cor do seu vestido?

— Era para ser segredo, mas não resisto a uma pergunta tão direta. Primeiro quero saber o motivo dessa cara de quem vai aprontar alguma — respondeu Corina.

— Acho que é nossa obrigação sermos suas damas de honra no casamento. Para isso, precisamos de duas coisas. A primeira é saber a cor do seu vestido para que possamos combinar a cor dos nossos. E segundo, já contratamos uma professora de dança para treinarmos a nossa entrada triunfal no salão de festas.

Todas riam tanto, que era impossível não entrar no clima de diversão e planejamentos, antes mesmo de concordar com a tal *Entrada Triunfal*. E, nas poucas semanas que faltavam para a festa, a velocidade da organização toda foi vertiginosa. Não houve estresse, houve compartilhamento. Houve ajuda de amigos, houve emoção com cada mão estendida, houve alegria em cada detalhe. Todos os cinco filhos (os três de Marcel e as duas de Corina) também participaram com grande empenho na coreografia de entrada. O momento mais difícil foi convencer os maridos do grupo de espanhol a participarem das danças de entrada dos padrinhos, filhos e noivos. Mas não se permitiria a negativa de nenhum deles. Até que os ensaios se iniciaram, as músicas escolhidas foram da trilha sonora do filme *Mamma Mia* e a diversão correu solta. Marcel se entusiasmava tanto quanto Corina.

Foi nesse clima de alegria contagiante que transcorreu a *Entrada Triunfal*, assim como todo o evento, do começo ao fim.

Pablo, o amigo querido que Corina conhecera ainda durante a especialização na Alemanha, fora convidado por Marcel e Corina a celebrar uma bênção aos noivos no início da festa. Pablo e Fabiana mantinham uma amizade muito afetuosa com o casal. E, como ele sempre dera palestras espirituais cheias de sentimento e ternura, tornava-se a figura perfeita para a celebração. O que ele só confidenciara aos noivos dois dias antes do casamento é que pediria para cada um fazer um pequeno discurso de compromisso antes da bênção. Esse fato causou um pouco de alvoroço na paz de espírito de Corina, pois odiava falar em público, principalmente sem tempo para preparar absolutamente nada.

Mas a declaração de amor e compromisso ficaria gravada nos corações de Marcel e Corina:

— Ontem a Luana me perguntou como eu realmente me sentia com você. A resposta veio fácil: qualquer relacionamento tem seus altos e baixos, mas é com você que quero envelhecer. Vou usar a frase que você tanto gosta: como se dão bem esses casais que a gente não conhece muito bem. Acho que até os amigos aqui presentes que nos conhecem muito bem sabem o quanto a gente realmente se dá bem. Então, sim, é com você que quero envelhecer. Te amo — foram as palavras de Corina.

— Estou feliz por você se dispor a caminhar comigo. Ainda não sabemos o que esse caminhar nos reserva. Mas, independentemente do que virá, é com você que quero enfrentar tudo isso. Com coragem e amor. Te amo — foram as palavras de Marcel.

Era amor para a vida toda.

O LOBO
SOLITÁRIO

EPÍLOGO

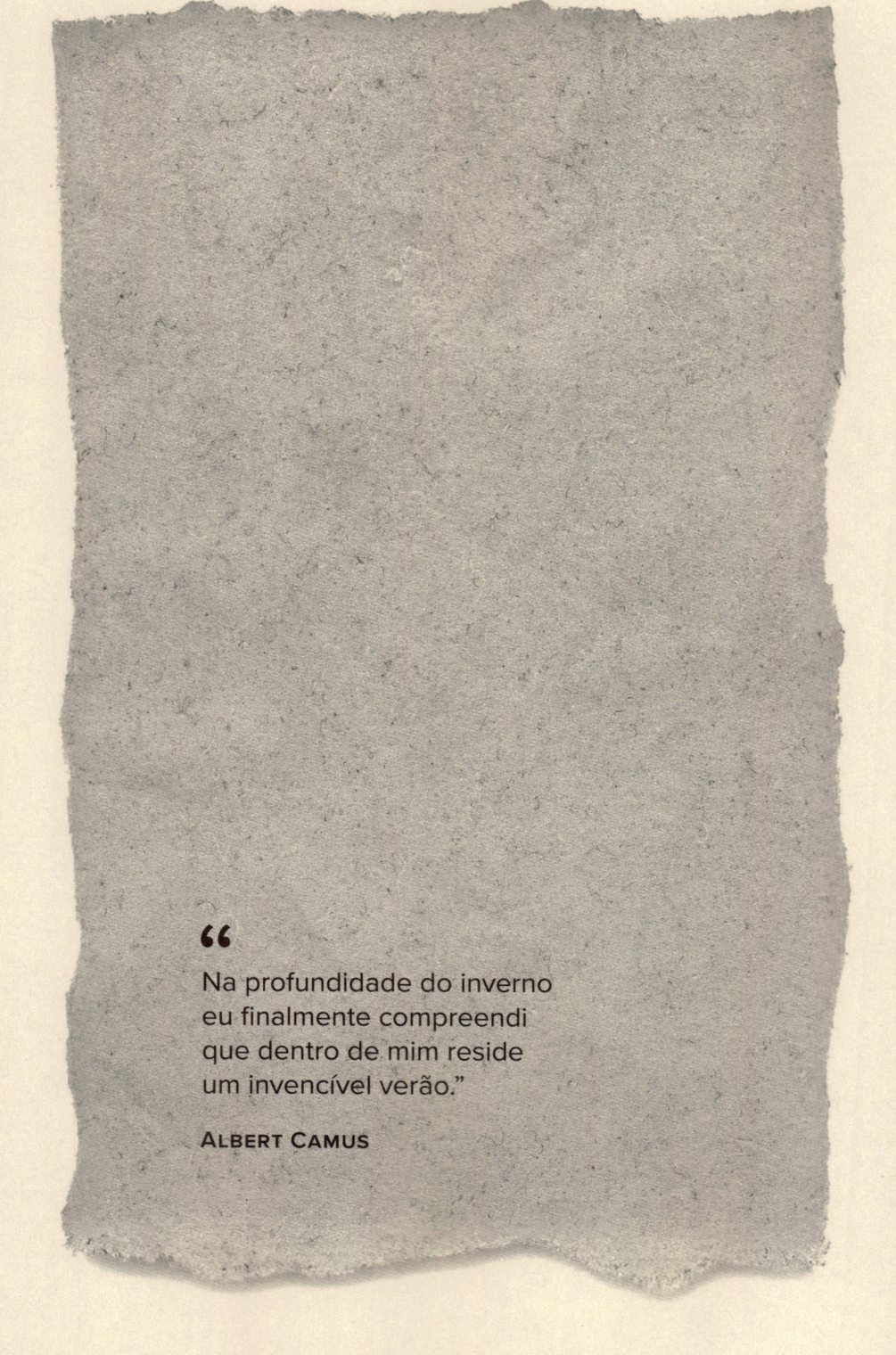

> "Na profundidade do inverno
> eu finalmente compreendi
> que dentro de mim reside
> um invencível verão."
>
> **Albert Camus**

"*Eu,* Corina, nascida em 1965 de pais, avós, bisavós e tataravós alemães, trazendo no sangue alguns ascendentes do império austro-húngaro e outros reinos mais distantes, trago essa história, composta por memórias, histórias e estórias para que esse rico e complexo passado não caia num total e nebuloso esquecimento."

***

Essa história poderia ter começado assim. Mas teve um começo mais distante do que o descrito aqui. Teve um meio, muito mais rico e perplexo do que relatado aqui. E não tem um fim, já que a terceira e quarta gerações ainda estão escrevendo seu destino.

Quem sabe um dia, algum descendente distante comece uma nova história dizendo: eu, nascido em 2090, de pais, avós, bisavós e tataravós brasileiros...

O que Corina pôde contar é como chegou até aqui.

O legado que Ernest e Annelise deixaram para Bertha.

O legado que Frederico e Katharina deixaram para Willy.

E como se forjou Corina em meio a todos os percalços vividos por essas gerações pré e pós-guerra, antes e depois de cruzar o oceano.

Tempos difíceis, que criaram homens e mulheres fortes.

E homens e mulheres fortes criam tempos mais fáceis, dos quais Corina já conseguiu usufruir um pouco, depois dos longos anos em que a escola da vida foi trazendo leveza.

Essa leveza foi aquietando o lobo solitário, que demorou muito para ser domado.

O inconsciente coletivo e a herança familiar e histórica pairavam sobre Corina, turvando algumas fases de sua vida. Períodos longos de paz de espírito e leveza eram intercalados com períodos de uma luta árdua contra o nada, contra o vazio.

Durante os períodos de paz, a rotina fluía previsível e segura. O amor desmesurado por Luana e Lilia era um bálsamo.

A profissão, tão cheia de acertos e reconhecimento, era um oásis.

A vida a dois, tão cheia de companheirismo e compreensão mútua, era uma âncora.

Mas a âncora esporadicamente desprendia-se do fundo arenoso e a vida tornava-se um mar revolto em direção ao nada.

O que sentia era o velho cansaço de Annelise, de Bertha... E o cansaço a fazia cutucar nas casquinhas dos velhos traumas adormecidos.

O lobo solitário que a habitava despertava tenso. E frágil.

Sua tia-avó, irmã de Annelise, cometera suicídio aos vinte e tantos anos.

Sua mãe empenhara-se diversas vezes nas tentativas frustradas de se despedir precocemente desse mundo, deixando de herança não muito mais que raiva e dor.

Sua irmã Carolina tirara a própria vida aos trinta e seis anos.

Sua avó cruzara o oceano carregando um medo imensurável.

Tudo isso e muito mais gerara silêncios angustiantes na alma de Corina. E, esporadicamente, faziam-na transitar numa prudência egoísta, afastando-se de tudo e de todos.

Corpo e mente doíam. E a pergunta cruel e sem resposta não calava: "Para quê?"

Mas, em algum momento, um, dois ou cinco meses depois, vinha a redenção.

A lagarta passara novamente pelo seu processo.

Ressignificava algumas memórias e virava borboleta mais uma vez.

Reaprendia que o passado não poderia servir de argumento para nada além de superação.

A âncora se fixava em águas mais tranquilas.

Carregaria um sorriso estampado na alma por mais um tempo. Renascia com pressa de viver.

Para quê?

Para renascer de novo, e de novo, e de novo...

O lobo solitário misturava-se à matilha por mais um tempo indeterminado.

A matilha alimentava-a de amor, de tranquilidade, de alegria, de risadas deliciosas, de convivências saudáveis, de vida!

E essa vida valia a pena. Ah, como valia!

***

Corina, às vezes, observava Luana e Lilia e tentava traçar paralelos entre o passado e o presente.

Ela sabia o quanto o passado pesara e interferira na trajetória de si mesma e das cinco irmãs. Sabia, também, que essas seis trajetórias de vida seguiriam em linhas paralelas, só muito raramente convergindo para um ponto comum. Carregava certa culpa por essa inabilidade de convergência. Mas essa culpa amenizava-se por um simples fato: todas as seis irmãs estavam sempre muito ocupadas em sobreviver na orfandade emocional que a história impôs a cada uma. Com suas crianças internas arranhando o subconsciente, lutavam para ressignificar as limitações emocionais autoimpostas. A geração do medo de Annelise seguida pela geração da raiva de Bertha, desembocando na geração da solidão de Corina. Mas o passado e o futuro encontram-se numa nova geração que se empodera, que não esquece o passado, mas o usa como trampolim para transformação e conquista.

Corina sabia valorizar a herança emocional e cultural que viera dessas gerações pré-guerra, guerra, fuga, emigração, adaptação e superação. Gerações que passaram por mansões, louças de porcelana, aulas de piano e eventos sociais aristocráticos e, de repente, cruzando o oceano, encontram-se em meio à floresta tropical, em casas de madeira sem água encanada, os eventos sociais trocados por cobras, aranhas e mosquitos e o piano trocado pelas vacas no curral. Adaptação e superação.

E gratidão, por terem encontrado um novo mundo que as protegeu dos horrores da terra natal. Onde acolhimento e calor humano foram algo a ser conhecido e valorizado.

Quando Corina passou seus cinco anos na Alemanha, logo identificou a diferença entre a educação formal alemã e o comportamento caloroso e quase displicente brasileiro.

Nunca esqueceu o exemplo mais típico desse comportamento alemão mais metódico. Em um dia chuvoso, desceu do metrô de superfície e, para se proteger da chuva, seguiu andando à esquerda sob a proteção de um toldo. De repente, percebeu um senhor com um imenso guarda-chuva vindo em sua direção e, sem desviar um centímetro de sua rota, passou por ela, quase empurrando-a para fora da proteção do toldo, deixando-a exposta à chuva e dizendo:

— Sempre à direita, senhorita, sempre à direita.

E a raiva aflorava nesses momentos.

Por outro lado, a cultura do "dê sempre o melhor de si" configurava entre as heranças construtivas impagáveis.

Quando Luana ou Lilia chegavam da escola irritadas por terem feito um trabalho em grupo, no qual não tinham obtido ajuda do restante do grupo, Corina sempre as repreendia gentilmente:

— Não se incomodem com os que não fizeram. A professora saberá quem fez. E quem vai ganhar será sempre quem fez e não quem deixou de fazer. A vida vai sempre mostrar isso para vocês.

Um dia, já adulta, Luana emocionou Corina com uma observação lisonjeadora. Estavam ambas na Alemanha, hospedadas na casa da prima Isis. Esta organizara um tracking para um grupo, que passava por morros cobertos de vinhedos. Era uma longa caminhada de seis horas, num dia quente de verão, e terminava ao final da tarde num bistrô rústico subterrâneo com uma boa bisteca e um bom vinho.

Ambas participaram da trilha e, durante o dia, Isis contara como havia organizado o longo passeio. Simplesmente caminhara sete vezes por todas as estradinhas da região até definir o caminho mais bonito e menos cansativo.

Degustando o vinho ao final do dia no Bistrô, Luana comentou com Corina:

— Mamãe, agora entendi de verdade o que você queria nos ensinar quando dizia: dê sempre o melhor de si. A Isis foi a prova disso. Fez todo esse trajeto sete vezes sozinha até se convencer de que o melhor caminho para todo o grupo era o que fizemos hoje.

— Sim, filhote. E aposto que ela se sentiu muito bem fazendo isso.

Luana carregou essa atitude para o seu caminho de vida. Não fazia nada menos do que dar o melhor de si. Fazer a faculdade bem-feita, mesmo entre momentos de dúvida sobre a escolha do curso. Fazer um TCC que merecesse nada menos do que a nota máxima. Trabalhar de garçonete na Alemanha enquanto fazia um bom curso de alemão e carregar um sorriso no rosto mesmo sabendo que na cozinha se esquivaria constantemente do assédio desagradável do gerente. Trabalhar numa sorveteria entre o término do curso e a formatura, para poder colaborar com seu estágio futuro na Holanda. E, por fim, enviar cinquenta e sete formulários para cinquenta e sete países na tentativa de conseguir um estágio na ONU, até consegui-lo, e a partir dali galgar rápidos degraus dentro da instituição que só fazia parte de seus planos num futuro distante. Era Luana, dando o melhor de si sempre. E, por fim, conseguindo uma bolsa de mestrado sobre Desenvolvimento e Paz em uma das cinco universidades do mundo que concedem esse tipo de pós-graduação: na Austrália. Sem saber que seguiria os passos do bisavô Ernest, exilado e preso naquele longínquo continente em 1940.

***

Lilia já havia sido uma criança mais alegre e mais descompromissada com a seriedade da vida. Com uma certa displicência dos que deixam tudo fluir na correnteza natural do universo.

Na adolescência, porém, emaranhou-se em conceitos que sugavam sua energia e a faziam bater portas a cada pequeno desagrado. Anos difíceis e sofridos, em que a alegria inata foi estocada num recanto sombrio de difícil acesso.

Até que, aos dezessete anos, em questão de poucos meses, desabrochou um novo ser de dentro daquela alma resguardada. Lilia, de repente, descobria o poder que nela residia. Nos anos seguintes, aprendeu a equilibrá-lo, e, junto à coragem, essa descoberta a fez chegar até o curso de medicina. Tinha que ser uma das melhores da turma, já que a herança do "dar o melhor de si" havia, enfim, também aberto espaço diante da rebeldia que impregnara a adolescência.

Nesses momentos, Corina percebia o elo entre passado e presente. Enquanto os bisavôs Annelise e Ernest fogem de um país em guerra e o avô Willy foge das memórias dessa mesma guerra tão duramente vivida, Luana cursa Relações Internacionais com o sonho de, um dia, trabalhar com resolução de conflitos e comunicação não violenta.

Enquanto o bisavô Ernest move mundos e fundos para conseguir voltar a exercer sua profissão de médico, Lilia cursa medicina e se apaixona por uma área que jurava jamais trilhar.

Histórias que se entrelaçam como se houvesse um fio invisível mantendo uma conexão entre as diversas gerações.

***

E assim, nessa história que não termina aqui, Corina se posiciona como mãe, esposa, profissional e amiga.

Sabe de suas vitórias e suas conquistas.

Sabe a sorte de tudo o que escolheu e atraiu na vida.

Sabe de seus arrependimentos, mas eles não mais a consomem nem a definem.

Sabe dos momentos em que o velho cansaço ressurge.

Sabe se reerguer desse cansaço e brindar a vida com estardalhaço.

Enfim, Corina vai deixando essa história por aqui.

A história seguirá seu rumo e Corina seguirá seu destino, entrelaçado com tantos outros que já se foram, que estão e que ainda virão. Cumprindo a vida e seus propósitos.

"
Não há vento favorável
para quem não sabe
para onde quer ir."

SÊNECA

FONTE Adobe Garamond Pro
PAPEL Pólen Natural 70 g/m²
IMPRESSÃO Paym